城镇社区管理者经济法律手册

市场经济秩序规则

白　光　邱如山　主编

中国经济出版社
CHINA ECONOMIC PUBLISHING HOUSE

北　京

图书在版编目（CIP）数据

市场经济秩序规则/白光，邱如山主编．—北京：中国经济出版社，2006.5
（城镇社区管理者经济法律手册）
ISBN 7-5017-7476-5

Ⅰ．市…　Ⅱ．①白…②邱…　Ⅲ．法律—汇编—中国　Ⅳ．D920.9

中国版本图书馆 CIP 数据核字（2006）第 027231 号

出版发行：中国经济出版社（100037·北京市西城区百万庄北街 3 号）
网　　址：www.economyph.com
责任编辑：苏耀彬　　**电话（传真）**：010-6835-4197
个人主页：http://fbshs.top263.net
E-mail：cephs@economyph.com　suyaobin@126.com
bianshensyb@yahoo.com.cn
责任印制：石星岳　　**封面设计**：白长江
经　　销：各地新华书店
承　　印：北京君升印刷有限公司
开　　本：787mm×960mm　1/16　**印张**：20.625　**字数**：300 千字
版　　次：2006 年 5 月第 1 版　　**印次**：2006 年 5 月第 1 次印刷
印　　数：0001—4000 册
书　　号：ISBN 7-5017-7476-5/F·6032　　**定　　价**：35.00 元

《城镇社区管理者经济法律手册》

编委会

目　录

第四部分　反不正当竞争规则

第五部分　消费者权益保护规则

前　言

2005年10月，中共十六届五中全会通过的《中共中央关于制定国民经济和社会发展第十一个五年规划的建议》从“民主法治、公平正义、诚信友爱、充满活力、安定有序、人与自然和谐相处”六个方面，对和谐社会建设作出了全面规划，并把“民主法治”放在重要地位，把完善我国经济法律体系、加大经济法律的普及力度作为重要政策之一。

我国加入世界贸易组织5年之后的“十一五时期”，市场经济开始进入整体推进和重点突破相结合的新阶段。这个新阶段的显著特点是，市场经济建设与法制建设的统一，注重用法律手段引导、推进和保障市场经济建设的顺利进行。这一方面要求加快我国经济立法、修改与完善经济法律体系的步伐，另一方面要求我国各类管理者必须学会运用经济法律手段来管理企业和其他各项事业。

我国的经济法律建设，主要是建立和完善各种法律制度，落实各项具体法律措施。当前，我国经济法律的修订与建设目标是为了实现经济法律的“体系化”、“可执行性”和“与WTO规则的兼容性”。为此，一方面，我国经济法律必须删除和修改与WTO规则不相适应的地方，增加在WTO规则已有所要求而在我国法律中尚属空白的规定以及努力创造良好的经济执法环境；另一方面，面对国家加快市场经济立法的新形势，必须加大我国经济法律的普及力度，提高广大干部群众的市场经济法制观念，用经济法律来进行和谐社会建设。

为了提高党的执政能力、全面建设小康社会与和谐社会，党中央提出了“大规模培训干部，大幅度提高干部素质”的要求，并正在实施《“十一五”全国干部教训培训规划》，其中最重要的一项内容，就是各级干部和各类管理者在WTO规则与经济法律方面的教育培训。城镇社区是各级干部和各类经营管理者的居住区域，城镇社区管理者应该是居住区域内各级干部和各类经营管理者的经济利益的维护者，从而应认识到经济法律的重要性、应自觉学习和掌握经济法律知识。有鉴于此，在我国各部经济法律逐步加以修订及中共十六届五中全会、十届人大四次会议召开以后，有必要编写一批有关普及经济法律的书籍，以供广大城镇社区管理者学习和参考。这就是我们编写《城镇社区管理者经济法律手册》的初衷和目的。

《城镇社区管理者经济法律手册》分为四个分册，即《市场经济秩序规则》包括合同法、工业产权法、反不正当竞争法、消费者权益保护法等法律知识；《市场经济监督规则》包括票据法、会计法、注册会计师法、审计法等法律知识；《市场经济保证规则》包括产品质量法、环境保护法、劳动法、担保法等法律知识；《市场经济裁决规则》包括仲裁法、民事诉讼法、行政诉讼法、国家赔偿法等法律知识。每个分册都对其中主要的经济法律问题进行了逐一的解析，并且自成体系。城镇社区管理者应该掌握这些与城镇社区管理活动密切相关的法律知识。由于本书面向的对象是广大城镇社区管理者，我们尽可能将较为艰深的内容化为通俗易懂的文字，便于城镇社区管理者抽出时间来了解和掌握。

《城镇社区管理者经济法律手册》编委会

2006年3月15日于北京慧龙居

第一部分

合同规则

《中华人民共和国合同法》（以下简称《合同法》）第一条规定，为了保护合同当事人的合法权益，维护社会经济秩序，促进社会主义现代化建设，制定本法。本条规定了合同法的立法宗旨。合同法的立法宗旨有以下三个：

（1）保护合同当事人的合法权益。合同当事人是参与社会经济活动的主体，通过自身的合法行为，取得合法权益，应受到法律的保护。法律被创制的目的之一即是为了保护合法权益和制裁违法的行为。合同当事人在平等、协商一致的基础上通过依法订立合同而取得的财产权、租赁权、享受一定的服务权、获得劳动报酬权、债权等，均应受到合同法的保护。

（2）维护社会经济秩序。正常的社会经济秩序不容侵犯，应受到法律的保护，这与保护合同当事人合法权益是相辅相成的，没有一个良好的社会经济秩序，合同当事人的合法权益就会不能得到很好的保护；另一方面，合同当事人的合法权益保护的好，也会促进社会经济秩序的良性发展。

（3）促进社会主义现代化建设。进行社会主义现代化建设是我国目前最紧迫的任务，一切法律、法规制定都应以促进社会主义建设的目的出发，尤其是在社会主义现代化建设中起着重要作用的合同法。

《合同法》第二条规定，本法所称合同是平等主体的自然人、法人、其他组织之间设立、变更、终止民事权利义务关系的协议。婚姻、收养、监护等有关身份关系的协议，适用其他法律的规定。

《合同法》是民法的重要组成部分，是市场经济的基本法律，与公司、企业的生产经营和人民群众的生活密切相关。党的十一届三中全会以来，我国制定了《经济合同法》、《涉外经济合同法》、《技术合同法》三部合同法。这三部合同法对保护合同当事人的合法权益，维护社会经济秩序，促进国内经济、技术和对外经济贸易的发展，保障社会主义建设事业的顺利进行发挥了重要作用。但是，随着改革开放的不断深入和扩大，经济、社会的不断发展，“三足鼎立”式的合同立法模式不能满足我国发展社会主义市场经济，建立全国统一大市场的需要。1994 年开始了制定统一合同法的工作，1999 年 3 月 15 日，在“国际消费者权益日”来临之际，《合同法》获得通过。1999 年 10 月 1 日《合同法》正式实施后，经济合同法、涉外经济合同法和技术合同法同时废止，其他法律和法规有关合同的内容如与合同法不相抵触，将继续有效。新合同法统一了现有的有关合同的法律、法规的规定，并在此基础上进行了修改和补充，充分吸收了司法实践中的经验，并借鉴了国际上通行的规定，增加了不少实质性的内容。

《合同法》第八条规定，依法成立的合同，对当事人具有法律约束力。当事人应当按照约定履行自己的义务，不得擅自变更或者解除合同。依法成立的合同，受法律保护。本条是有关合同成立的规定。合同依法成立，即生效。有效的合同对当事人均具有法律上的约束力。所谓法律约束力，即要求合同当事人全面、按时、按约履行合同中所确定的内容，享受权利、承担义务，不无故拒绝履行合同义务，也不无故放弃合同权利。否则，任何一方违反合同的约定，都要依法承担合同及法律所规定的责任。例如，违约应承担违约责任等。

一、合同的订立

1. 合同主体的资格

《合同法》第九条规定，当事人订立合同，应当具有相应的民事权利能力和民事行为能力。当事人依法可以委托代理人订立合同。本条规定了合同主体的资格，即订立合同的当事人必须是具有相应民事权利能力和民事行为能力的自然人、法人或其他组织。民事权利能力是指自然人根据法律规定依法享有民事权利的资格，民事行为能力是指自然人通过自己的行为取得民事权利，承担民事义务的资格。自然人有无民事行为能力人、限制民事行为能力人和完全民事行为能力人之分。无民事行为能力人不能独立实施民事行为，限制民事行为能力只能从事与其能力相适应的民事行为。订立合同是一项民事行为，合同法对合同主体资格作了限制性规定是必要的。合同订立，一般来说由当事人亲自为之，但社会经济活动的频繁，当事人不可能“事必躬亲”。因此，合同法规定，当事人依法可以委托代理人订立合同。代理人依法代订的合同，所产生的一切后果均由委托的当事人承担。代理人代订合同也必须遵守合同法的基本原则。

在我国，具有民事主体资格的公民、法人、其他经济组织、个体工商户、农村承包经营户等都可以成为合同主体。行政机关除作为从事国家管理或行使国家权力的组织行使行政权力、履行行政职责外，在民事活动领域还可以民事主体即机关法人的身份参与民事法律关系，成为享有权利并承担义务的合同当事人。在公民与行政机关订立合同时，公民与行政机关处于平等的地位，不具有命令和服从的关系，要遵循合同制度的一般要求。在实践中，公民与行政机关订立的合同，主要是机关法人购置办公用品、维修楼房、车辆和承租会议场所、办公用房等。

我国公民也可以同外国人订立合同。但我国公民在与外国人订立合同时主要应注意以下问题：

（1）合同订立过程应遵循要约——承诺制度。要约是希望和他人订合同的意思表示，该意思表示的内容必须确定并表明经受要约人同意后即受其约束。如果该意思表示是以对方提出要约为目的而向对方发出的，则属于要约邀请。例如，A公民向外国B公司发出传真，载明以某价格购买一定数量的某商品，但以A公民的最终确认为准。这一传真即是一项要约邀请而不是一项要约。承诺是受要约人作出的同意要约的意思表示。承诺有四个要件，即承诺要由受要约人作出；承诺须在要约生效后作出；承诺必须在要约的有效期内作出；承诺必须与要约内容一致。

（2）公民与外国人订立合同，要在平等协商的基础上决定是否订入仲裁条款，如果订立仲裁条款，要注意仲裁的地点以及适用的法律。

（3）公民与外国人订立合同可以在合同中选择所适用的法律。当事人选择的法律，可以是中国法，也可以是外国法或港澳地区的法律。但是，当事人的选择必须是双方协商一致并且是明示的。

(4) 公民与外国人订立合同，既要通过适当途径了解交易对方的必要情况，也要了解是否有相应的国际条约、国际惯例约束合同。

(5) 公民与外国人订立合同，不得违反我国法律的基本原则和我国社会公共利益。

2. 合同形式及其规定

《合同法》第十条规定，当事人订立合同，有书面形式、口头形式和其他形式。法律、行政法规规定采用书面形式的，应当采用书面形式。当事人约定采用书面形式的，应当采用书面形式。本条是关于合同形式的规定。

在实践中，合同形式主要有以下几种：

(1) 书面形式。书面形式是指用文字表述当事人经过协商一致而订立合同的形式。书面形式可以是合同书，也可以是当事人的往来信件、电报、电传、传真、电子数据交换和电子邮件等。合同采取书面形式虽然比较复杂和麻烦，但其权利义务记载明确，不易发生争议，同时也有利于督促当事人全面、认真地履行合同，即使合同发生争议，也有据可查，有利于纠纷的解决，所以，书面形式的合同现已成为交易活动中的主要的合同形式。我国现行法律对具体合同要求采用书面形式的规定主要有：《劳动法》第 19 条、《商业银行法》第 37 条、《合伙企业法》第 3 条以及《担保法》第 13 条，等等。

(2) 口头形式。口头形式是指由当事人就合同内容取得一致意见达成的口头协议。口头形式的合同可以面谈订立，也可以通过电话交谈订立，它广泛应用于社会生活的各个领域。口头形式简便易行、迅速直接。这对加速商品流转有着十分重要的作用。我国公民在个人、家庭生活中采用的合同形式绝大多数为口头形式。口头形式也有明显的缺点，就是在发生纠纷时难以举证，不易分清责任，因而，它只适合于标的数额不大、内容简单而能及时清结的合同关系。对于标的数额大、历时长、权利义务关系复杂的合同，一般不宜采用口头形式，而应采取书面形式或其他形式。尤其在我国当前商业信誉较低、合同履约率不高的情况下，当事人对口头合同形式应采取谨慎态度。

(3) 公证形式。公证形式是由当事人约定，以国家公证机关对合同内容加以审查公证的方式订立合同时采取的一种合同形式。公证机关公证一般以书面形式的合同为基础，对合同的真实性、合法性进行审查，然后制作公证书，以证明该合同的成立。经过公证的合同，只要没有相反证明，司法机关、仲裁机关一般承认其效力。我国法律对公证一般实行自愿原则，是否公证，由订立合同的当事人自己决定。法律明确要求办理公证的合同，必须经过公证，才能发生效力。

（4）鉴证形式。鉴证形式是以国家合同管理机关对合同内容的真实性和合法性予以审查并赋予合同证据效力和生效效力的一种订立合同的形式。除法律有强制规定外，允许当事人自由选择是否采用。

（5）批准形式。批准形式是指法律规定某些类别的合同必须由国家有关主管机关审查批准后才成立或生效的形式。其主要适用于进出口贸易、技术引进合同以及具有保密事项的合同。批准形式是法律强制规定的，当事人不得任意选择。

（6）登记形式。登记形式是指当事人依照法律规定，将订立的合同提交主管机关登记而生效的一种形式。登记形式主要适用于不动产交易合同，如房屋买卖、船舶转让、土地使用权转让等合同。这一类合同只有经过登记才发生法律效力。

当事人无论订立哪种形式的合同，只要依法成立即为有效。实践中，常见的合同形式是口头形式与书面形式。其中，口头形式具有简便易行的特征，可以为当事人节省时间和精力，但在发生纠纷时常因举证困难而分不清责任，故其一股只适用于标的金额较小，当事人权利义务比较简单的合同；而书面形式虽然比较复杂，但可将当事人的权利义务明确化，有利于合同的履行，而且还便于解决合同纠纷，故那些标的金额较大，牵涉面较广、当事人权利义务较复杂的合同一般都采用书面形式。依据本条规定，需采用书面形式的合同有两类：一类是法律、行政法规规定应当采用书面形式的合同，如建设工程合同；另一类是当事人约定采用书面形式的合同。对这两类合同，当事人应当采用书面形式。

《合同法》第十一条规定，书面形式是指合同书、信件和数据电文（包括电报、电传、传真、电子数据交换和电子邮件）等可以有形地表现所载内容的形式本条具体规定了书面形式的内容。书面形式包含了以下内容：

（1）合同书。即合同当事人正式签署的含有合同内容（双方权利义务）的合同文本。

（2）信件。即合同当事人之间就合同内容进行往来协商的（要约、承诺等）信件，经双方确认后成为合同的组成部分。

（3）数据电文。即合同当事人之间就合同内容通过电子通迅方式进行往来协商的电报、电传、传真、电子数据交换和电子邮件等，经双方确认后成为合同的组成部分。

（4）其他。即除上述之外的任何可以表现合同内容的有形形式。

书面形式的合同内容明确，便于履行，发生纠纷时也便于举证。

3. 合同的基本条款

《合同法》第十二条规定，合同的内容由当事人约定，一般包括以下条款：

（一）当事人的名称或者姓名和住所；

（二）标的；

（三）数量；

（四）质量；

（五）价款或者报酬；

（六）履行期限、地点和方式；

（七）违约责任；

（八）解决争议的方法。

当事人可以参照各类合同的示范文本订立合同。

本条规定了合同的基本内容。合同内容一般由当事人约定，法律不作也无法作具体规定，但为便于当事人拟订合同条款，合同法对合同所具备的基本条款规定如下：

（1）当事人的名称或者姓名和住所。这是每一个合同必须具备的条款，当事人是合同的主体。合同中如果不写明当事人，谁与谁做交易都搞不清楚，就无法确定权利的享有和义务的承担，发生纠纷也难以解决，特别是在合同涉及多方当事人的时候更是如此。合同中不仅要把应规定的当事人都规定到合同中去，而且要把各方当事人名称或者姓名和住所都规定清楚。

（2）标的。标的是合同权利义务指向的对象。合同不规定标的，就会失去订约的目标，因而标的是一切合同的必要条款。合同的标的条款必须清楚地写明标的的名称，以使标的特定化，能够界定权利义务的量。合同标的既可以是有形财产、无形财产，也可以是劳务、工作成果等。订立合同时还应当注意各种语言、方言及习惯上对标的的称谓的差异，避免不必要的麻烦和纠纷。

（3）数量和质量。标的的数量要准确。首先要选择双方共同接受的计量单位；其次要确定双方认可的计量方法，比如或以单位个数或以重量或以体积或以其他标准来计量；再其次应当允许有合理的误差。标的的质量在合同条款中应详细具体，比如标的的技术指标、品质要求、规格、型号等都要明确。对质量的表示方法也应作规定，即应明确是以样品为标准确定标的的质量，还是以特定的标准或以货物的平均品质或以标准市场货物为根据确定标的的质量，或是以商标或说明书为根据确定标的的质量。

（4）价款或报酬。价款和报酬是有偿合同的主要条款。价款是取得标的物所应支付的代价，报酬一般是指对提供劳务或者工作成果的当事人支付的货币。如运输合同的运费、保管合同及仓储合同中的保管费、以及建设工程中的勘察费、设计费和工程款等。

（5）履行的期限、地点和方式。履行期限是确定合同义务完成的时间，它可以规定为即时履行，也可以规定为定时履行，还可以规定为在一定期限内履行。如果约定是分期履行，还应当明确每期履行的具体时间。履行地点是明确义务人履行义务的处所，它经常是确定标的物的所有权和风险是否转移的依据，也是劳务提供场所的确定依据。合同履行方式，可以约定一次性给付或分期分批给付，是铁路运输还是空运、水运等，是只能亲自履行还是可以替代履行等。

（6）违约责任。合同中确定违约责任条款目的是促使当事人履行债务，使守约方免受或少受损失而采用的法律措施。该条款对合同当事人利益关系重大，合同对此应予以明确，主要是应当规定违约导致损失的计算方法和赔偿范围等。

（7）解决争议的方法。解决争议的方法指合同争议的解决途径，对合同条款发生争议时的解释以及法律适用等。当事人可以约定解决争议的方法，如果意图通过诉讼解决争议是不用特别约定的，通过其他途径解决都要事先或事后约定。

由于民事活动的复杂性与多样性，如果合同当事人缺乏经验，所订合同常易发生难以预料和处理的纠纷。而实践中，国家颁发的合同的示范文本对于指导当事人更好地明确各目的权利义务，避免不必要的纠纷起到了积极作用，故本条规定当事人可以参照合同的示范文本订立合同。当然，当事人不按合同的示范文本订立合同也无不可，因为这只是一条任意性规范。

4. 合同的成立方式

《合同法》第十三条规定，当事人订立合同，采取要约、承诺方式。本条规定了合同的成立方式。

合同的成立方式，合同法规定采取要约、承诺方式。合同法的这项规定是与国际接轨的。国际上订立合同基本上都是采取要约与承诺方式。要约与承诺主要是对书面形式的合同而言的。本条以下诸条对要约与承诺作了详细的规定，如要约与承诺的撤回，要约的生效条件，承诺的期限，承诺的生效等。

当事人为了通过订立合同实现各自的目的，避免和减少纠纷，在正式订立合同之前，应当做好以下工作：

（1）做好对市场的调查和预测。对市场的调查预测，即在签订合同之前，从分析市场入手，用调查和预测的数据分析有关合同项目所提供的商品或劳务市场供需情况、竞争状态，对合同谈判做到心中有数。

（2）了解对方订约资格。双方当事人在订立合同之前要清楚对方是否具有合法的订约资格。对方若是个人，主要通过了解其自然状况，确定其是否具有法定的行为能力，例如：是否达到了订约的法定年龄，是否患有精神病等。如果对方是合伙组织，应了解该合伙组织的宗旨和合伙人的权限，尤其要注意合伙协议是否允许合伙人以合伙组织的名义对外签订合同；合伙人是否具有约束该合伙组织的权力，签订和履行该合同是否违反该合伙组织之间的其他任何协议等。如果对方当事人是法人，那么一方面要了解其是否属于经国家规定的审批程序成立的法人组织，有无法人资格和营业执照，其经营活动是否超出章程或营业执照批准的范围；另一方面要了解参加签订合同的有关人员，是否为法人的法定代表人或者法人委托的代理人，如果是代理人，要审阅其代理权的范围。法人的法定代表人在签订合同时，应出示身份证明，提供法人的相应文件副本；法人委托的代理人签订合同时，应出示法人的委托书和本人的身份证明。

（3）了解对方的资信情况及履约能力。所谓资信，即资金和信用，资金是当事人有权支配、运用于生产经营的财产的货币形态；信用，是指商品买卖中的延期付款或货币的借贷，是从属于商品交换和货币流通的一种经济关系。资信情况是履行合同的重要基础。履约能力除资信以外，还包括当事人的技术能力和生产能力、原材料与能源供应、产品质量、工艺流程等方面的综合情况。只有对当事人的履约能力充分了解之后，在此基础上签订的合同才会有较为可靠的保障，同时这项工作也是预防利用合同进行诈骗活动或其他违法活动的必要措施。

5. 要约的含义及其要求

《合同法》第十四条规定，要约是希望和他人订立合同的意思表示，该意思表示应当符合下列规定：

（一）内容具体确定；

（二）表明经受要约人承诺，要约人即受该意思表示约束。

本条规定了要约的含义及其要求。

要约是希望和他人订立合同的意思表示，要约的目的是为了和他人签订合同，非以此目的不能称之为要约。

对于要约，要求内容具体确定，并且表明经受要约人承诺后，要约人即受该意思表示的约束，不得无故反悔。内容具体确定是指应当具备合同的主要条款，如标的、数量与质量等。同时，还应明确受要约人作出承诺的期限。要约一般是对特定的对象发出的。要约可以采取口头方式，也可采取书面方式，因为不是签订正式合同，所以要约可以采取多种方式发出，但无论何种方式，其内容必须具体确定，否则，内容不完整的订约提议不能称之为合乎要求的要约。

要约在商业活动和对外贸易中又称为报价、发价或发盘。发出要约的当事人称为要约人（即首先提出订立合同的人），而要约所指向的对方当事人则称为受要约人。一个有效的要约必须具备四个要件：

（1）要约必须是特定人的意思表示，即人们能够确定发出要约的是谁；

（2）要约必须具有缔结合同的目的；

（3）要约的内容必须具备足以使合同成立的主要条件，即一旦受要约人作出承诺，便能形成一个债权债务关系明确的协议；

（4）要约必须向要约人希望与之缔结合同的相对人发出。

要约属于民事法律行为，根据《民法通则》第56条的规定，可以采取书面形式、口头形式或者其他形式。一旦要约人向受要约人发出一项有效的要约，他即受要约的约束并承担相应的义务。要约生效的时间即要约人受要约拘束开始的时间，这一时间因要约形式不同而有所区别。口头形式的要约自受要约人了解要约内容时发生效力；书面形式的要约在其到达受要约人时发生法律效力。要约发生法律效力后，要约人的义务是不得撤回或撤销要约或对要约加以限制、变更或扩张，并且在要约的有效期限内，有义务按照要约提出的内容和条件与对方订立合同。

6. 要约生效时间的规定

《合同法》第十六条规定，要约到达受要约人时生效。采用数据电文形式订立合同，收件人指定特定系统接收数据电文的，该数据电文进入该特定系统的时间，视为到达时间；未指定特定系统的，该数据电文进入收件人的任何系统的首次时间，视为到达时间。本条规定了要约的生效时间。要约在到达受要约人时生效；采用当面递交方式的要约，在交到受要约人手中时生效；通过邮寄方式发出的要约，在要约信件到达受要约人时生效；通过广告方式发生的针对不特定人发出的要约，在该广告被受要约人看到时生效；通过传真发出的要约，在传真件正确完整发出之后生效。

本条第二款专门规定了采用数据电文发出的要约的生效时间。本条规定是为了适应日益发展的通迅及计算机技术的广泛应用而设立的。当前，计算机网络系统等特定系统逐渐应用于社会活动中，通过网络发电子邮件的方式订立合同的现象成为一种趋势，尤其是涉外合同。在特定系统中确定要约的到达时间是比较困难的，因此，合同法的规定是非常必要的。

7. 承诺的含义及其方式

《合同法》第二十一条规定，承诺是受要约人同意要约的意思表示。本条规定了承诺的含义。受要约人在接到要约之后，如果同意要约的内容，向要约人发出通知表示接受，则即为承诺。也就是说，承诺是受要约人同意要约的意思表示，承诺应当是对要约内容的同意，否则，不能视为承诺。

承诺同要约一样，也是当事人的意思表示。要约与承诺是一组对合的概念，两个意思表示对合一致，合同即成立。鉴于承诺对合同的成立具有决定意义，一般认为，承诺应当不明示方式作出，而缄默或者不行为不能视为承诺。

《合同法》第二十二条规定，承诺应当以通知的方式作出，但根据交易习惯或者要约表明可以通过行为作出承诺的除外。本条规定了承诺的方式。承诺一般应当以通知的方式作出，即受要约人以书面或口头方式通知要约人表示接受要约。此外，承诺还可以通过行为作出。例如，受要约人在要约规定的时间内开始履行要约中的内容，并告之要约人，这种以行为表示的承诺也是有效的。但是，以行为表示承诺必须在两种情况下才可以适用：

（1）根据交易习惯可以行为表示承诺，交易习惯主要指行业上的习惯做法或交易双方已存在的惯例。

（2）要约中表明可以行为表示承诺。例如，在一个具备要约内容的订单中规定，如果受要约人接受要约，则将样品寄送要约人，受要约人寄送了样品，表明受要约人已经通过寄送样品的方式对要约人的要约表示了承诺。

承诺的法律效力在于一经承诺并送达于要约人，合同便宣告成立。承诺必须具备如下要件，才能产生法律效力。

（1）承诺必须由受要约人作出。受要约人的承诺，可以由其本人或其代理人作出，其他人作出的承诺意思表示，不产生合同成立的法律效果，但可以视为一项要约。

（2）承诺必须在要约有效期间内向要约人作出。要约规定有承诺期限的，要在期限届满前作出承诺；要约未定期限的，应在要约人期待受要约人承诺的合理期限内作出承诺；口头要约在没有约定承诺期限的情况下应马上承诺。

（3）承诺的内容必须与要约的内容一致。承诺必须是无条件的承诺，不得限制、扩张或者变更要约的内容，否则不构成承诺，而应视为对原要约的拒绝并作出一项新的要约或成为反要约。这种内容的一致性一般是就要约的实质性内容而言。实质性内容是指未来合同的必要条款，换言之，这些条款是未来的合同必须具备的，如果缺少这些条款，未来的合同便不能成立，所以承诺不能更改要约的实质性内容。我国《合同法》第30条规定："承诺的内容应当与要约的内容一致。受要约人对要约的内容作出实质性变更的，为新要约。有关合同标的、数量、质量、价款或者报酬、履行期限、履行地点和方式、违约责任和争议解决方式等的变更，是对要约内容的实质性变更。"因此对非实质性内容的更改一般不影响承诺的效力，如要约人事先声明，其要约不能作任何更改，或者在收到更改通知后及时表示反对的，则承诺不能生效。

合同实务中还应注意的一个问题是迟到的承诺，承诺如果没能在要约有效期内送达即称为迟到的承诺或逾期的承诺，对迟到的承诺应根据不同的情况分别处理：

（1）一般迟到的承诺。这种承诺不能视为有效的承诺，而是一项新的要约，需经原要约人不迟延地用口头或书面确认后，才能成立合同。

（2）意外迟到的承诺。这是指由于意外原因（如自然灾害、意外事故等）而造成承诺的逾期到达。在这种情况下，除非原要约人及时通知承诺人表示该承诺已经失效，否则仍应按照承诺有效处理。我国司法实践的一般做法是：如果承诺是及时发出的，但因送达延误，要约人应及时将收到承诺的逾期情况通知对方，否则视为承诺被接受。如果因此发生纠纷，要约人应对业已履行的通知义务负举证责任；承诺人应对没有收到要约人的通知负举证责任。

当事人作出承诺之后又不想进入合同关系的，可以考虑撤回承诺。承诺的撤回是指受要约人阻止承诺发生法律效力的意思表示。由于承诺是到达要约人时发生法律效力，因此受要约人作出承诺后可以用撤回承诺的方式阻止承诺发生法律效力。因承诺一经要约人收到，合同即告成立，所以撤回承诺的通知必须在承诺送达到要约人之前或同时到达要约人。对于已经到达的承诺，因合同已经成立，于合同生效后只产生解除合同的问题，而不能再撤回承诺。

8. 承诺的生效时间

《合同法》第二十五条规定，承诺生效时合同成立。本条规定了合同成立的条件。一项有效要约加上一项有效承诺，合同即告成立。合同成立往往经过多次的要约与承诺的反复过程。一般情况下，承诺生效必须符合以下条件：

（1）承诺必须是由受要约人或其授权委托人作出的，第三人作出的所谓“承诺”，不发生承诺的效力，可视为要约人的一项“要约”。

（2）承诺必须是对要约全部内容的接受，任何对要约内容的增加、减少、修改之后作出的“承诺”不发生承诺的效力。

（3）承诺必须在承诺期限内作出，迟到的“承诺”不是真正意义上的承诺，根据后条的规定，迟到的承诺，除要约人及时通知受要约人该承诺有效外，视为新要约。

上述条件具备，承诺生效合同成立。依法成立的合同，合同自成立时生效。要约人与受要约之间才真正存在合同关系。

《合同法》第二十六条规定，承诺通知到达要约人时生效。承诺不需要通知的，根据交易习惯或者要约的要求作出承诺的行为时生效。

采用数据电文形式订立合同的，承诺到达的时间适用本法第十六条第二款的规定。

本条规定了承诺的生效时间：

（1）如果要约中规定或要约人与受要约人约定承诺应当以通知方式作出的，承诺于承诺通知到达要约人时生效。如果采用数据电文（电报、传真、电子邮件等）作出的，如果要约人指定特定系统接收该数据电文，则数据电文进入特定系统的时间，视为到达时间；如果要约人未指定特定系统接收该数据电文，则数据电文进入要约人的任何系统的首次时间，视为到达时间。

（2）如果承诺是以行为方式作出的，则行为作出之日为承诺生效之日。如通过寄送样品作为承诺的，样品寄送之日承诺生效。

9. 合同确认书及合同成立时间的规定

《合同法》第三十三条规定，当事人采用信件、数据电文等形式订立合同的，可以在合同成立之前要求签订确认书。签订确认书时合同成立。

本条是关于合同确认书的规定。社会经济交往的频繁，不可能要求每个要约与承诺均面对面地进行，大多数情况是通过异地互发信件、电报、传真、电子邮件等方式进行要约与承诺。一旦当事人采用上述方式订立合同时，任何一方当事人都可以在合同成立之前要求签订确认书。所谓确认书，是指为了可靠、系统地证明双方通过来往函电达成的协议，而根据一方当事人的要求，就合同内容而签订的一种简式书面合同。确认书上主要记载双方协商同意的各项主要条款及其他要求记载的条款，签订确认书简便易行，因为双方已就合同条款达成了一致。而合同自签订确认书时成立。确认书签订后，双方的权利义务以确认书中的规定为准，双方来往的函电可以作为合同的附件。

10. 合同成立地点的规定

《合同法》第三十四条规定，承诺生效的地点为合同成立的地点。

采用数据电文形式订立合同的，收件人的主营业地为合同成立的地点；没有主营业地的，其经常居住地为合同成立的地点。当事人另有约定的，按照其约定。

本条及下条规定了合同的成立地点。合同成立地点涉及到合同的履行及产生纠纷之后的案件管辖地问题。因此，当事人有必要在合同中明确合同的成立地点。如果当事人在合同中没有专门确定合同成立地点，那么，根据合同法的规定，承诺生效的地点为合同成立的地点。承诺生效的地点有二，其一是要约人所在地，因为承诺通知到达要约人时承诺才生效。其二是受要约人所在地，如果承诺行为是在受要约人所在地作出的话。

本条第二款规定了采用数据电文订立合同时，合同成立地点的确定。所谓收件人的主营业地主要是指收件人户口所在地或单位登记注册地，不包括临时居住地和单位的分支机构所在地。主营业地有时也可指订立合同方的主业经营所在地，而不一定是工商登记注册地。

《合同法》第三十五规定，当事人采用合同书形式订立合同的，双方当事人签字或者盖章的地点为合同成立的地点。本条规定了在采用合同书或确认书方式订立合同时合同成立地点的确定。当事人订立合同书或签订确认书，应当签字或盖章，这样签字或盖章的地点即为合同成立的地点。一般来说，在既签字又盖章的情况下，签字和盖章的地点为同一地点，不会存在异议。如果签字和盖章不在同一地点，如合同在承诺一方签字，再拿回要约一方盖章，如何确定合同成立地点？合同法没有明确规定。笔者认为，在合同中没有明确规定的情况下，应以最后盖章的地点为合同成立的地点，这是因为盖章的效力在现实生活中被普遍认为大于签字的效力。不过，为避免出现上述容易引起纠纷的情况，建议订立合同的当事人在合同中明确规定合同成立的地点。

合同的履行地点是合同的必要条款之一。确定了履行地点也就确定了双方当事人的履行费用和风险，同时从民事诉讼角度来看，履行地点是确定法院对案件管辖的依据之一。所以一些当事人喜欢选择履行地点，主要出发点仍是从各自的利益考虑。例如选择自己的住所地为履行地点，可以节省履行费用和避免履行风险，一旦产生合同纠纷也能就近提起诉讼等等。

虽然当事人喜欢选择合同的履行地点，但是合同毕竟是双方当事人的约定，很难由一方当事人决定，所以在实践中，合同履行的选择通常要根据合同标的特性，履行的方式来决定。一般选择合同履行地的原则是：

（1）标的物为建筑物或工程项目的，选择建筑物或工程项目的所在地为履行地；

（2）标的是劳务或工作成果的，履行地点一般选择为提供劳务或完成工作的当事人的住所地；

（3）由供方送货的，在需方接货地履行；

（4）供方代办托运的，在托运地履行；

（5）需方自己提货的，在供方提货地履行。

11. 对事实合同的规定

《合同法》第三十六条规定，法律、行政法规定规定或者当事人约定采用书面形式订立合同，当事人未采用书面形式但一方已经履行主要义务，对方接受的，该合同成立。

本条是关于事实合同的规定。所谓事实合同是指缺乏生效条件，但在特定情况下视为有效的合同。本条规定了缺乏形式要件的合同效力问题。合同可采用书面或口头等方式订立，由当事人自己选择。但法律、行政法规同时规定有些合同必须采用书面形式，如不动产转让合同等，而且当事人还可约定采用书面形式，当事人对此类合同应采用书面形式但未采用书面形式，合同应视为不成立，即无效。如果双方尚未履行合同义务或未完全履行主要义务时，合同解除即可。但有些情况下，合同当事人一方已经履行了主要义务，并且对方已予以接受的，为尊重双方当事人的意愿，维护现存的经济关系，法律特别规定，此时合同视为成立。主要义务是指履行有关合同主要内容的义务，如给付标的物，支付价金，提供服务等。

12. 对缺乏形式要件合同效力的规定

《合同法》第三十七条规定，采用合同书形式订立合同，在签字或者盖章之前，当事人一方已经履行主要义务，对方接受的，该合同成立。

本条也是对缺乏形式要件合同效力的规定。合同法规定当事人采用合同书形式订立合同的，自双方当事人签字或者益章时合同成立。如果没有签字或盖章，自然合同不成立，不成立的合同自然也谈不上有效问题。如果当事人虽然没有在合同上签字或盖章（一方或双方），但一方当事人已经履行了合同中规定的主要义务，并且对方已经予以接受的，那么，该合同也视为成立。已经履行了主要义务的此类合同如果再按无效合同进行处理，不仅没有必要，而且也违背了合同当事人的意愿，于维护社会经济的稳定无益。

一般来说，合同作为当事人意思表示一致的确立债权债务关系的协议，如果采用了书面形式，则当事人或其代理人应当在合同文件上签字或盖章。只有经过签字或盖章的合同文件才能说明签字人或盖章人对该合同文件所记载的内容的认可和负责。因此，一份没有当事人签字和盖章的合同书将不会发生法律效力。但以下两种情形除外:

(1) 如果当事人双方经过口头协商达成协议，一方当事人把协议内容写成确认函，签上自己的名字或盖上单位的公章交给另一方，另一方收到此确认函后，在合理的期间内没有用书面形式对确认函的全部或部分表示异议，可视为对该确认函的被动认可，这一份只有一方签字的合同被认为具有法律效力。

(2) 当事人经过协商达成一致并写成合同书但没有签字或盖章，而随后双方即履行了全部或部分的合同义务，那么，这份合同书由于双方已经实际履行而被视为具有合同法律效力。

13. 指令性任务或国家订货任务之下的合同

《合同法》第三十八条规定，国家根据需要下达指令性任务或者国家订货任务的，有关法人、其他组织之间应当依照有关法律、行政法规规定的权利和义务订立合同。

本条是关于在指令性任务或者国家订货任务之下如何订立合同的规定。我国是社会主义国家，建立的是社会主义市场经济体制，国有经济是主导经济。国家为宏观调控的需要，有必要下达指令性任务或者国家订货任务。对于国家下达的指令性任务或者国家订货任务，接受任务的有关法人，其他经济组织应当严格遵照执行，保证完成相应的任务。有关法人、其他经济组织之间在完成国家下达的指令性任务或者国家订货任务时，应当依照相关法律、行政法规的规定来订立相应的合同，以确定当事人之间的权利和义务，确保国家下达的指令性任务或者国家订货任务能得以顺利完成。

14. 关于合同格式条款的规定

《合同法》第三十九条规定，采用格式条款订立合同的，提供格式条款的一方应当遵循公平原则确定当事人之间的权利和义务，并采取合理的方式提请对方注意免除或者限制其责任的条款，按照对方的要求，对该条款予以说明。

格式条款是当事人为了重复使用而预先拟定，并在订立合同时未与对方协商的条款。

本条是关于格式条款含义及提供格式条款一方的义务的规定。格式合同，又称标准合同或定型化合同，是指合同条款由当事人一方预先拟定，对方只能表示全部同意或者不同意的合同，亦即一方当事人要么从整体上接受合同条件，要么不订立合同。

格式合同主要有以下法律特征：

（1）格式合同的条款具有单方事先决定性。格式合同的条款，一般由一方当事人事先确定，实践中多为提供商品或服务的一方制定并提出，也有一部分格式合同是由当事人以外的社会团体、国家授权的机关制定的。

（2）格式合同的条款具有固定性。所谓固定性，是指全部合同条款都已定型化，他人只有完全同意才能成为合同当事人，不能就合同条款进行讨价还价。

（3）格式合同采书面形式。格式合同多由提供商品或劳务的一方当事人或由第三方印制成书面形式，如车、船票，保险单、售货票证等。

（4）格式合同的当事人一方在经济实力上具有绝对优势，使其可以将预定的合同条款强加给对方，从而排除了就合同条款进行协商的可能性。

格式合同在现代社会已被广泛运用于各个领域，它一方面适应了现代市场经济的要求，具有积极性；另一方面由于缔约人在经济实力上的差别而易导致利益失衡。在前者，格式合同可以节省时间，有利于事先分配风险，降低交易成本；可以促进企业合理经营，而经营的合理化有助于改善商品的品质及降低价格，消费者也不必耗神费力就交易讨价还价，对消费者较为有利。在后者，格式合同的弊端在于，提供商品或服务的一方在拟订合同条款时，经常利用其优越地位，制定有利于己而不利于消费者或顾客的条款。例如免责条款、法院管辖地条款等，对合同上的风险及负担作出不合理的分配。订约者对此类条款多未加注意，不知其存在；或虽知其存在，但因此种合同条款甚为冗长，或字体细小，不易阅读；或虽经阅读，也不一定理解其含义；即便理解其真义，因没有讨价还价余地，也只能接受，容易受到损害。所以《合同法》在本条第1

款规定，采用格式条款订立合同的，提供格式条款的一方应当遵循公平原则确定当事人之间的权利和义务，并采取合理的方式提请对方注意免除或者限制其责任的条款，按照对方的要求，对该条款予以说明。

当前，格式条款大量存在，如航空公司提供的航空运输合同、保险公司提供的保险条款、银行提供的开立保函的格式条款等等，种类繁多，不一而足。格式条款因为事先未同欲与之订立合同的一方协商，故与合同法的自愿、平等原则是不一致的。之所以会有格式条款的存在，是因为一些提供服务的企业为了简化程序，加快业务效率的需要。比如，航空公司如果与每一个需要乘机的旅客相互协商之后再订立运输合同，不但没有必要，而且与现代社会高效率的要求不相适应。但是，格式条款弱化了合同一方当事人的地位，另一方当事人被动地选择接受或不接受。因此，法律有必要加重提供格式条款一方当事人的责任，与之不会成立“霸王条款”，《合同法》本条从以下两个方面对格式条款的提供方予以限制：

（1）提供格式条款的一方有提示、说明的义务，该义务为提供格式条款一方的主动义务，即使另一方当事人未要求提示、说明，也应该主动提示、说明。如果提供格式条款的一方未能尽到提示义务或者拒绝对格式条款予以说明，则该条款不发生效力。

（2）提供格式条款的一方应当按照公平的原则确定当事人之间的权利和义务，公平原则是合同法的基本原则，格式条款的制订是为了简化订立合同的程序，而不是使提供格式条款一方处于特权的地位。如果格式条款不能体现公平原则，该格式条款也是无效的。

《合同法》第四十条规定，格式条款具有本法第五十二条和第五十三条规定情形的，或者提供格式条款一方免除其责任、加重对方责任、排除对方主要权利的，该条款无效。

本条是关于格式条款无效情形的规定。合同法第五十二条和第五十三条第二款是关于合同无效和合同免责条款无效情形的规定，如果格式条款具有第五十二条和第五十三条第二款的规定的情形的，格式条款当然没有法律效力。同时，本条规定，格式票款除了因上述原因无效外，还可能因为提供格式条款的一方当事人免除自身的责任、加重对方当事人的责任或者排除对方当事人的主要权利而无效。当事人之间订立合同应当遵循平等、自愿、公平、诚实信实的原则，如果提供格式条款一方利用格式条款免除自己责任、加重对方责任、排除对方主要权利，显然有违合同法的基本原则，故该格式条款应属无效。

《合同法》第四十一条规定，对格式条款的理解发生争议的，应当按照通常理解予以解释。对格式条款有两种以上解释的，应当作出不利于提供格式条款一方的解释。格式条款和非格式条款不一致的，应当采用非格式条款。本条是关于对格式条款的解释以及格式条款和非格式条款不一致时如何适用的规定。

在采用格式条款订立合同时，合同当事人可能会对格式条款的含义有不同的理解。当双方当事人对格式条款的理争发生争议时，应当按照通常的理解对格式条款予以解释。而当格式条款本身有两种或两种以上解释的，则应当作出不利于提供格式条款一方的解释。这是出于保护格式条款的接受方的利益，因为其与格式条款的提供方相比，总是处于相对较弱、较被动的地位。同时，本条还规定，格式条款与非格式条款发生冲突时，应当采用非格式条款。因为格式条款毕竟是一方当事人在订立合同时未与对方协商的条款，其效力当然不及于双方合意而达成的非格式条款。

15. 当事人合同订立过程中应承担的责任

《合同法》第四十二条规定，当事人在订立合同过程中有下列情形之一，给对方造成损失的，应当承担损害赔偿责任：

（一）假借订立合同，恶意进行磋商；

（二）故意隐瞒与订立合同有关的重要事实或者提供虚假情况；

（三）有其他违背诚实信用原则的行为。

本条规定了当事人合同订立过程中应承担的责任，即缔约过失责任。所谓缔约过失责任，是指一方当事人因过错而在合同订立过程中给另一方造成损失应承担的赔偿责任。本条规定是以往合同法律所没有的。当事人订立合同时应遵循诚实信用原则，不能假借订立合同欺诈对方，骗取财物。合同法规定下述三种情况，当事人应承担合同订立过程中的责任：

（1）假借订立合同，恶意进行磋商的。借订合同之名，行欺诈之实，这种情况在现实生活中大量存在。例如，买卖合同中骗取预付款、定金，建筑工程承包合同中骗取质量信誉金等。

（2）故意隐瞒与订立合同有关的重要事实或者提供虚假情况的。如一方当事人隐瞒自己的运输工具已坏这一事实而与托运人订立货物运输合同的行为等。

（3）其他违背诚实信用原则的行为。例如，借合资之名骗吃骗喝、无代理权说有代理权等。

行为人在上述情况下如果给另一方造成了损失，应承担损害赔偿责任。当然，如果没有造成损失，也就没有赔偿。本条规定，使对合同签订之前的违法行为进行制裁有法可依。

其中诚实信用原则要求当事人严格遵守，体现了伦理道德要求的诚实、守信、善意等规则，从而为民事主体从事民事活动提供了基本的行为模式与标准。我国《民法通则》从基本法的角度，确认了诚实信用原则为民法的一项基本原则，是对我国传统的社会道德和商业道德习惯在法律上的确认。对于规范民事活动，特别是市场交易行为，弘扬道德观念，维护交易秩序，都具有极为重要的作用。诚实信用原则作为直接规范交易行为的法律原则，与债权债务关系尤其是与合同关系的联系最为密切，成为合同履行的基本原则。

合同的履行应当严格遵循诚实信用原则。一方面要求当事人除了应履行法律和合同规定的义务以外，还要履行依诚实信用原则所产生的各种随附义务。这些随附义务主要包括：相互协作和照顾的义务，瑕疵的告知义务，使用方法的告知义务，重要情事的告知义务，忠实的义务等。另一方面，在法律和合同规定的义务内容不明确或缺少规定的情况下，当事人应当依照诚实信用原则履行义务。这方面的具体要求是：

（1）关于履行标的。债务人交付标的物及债权人接受该标的物，都应当依据诚实信用原则。如果标的物为种类物，尽管该批货物的质量有差异但并未超过合同规定的范围，按照诚实信用原则，债务人不得故意选择其中品质较次的履行；如果债务人交付的标的物与先前交付的标的物在品质上并无差异，且不妨碍债权人的使用和其他利益，债权人不得予以拒绝。

（2）关于履行时间。如果合同未规定履行时间，债务人提出履行必须依据诚实信用原则给对方必要的准备时间。如果合同规定了履行期限，债务人选择具体的履行时间也必须遵循诚实信用原则。例如，深夜敲门还钱，趁对方下班后交货等，都不符合该原则。在合同规定了履行时间的情况下，债务人一般不得提前履行，如果确有正当理由需要提前履行，而提前履行亦不会给债权人造成损害，债权人依照诚实信用原则不应无故拒绝。

（3）关于履行地点。如果合同未规定履行地点或规定得不明确时，债务人除应当依照《民法通则》第 88 条的规定来确定履行地点外，同时应当遵循诚实信用原则考虑在符合债权人利益或者便于债权人接受履行的地点履行。

（4）关于履行数量。如果债务人给付的数量不足，但缺少的数量甚微，对债权人未造成明显的损害，债权人不得拒绝收受并援引同时履行抗辩的规定拒付货款。如果债务人交付的数量超过约定的数量，而债权人返还超额的部分并不困难，则不得拒绝债务人的给付。

（5）关于履行方法。在履行方法问题上也应严格遵循诚实信用原则的要求。如合同约定交货方式为代办托运，依据诚实信用原则，债务人应于数种可能的运输方式和数条运输线路中，选择对债权人最有利的运输方式和运输路线。

16. 对商业秘密的规定

《合同法》第四十三条规定，当事人在订立合同过程中知悉的商业秘密，无论合同是否成立，不得泄露或者不正当地使用。泄露或者不正当地使用该商业秘密给对方造成损失的，应当承担损害赔偿责任。

本条是关于商业秘密的规定。商业秘密，根据《反不正当竞争法》第 10 条之规定，是指不为公众所知悉、能为权利人带来经济利益、具有实用性并经权利人采取保密措施的技术信息和经营信息。商业秘密是企业的一项财富，当事人在订立合同过程中知悉的商业秘密，应当予以保密，不得泄露或者不正当地使用。否则，给对方造成损失的，应当承担损害赔偿责任。双方当事人在洽谈合同时，可以预先签订一个保密协议。尤其是在技术转让合同谈判中，保密协议至关重要。保守商业秘密，不但获知商业秘密的一方要应对方的要求守密，而且商业秘密拥有方也要注意及时要求对方守密和保守自身的商业秘密。这样，即使合同未签订，也不致于因此而蒙受损失，当事人借订立合同之名恶意侵犯他人商业秘密的，依照《反不正当竞争法》的规定承担侵权责任。

二、合同的效力

1. 合同生效时间的规定

《合同法》第四十四条规定，依法成立的合同，自成立时生效。法律、行政法规规定应当办理批准、登记等手续生效的，依照其规定。本条是关于合同生效时间的规定。

当事人对合同的标的、数量等内容协商一致，合同成立。依法成立的合同，自成立时生效。生效意味着合同对双方当事人均有拘束力，均要依照合同规定的内容履行，不得擅自变更。除了成立时即生效的合同外，还有一类合同成立时并未生效，而是等到履行一定的手续（如批准、登记）后才生效，这些需要办理批准、登记等手续的合同，法律、行政法规均有规定。如需要批准的合同有中外合作企业合同、中外合作勘探开采石油资源合同、技术引进合同、政府采购合同等。需要批准的合同大部分是涉外合同及政府指令性合同；需要登记的合同如抵押合同，《担保法》规定自登记之日起生效等。还有一些合同规定了具体的生效日期，则从其规定，如合同中规定自签字之日起生效，自公证后生效等等。

2. 附条件合同与附期限合同

《合同法》第四十五条规定，当事人对合同的效力可以约定附条件。附生效条件的合同，自条件成就时生效。附解除条件的合同，自条件成就时失效。当事人为自己的利益不正当地阻止条件成就的，视为条件已成就；不正当地促成条件成就的，视为条件不成就。

本条规定了附条件合同，附条件合同有以下两类：

（1）附生效条件合同。指合同的效力自约定的条件成就起产生的合同。条件不成就，合同不生效。如双方当事人在合同中约定，本合同自一方交付定金之日起生效，交付定金即为生效条件，一方向另一方交付了定金，则交付定金之日为合同生效之日。

（2）附解除条件合同。指合同的效力自约定的条件成就时终止的合同。条件成就，合同终止。如双方当事人在合同中约定，本合同若因不可抗力影响合同不得履行持续超过30天，则合同解除。如果在合同履行过程发生了洪水等不可抗力致使一方未能履行合同又超过30天，那么合同约定的解除条件成就，合同即终止，双方另行处理善后事宜。

对于附条件的合同，为防止当事人恶意利用所附条件损害对方当事人的利益或进行违反国家法律、法规的行为，本条第二款同时规定，当事人为自己的利益不正当地阻止条件成就的，视为条件已成就，不正当地促成条件成就的，视为条件不成就。这里的当事人主观上必须存在过错，不正当指欺骗、隐瞒、胁迫等行为。

《合同法》第四十六条规定，当事人对合同的效力可以约定附期限。附生效期限的合同，自期限届至时生效。附终止期限的合同，自期限届满时失效。

本条是关于附期限合同的规定，附期限的合同有以下两类：

（1）附生效期限的合同。指合同当事人在合同中约定合同效力起始期限的合同。附生效期限的合同，自生效期限到来之日起生效，如当事人在合同中约定：本合同自某年某月某日起生效，或约定本合同自签字之日起生效。

（2）附终止期限的合同。指合同当事人在合同中约定合同效力终止期限的合同。附终止期限的合同，自终止期限届满时失效，如当事人在合同中约定：本合同有效期为3个月，则3个月届满后合同终止。

附条件合同与附期限合同最主要的区别是：附条件合同中的条件是否成就是不确定的，而附期限合同中的期限却是确定的。附条件合同的存续期限一般不确定，附期限合同的存续期限一般是确定的。

当事人在订立合同时，可以在合同中规定一定的期限，把期限的到来作为合同生效或失效的前提，这样的合同在经济活动中，特别是在大宗的买卖、租赁、借贷、保管、运输、供水、供电、供气等民事经济合同中广泛地运用。

按照一定的时间在合同中的作用来看，可将期限分为生效期限和终止期限两种。生效期限是指当事人订立合同之后，合同约定的期限到来后，合同才开始生效，在期限到来之前暂不发生效力。这种自期限届满才生效的合同是一种延期发生效力的合同，这里的期限又被称为“延缓期限”、“始期”。终止期限是指双方当事人在合同中约定了合同失效的期限，当这个期限届满时，合同自动失效，双方各自的权利义务关系终结。例如：在保险合同中，当保险期限届满时，投保人和保险人之间的保险合同即告终结。终止期限也被称为“解除期限”、“终期”。

当事人在合同中规定期限可以采用以下方式：

（1）约定一定的年、月、日期限，以确定合同的生效或失效的具体时间，例如以2002年1月5日为合同生效时间或合同失效时间。

（2）定明在一定时期内，权利义务关系的存在或消灭，例如合同约定自2002年2月8日至2002年6月8日合同生效或不生效。

（3）双方约定以某种随着时间的推移必然到来的事实规定的特定的时刻或期间，例如以每年一度的汛期为劳务合同开始和持续的时间，又如以某项工程的竣工为供电合同的开始时间。

（4）以一方当事人提出请求的办法来确定期限，例如在没有规定旅行期限的合同中，以债权人请求的时间为合同生效的开始。

在合同中订入一定的期限，使当事人在履行合同义务的前后有一个回旋余地，或者按照合同约定的内容各自履行义务，实现一定的目的；或者可以在合同生效前变更或终止合同，避免遭受利益损失和避开不想介入的债权债务关系。

3. 无权代理与表现代理

《合同法》第四十七条规定，限制民事行为能力人订立的合同，经法定代理人追认后，该合同有效，但纯获利益的合同或者与其年龄、智力、精神健康状况相适应而订立的合同，不必经法定代理人追认。

相对人可以催告法定代理人在一个月内予以追认。法定代理人未作表示的，视为拒绝追认。合同被追认之前，善意相对人有撤销的权利。撤销应当以通知的方式作出。

本条规定了无限制民事行为能力人订立合同的效力问题。根据《民法通则》第12条、第13条的规定，不满10周岁以上的未成年人和不能完全辨认自己行为的精神病人为限制民事行为能力人，可以进行与其年龄、智力相适应或与其精神状况相适应的民事活动，其他民事活动由其法定代理人代理，或者征得其法定代理人的同意。第14条规定，限制民事行为能力人的监护人是他的法定代理人。对于限制民事行为能力人订立的合同效力问题，合同法规定必须经过其法定代理人的追认才有效。但如果是纯获利益的合同，如赠与合同，或与其年龄、智力、精神健康状况相适应的合同，如简单的买卖合同，不必经过法定代理人的追认才有效。法定代理人的追认必须是以通知的方式。

合同相对人如果知道与其订立合同的一方是限制民事行为能力人，可以在合同订立后1个月内要求法定代理人予以追认。如果法定代理人既未表示追认，也未表示同意，则视为拒绝追认。在法定代理人追认之前，善意相对人有撤销的权利，撤销必须以通知的方式作出，但撤销权仅限于由善意相对人行使。如果相对人明知对方是限制民事行为能力人，但仍然与之订立合同，则该相对人不享有撤销权。

《合同法》第四十八条规定，行为人没有代理权、超越代理权或者代理权终止后以被代理人名义订立的合同，未经被代理人追认，对被代理人不发生效力，由行为人承担责任。

相对人可以催告被代理人在一个月内予以追认。被代理人未作表示的，视为拒绝追认。合同被追认之前，善意相对人有撤销的权利。撤销应当以通知的方式作出。

本条是关于无权代理的规定。合同法规定，当事人依法可以委托代理人订立合同，代理人订立合同，应当有委托人的书面授权书。以委托人的名义，在授权范围内订立合同，由此所产生的一切后果才由委托人承担。代理人代理权的产生基于委托人的授权，无代理权而以他人名义订立的合同，对该人来说是不发生效力的，除非经过本人的追认。如果合同未得到本人的追认，则后果由该无权代理人承担。

同前条规定一样，对于无权代理订立的合同，相对人有催告被代理人追认的权利。同时，善意相对人也有撤销的权利。

如果相对人明知对方无代理权而仍然与之订立合同，则该合同无效，且不对被代理人发生效力，后果由无权代理人和恶意相对人共同承担。

《合同法》第四十九条规定，行为人没有代理权、超越代理权或者代理权终止后以被代理人名义订立合同，相对人有理由相信行为人有代理权的，该代理行为有效。

本条是关于表现代理的规定。所谓表现代理，是指因被理人的行为造成了足以使相对人相信代理人具有代理权的表征，被代表人须对之负授权人之责的代理。也就是说，表现代理本为无权代理，只是由于其表面上定了便善意第三人相信代理人有代理权而将其视为有权代理。

法律创设表现代理制度的目的在于保护善意第三人的信赖利益以及交易的安全，对疏于注意的被代理人，令其自负其责。

4. 法定代表人、负责人的越权代理

《合同法》第五十条规定，法人或者其他组织的法定代表人、负责人超越权限订立的合同，除相对人知道或者应当知道其超越权限的以外，该代表行为有效。

本条特别规定了法定代表人、负责人的越权代理行为的效力问题。法定代表人、负责人订立合同，不需要法人或其他组织的授权，其任何职务行为均代表法人或组织的行为。但法人或其他组织有经营范围或业务范围，越出该范围的活动属于越权活动，是违法的。从这个意义上说，法定代表人、负责人订立合同也是有范围限制的。此外，象公司等组织有股东会、董事会，他们可能会就某项事务特别授权法定代表人办理，法定代表人只有在其授权范围内代表法人行为。法定代表人或负责人超越此权限订立的合同，如果相对人不知道对方是越权签订合同，则合同有效。也就是说，法定代表人或负责人的代表行有效。但如果相对人明知或应当知道对方超越权限订立合同，仍然同意与之签订合同，甚至双方恶意串通，损害单位或第三人的利益，则法定代表人或负责人的代表行为无效，所签合同也无效。

5. 无权处分财产人所订的合同

《合同法》第五十一条规定，无处分权的人处分他人财产，经权利人追认或者无处分权的人订立合同后取得处分权的，该合同有效。

本条是对无权处分财产人所订合同效力的规定。合同当事人订立合同时，对合同标的必须具有处分权，即所移转的合同标的是其所拥有的财产或有权处分的财产，合同当事人不能将他人财产作为合同标的移转给另一方合同当事人，否则，就会引起纠纷。但是，法律规定，如果财产所有人对无权处分财产人的擅自处分其财产的行为进行追认，或者对财产所有人与无权处分人订立合同，同意将财产移转给无权处分人之后，合同有效。也就是说，在上述两种情况发生之前，无处分权人就无权处分的财产订立的合同处于待生效状态。经追认或订立合同取得处分权后，合同生效，否则，合同不生效。若合同相对人明知对方是无权处分财产的人，仍与之订立合同，则合同相对人应承担相应的给权利人带来损失的责任。

6. 对无效合同的规定

《合同法》第五十二条规定，有下列情形之一的，合同无效：

（一）一方以欺诈、胁迫的手段订立合同，损害国家利益；

（二）恶意串通，损害国家、集体或者第三人利益；

（三）以合法形式掩盖非法目的；

（四）损害社会公共利益；

（五）违反法律、行政法规的强制性规定。

本条是关于无效合同的规定，法律特别规定的无效合同有以下5种：

（1）欺诈、胁迫合同。欺诈是指一方故意制造假相或隐瞒事实真相而使对方在错误的认识上与之订立合同的行为。胁迫是指一方使可能实现的使对方人身、财产蒙受损失的行为相威胁，迫使对方与之订立合同的行为。欺诈、胁迫违背了合同所要求的自愿、平等、诚实信用原则，如果通过此种手段订立合同损害国家利益，则合同当然无效。

（2）恶意串通合同。合同当事人双方相互勾结、串通，意图通过订立合同来达到损害国家、集体或者第三人的利益，此种行为违背了合同法要求的诚实信用和合法原则，所以，恶意串通的合同无效。

（3）以合法形式掩盖非法目的合同。此类合同表面上看来是合法的，是自愿、平等订立的，但是，合同的内容却违反了法律，意图达到非法的目的。例如，双方名义上订立是货物买卖合同，实际却是为了达到走私进口的目的，这类合同自然也是无效。

（4）损害社会公共利益的合同。合同当事人订立合同不得损害公共利益。公共利益是社会公德的重要内容，应加以维护。所以，损害社会公共利益的合同无效，如购销假酒合同，损害了公民的身体健康。

（5）违反法律、行政法规的强制性规定的合同。法律、行政法规对合同效力有强制性规定的，应遵循该强制性规定。否则，合同无效。如法律要求不动产转让合同必须办理过户手续才生效，若未办理过户手续，合同是无效的。

7. 对合同免责条款的规定

《合同法》第五十三条规定，合同中的下列免责条款无效：

（一）造成对方人身伤害的；

（二）因故意或者重大过失造成对方财产损失的。

本条是对合同免责条款的规定。有些合同，如运输合同、建筑工程合同等，合同一方当事人为了减轻依法应承担的责任，往往会在订立的合同中加入免责条款。一般的免责条款，除了法律有强制性规定外和经对方当事人同意后，该条款有效。但是，合同法特别规定在以下两种情况下免责条款无效，因为这明显违背了公平原则：

（1）造成对方人身伤害的。一方当事人如果合同履行过程中给对方造成了人身伤害，应予以赔偿，对于致害方来说，承担的是侵权责任，与合同本身没有直接的联系。因此，这类免责条款也无效。

（2）因故意或者重大过失给对方造成财产损失的。故意或者重大过失，表明当事人有过错，有过错而不承担责任，是法律所不允许的，即使对方当事人同意也无效。

8. 对可变更合同或撤销合同的规定

《合同法》第五十四条规定，下列合同，当事人一方有权请求人民法院或者仲裁机构变更或者撤销：

（一）因重大误解订立的；

（二）在订立合同时显失公平的。

一方以欺诈、胁迫的手段或者乘人之危，使对方在违背真实意思的情况下订立的合同，受损害方有权请求人民法院或者仲裁机构变更或者撤销。

当事人请求变更的，人民法院或者仲裁机构不得撤销。

本条是关于可变更或者撤销合同的规定。可变更或者撤销合同，又称为效力特定合同。这类合同既可成为有效合同，也可成为无效合同，凭当事人的意志而定。一般来说，合同成立之后，当事人不能随意撤销已经依法成立的合同。即使是属于法律规定的可撤销的合同，也要依据法定的条件和程序才能撤销该合同。可撤销的合同是指那些法律规定的虽然缺少合同生效的要件，但当事人不请求撤销，仍可由当事人双方继续履行的那类合同。根据本条规定，可撤销

的合同包括以下三类:

（1）因重大误解而订立的合同。这类合同是由于当事人对合同内容缺乏了解，或了解得不正确，造成错误认识而签订的合同。重大误解应当具备的构成要件:

一是对合同内容有错误认识。如把有偿合同误认为无偿合同，把食用油误认为工业用油等。

二是错误认识是由于本身的无知或误解造成的。如果不是由于无知或误解造成的，则不能构成重大误解。

三是由于该误解，将造成或已经造成较大的损失。损失的数量是误解的当事人是否享有撤销请求权要考虑的因素。

（2）在订立时显失公平的合同。这是指一方当事人在紧迫或缺乏经验的情况下而订立的明显对自己有重大不利的合同。例如，某人因资金严重缺乏或经营上的迫切需要，而向他人借高利贷，此种借贷合同大多属于显失公平的合同。显失公平的合同往往是当事人双方的权利义务极不对等，经济利益严重失衡，一方要承担更多的义务而享受极少的权利或在经济利益上要遭受重大损失，而另一方则以较小的代价获得较大的利益，承担极少的义务而获得更多的权利，因而违反了公平合理原则。

值得注意的是，在市场经济条件下，要求各种交易中双方的付出都达到完全的对等是不可能的。做生意总会有赔有赚，从事交易必然要承担风险，这是当事人在订立合同时应当考虑到的。如果当事人因某项交易不成功或亏损，就以显失公平而要求撤销合同，显然违背了撤销显失公平的合同制度设立的目的。法律允许撤销显失公平的合同不是为了免除当事人应承担的交易风险，而是禁止或限制一方当事人获得超过法律允许的利益。

（2）一方以欺诈、胁迫的手段或者乘人之危，使对方在违

背真实意思的情况下订立的合同。因欺诈、胁迫订立的合同，损害国家利益的，是无效合同。如果受害的只是受欺诈、受胁迫、被乘人之危的一方当事人，根据意思自治的原则，受害方可以有选择合同效力的权利，既可以撤销或者变更合同，也可以直接请求人民法院或者仲裁机构确认合同无效，还可以保持合同有效。

当事人对可撤销合同有撤销权，但这一权利的行使合同法有明确要求。

一是途径上，必须请求人民法院或者仲裁机构撤销。

二是时间上，撤销权必须在当事人知道或者应当知道撤销事由之日起 1 年内行使。当然，作为一种权利，当事人可以行使撤销权也可以放弃撤销权。

放弃撤销权可以明确地加以表示，包括用口头和书面方法；也可以用自己的行为表示，如当事人在合同履行期到来时自动履行了合同规定的义务。

《合同法》第五十五条规定，有下列情形之一的，撤销权消灭：

（一）具有撤销权的当事人自知道或者应当知道撤销事由之日起一年内没有行使撤销权；

（二）具有撤销权的当事人知道撤销事由后明确表示或者以自己的行为放弃撤销权。

本条是关于撤销权消灭的规定。对于不撤销的合同，享有撤销权的当事人可以请求人民法院或者仲裁机构予以撤销，但撤销权并非永续性的权利。在下列情况下，撤销权消灭：

（1）撤销权除斥期间经过。除斥期间是指法律预定某种权利于存续期间届满而当然消灭的期间。合同法规定撤销权的除斥期间为一年，自具有撤销权的当事人知道或者应当知道撤销事由之日起算。具有撤销权的当事人在此一年内没有行使撤销权的，撤销权消灭。

（2）权利人放弃撤销权的。撤销权是一种民事权利，权利人既可依法行使，也可放弃。合同法规定具有撤销权的当事人知道撤销事由后明确表示或者以自己的行为放弃撤销权的，撤销权消灭。

9. 对无效合同或被撤销合同的处理方式的规定

《合同法》第五十六条规定，无效的合同或者被撤销的合同自始没有法律约束力。合同部分无效，不影响其他部分效力的，其他部分仍然有效。

本条规定了合同无效或被撤销的时间起始及部分无效合同之处理。对于无效合同或被撤销合同，当事人可能在合同刚成立时即发现无效或撤销事由，也可能在合同履行过程中发现，甚至可能在合同履行完毕后才发现，但无论什么时候发现，一旦被确定是无效合同或被撤销，该合同即被视为自成立之始就无效，即自始就没有法律约束力。尚未履行的，当事人可不必履行；正在履行的，停止履行。本法第57条具体规定了无效合同或被撤销合同的处理。

人民法院或仲裁机构在确认无效或被撤销合同时，如果发现合同只是部分无效，且无效的部分不影响合同其他部分的效力，则其他部分仍然有效。所谓不影响，是指合同无效部分不是合同的主要内容。部分无效的合同条款同样自始无效。

《合同法》第五十七条规定，合同无效、被撤销或者终止的，不影响合同中独立存在的有关解决争议方法的条款的效力。

本条对争议解决方法条款作了特别规定。合同无效，则自始无效，合同对当事人也就没有法律约束力；合同被撤销后原内容对当事人也就没有法律约束力；合同终止后，合同内容对当事人自然也就没有法律约束力。但是，考虑到当事人在对待合同无效、被撤销或终止问题上可能会存在争议，为了使争议能够得到尽快和很好的解决，合同法特别规定，因合同无效、被撤销或者终止时，不影响合同中独立存在的有关解决争议方法的条款的效力。即无论合同是被确认无效，还是被撤销或终止，一旦当事人就此发生争议，都可以依据原合同中解决争议条款来解决双方的争议。当然，合同中解决争议的条款本身必须是有效的，否则，如果其本身就无效，自然也应予以变更或撤销。例如，合同争议条款既规定可以仲裁，又规定可以起诉，该条款即无效。因为，只能或裁或审，而不能既裁又审。

《合同法》第五十八条规定，合同无效或者被撤销后，因该合同取得的财产，应当予以返还；不能返还或者没有必要返还的，应当折价补偿。有过错的一方应当赔偿对方因此所受到的损失，双方都有过错的，应当各自承担相应的责任。

本条规定了无效合同或被撤销合同的处理。处理方式本条规定了3种：

（1）返还财产。返还财产指合同被确认无效或被撤销后，当事人双方将按照合同从对方已经取得的财产，各自返还对方，使当事人之间的财产关系恢复到双方订立合同之前的状态。因为合同被确认无效或被撤销后，当事人取得对方财产就没有法律依据了，不受保护与承认，故应返还对方。

（2）折价补偿。如果当事人所取得的财产已经不能返还或者没必要返还时，可以折价补偿。如当事人已将取得的财物消耗掉，无从返还，只能根据市场价格予以补偿。

（3）赔偿损失。如果合同被确认无效或被撤销是因为当事人一方或双方有过错，且因此给对方造成了损失，则过错一方应承担赔偿责任。

《合同法》第五十九条规定，当事人恶意串通，损害国家、集体或者第三人利益的，因此取得的财产收归国家所有或者返还集体、第三人。

本条规定了因当事人的恶意行为导致合同无效时的处理。当事人假借订立合同，恶意串通，意图损害国家、集体或者第三人的利益，根据法律规定，这样的合同是无效合同。根据前条规定，当事人因无效合同而取得的财产应返还对方。但当事人故意的患通行为，损害的是国家、集体或第三人的利益，对此种行为应予以惩罚。如果所取得的财产是来自国家、集体或第三人，该财产就不能返还对方，而应返还国家、集体或第三人。因此，如果双方的恶意串通行为损害了国家利益，则双方因合同而取得的财产应收归国家所有。如果损害了集体或第三人的利益，则应将财产返还给集体或第三人并赔偿集体或第三人的损失。

三、合同的履行

1. 合同履行的规定

《合同法》第六十条规定，当事人应当按照约定全面履行自己的义务。

当事人应当遵循诚实信用的原则，根据合同的性质、目的和交易习惯履行通知、协助、保密等义务。

本条及以下各条是关于合同履行的规定。合同订立以后，当事人应当全面按约定履行各自的义务。本条规定当事人在履行合同过程中所应尽的基本义务：

（1）通知。合同当事人任何一方在履仃合同过程中应当及时通知对方履行情况的变化，遵循诚实信用原则，不欺诈、不隐瞒。

（2）协助。合同是当事人双方共同订立的，因此，相互协助履行是最基本的义务。协助义务，具体说来有：当事人除了自己履行合同义务外，并为对方当事人履行合同创造必要的条件；一方在履行过程中遇到困难时，另一方应在法律规定的范围内给予帮助；当事人一方发现问题时，双方应及时协商解决等。

（3）保密。当事人在合同履行过程中获知对方的商务、技术、经营等秘密信息应当主动予以保密，不得擅自泄露或自己非法使用。

合同当事人在履行上述基本义务的过程中，应当本着诚实信用，根据合同的性质、目的及交易习惯来履行。

如果一方当事人未履行合同，另一方当事人是否也可以不履行？合同生效之后，一方当事人可以另一方当事人未履行合同为理由而拒绝自己的履行，这种权利被称为同时履行抗辩权。当事人并非在任何合同和任何阶段都可以主张同时履行抗辩权。同时履行抗辩权的行使要符合以下要件：

（1）须由同一双务合同互负债务。首先，同时履行抗辩仅适用于双务合同，而不适用于各类单务合同，如无偿担保、无偿委托等。其次，同时履行抗辩发生的前提条件，是在同一双务合同中双方互负债务。如果双方的债务是基于两个或者更多的合同产生，即使双方在事实上具有密切联系，也不能产生同时履行抗辩权。

（2）须双方互负的债务均已届清偿期。只有在双方互负的债务同时到期时，才能行使同时履行抗辩权。如果依据合同的规定，一方有先为履行的义务，则负有先为履行义务的一方不得以对方未履行义务而拒绝履行。又如，双方债务虽然同时到期，但双方约定一方可以延期履行债务，因此也不能产生同时履行抗辩权。

（3）须对方未履行债务。这里的未履行债务须与对方所负债务具有对价关系，否则也不发生同时履行抗辩权。

（4）须对方的对待给付是可能履行的。同时履行抗辩的机能在于一方拒绝履行可迫使他方履行合同，这样，可促使双方同时履行其债务。如果因不可抗力发生履行不能，则双方当事人将被免责，在此情况下，如一方提出了履行的请求，另一方则可提出否认对方请求权存在的主张，而不是主张同时履行抗辩权。

2. 合同主要内容不明确时的法定解决方法

《合同法》第六十一条规定，合同生效后，当事人就质量、价款或者报酬、履行地点等内容没有约定或者约定不明确的，可以协议补充；不能达成补充协议的，按照合同有关条款或者交易习惯确定。

本条是关于补充协议的规定。一项合同不可能事无巨细，面面俱到；而且即使合同成立后，也会因情况发生变化而需要对合同内容作调整。因此，合同成立后，当事人可以就合同中没有规定的内容订立补充协议，作为合同的组成部分，与合同具有同等的法律效力。尤其是当事人对合同的主要内容，即质量、价款或者报酬、履行地点等没有约定或约定不明确时，更应签订补充协议。如果当事人不能就上述内容达成补充协议，则可以参照合同其他条款，根据当地或本行业的交易习惯或者根据法律的特别规定加以确定，以解决双方当事人的纠纷。因此，如果上述合同的主要内容不确定，合同就无法正常履行，这另一方面也要求当事人在订立合同时就应充分考虑订好主要条款，以免日后的被动。

《合同法》第六十二条规定，当事人就有关合同内容约定不明确，依照本法第六十一条的规定仍不能确定的，适用下列规定：

（一）质量要求不明确的，按照国家标准、行业标准履行；没有国家标准、行业标准的，按照通常标准或者符合合同目的的特定标准履行。

（二）价款或者报酬不明确的，按照订立合同时履行地的市场价格履行；依法应当执行政府定价或者政府指导价的，按照规定履行。

（三）履行地点不明确，给付货币的，在接受货币一方所在地履行；交付不动产的，在不动产所在地履行；其他标的，在履行义务一方所在地履行。

（四）履行期限不明确的，债务人可以随时履行，债权人也可以随时要求履行，但应当给对方必要的准备时间。

（五）履行方式不明确的，按照有利于实现合同目的的方式履行。

（六）履行费用的负担不明确的，由履行义务一方负担。

本条规定了合同主要内容不明确时在协商不能确定时的法定解决方法：

（1）质量不明确时，对方当事人先要看就该质量有无国家标准和行业标准，如果有国家标准、行业标准，则按照该标准履行；如果没有国家标准和行业标准的，则按照通常的公认的标准或者符合合同目的的特点标准来履行。

（2）价款或者报酬不明确的，按订立合同时履行地的市场价格履行。履行地至关重要，因为，有时地点不一样，市场价格会相差许多，但如果该项产品或所提供的服务依法须执行政府定价或者政府指导价的，则应按照相应规定执行，如铁路客运票价。

（3）地点不明确的，如果是给付货币，则在接受货币的一方所在地履行；如果是交付不动产，则在不动产所在地履行；除此之外，其他均在履行义务一方所在地履行。履行地点会涉及到履行费用问题。

（4）期限不明确的，对债权人来说，应随时接受债务人的履行。但，如果债权人要求债务人履行时，虽然也可以随时要求，却应给予债务人必要的准备时间，具体时间双方可以协商。

（5）方式不明确的，按有利于实现合同目的方式履行。实现合同目的是双方当事人订立合同所追求的终极的目标。因此，如何有利于实现合同目的，就如何确定履行方式，当事人是无可厚非的。

（6）履行费用负担不明确的，由履行义务一方负担，即由债务人承担履行债务的费用。双方互负债务，则各自承担。

3. 执行政府定价或政府指导价的合同

《合同法》第六十三条规定，执行政府定价或者政府指导价的，在合同约定的交付期限内政府价格调整时，按照交付时的价格计价。逾期交付标的物的，遇价格上涨时，按照原价格执行；价格下降时，按照新价格执行。逾期提取标的物或者逾期付款的，遇价格上涨时，按照新价格执行；价格下降时，按照原价格执行。

本条是关于执行政府定价或者政府指导价的合同的规定。我国是社会主义国家，为了维护社会经济秩序，更好地进行宏观调控，有必要对一些关系到国计民生的重要的产品或服务实行政府定价或者政府指导价。执行政府定价或者政府指导价的合同，如果在合同规定的交付期限内遇到政府价格调整时，应按交付时的新价格计价。如果当事人未按照约定的期限履行合同规定的义务，逾期交货时，为使其逾期的违约行为受到经济制裁，规定在遇价格上涨时，执行原价格；价格下降时，执行新价格。如果是逾期提货或逾期付款（利率调整），价格上涨时，执行新价格；价格下降时，执行原价格。价格之间的差额损失由违约一方承担。

4. 债权转移与债务转移的规定

《合同法》第六十四条规定，当事人约定由债务人向第三人履行债务的，债务人未向第三人履行债务或者履行债务不符合约定，应当向债权人承担违约责任。

本条是关于债权移转的规定。债权移转是指债权人将自己所享有的债权移转至第三人，由债务人向该第三人履行债务的行为。债权移转类似于合同主体的变更，即原债权人换成新债权人。债权移转必须经过债务人同意，否则不发生移转的效力。原合同当事人约定债务人向第三人履行债务时，如因此增加了履行费用，此费用应由债权人承担。债权移转之后，在合同规定的履行期限内，第三人，即新债权人可以向债务人请求履行，债务人不得拒绝，如果债务人未向该第三人履行债务或者履行债务不符合约定的，债务人应当向原债权人承担违约责任。此外，债权移转的仅仅是债权，即要求债务人履行债务的权利，至于其他权利，则仍由原债权人保留。

《合同法》第六十五条规定，当事人约定由第三人向债权人履行债务的，第三人不履行债务或者履行债务不符合约定，债务人应当向债权人承担违约责任。

本条是关于债务移转的规定。债务移转是指债务人将自己的债务移转至第三人，由第三人向债权人履行债务的行为。与债权移转一样，债务人移转债务也必须征得债权人的同意。否则，不发生债务移转的效力，债权人仍可向原债务人要求履行债务。债务移转之后，在约定的履行期限，债权人可以要求接受债务的第三人向自己履行债务，第三人不履行债务或者履行债务不符合约定，应当由原债务人向债权人承担违约责任。债权人不能强制第三人履行债务。

从合同法的规定来看，债权移转和债务移转不是纯粹意义上的合同转让，而只是转让了其中的部分权利或义务，债权或债务移转之后，原合同除了已经移转的内容外，仍然是有效的。在债务人或第三人未履行义务时，均可根据原合同追究其违约责任。

5. 同时履行抗辩权与先行履行抗辩权

《合同法》第六十六条规定，当事人互负债务，没有先后履行顺序的，应当同时履行。一方在对方履行之前有权拒绝其履行要求。一方在对方履行债务不符合约定时，有权拒绝其相应的履行要求。

本条规定了同时履行抗辩权。所谓同时履行抗辩权，是指互负同时给付债务的一方当事人在对方当事人履行对待给付之前拒绝先行给付的权利旦同时履行抗辩权的行使必须满足以下条件：

（1）双方当事人必须互负债务且无先后履行顺序，即应同时履行。

（2）双方当事人互负的债务应当是数额相等的对待给付。一方当事人只能在另一方当事人同等数额范围内的债务进行抗辩。

（3）必须是一方当事人未履行或履行不符合约定。

一旦一方当事人履行债务后，另一方当事人应立即向对方履行，否则应承担逾期之违约责任。需要说明的是，同时履行不是说必须在同一时间内，分秒不差。允许有较短的时间间隔。

《合同法》第六十七条规定，当事人互负债务，有先后履行顺序，先履行一方未履行的，后履行一方有权拒绝其履行要求。先履行一方履行债务不符合约定的，后履行一方有权拒绝其相应的履行要求。

本条规定了先行履行抗辩权。所谓先行履行抗辩权，是指互负债务的在后履行的当事人，在对方先行履行的当事人未对待给付或给付不符合约定之前拒绝给付的权利。先行履行抗辩权的行使必须符合以下条件：

（1）双方当事人必须互负债务。

（2）享有抗辩权的一方是在后履行债务的一方当事人。

（3）抗辩权行使的时间是在后履行期限届至时。

（4）必须是在先履行的一方当事人未履行债务，或履行不符合约定。

在先履行的债务人履行之后，抗辩权归于消灭。在后履行的债务人必须实现自己的给付，否则，应承担逾期的违约责任。

建立同时履行抗辩权制度，具有如下作用：

第一，平衡当事人之间的权益，维护当事人的权利。既然双务合同的双方当事人是对等的，相互牵连的，主张同时履行，体现了权利义务相统一的观念。

第二，维护交易秩序。同时履行抗辩权允许一方在他方未为履行以前，可以拒绝自己的履行，从而有利于督促对方履行义务，并有利于维护交易秩序。

第三，增进双方的协作。根据诚实信用原则，债务人与债权人对于债务的履行和权利的行使，都负有相互协作的义务。相互协作不仅有助于债务的正确履行，而且有利于双方当事人建立牢固的合作联系，进而促进交易的增长。

6. 合同中止履行的善后处理的规定

《合同法》第六十八条规定，应当先履行债务的当事人，有确切证据证明对方有下列情形之一的，可以中止履行：

（一）经营状况严重恶化；

（二）转移财产、抽逃资金，以逃避债务；

（三）丧失商业信誉；

（四）有丧失或者可能丧失履行债务能力的其他情形。

当事人没有确切证据中止履行的，应当承担违约责任。

本条规定了不安抗辩权。所谓不安抗辩权，是指先行履行债务的当事人，在确知对方当事人可能丧失履行能力时中止先行履行，待对方提供履行担保之后再恢复履行的权利。不安抗辩权的行使必须符合下列条件：

（1）双方当事人互负债务具有先后履行顺序；

（2）权利的享有方是先行履行债务的当事人；

（3）必须有法定的抗辩事由，即：a. 经营状况严重恶化；b. 有转移财产、抽逃资金、以逃避债务行为；c. 丧失商业信誉；d. 有丧失或者可能丧失履行债务能力的其他情形，如可能破产。

（4）必须有确实的证据证明。

（5）履行只是中止，而非终止。一旦对方当事人有能力履行，则应立即恢复履行。

如果当事人没有取得确切证据即中止履行合同，视为违约，应当承担相应的违约责任。

《合同法》第六十九条规定，当事人依照本法第六十八条的规定中止履行的，应当及时通知对方。对方提供适当担保时，应当恢复履行。中止履行后，对方在合理期限内未恢复履行能力并且未提供适当担保的，中止履行的一方可以解除合同。

本条规定了中止履行的善后处理。当事人行使不安抗辩权时，应当及时通知对方；告之抗辩事由，要求对方当事人提供履行担保，同时，中止履行债务。根据这一规定，在有先后履行顺序的合同中，只要一方有另一方不履行合同的确切证据，即可中止履行合同。需要注意的是，这里讲的另一方不履行合同应当是指另一方不履行整个合同或者是不履行合同中大部分的重要的义务。仅有不履行微不足道的合同义务，不应引发中止履行合同的权利。在合同实务中，另一方不履行合同的确切证据一般是指合同另一方履行义务的能力或他的信用有严重缺陷，或者是合同另一方在准备履行合同时或者履行合同中的行为足以表明其将不履行合同。

中止履行合同应注意两个问题：一是通知义务。行使中止履行合同权利方应立即通知对方中止履行合同的情况，以便合同相对方提供担保或者及时采取措施减少损失。如未通知，中止履行合同如违反了合同条款，则可能构成违约。二是对方可以提供担保。合同对方接到中止履行合同的通知后，对履行合同提供了充分保证时，中止履行合同的权利即消失。

履行中止后，有以下两种处理情况：

（1）恢复履行。对方当事人在合理的期限内提供了适当的履行担保，如将财产抵押等，或者有证据表明已恢复了履行能力，则中止履行一方应当恢复履行自己的义务。

（2）解除合同。对方当事人在合理的期限内既没有提供担保，也没有恢复履行能力，中止履行一方可以单方面解除合同。解除合同应及时通知对方，双方依据合同相应条款处理合同解除之后的善后情况。

《合同法》第七十条规定，债权人分立、合并或者变更住所没有通知债务人，致使履行债务发生困难的，债务人可以中止履行或者将标的物提存。

本条规定了债权人分立、合并或变更住所等行为的通知义务。债权人分立、合并，原债权可由分立、合并后继承其权利义务的新单位享有。债务人应向债权继受人履行债务。债权人住所变更，名称并未变更，债务人履行债务自不待言。但债权人分立、合并或变更住所应将分立，合并后的权利义务继受人的名称、详细地址或住所变更后的地址通知债务人，以方便债务人履行债务。这也是双方当事人履行合同时基本义务的要求。法律规定，债权人怠于行使此项义务，即没有通知时，致使债务人履行债务发生困难时，债务人可以中止履行债务或将标的物向有关机构进行提存，提存费用由债权人承担。待债权人通知之后再恢复履行，如果因此而迟延，债务人不承担迟延履行责任。

7. 合同提前履行与部分履行的规定

《合同法》第七十一条规定，债权人可以拒绝债务人提前履行债务，但提前履行不损害债权人利益的除外。

债务人提前履行债务给债权人增加的费用，由债务人负担。

本条是关于提前履行的规定。提前履行是指债务人在约定的履行债务的期限到来之前向债权人履行债务的行为。债务人提前履行债务，实际上与逾期履行债务一样，都是违反合同约定的。因此，对于债务人的提前履行行为，债权人可以拒绝受领，而要求债务人按约定的时间来履行。但债务人提前履行债务，毕竟是一种履行行为，且在合同约定的期限之内。因此，法律又规定，提前履行如果不损害债权人的利益，甚至是为了债权人的利益时，债权人不得拒绝受领。但是，如果因债务人的提前履行给债权人增加了费用，则该费用应由债务人负担。在实践中，如何判断提前履行未损害债权人的利益，是比较容易的。

《合同法》第七十二条规定，债权人可以拒绝债务人部分履行债务，但部分履行不损害债权人利益的除外。

债务人部分履行债务给债权人增加的费用，由债务人负担。

本条是关于部分履行的规定。部分履行是指债务人在约定的履行债务期限到来之时向债权人履行部分债务的行为。部分履行实际是一种违约行为。因为，合同订立后，当事人应严格按照合同内容履行自己的义务。部分履行与合同法要求的实际履行原则是相违背的。因此，债权人对于债务人的部分履行行为可以拒绝受领，而要求债务人全部履行。如果部分履行未损害债权人的利益，则债权人不应拒绝。同样，如果部分履行给债权人增加了费用，则该费用由债务人负担。部分履行与提前履行的区别在于，提前履行的债务应是全部债务。如果债务既提前又只履行部分债务，债权人自然更可以拒绝受领。

8. 债权人的代位权和债权人的撤销权

《合同法》第七十三条规定，因债务人怠于行使其到期债权，对债权人造成损害的，债权人可以向人民法院请求以自己的名义代位行使债务人的债权，但该债权专属于债务人自身的除外。

代位权的行使范围以债权人的债权为限。债权人行使代位权的必要费用，由债务人负担。

本条规定了债权人的代位权。所谓代位权是指债权人因债务人怠于行使其到期债权而取代其债权人地位自行追索债务的权利，代位权的行使必须满足以下要件：

（1）必须具有法定的代位事由。法定代位事由是指债务人怠于行使到期债权，且对债权人造成损害。如，债务人对到期债权不受领，不积极收回，但又不履行债权人的债务。

（2）债权人必须向人民法院申请，且以自己的名义追索债务；

（3）债权人行使代位权以其债权为限，不得任意扩大。

债权人行使代位权之后，债务人的债务人应向享有代位权的债权人履行债务。如果不履行人或履行不符合约定，应向原债务人承担违约责任。代位权与债务移转的主要区别是代位权对债务人来说是被动的，法律强制的。而债务移转则是债务人的主动行为。代位权是债权人在不得已的情况下采取的行动，由此增加的必要费用，如人民法院的申请费，应由债务人承担。

《合同法》第七十四条规定，因债务人放弃其到期债权或者无偿转让财产，对债权人造成损害的，债权人可以请求人民法院撤销债务人的行为。债务人以明显不合理的低价转让财产，对债权人造成损害，并且受让人知道该情形的，债权人也可以请求人民法院撤销债务人的行为。

撤销权的行使范围以债权人的债权为限。债权人行使撤销权的必要费用，由债务人负担。

本条规定了债权人的撤销权。撤销权是指债权人请求人民法院撤销债务人危害其债权行为的权利。撤销权的行使必须满足以下条件：

（1）必须具有法定的撤销事由。法定事由有三：a. 债务人无偿地放弃其到期债权；b. 债务人无偿转让财产；c. 债务人以明显不合理的低价转让财产，且受让人知道该情形；

（2）债务人的行为须对债权人造成损害。如果债务人在进行上述行为时，仍有能力支付债权人的债务，则债权人不能行使撤销权。

（3）债权人必须向人民法院申请，由人民法院决定是否可以行使该撤销权。

（4）债权人行使撤销权的范围以其债权为限，不得随意扩大。

撤销权的行使与代位权一样，是债权人不得已而为之的，由此增加的费用，也应由债务人负担。

《合同法》第七十五条规定，撤销权自债权人知道或者应当知道撤销事由之日起一年内行使。自债务人的行为发生之日起五年内没有行使撤销权的，该撤销权消灭。

本条规定了撤销权的时效。撤销权的行使不能是毫无期限的，否则，不利于社会经济秩序的稳定。撤销权的时效规定有以下两种：

（1）一年期。债权人自知道或者应当知道债务人的可撤销行为之日起一年内，如未行使撤销权，则撤销权归于消灭。债权人的知道与债务人的行为时间没有直接联系，既可能在债务人行为刚开始时知道，也可能在行为结束之后知道。

（2）五年期。如果自债务人的行为发生之日起五年内，无论债权人是否知晓该行为，只要债权人未行使撤销权，则撤销权也归于消灭。

一年期和五年期的时效，二者以先届满者为准。撤销权消灭之后，债权人再向人民法院申请的，人民法院将不予受理，损失由债权人自行承担。

《合同法》第七十六条规定，合同生效后，当事人不得因姓名、名称的变更或者法定代表人、负责人、承办人的变动而不履行合同义务。

本条是对当事人不履行义务进行限制的规定。合同生效后，当事人不能将姓名、名称的变更或者法定代表人、负责人、承办人的变动作为不履行合同义务的理由。因为，法定代表人、负责人、承办人不是以自己的名义，而是以法人或组织的名义订立合同的，合同直接对法人或组织产生法律约束力，不受上述人员变动的影响。当事人是自然人个人的，其变更姓名的行为也不能影响到合同的履行，姓名只是个符号，其人还是存在的。此外，当事人也不得以住所的变更而不履行合同义务。上述所指的当事人，是合同的任何一方当事人，均不得以此为借口逃避合同义务的履行。

四、合同的变更和转让

1. 合同变更及其限制

《合同法》第七十七条规定，当事人协商一致，可以变更合同。法律、行政法规规定变更合同应当办理批准、登记等手续的，依照其规定。

本条是关于合同变更的规定。所谓变更，是指合同成立后履行前或在履行过程中，因所签合同所依据的主客观情况发生变化，而由双方当事人依据法律法规和合同规定对原合同内容进行的修改和补充。合同的变更仅指合同内容的变更，而不包括合同主体的变更。

合同依法成立，对当事人均有法律约束力，任何一方不得擅自变更。但当事人在协商一致的情况下可以对合同内容进行变更，除协商一致外，当事人还可以因合同无效、重大误解、显失公平等而要求变更。当然，当事人协商一致变更无须通过人民法院或仲裁机构。

合同变更如果涉及到主要内容，且合同成立时需要履行批准或登记手续的，合同变更仍需要到原批准或登记机构办理手续。否则，变更无效。如中外合资经营企业合同。

合同内容的变更具有以下特点：

第一，在一般情况下，合同的变更必须双方协商一致，并在原来合同的基础上达成新的协议。合同的内容是当事人协商的结果，因此，变更合同的内容须经双方协商同意。任何一方未经过对方同意，无正当理由擅自变更合同内容，不仅不能对合同的另一方产生约束力，反而将构成违约行为。由于合同变更必须经双方协商，所以，在协议未达成以前，原合同关系仍然有效。如果当事人对变更的约定不明确，视为未变更合同。

第二，合同内容的变更，是指合同关系的局部改变，也就是说，合同的变更只是对原合同关系的内容作某些修改和补充，而不是对合同内容的全部变更。例如标的数量的增减，交货地点的改变，时间、价款或结算方式的变化等等。如果对合同的补充和修改，改变了合同的基本权利义务关系，则一般认为是原合同消灭以后订立的一个新合同。

第三，合同的变更，会产生新的债权债务内容。合同内容变更以后，不能完全以原合同内容来履行，而应按变更后的权利义务关系来履行。

《合同法》第七十八条规定，当事人对合同变更的内容约定不明确的，推定为未变更。

本条规定了合同变更的限制。当事人变更合同，应当与订立合同一样，内容明确，不能模糊不清。如果当事人对合同变更的内容约定不明确时，当事人无法执行，可以重新协商确定。否则，法律规定，对于内容不明确的合同变更推定为未变更，当事人仍按原合同内容履行合同义务。合同成立时，如果某些条款约定不明时，还可根据法律规定或交易习惯加以确定，变更不明确，则不可根据交易习惯确定，只能按合同执行。

2. 合同转让及其限制

《合同法》第七十九条规定，债权人可以将合同的权利全部或者部分转让给第三人，但有下列情形之一的除外：

（一）根据合同性质不得转让；

（二）按照当事人约定不得转让；

（三）依照法律规定不得转让。

本条及以下各条是关于合同转让的规定。合同转让是合同主体的变更，指当事人将合同的权利义务全部或部分移转至第三人的行为。当事人协商一致后，法律并不禁止合同权利和义务的转让。合同转让具有如下特征：

(1) 合同的转让并不改变原合同的权利义务内容。因为合同的转让旨在使原合同的权利义务全部或部分地从合同一方当事人转移给第三人，因此受让的权利义务既不会超出原权利义务的范围，也不会从实质上更改原合同的权利义务内容。

(2) 合同的转让将发生合同主体的变化。合同的转让通常将导致第三人代替原合同当事人一方而成为合同当事人，或者由第三人加入到合同关系之中成为合同当事人。

(3) 合同的转让通常要涉及到两种不同的法律关系。合同的转让主要是在转让人和受让人之间完成的，但因为合同的转让关系到原合同当事人的利益，所以法律要求合同义务的转让应取得原合同另一方的同意，而转让合同权利则应及时通知原合同当事人另一方。

合同的转让必须具备以下要件，才能发生法律效力：

第一，必须有合法有效的合同关系存在。合同的有效存在，是该合同中权利义务能够转让的基本前提。如果合同根本不存在或者应被宣告无效，或者已经被解除，在此情况下所发生的转让行为是无效的，且转让人还应对善意的受让人所遭受的损失承担赔偿责任。

第二，合同的转让应当符合法律规定的程序。债权人转让权利的，应当通知债务人。未经通知，该转让对债务人不发生效力。债权人转让权利的通知不能撤销，但经受让人同意的除外。债务人将合同的义务全部或者部分转移给第三人的，应当经债权人同意。对于法律、行政法规规定转让权利或者转移义务应办理批准、登记手续的，转让合同时也应经批准登记，否则转让也是无效的。

第三，合同转让必须在让与人与受让人之间达成协议。合同的转让本身需要由转让人与受让人之间达成合意才能完成，当事人订立转让合同必须符合民事法律行为的有效要件。如果合同转让具有可撤销的原因，则撤销权人可以行使撤销权。

第四，合同的转让必须合法且不得违背社会公共利益。所谓合法，是指合同的转让的内容和形式必须符合法律规定。从内容上看，合同的转让不得违反法律的禁止性和强行性规定，也不得滥用法律的授权性或任意性规定达到规避法律强行性规范的目的。社会公共利益是合同转让所应维护的利益，如果合同转让违背社会公共利益，也应当被宣告无效，且有过错的当事人应当承担相应的法律责任。

本条的规定是关于合同转让中权利的转让，即债权人将合同权利全部或部分转让给第三人，但在以下三种情况下，债权不得转让：

（1）根据合同性质不得转让，一些含有当事人身份在内的合同不能转让，如赠与合同。

（2）按照当事人约定不得转让的，如合同约定加工承揽方必须亲自完成加工任务的，承揽方不得转让合同。

（3）依照法律规定不得转让，如依法律规定下达的国家指令性计划合同，接受计划的一方依法不得转让合同。

《合同法》第八十条规定，债权人转让权利的，应当通知债务人。未经通知，该转让对债务人不发生效力。

债权人转让权利的通知不得撤销，但经受让人同意的除外。

本条规定了权利转让的限制。当事人履行合同时有及时通知的基本义务，债权人转让权利，应当属于合同的重大变化，应当及时通知债务人。未经通知，该转让对债务人不发生效力，债务人仍向原债权人履行债务。债权人转让的权利，应包括债权人所依据合同享有的全部权利，而不象债权移转那样仅仅移转要求履行债务权，还包括违约责任追究权等。

本条第二款规定，债权人转让权利通知，除非得到受让人的同意，否则，不得撤销。债权人转让权利，无需征得债务人同意，只负通知义务。通知到达债务人时生效，也即该转让对债务人发生效力。转让部分权利时，剩余的权利，在原债权人与债务人之间仍然有效。

《合同法》第八十一条规定，债权人转让权利的，受让人取得与债权有关的从权利，但该从权利专属于债权人自身的除外。

本条是对权利转让内容的规定。债权人转让权利，应当将全部权利内容，即主权利与从权利一并转让。主权利是指债权人要求债务人按时履行债务的权利；从权利是指自主权利派生出来的与主权利密切相关的其他权利，如变更权、解除权、代位权、撤销权等等。受让人取得主权利时也同时取得从权利。但依照法律规定或者合同约定，该从权利专属于债权人，即只能由债权人行使时，受让人不能取得该项从权利。例如，合同约定债权人在特定条件下，有免除债务人债务的权利，该项权利专属于债权人本身，受让人受领债权后，不享有此项免除权，在特定条件成立时，债权人可以要求受让人免除债务人的债务，再由债权人给予受让人补偿。

《合同法》第八十二条规定，债务人接到债权转让通知后，债务人对让与人的抗辩，可以向受让人主张。

本条规定了债务人对债权转让的限制。债务人在接到债权转让通知时，债权转让生效。受让人取代了债权人的地位，在受让人与债务人之间形成了债权债务关系，受让人成为新的债仅人。债务人根据债权转让通知，向受让人履行债务。债权转让后，对受让人来说，主权利和从权利一并受让；对债务人来说，债务人原享有的对债权人的抗辩权也同时可针对受让人。受让人不得拒绝债务人的抗辩。例如，债权人与债务人互有债权债务，债权人将债权转让后有证据表明将丧失履行能力，债务人对债权人的债权会有落空的危险，则债务人可行使不安抗辩权来针对受让人要求其履行债务的主张。

《合同法》第八十三条规定，债务人接到债权转让通知时，债务人对让与人享有债权，并且债务人的债权先于转让的债权到期或者同时到期的，债务人可以向受让人主张抵销。

本条是关于债权转让后抵销的规定。债权转让后，受让人成为债务人新的债权人，此时如果受让人与债务人之间本就存在债权债务关系，债务人是受让人的债权人，且该债权先转让债权到期或者同时到期，法律规定，债务人可以向受让人主张抵销。抵销须在以下条件满足时适用：

（1）受让人在受让债权之后，与债务人互负债务；

（2）受让人与债务人各自所享有的债权要么都届清偿期要么债务人的债权先于转让的债权到期；

（3）没有法律规定或依合同性质不得抵销的情形。

债务抵销之后，双方的债权同时归于消灭。抵销在抵销通知到达对方时生效。

《合同法》第八十四条规定，债务人将合同的义务全部或者部分转移给第三人的，应当经债权人同意。

本条规定了合同转让中的义务转让，即债务人的变更。债务人转让债务，与债权人转让债权不一样的是，必须经对方债权人的同意，权利转让只需通知。债权人如果不同意债务转让，则债务人不得进行转让行为。之所以如此规定，是为了保护债权人的利益，防止债务人逃避债务。义务转让自债权人同意之时起生效。

当事人进行合同转让，如果合同规定了担保，或附有担保合同，则转让必须通知担保人，担保人同意后，担保继续有效。否则，担保人将不对转让之后义务承担担保责任。此外，在合同权利义务部分转让时，受让人与转让人共同作为原合同的主体，在各自的范围内享有权利或承担义务，相互之间没有连带责任存在。

《合同法》第八十五条规定，债务人转移义务的，新债务人可以主张原债务人对债权人的抗辩。

本条规定了新债务人对义务转让的限制。在原债权债务关系中，债务人对债权人的抗辩权，在债务转移至新债务人之后，抗辩权也随之转移，即新债务人在接受原债务人的债务同时，也受让其对债权人的抗辩权，此项规定，与权利转让中债务人可以向受让债权的入主张抗辩权的规定是一致的。这是为了保护债务人的正当权益，不因合同的转让有所损害，避免在新的债权关系中形成不平等的权利义务关系。

在义务部分转让时，新债务人只能在所受让的债务范围内主张抗辩权。同样，原债务人也只能在所剩下的债务范围内主张抗辩权，新旧债务人均不得将抗辩权的范围扩大至整个义务。

《合同法》第八十六条规定，债务人转移义务的，新债务人应当承担与主债务有关的从债务，但该从债务专属于原债务人自身的除外。

本条是对义务转让内容的规定。债务人转移义务，新债务人在接受主债务时，应当将与主债务有关的从债务一并受让，除非该从债务专属于原债务人自身。从债务是指自主债务派生出来的与主债务密切相关的其他债务，如利息。新债务人在承担向债权人归还借款本金的同时，对本金的利息也应一并向债权人归还。新债务人不能只受让主债务，而拒绝从债务。当然，如果原债务人与新债务人协商一致，且征得债权人的同意，原债务人也可只转让主债务，而留下从债务由自己偿还，这时的转让实际上属于部分转让行为。从债务应确定，不确定的从债务在主债务转让时应一起转让。

3. **合同转让应履行的手续**

《合同法》第八十七条规定，法律、行政法规规定转让权利或者转移义务应当办理批准、登记等手续的，依照其规定。

本条规定了合同转让应履行的手续。有些合同，如抵押合同，在合同成立时，必须办理批准或登记手续，否则，合同不发生效力。同理，合同转让是合同主体的变更，属于重大变更，自然也应当到原批准或登记机构办理批准或登记手续，这样的合同转让行为在被批准或登记之后发生效力。

除了法律、行政法规的规定之外，如果合同本身约定在成立时履行一定手续合同才生效时，如办理公证、见证的，合同转让也应同时履行该手续。这一点，合同当事人尤其要注意，凡是合同成立时要履行一定手续的，无论是变更、转让，还是解除，都应同时履行合同成立时的手续，手续履行完毕之后，行为才发生效力。

《合同法》第八十八条规定，当事人一方经对方同意，可以将自己在合同中的权利和义务一并转让给第三人。

本条规定了合同的整体转让，即，当事人一方将合同中的权利和义务一并转让给第三人。合同权利义务的转让，必须双方协商一致才可进行，任何一方不得擅自进行转让。因而，整体转让中包含了义务的转让，而义务的转让根据法律规定是必须征得对方同意的。合同整体转让是真正意义上的合同主体的变更，即受让人完全取代了转让的合同当事人的地位，享有合同权利，承担义务。转让人退出合同，不再享有权利承担义务。权利和义务可以全部转让，也可以部分转让。合同转让同样必须依法进行。

综上所述，合同转让基本上有三种情形：一是权利转让，二是义务转让，三是整体转让，也即权利义务的一并转让。

《合同法》第八十九条规定，权利和义务一并转让的，适用本法第七十九条、第八十一条至第八十三条、第八十五条至第八十七条的规定。本条规定了权利和义务一并转让的法律适用。权利和义务的转让，根据具体情况，在以下条件满足时适用：

(1) 没有法定或约定不得转让的情形；

(2) 转让应当及时通知对方当事人转让的内容；

(3) 转让时，主权利与从权利，主债务与从债务一并转让。但从权利或从债务专属于转让人自身的除外；

(4) 转让时，债务人对债权人的抗辩权一同转让；

(5) 转让后，受让人与合同对方当事人互负到期债务的，可以依法抵销；

(6) 法律、法规规定应当办理批准、登记手续的，依其规定。

4. 企业合并、分立时合同的履行

《合同法》第九十条规定，当事人订立合同后合并的，由合并后的法人或者其他组织行使合同权利，履行合同义务。当事人订立合同后分立的，除债权人和债务人另有约定的以外，由分立的法人或者其他组织对合同的权利和义务享有连带债权，承担连带债务。本条是关于分立、合并时合同的履行的问题：

（1）合并。当事人在合同订立后与其他法人或组织合并的，该当事人的权利义务由合并后的新法人或其他组织继承。自然，行使合同权利，履行合同义务也应由合并后的新单位负责。

（2）分立。分立是指当事人一方分裂成二个或几个独立的单位，原单位的权利义务由分立后的单位协商确定，分立当事人应及时通知合同另一方当事人，并告之合同权利和义务的继受人。

双方可以重新协商合同履行方式，如果双方没有约定或分立的单位之间没有商定，则原合同权利和义务由分立后的法人或其他组织连带负责，即享有连带债权，承担连带债务。

五、合同的权利义务终止

1. 合同的权利义务终止的法定事由

《合同法》第九十一条规定，有下列情形之一的，合同的权利义务终止：

（一）债务已经按照约定履行；

（二）合同解除；

（三）债务相互抵销；

（四）债务人依法将标的物提存；

（五）债权人免除债务；

（六）债权债务同归于一人；

（七）法律规定或者当事人约定终止的其他情形。

本条规定了合同的权利义务终止的法定事由。合同的权利义务于下列情况终止：

（1）履行。合同所规定的权利义务履行完毕，合同的权利义务自然终止，这是合同的权利义务终止的正常状态。

（2）解除。合同因为不可抗力、严重违约、迟延履行等依法被解除，合同的权利义务也就终止履行。

（3）抵销。合同双方互负债务，且该债务同种类并到期，则双方债务相互抵销，合同的权利义务终止，抵销必须是全部债务均抵销。否则，只抵销部分债务，合同未抵销部分仍然存在。

（4）提存。债权人迟延受领合同标的物，或者无法查找债权人，债务人将标的物向有关机构提存，以达到消灭债务，终止合同的目的。合同的权利义务即因提存而终止。

（5）免除。债权人根据自己的意愿免除债务人的债务，合同的权利义务因免除而终止。

（6）混同。债权债务同归于一人时，合同的权利义务因混同而终止。如有债权债务关系的两个法人合并为一个法人，原有债权债务关系也就消灭了。

（7）其他事由。合同的权利义务因法律规定或者当事人约定而终止，如一方当事人为公民的债，该公民死亡，又无继承人及遗产，则合同终止。双立当事人协商一致也可使合同的权利义务终止。

2. 合同的权利义务终止后应履行的义务

《合同法》第九十二条规定，合同的权利义务终止后，当事人应当遵循诚实信用原则，根据交易习惯履行通知、协助、保密等义务。

本条是对合同的权利义务终止后应履行的义务的规定。合同的权利义务终止，双方当事人之间的债权债务关系也就不复存在。本着双方之间的友好合作、及商业道德，当事人应在遵循诚实信用的原则下，做好合同的权利义务终止后的善后工作：

（1）通知。终止合同的权利义务，尤其是单方解除合同等，应及时通知对方，以便对方做好合同终止的准备。

（2）协助。双方当事人应本着互利合作的原则，相互给予对方必要的协助，以处理好合同的权利义务终止事宜。

（3）保密。合同的权利义务终止后，任何一方当事人在合同订立和履行过程中获知对方的技术秘密和经营信息应给予保密，未经对方同意，不得擅自泄露和自己加以利用。

（4）其他。如及时协商解决争议问题等。

3. **对合同约定解除的规定**

《合同法》第九十三条规定，当事人协商一致，可以解除合同。

当事人可以约定一方解除合同的条件。解除合同的条件成就时，解除权人可以解除合同。

本条是关于合同约定解除的规定。合同的解除，即依法提前终止合同的权利义务关系、合同解除，以生效成立的合同为对象，未成立生效的合同不存在解除问题。合同的解除有两种情形，一种是合同的约定解除，另一种是合同的法定解除。本条规定了合同约定解除情形。所谓合同的约定解除，是指根据当事人双方的约定，给一方或双方保留解除权的一种解除。合同依法成立产生效后，约定解除的情形有两种：一种是经当事人之间协商一致，达成解除合同的合意而解除合同，如双方当事人都认为合同的履行没有意义而后解除合同等；另一种是因当事人事先约定一方解除合同的条件已成就而解除合同。如当事人可事先约定在一方当事人发生分立、合并时对方当事人可以解除合同，如果在合同履行过程中，某一方当事人发生了分立或合并情有形，则当事人约定解除合同的条件成就，解除权人可以解除合同。

4. **合同的法定解除情形**

《合同法》第九十四条规定，有下列情形之一的，当事人可以解除合同：

（一）因不可抗力致使不能实现合同目的；

（二）在履行期限后满之前，当事人一方明确表示或者以自己的行为表明不履行主要债务；

（三）当事人一方迟延履行主要债务，经催告后在合理期限内仍未履行；

（四）当事人一方迟延履行债务或者有其他违约行为致使不能实现合同目的；

（五）法律规定的其他情形。

本条是关于合同的法定解除情形的规定。合同的法定解除，是指在法律规定的原因出现时，合同当事人可依法行使解除权，消灭已生效的合同关系。

根据本条规定，合同法定解除的情形有以下五种：

（1）因不可抗力致使不能实现合同目的的。所谓不可抗力，是指当事人在订立合同时不能预见、对其发生和后果不能避免并不能克服的客观情况。它包括某些自然现象（如地震、台风、洪水、海啸等）和某些社会现象（如战争等）。不可抗力是独立于人之外、并且不受当事人的意志所支配的现象，我国现行立法规定不可抗力为违反合同的免责条件。《民法通则》第107条规定；“因不可抗力不能履行合同或者造成他人损害的，不承担民事责任，法律另有规定的除外。”《合同法》第117条规定：“因不可抗力不能履行合同的，根据不可抗力的影响，部分或者全部免除责任，但法律另有规定的除外。当事人迟延履行后发生不可抗力的，不能免除责任。本法所称不可抗力，是指不能预见、不能避免并不能克服的客观情况。”第118条规定：“当事人一方因不可抗力不能履行合同的，应当及时通知对方，以减轻可能给对方造成的损失，并应在合理期限内提供证明。”

根据我国司法实践，不可抗力主要包括以下几种情形：

一是自然灾害。我国法律认为自然灾害是典型的不可抗力。尽管随着科学技术的进步，人类已经不断提高了对自然灾害的预见能力，但自然灾害仍频繁地影响人们的生产和生活，阻碍合同的履行。当事人在合同订立后，遇有洪水、台风、寒流、地震、火山爆发等，因此而不能履行合同的，可以免责。

二是政府行为。指当事人在合同订立后，政府颁布新的政策、法律和行政措施而导致合同不能履行。如合同订立后，由于国家颁布法律将标的物列为禁止流通物，使合同不能履行。

三是社会异常事件。主要是指一些偶发的事件阻碍合同的履行。如罢工、动乱等。对当事人来说；他们无法预见亦无法克服，因而成为不可抗力事件。

四是意外事件。意外事件是否属于不可抗力，要严格依照该事件是否属于“不可预见、不能避免并不能克服”的情形来认定。

当事人遇到不可抗力的情形不能履行合同，在可能的情况下，应当及时通知对方当事人，向其说明不能履行、延期履行或部分履行的理由，以使对方当事人及时采取措施，尽量避免损失的扩大。如果当事人能够通知而不及时通知对方当事人，违约方对扩大的损失应承担违约责任。当事人必须是在合同规定的履行期限以内遇到不可抗力的情况，才能免除其违约责任。如果是由于当事人自己的原因未能按时履行合同，在迟延履行中遇到了不可抗力的情况，则不能免除其违约责任。

（2）在履行期限届满以前，当事人一方明确表示或者以自己的行为表明不履行主要债务的。在合同履行过程中，如果一方当事人出于某种目的，如逃避义务、无力偿还等，而明确表明不履行主要债务时，合同的目的无法实现，为保护对方当事人的利益，法律赋予其以单方解约权。

（3）当事人一方迟延履行主要债务，催告后在合理期限内仍未履行的。在合同依法成立生效后，当事人双方应履行合同的义务。如果当事人一方迟延履行主要债务，对方当事人可以催告其履行；如在合理期限内其仍不履行的，当事人可行使解除权以维护自己利益。需注意的是，这里及上一种情形强调的是不履行主要债务。

（4）当事人一方迟延履行债务或者有其他违约行为致使不能实现合同目的的。这里所谓迟延履行债务并非单指主要债务。只要当事人一方迟延履行债务或者其他违约行为导致合同的不能实现的，对方当事人就有解除权。因为在合同目的不能实现时，合同即无履行之必要。

（5）法律规定的其他情形。当法律对合同解除的法定情形有其他规定时，从其规定。

5. 当事人解除权行使的时效

《合同法》第九十五条规定，法律规定或者当事人约定解除权行使期限，期限届满当事人不行使的，该权利消灭。

法律没有规定或者当事人没有约定解除权行使期限，经对方催告后在合理期限内不行使的，该权利消灭。

本条规定了当事人解除权行使的时效。时效的规定是为了敦促当事人及时行使权利，在下述两种情况下不行使解除权对，该权利即消灭：

（1）依法或依约消灭。法律规定或者当事人在合同中约定了解除权的行使期限时，如果有权的一方当事人在该行使期限届满时未行使，则解除权消灭。

（2）催告后消灭。法律没有规定，或者当事人在合同中也没有约定解除权行使期限时，当事人应催告对方当事人履行合同，催告应给予对方当事人一合理期限，如果催告方未在合理期限届满对方仍不履行义务时行使解除权，则解除权消灭。

解除权消灭后，当事人不得再行使单方解除权。当事人可以协商终止合同或根据争议解决条款来解决双方之间的纠纷。

6. 单方解除合同的程序

《合同法》第九十六条规定，当事人一方依照本法第九十三条第二款、第九十四条的规定主张解除合同的，应当通知对方。合同自通知到达对方时解除。对方有异议的，可以请求人民法院或者仲裁机构确认解除合同的效力。

法律、行政法规规定解除合同应当办理批准、登记等手续的，依照其规定。本条是关于单方解除合同的程序的规定。

所谓合同的解除，是指合同生效以后，当具备合同解除条件时，因当事人一方或双方的意思表示而使合同关系自始消灭或向将来消灭的一种行为。在经济生活中，由于各方面的原因经常导致合同得不到正常的履行或达不到合同订立的目的，使当事人必须通过解除合同的方式提前消灭合同关系。但是合同的解除必须具备一定条件。法律设定合同解除制度的重要目的就是要保障合同解除的合法性，禁止当事人在没有任何法定或约定的情况下任意解除合同。合同解除的条件可以是法定的，也可以是约定的。所谓法定解除条件就是由法律规定在何种情况下合同当事人享受解除合同的权利。所谓约定解除条件就是指当事人在合同中约定，如果出现了某种约定的情况，当事人一方或双方享受解除权。例如，甲乙双方签定了房屋租赁合同，其中约定，出租房屋的设施出现问题，出租人不予维修的，承租人有权解除合同。根据新合同法，在具备法定或约定的解除条件时，当事人可以单方面解除合同。

《合同法》规定的解除合同的条件包括：

（1）因不可抗力致使不能实现合同目的的。不可抗力事件的发生，对履行合同的影响有大有小，有时只是暂时影响到合同的履行，可以通过延期履行实现合同的目的，对此类情形就不能解除合同，只有不可抗力致使合同目的不能实现时，当事人才可以解除合同。

（2）在履行期限届满之前，当事人一方明确表示或者以自己的行为表明不履行主要债务。这一条件理论上称为预期违约。预期违约分为明示违约和默示违约。所谓明示违约，指合同履行期到来之前，一方当事人明确肯定地向对方表示他将不履行合同；所谓默示违约，指合同履行期到来之前，一方当事人有确凿的证据证明另一方当事人在履行期限到来之际，将不履行或者不能履行合同，而其又不愿提供必要的履行担保。例如，某演员与电视台签定了一份于10月份演出的合同，之后该演员又与一剧院订立了一份于9月、10月份演出的合同。

（3）当事人一方迟延履行主要债务，经催告后在合理期限内仍未履行。所谓主要债务，应当依照具体合同进行分析，一般地说，影响合同目的实现的债务应为主要债务。比如，房屋买卖合同，债务人如期完工并向买方交付了钥匙，但是迟迟不交付产权证，使买家不能取得房屋所有权，可以认定使迟延履行主要债务。债务人迟延履行主要债务的，债权人应当定一个合理期间，催告债务人履行。超过该合理期限债务人仍不履行的，表明债务人没有履行合同的诚意，或者根本不可能再履行合同，在此情况下，债权人可依法解除合同。

（4）因迟延履行或者有其他违约行为不能实现合同目的。迟延履行不能实现合同目的，指迟延的时间对于债权的实现至关重要，超过期限，合同的目的就将落空。比如买卖合同中，标的物使季节性、时效性较强的商品，像凉席，过了夏季，就难有销路。"其他违约行为"是指除迟延履行以外的违约行为，包括履行不能、履行拒绝、履行不当等，因这些行为导致不能实现合同目的，对方当事人有解除权。

（5）法律规定的其他解除情形。除了前面四种法定解除情形外，实践中还有其他解除合同的情形。比如因行使不安抗辩权而中止履行合同，对方在合理期限内未恢复履行能力，也未提供适当担保的，中止履行的一方可以解除合同。在当事人享有法定或约定解除权的条件下，当事人单方面行使解除权不必经过对方当事人的同意，只要享有解除权的一方将解除合同的意思表示直接通知对方即发生解除合同的效果。如果当事人就解除权问题发生争议，一方当事人可以向仲裁机关或人民法院提出解除合同的请求。合同的解除具体应遵循以下程序：

第一，解除权的行使应该符合法律规定的条件，只有在出现了解除条件的情况下一方才有权通知解除合同。解除权的行使不必征得对方的同意，所以也不必等对方答复。

第二，解除合同原则上必须采用书面的形式通知对方当事人。合同法规定，当事人一方在行使解除权时，应该通知对方，通知的形式原则上采用书面形式，通知到达对方当事人时生效。当事人在作出解除合同的通知以后，不得随意撤销。

第三，解除权的行使必须及时。因为在一方享有解除权时，该当事人长期不行使解除权，会影响当事人双方权利义务关系的确定。在一方违约导致另一方享有解除权时，权利人可在行使解除权和要求实际履行之间作出选择。不管作何选择，应及时确定，不能久拖不决。

第四，法律规定了特别程序的，应该遵守特别程序的规定。法律、行政法规规定要批准、登记才生效的合同，其解除应当报原批准机关或登记机关。另外，根据有关规定，以不动产、机动车辆、船舶为标的物的买卖合同的解除，应到原过户部门办理注销手续，否则不发生解除的效力。

合同依法成立生效后，当事人依据本法第九十四条第二款、第九十五条的规定主张解除合同时，应当及时通知对方当事人。解除合同的通知一般应采取明示的书面的形式，以免发生纠纷时难以举证。当事人一方通知对方解除合同的，合同自解除合同的通知到达对方当事人时解除。如果对方当事人有异议的，可以与合同解除方协商解决，协商不成的，对方当事人可以请求人民法院或仲裁机构来确认解除合同的效力。人民法院或仲裁机构如果确认解除合同行为无效，则双方继续履行合同；如果确认解除合同行为成立，则合同解除，合同的权利义务终止。值得注意的是，如果法律、行政法规规定当事人解除合同应当办理批准、登记等手续的，当事人在解除合同时，应当依其规定办理相应手续，合同自办理完相应手续后解除。

7. 合同解除后的处理

《合同法》第九十七条规定，合同解除后，尚未履行的，终止履行；已经履行的，根据履行情况和合同性质，当事人可以要求恢复原状、采取其他补救措施，并有权要求赔偿损失。

本条是关于合同解除后的处理的规定。

合同依法或依约定解除后，当事人双方应对已形成的债权债务关系进行清理。如果被解除的合同尚未履行的，双方当事人应当终止履行。如果被解除的合同已经履行的，则根据履行情况和合同性质的不同而采取不同的处理措施：根据履行情况和合同性质可以恢复原状的，当事人可以请求恢复原状，即退回到合同订立前的状态，如物物交换合同被解除后，当事人可以各自返还原物可恢复原状；如根据履行情况和合同性质不能恢复原状的，当事人可以请求采取其他补救措施，如请求对方当事人予以金钱补偿、更换物品等；同时当事人还有权要求对方赔偿因解约而带来的损失。

8. 合同的权利义务终止后相关条款效力问题

《合同法》第九十八条规定，合同的权利义务终止，不影响合同中结算和清理条款的效力。

本条是关于合同的权利义务终止后相关条款效力的规定。

合同依法或者依约终止后，双方当事人之间的合同关系权利义务关系也就消灭了。自然，合同条款也就对当事人无约束力。但是，为了更好地处理当事人在合同终止后清理债权债务关系，在分清是非的基础上，追究当事人在合同履行过程中的过错，合同法特别规定，合同终止后，合同中结算和清理条款仍然有效。结算和清理条款规定了当事人处理债权债务关系的程序与方法。当事人对合同终止有过错的，应当赔偿无过错方因此而遭受的损失。有关这两项内容的条款在合同终止后将仍然延续其效力。否则，当事人清理债权债务及要求损害赔偿将没有依据。

9. 合同标的物提存后债权人应承担的风险和享有的权利

《合同法》第九十九条规定，当事人互负到期债务，该债务的标的物种类、品质相同的，任何一方可以将自己的债务与对方的债务抵销，但依照法律规定或者按照合同性质不得抵消的除外。

当事人主张抵消的，应当通知对方。通知自到达对方时生效。抵消不得附条件或者附期限。

本条是关于债务抵消的规定。当事人通过本条规定的抵消方式终止合同关系，应具备以下条件：

（1）合同当事人必须互负债务，即双方互为对方的债权人；

（2）双方当事人互负的债务必须同时到期，未同时到期的债务不能相互抵消；

（3）双方当事人互负的债务的标的物的种类、品质必须相同。如同为金钱债务，同种产品的支付等。不同种类的债务抵消必须双方当事人协商一致；

（4）没有依合同性质或依法不得抵消的情形；

（5）抵消不得附条件或附期限。

本条规定的抵消无需征得对方当事人的同意，但应及时通知对方。抵消通知在到达对方当事人时生效。

《合同法》第一百条规定，当事人互负债务，标的物种类、品质不相同的，经双方协商一致，也可以抵消。

本条规定了不同种类债务的抵消。

当事人互负到期债务，根据法律规定，可以相互抵消，任何一方当事人都可以向对方当事人主张，且无需征得另一方的同意。但这种无需同意的抵消必须在互负债务的种类、品质相同的情况下才可进行。种类和品质的一致性必须同时满足，缺一不可。种类相同，但品质不相同不能如此抵消。例如，同为金钱债务，一方支付的是人民币，而另一方需要支付的是美元，美元和人民币涉及到比价问题，所以，不能不经同意就相互抵消。合同法规定，当事人互负到期债务，标的物种类、品质不相同的，经双方协商一致可以抵消。双方当事人对种类、品质的不同进行协商确定补偿办法后即可抵消。上述例子中，当事人就美元与人民币的汇率比价协商一致后，就可以抵消各自的债务了。

10. 债权人领取提存物的权利

《合同法》第一百零一条规定，有下列情形之一，难以履行债务的，债务人可以将标的物提存：

（一）债权人无正当理由拒绝受领；

（二）债权人下落不明；

（三）债权人死亡未确定继承人或者丧失民事行为能力未确定监护人；

（四）法律规定的其他情形。

标的物不适于提存或者提存费用过高的，债务人依法可以拍卖或者变卖标的物，提存所得的价款。

本条是关于提存的规定。债务的履行往往需要债权人的协助。如果债权人无正当理由拒绝受领或者不能受领，债权人虽然应负担受领延迟责任，但债务人的债务并未消灭。在此情形下，如果债务人仍应随时准备履行，为债务履行提供的担保也不能消灭，这对债务人是显失公平的。因此法律上特别设定了提存制度加以补救。所谓提存，是指由于债权人的原因而无法向其交付合同标的物时，债务人将该标的物交给提存机关而消灭合同的制度。最高人民法院《关于贯彻执行〈民法通则〉若干问题的意见》（试行）第140条规定："债权人无正当理由拒绝债务人履行债务，债务人将有关履行的标的物向有关部门提存的，应当认定债务人已经履行。因提存所支出的费用，应当由债权人承担。提存期间，财产收益归债权人所有，风险责任由债权人承担。"1995年6月2日，司法部发布《提存公证规则》。

提存的原因有下列几项：

（1）债权人无正当理由拒绝或延迟受领债之标的。这是指债权人能够并且有义务受领给付，却无理由地不予受领；或者是指债权人无正当理由未按清偿期受领，而是于清偿期届满后受领。

（2）债权人不在债务履行地又不能到履行地受领。债权人不在债务履行地又不能到履行地受领，使债务人失去了给付的受领人，即使他适当履行，也因无受领人而达不到债的目的。而令债务人无限期地等待下去会给他造成不应有的损失，只有允许债务人提存才是兼顾债务人与债权人双方利益的最佳途径与措施。

（3）债权人不明确、地址不详或失踪、死亡（消灭），其继承人不明确或无行为能力，其法定代理人不明确。这一提存原因是基于没有给付受领人，债务人无法给付，即使给付也达不到债的目的的客观事实而规定的。

（4）双方当事人在合同中约定以提存方式给付。

（5）为了保护债权人利益，保证人、抵押人或质权人请求将担保物（金）或替代物提存。

《合同法》第一百零一条规定了以下四种可以提存的事由：

（1）债权人无正当理由拒绝受领。债务人到期履行债务，债权人却无正当理由拒绝受领，使应当清结的债权债务关系仍处于悬而未决状态，债务人可以将之提存，以了结债权债务关系。

（2）债权人下落不明。债务人无法查找债权人的下落，自然也无法履行债务，只有提存标的物。

（3）债权人死亡未确定继承人或者丧失行为能力未确定监护人。债权人丧失行为能力主要指债权人不能辨认自己的行为时的情况，如债权人患有精神病。在死亡或丧失行为能力时，如果有继承人或监护人，则债务人可以向其继承人或监护人履行，只有在无继承人或监护人的情况下才可进行提存。

（4）法律规定的其他情形。如合同法规定债务人因没有接到债权人分立的通知而导致无法履行债务时，可以将标的物提存。

本条第二款规定了标的物不适合提存时的处理。如标的物为易腐烂的水果等，时间长了就没有任何价值了，这时可以将标的物拍卖或者变卖，而将所得价款予以提存。此外，如果提存的费用较高时，也可拍卖或变卖标的物而只提存价款。

因为，提存的费用由债权人负担。

《合同法》第一百零二条规定，标的物提存后，除债权人下落不明的以外，债务人应当及时通知债权人或者债权人的继承人、监护人。

本条规定了债务人提存后的通知义务。债权人到期不受领标的物或者死亡的，债务人在将标的物交付提存部门时，应及时地通知债权人或者他的继承人、监护人，告之提存的标的物的数量、种类、规格等，并告之提存部门和双方权利义务关系的终结。此处的通知义务，债务人是必须要履行的基本义务。

在债权人下落不明的情况下，债务人自然无从通知。但如果一旦确知了债权人的下落，则应立即通知。在债权人是公民时，如果债权人因下落不明达到一定期限而被宣告死亡的，债务人应将提存情况通知其继承人。总之，在债务人完成通知义务后，才可称得上真正了结了双方之间的债权债务关系。

《合同法》第一百零三条规定，标的物提存后，毁损、灭失的风险由债权人承担。提存期间，标的物的孳息归债权人所有。提存费用由债权人负担。

本条规定了标的物提存后债权人应承担的风险及享有的权利。主要有：

（1）领取标的物的权利。债权人可以在出示相应的债权债务证明后，如与债务人之间的合同，向受领标的物的提存部门领取标的物。

（2）承担标的物提存后的毁损、灭失的风险。提存部门只对提存的标的物承担善良保管人的义务。标的物因损耗、腐烂、变质、被偷盗等原因而毁损、灭失的，提存部门不承担责任。损失由债权人承担。

（3）享有标的物的孳息所有权，提存的标的物的孳息，如存于银行所产生的利息，属于债权人，因为孳息是附属于主物的。

（4）负担提存费用。提存部门不能无偿保管被提存的标的物，可收取相应的费用，此费用由债权人负担。

《合同法》第一百零四条规定，债权人可以随时领取提存物，但债权人对债务人负有到期债务的，在债权人未履行债务或者提供担保之前，提存部门根据债务人的要求应当拒绝其领取提存物。

债权人领取提存物的权利，自提存之日起五年内不行使而消灭，提存物扣除提存费用后归国家所有。

本条规定了债权人领取提存物的权利。被提存的标的物本应属于债权人的，只是因为债权人迟延受领或一时下落不明。因此，债权人享有领取暂存于有关部门的的提存物的权利，故债权人可以随时到提存部门领取提存物。

如果债权人与债务人互负债务，且债务人先于债权人履行并将标的物交付提存部门，视为债务人已履行完毕。此时，如果债权人对债务人的债务已到期，应履行而未履行时，债务人可以向提存部门申请拒绝债权人领取提存的标的物，直到债权人已履行或提供了相应的担保为止。

本条第二款规定了债权人领取权的时效。标的物不能长期存放于提存部门，否则，不利于经济的流通，也增加提存部门的负担。故法律规定，债权人在自提存之日起5年内不领取提存物时，提存物在扣除提存费用后归国家所有，债权人的领取权消灭。债权人不领取提存物有各种各样的考虑，如需要支付巨额提存费用，费用已超过了标的物的价值，或者债权人始终下落不明或死亡、无继承人或继承人未领取提存物等。

《合同法》第一百零五条规定，债权人免除债务人部分或者全部债务的，合同的权利义务部分或者全部终止。

本条是关于免除的规定。免除是指债权人根据自己的意愿而免除债务人债务的行为。例如，出借方可以免除借款方还款的义务，买卖合同中卖方可以免除买方支付全部或部分价款的义务等。免除应具备以下条件：

（1）必须债权人自愿。免除是债权人的自愿行为，任何人不能强迫为之；

（2）不能违反法律、法规，不得损害国家、集体或第三人的利益，不得损害社会公共利益。例如，当事人不得通过免除行为而损害第三方债权人的利益。

（3）免除全部债务的，合同的权利义务全部终止；免除部分债务的，免除部分的合同终止，其他未免除部分仍然有效。

《合同法》第一百零六条规定，债权和债务同归于一人的，合同的权利义务终止，但涉及第三人利益的除外。

本条是关于混同的规定。所谓混同，是指债权债务同归一人的情况。债权债务同归一人的情况主要出现在法人及其他组织之间，具有债权债务关系的两个法人或其他组织相互合并成为一个法人或组织后，则债权债务关系也就消灭了。因为，作为一个民事主体，不能自己对自己享有债权或者承担债务。混同之后，合同的权利义务自然也就终止。

另外，混同时，需要说明的是，如果合同涉及到第三人的利益，则原合同对第三人仍然有效。由混同后的法人或其他组织对该第三人享有权利，承担义务。

六、违约责任

1. 合同法对合同违约责任的规定

《合同法》第一百零七条规定，当事人一方不履行合同义务或者履行合同义务不符合约定的，应当承担继续履行、采取补救措施或者赔偿损失等违约责任。

本条及以下各条是关于合同违约责任的规定。违约责任的规定，是为了促使当事人履行合同义务，维护市场交易秩序，补偿因违约而给对方造成的损失。所谓违约责任，是指合同当事人不履行合同义务或者履行合同义务不符合约定时应当承受的不利于其的法律后果。

承担违约责任的前提是当事人不履行合同义务或者履行合同义务不符合约定而又不存在法定的免责事由。至于当事人主观上的过错，并非确定违约责任时所必须考虑的问题。

从这点上来看，确定违约责任时采取的并非过错责任而倾向于严格责任原则，这与以前的合同有所区别。在当事人一方违约时，对方当事人为维护自身利益或实现合同目的，有权要求违约方承担继续履行合同义务、采取相应的补救措施以及赔偿其违约带来的损失等违约责任。因为合同一旦生效，对双方当事人都具有法律约束力。当事人应按合同约定履行相应的义务，任何一方违反合同，除非有法定的免责事由，均要承担违约的责任。实际上，当事人的意志能够产生法律约束力是以违约责任制度的存在为前提的。所谓违约责任即是指违反合同的民事责任。具体而言，是指合同当事人不履行合同义务或者履行合同义务不符合约定的，应当承担继续履行、采取补救措施或者赔偿损失等违约责任。

承担违约责任的前提是合法有效的合同。如果一个合同部分条款有效部分条款无效，并且无效部分不影响其余有效部分的效力，当事人不履行其有效部分，也应当承担违约责任。合同一旦被认定无效或被撤销，即不存在承担违约责任的问题。在合同合法有效的前提下，承担违约责任应依照约定或者法律的规定。

合同的违约行为分为两类：即合同的不履行和不适当履行。合同的不履行指当事人不履行合同义务。合同的不履行包括拒不履行和履行不能，拒不履行是指当事人能够履行合同却无正当理由而故意不履行；履行不能则指因不可归责于债务人的事由致使合同的履行在事实上已经不可能。合同的不适当履行，又称不完全给付，指当事人履行合同义务不符合约定的条件。既包括数量不足、质量不符、履行方法不当、履行地点不当、履行迟延等，也包括履行义务造成对方当事人的其他财产、人身损害的情形。

当事人承担违约责任的形式主要是以下几种：

（1）继续履行。继续履行是指在一方违反合同的情况下，另一方有权请求依法强制不履行或不完全履行合同的当事人继续按照合同规定去履行义务。这一责任形式有两个条件，即合同未被解除且受害方要求继续履行；必须有继续履行的可能。

（2）采取补救措施。当事人履行合同质量不符合约定的，受损害方根据标的的性质以及损失的大小，可以合理选择要求对方承担修理、更换、重作、退货、减少价款或者报酬等违约责任。如果采取修理、更换、重作、退货、减少价款或者报酬等方式仍然不能弥补全部损失的，对于不能弥补的部分，债权人有请求债务人赔偿损失的权利。

（3）赔偿损失。当事人一方不履行合同义务或者履行合同义务不符合约定，给对方造成损失的，损失赔偿额应当相当于因违约所造成的损失，包括合同履行后可以获得的的利益，但不得超过违反合同一方订立合同时预见到或者应当预见到的因违反合同可能造成的损失。经营者对消费者提供商品或者服务有欺诈行为的，依照《消费者权益保护法》的规定承担损害赔偿责任。

（4）违约金。违约金是指合同当事人一方违反合同而依法律规定或合同约定向对方当事人支付一定数额的金钱。《合同法》规定，当事人可以约定一方违约时应当根据违约情况向对方支付一定数额的违约金，也可以约定因违约产生的损失赔偿额的计算方法。约定的违约金低于造成的损失的，当事人可以请求人民法院或者仲裁机构予以增加；约定的违约金过分高于造成的损失的，当事人可以请求人民法院或者仲裁机构予以适当减少。当事人就迟延履行约定违约金的，违约方支付违约金后，还应当履行债务。

（5）定金责任。定金责任是指给付定金的一方不履行合同的，无权请求返还定金。接受定金的一方不履行合同的，应双倍返还定金。

2. 合同履行期限届满之前应承担的违约责任

《合同法》第一百零八条规定，当事人一方明确表示或者以自己的行为表明不履行合同义务的，对方可以在履行期限届满之前要求其承担违约责任。

本条是关于履行期限届满之前承担违约责任的规定，即预期违约制度。所谓预期违约，是指在履行期限届满之前，当事人一方明确表示或者以自己的行为表明不履行合同义务的情况。对于当事人的预期违约，另一方当事人除了可以解除合同外，还可以要求对方承担违约责任。

违约责任的承担一般应在合同规定的履行期限届满之后才进行。但为了进一步地保护守约一方当事人的合法权益不因另一方的违约行为而受到损害，合同法创立了预期违约制度，防止守约方因违约而遭受的损失的扩大。违约方应承担相应的违应责任。

3. 因未支付价款或报酬的违约责任的规定

《合同法》第一百零九条规定，当事人一方未支付价款或者报酬的，对方可以要求其支付价款或者报酬。

本条是关于因未支付支付价款或报酬的违约责任的规定。

在有偿合同中，当事人一方完成了合同中规定的工作或交付了标的物，另一方应支付相应的对价，即价款或报酬。如果一方当事人在支付期限届满时未支付，另一方当事人有权要求其依约和按时支付合同约定的价款或报酬。

4. 合同法对合同强制履行的规定

《合同法》第一百一十条规定，当事人一方不履行非金钱债务或者履行非金钱债务不符合约定的，对方可以要求履行，但有下列情形之一的除外：

（一）法律上或者事实上不能履行；

（二）债务的标的不适于强制履行或者履行费用过高；

（三）债权人在合理期限内未要求履行。

本条是关于强制履行的规定。强制履行是指当事人在另一方当事人违约的情况下，向人民法院或仲裁机构申请强制违约方履行合同义务以实现合同目的行为。强制履行应具备以下条件：

（1）须有违约事实存在，即一方不履行非金钱债务或履行非金钱债务不符合约定。

（2）合同须为非金钱债务。

（3）须没有不能强制履行的事由，主要有：法律上或者事实上不能履行；债务的标的不适于强制履行或者履行费用过高；债权人在合理的期限内未要求履行。

5. 因质量不符合约定而违约的责任

《合同法》第一百一十一条规定，质量不符合约定的，应当按照当事人的约定承担违约责任。对违约责任没有约定或者约定不明确，依照本法第六十一条的规定仍不能确定的，受损害方根据标的物的性质以及损失的大小，可以合理选择要求对方承担修理、更换、重作、退货、减少价款或者报酬等违约责任。

本条是关于因质量不符合约定而违约的责任规定。

当事人交付的标的物的质量不符合约定，应承担违约责任。如何确定因质量不合要求而承担的违约责任，是比较复杂的。当事人应在合同中约定质量不合格时违约责任的承担方式，如果没有约定或者约定不明确，当事人可以协议补充，或者按照合同其他条款或交易习惯确定。如果仍无法确定，受害方可根据标的物的性质及受损失的大小，选择要求违约方修理、更换、重作、减价，直至退货。如果因质量不符合约定给受害方造成了另外的损失，违约方还应予以赔偿。

6. 合同法对损害赔偿范围的规定

《合同法》第一百一十二条规定，当事人一方不履行合同义务或者履行合同义务不符合约定的，在履行义务或者采取补救措施后，对方还有其他损失的，应当赔偿损失。

本条是关于两种责任方式一并适用的规定。合同当事人一方不履行合同义务或者不恰当地履行合同义务时，即违约时，应当承担违约责任。对方当事人可以要求违约方继续履行合同义务或者采取相应的补救措施减轻违约的后果，如果违约方在履行合同义务或者采取补救措施之后，对方当事人还有其他损失的，有权要求违约方予以赔偿，违约方不得拒绝。

《合同法》第一百一十三条规定，当事人一方不履行合同义务或者履行合同义务不符合约定，给对方造成损失的，损失赔偿额应当相当于因违约所造成的损失，包括合同履行后可以获得的利益，但不得超过违反合同一方订立合同时预见到或者应当预见到的因违反合同可能造成的损失。

经营者对消费者提供商品或者服务有欺诈行为的，依照《中华人民共和国消费者权益保护法》的规定承担损害赔偿责任。

本条是关于损害赔偿范围的规定。当事人一方不履行合同义务或者履行合同义务不符合约定，即违约，给对方造成损失的，依法应当赔偿损失。违约方所应支付的损失赔偿额应当相当于因违约给对方当事人所造成的损失。该损失既包括财产价值的实际减少，也包括合同履行后可以获得的利益。只有这样，才能在经济上相当于正常履行情况下守约方的同等收益，才能督促当事人有效履行合同。但是，这一损失不得超过违约方订立合同时预见到或者应当预见到的因违反合同可能造成的损失，否则将有失公允，不利于维系双方当事人利益的平衡。

对于经营者对消费者提供商品或者服务有欺诈行为时的损害赔偿责任，我国《消费者权益保护法》第四十九条作了明确规定，该规定确立了惩罚性赔偿制度，与合同法规定有所不同，故本条规定经营者欺诈消费者的，依《消费者权益保护法》的规定承担损害赔偿责任。

7. 合同法对违约金的规定

《合同法》第一百一十四条规定，当事人可以约定一方违约时应当根据违约情况向对方支付一定数额的违约金，也可以约定因违约产生的损失赔偿额的计算方法。

约定的违约金低于造成的损失的，当事人可以请求人民法院或者仲裁机构予以增加；约定的违约金过分高于造成的损失的，当事人可以请求人民法院或者仲裁机构予以适当减少。

当事人就迟延履行约定违约金的，违约方支付违约金后，还应当履行债务。

本条是关于违约金的规定。违约金是合同一方当事人因不履行或者不适当履行合同义务而应支付给对方当事人的一定数额的货币。支付违约金也是当事人承担违约责任的一种方式。

当事人在订立合同中，可以在合同中订立违约金条款，约定一方违约时应当根据违约情况向对方支付一定数额的违约金，也可以在合同中约定因违约产生的损失赔偿额的计算方法。由于违约金的数额是事先约定的，在实际中违约所造成的损失往往难与违约金相符，为求得公平，本条规定约定的违约金低于或者过分高于造成的损失的，当事人可以请求人民法院或者仲裁机构予以增加或适当减少。这既保护了守约方的利益，也比较公平合理。

如果当事人就迟延履行约定违约金的，当事人迟延履行的，除支付违约金外，还应当履行债务或者赔偿履行迟延给对方当事人造成的损失。

8. 合同法对定金担保的规定

《合同法》第一百一十五条规定，当事人可以依照《中华人民共和国担保法》约定一方向对方给付定金作为债权的担保。债务人履行债务后，定金应当抵作价款或者收回。给付定金的一方不履行约定的债务的，无权要求返还定金；收受定金的一方不履行约定的债务的，应当双倍返还定金。

本条是关于定金担保的规定。所谓定金，是指合同当事人一方在履行合同之前支付给对方的一笔金钱。

根据本条及我国《担保法》的有关规定，合同当事人可以约定一方向对方给付定金作为债权的担保。债务人履行债务后，定金应当抵作价款或者收回。给付定金的一方不履行约定的债务的，无权要求返还定金；收受定金的一方不履行约定，应当双倍返还定金。定金应当以书面形式约定。当事人在定金合同中应当约定交付定金的期限。定金合同从实际交付定金之日起生效。定金的数额由当事人约定，但不得超过主合同标的额的20%。

9. 违约金和定金条款同时存在时的适用问题

《合同法》第一百一十六条规定，当事人既约定违约金，又约定定金的，一方违约时，对方可以选择适用违约金或者定金条款。本条是关于违约金和定金条款同时存在时的适用的规定。

当事人在订立合同时，可以约定违约金，也可以约定定金，还可以既约定违约金，又约定定金。当事人在合同中既订立了违约金条款，又订立了定金条款时，如果当事人一方违约，则对方当事人对于适用违约金条款还是适用定金条款有选择权，其可选择对其最有利的条款来适用，但是其不能既适用违约金条款，又适用定金条款，因为那样显然有失公平，不利于维系双方当事人利益的平衡。

10. 不可抗力及其发生后应尽的义务

《合同法》第一百一十七条规定，因不可抗力不能履行合同的，根据不可抗力的影响，部分或者全部免除责任，但法律另有规定的除外。当事人迟延履行后发生不可抗力的，不能免除责任。

本法所称不可抗力，是指不能预见、不能避免并不能克服的客观情况。

本条是关于不可抗力的规定。不可抗力是指合同履行过程中发生的，当事人不能预见、不能避免并不能克服的客观情况。如地震、洪水、旱灾、火灾等。不可抗力不是由于当事人的过错而引起的。因此，因不可抗力不能履行合同时，可以根据不可抗力的影响，部分或者全部免除责任，但法律另有规定的除外。如果不可抗力导致合同完全不能履行，则全部免除遭受不可抗力一方的不能履行合同责任，如果不可抗力只影响了部分合同的履行，则未影响的部分，当事人仍需履行。此外，需要注意的是，因不可抗力而免除责任只能在合同履行期限届满之前才可适用。如果当事人在迟延履行过程中发生不可抗力，则不能免除其责任。

《合同法》第一百一十八条规定，当事人一方因不可抗力不能履行合同的，应当及时通知对方，以减轻可能给对方造成的损失，并应当在合理期限内提供证明。

本条是关于不可抗力发生后应尽的义务的规定。不可抗力发生后，遭受不可抗力的一方当事人应尽以下义务方能免除责任：

（1）及时通知。当事人应及时将不可抗力发生的时间、范围、对合同履行的影响程度、预计持续时间等通知对方当事人，以减轻可能给对方造成的损失。

（2）提供证明。当事人应在合理的期限内提供有关机构出具的证明，该证明最好是官方证明，以作为不可抗力发生的证据。

（3）采取措施防止损失的扩大，以免带来不必要的损失。

11. 一方违约后防止损失扩大的规定

《合同法》第一百一十九条规定，当事人一方违约后，对方可以采取适当措施防止损失的扩大；没有采取适当措施致使损失扩大的，不得就扩大的损失要求赔偿。

当事人因防止损失扩大而支出的合理费用，由违约方承担。

本条是关于一方违约后防止损失扩大的规定。当事人一方违约后，守约方应本着诚实信用的原则，及时采取适当的措施来防止损失的扩大，即有义务采取一切合理的补救措施来减轻由于对方违约所造成的损失。受害方可以通过自身的努力来避免或减少的损失，不能列入违约赔偿的范围而要求违约方赔偿。但对于这一点，违约方往往需要举证说明。之所以要求受害方承担可以减少而未减少的损失，是因为即使在对方违约的情况下，也应本着公认的商业道德准则来维护自己和对方合法的利益，而不能一味地追求自身的利益。例如，投保人在遭受保险事故时应尽力组织补救，不能因为保了险就听之认之。否则，应承担相应的扩大的损失的责任。当然，当事人主动防止损失扩大的合理支出费用，违约方应予补偿。

12. 合同法对双方违约的规定

《合同法》第一百二十条规定，当事人双方都违反合同的，应当各自承担相应的责任。

本条是关于双方违约的规定。合同违约既可以是一方当事人的行为，也可以是双方当事人的行为。一方当事人违约，比较容易处理，只需向另外一方当事人承担违约责任。但如果违约行为是由双方共同造成的，或者双方在合同履行过程中都存在违约行为，则处理起来就比较复杂了。法律规定，当事人双方都违反合同的，应当各自承担相应的责任。也就是说，当事人双方根据各自的过错程度、违约所造成的损失大小等承担责任，既不是过错大的一方承担全部责任，过错小的一方不承担责任，也不是不论过错大小，各自承担一半的责任。处理双方违约的情况时，应本着公平合理的原则进行。

13. 因第三方而造成的违约的规定

《合同法》第一百二十一条规定，当事人一方因第三人的原因造成违约的，应当向对方承担违约责任。当事人一方和第三人之间的纠纷，依照法律规定或者按照约定解决。

本条是关于因第三方而造成违约的规定。由于第三方的原因而造成一方当事人的违约行为，本不是当事人的过错，但客观上成就了违约事实，且第三方原因也不是不可抗力，因为当事人是有可能预见的。因此，法律规定，当事人一方因第三人的原因造成违约的，应当向对方承担违约责任。

如连环购销合同中，因一方未及时交货而导致后一合同无法履行，即属于此种情况。

违约当事人在承担了违约责任后，其与第三人之间的纠纷，应当依照法律规定或者双方之间的约定解决。其实际支付的违约金或损失赔偿额可以作为损失而向第三入主张索赔。

14. 受损害方对违约方承担违约或承担债权责任的选择权

《合同法》第一百二十二条规定，因当事人一方的违约行为，侵害对方人身、财产权益的，受损害方有权选择依照本法要求其承担违约责任或者依照其他法律要求其承担侵权责任。

本条规定了受损害方对违约方承担违约责任或者承担债权责任的选择权。

民事责任分为违约责任与侵权责任，在特定的情形下，违约责任与侵权责任可能出现竟合，本条的规定的实际上就是当出现违约责任竟合时责任人应当如何承担责任的问题。根据本条规定，因当事人一方的违约行为而侵害对方人身财产权益的，受损害方既可依照本法请求违约方承担违约责任，也可依照其他法律，如《民法通则》等，请求侵权人承担侵权责任。也就是说，在侵权责任与违约竟合时，法律赋予受损害方的选择权，其既可选择侵权之诉，也可选择违约之诉。这样规定是为了最大限度地保护受损害当事人的合法权益。

15. **利用合同进行违法行为的查处**

《合同法》第一百二十七条规定，工商行政管理部门和其他有关行政主管部门在各自的职权范围内，依照法律、行政法规的规定，对利用合同危害国家利益、社会公共利益的违法行为，负责监督处理；构成犯罪的，依法追究刑事责任。

本条是关于利用合同进行违法行为的，由工商行政管理部门和其他有关行政主管部门进行查处的规定。

根据合同法的这一规定，工商行政管理部门和其他有关行政主管部门的重要任务之一，就是在各自的职责范围内，依法查处利用合同进行的违法行为，分别情况，对于违法行为予以不同的行政处罚，构成犯罪的，移交司法机关追究刑事责任以维护正常的合同管理秩序，保障合同法的正常贯彻实施。

16. **关于合同争议解决方式的规定**

《合同法》第一百二十八条规定，当事人可以通过和解或者调解解决合同争议。

当事人不愿和解、调解或者和解、调解不成的，可以根据仲裁协议向仲裁机构申请仲裁。涉外合同的当事人可以根据仲裁协议向中国仲裁机构或者其他仲裁机构申请仲裁。当事人没有订立仲裁协议或者仲裁协议无效的，可以向人民法院起诉。当事人应当履行发生法律效力的判决、仲裁裁决、调解书；拒不履行的，对方可以请求人民法院执行。

本条是关于合同争议解决方式的规定。

合同当事人就双方的权利义务、合同内容等发生争议时，可以采取以下方式解决：

（1）和解，即双方互谅互让，达成解决争议的协议，这是最佳的解决方法。

（2）调解，即在自愿原则和合法原则的指导下，由第三方主持，双方当事人就争议解决达成一致意见。

（3）仲裁，即由仲裁机构来裁决争议事项。争议发生后，当事人不愿和解、调解或者和解、调解不成的，可以根据双方达成的仲裁协议向有关仲裁机构申请仲裁。其中，涉外合同的当事人可以根据仲裁协议向中国仲裁机构或者其他仲裁机构申请仲裁。如果当事人没有订立仲裁协议或者仲裁协议无效的，不能申请仲裁，但可向人民法院起诉。

（4）诉讼，即通过司法程序来解决合同争议。

在合同争议解决过程中，合同当事人对不发生法律效力的判决，仲裁裁决、调解书，应当及时履行；拒不履行时，对方当事人可以请求人民法院强制执行。

17. 关于合同争议的诉讼时效和仲裁时效的规定

《合同法》第一百二十九条规定，因国际货物买卖合同和技术进出口合同争议提起诉讼或者申请仲裁的期限为四年，自当事人知道或者应当知道其权利受到侵害之日起计算。因其他合同争议提起诉讼或者申请仲裁的期限，依照有关法律的规定。

本条是关于合同争议的诉讼时效和仲裁时效的规定。对于合同争议，当事人可以通过诉讼或仲裁的方式来解决。但当事人应当在法定的期限内提起诉讼或申请仲裁，否则将丧失胜诉权。合同类别不同，合同当事人就合同争议提起诉讼或申请仲裁的期限也可能不同。按本条规定，因国际货物买卖合同和技术进出口合同争议起诉或申请仲裁的期限为四年，自当事人知道或者应当知道其权利受到侵害之日起算；而其他合同的诉讼时效及仲裁时效，依照相关法律来确定。这里的相关法律，主要是指民法通则。

第二部分

专利规则

《中华人民共和国专利法》（以下简称《专利法》）第一条规定了立法宗旨，即“为了保护发明创造专利权，鼓励发明创造，有利于发明创造的推广应用，促进科学技术进步和创新，适应社会主义现代化建设的需要，特制定本法。”修正后的专利法的立法宗旨将原专利法中规定的“促进科学技术的发展”修改为“促进科学技术进步和创新”。制定专利法的目的，也就是专利法所体现的立法宗旨，有以下几点：

（1）保护发明创造专利权。发明创造专利权是知识产权，也可称为无形财产权的一种，是由国家专利行政部门授予并受到法律保护的一种权利。专利权的主体可以是国家、单位，也可以是个人。专利权有三种，即发明、实用新型和外观设计。专利权的内容包括，专利权人依法享有对专利技术的独占使用权，任何人未经专利权人许可，都不得实施其专利，即不得为生产经营目的制造、使用、许诺销售、销售、进口其发明和实用新型专利产品，或者为经营目的制造、销售、进口其外观设计专利产品。专利权人有权阻止他人未经允许使用其专利的侵权行为。

（2）鼓励发明创造。法律规定保护专利权，其实际就是保护了完成发明创造的单位或者个人的利益，这在客观上就是对发明创造活动的鼓励，同时也会激励更多的单位或个人进行发明创造活动。为了体现这一立法目的，法律还在相关的条款中具体规定了对于发明创造专利权人给予精神和物质奖励的鼓励措施。

（3）有利于发明创造的推广应用。对所有由我国授予专利权的发明创造而言，凡是在我国申请专利的专利权人，都有在中国应用其专利技术的义务。推广则是专利法针对由我国的单位或者个人完全的发明创造提出的要求。专利法对于应用和推广都做了相应的规定，如本法第六章规定的专利实施的强制许可，以及第十四条规定的推广应用专利技术方面的内容。

（4）促进科学技术进步和创新。修正前的专利法对于这项内容所作的表述是"促进科学技术的发展"。草案提交常委会审议中，教科文卫委员会提出，应当在本法的立法目的中，增加促进技术创新的规定。根据这一意见，法律委员会建议常委会将原法律中规定的"促进科学技术的发展"修改为"促进科学技术进步和创新"，这项内容的修改，表明了法律对于科学技术创新的鼓励和倡导。

（5）适应社会主义现代化建设的需要。科学技术的进步和发展，是我们进行社会主义现代化建设的基础和保障，科学技术是第一生产力，只有科学技术的进步才能带动整个社会的经济发展和生产力水平的提高，保护专利权，也就是保护科学进步，保护先进生产力，在客观上保障了现代化建设事业的发展。如果一个国家没有科学进步，不搞发明创造，对专利权不进行很好的保护，就不可能顺利地进行建设。这次修改专利法，其中很重要的一个原因，就是要使专利法的内容适应社会主义现代化建设的需要。

根据1992年9月4日第七届全国人民代表大会常务委员会第二十七次会议第一次修改、2000年8月25日第九届全国人民代表大会常务委员会第十七次会议第二次修改的《中华人民共和国专利法》第二条的规定，专利法所称的发明创造是指发明、实用新型和外观设计。

1992年12月12日国务院批准修订、1992年12月21日中国专利局发布的《中华人民共和国专利法实施细则》以下简称《实施细则》第二条对此有进一步的诠释，

专利法所称发明，是指对产品、方法或者其改进所提出的新的技术方案。

专利法所称实用新型，是指对产品的形状、构造或者其结合所提出的适于实用的新的技术方案。

专利法所称外观设计，是指对产品的形状、图案、色彩或者其结合所作出

的富有美感并适于工业上应用的新设计。

根据《专利法》第四条的规定，申请专利的发明创造涉及国家安全或者重大利益需要保密的，按照国家有关规定办理。

一、授予专利权的条件

1. 专利权的发明和实用新型应当具备新颖性

根据《专利法》第二十二条第一款、第二款的规定，授予专利权的发明和实用新型，应当具备新颖性、创造性和实用性。

新颖性，是指在申请日以前没有同样的发明或者实用新型在国内外出版物上公开发表过、在国内公开使用过或者以其他方式为公众所知，也没有同样的发明或者实用新型由他人向国务院专利行政部门提出过申请并且记载在申请日以后公布的专利申请文件中。《审查指南》中有较详细的阐述，可供参考。

(1) 现有技术。根据专利法实施细则第三十条的规定，申请日以前在国内外出版物上公开发表、在国内公开使用或者以其他方式为公众所知的技术是现有技术。但是，为了避免对同样的发明或者实用新型专利申请重复授予专利权，在判断新颖性时，还应当考虑申请日以前由他人向专利局提出过申请并且在申请日以后公布的专利申请文件。因此，为确定新颖性的目的，申请日以前由他人向专利局提出过申请并且在申请日以后公布的专利申请文件，被认为是现有技术。

(2) 现有技术的时间、地域界限和公开方式。依照专利法实施细则第三十条的规定，现有技术与时间、地域和公开方式有关，以下分别予以说明。

①时间界限。现有技术的时间界限是申请日，享有优先权的，则指优先权日。广义上说，申请日以前公开的技术内容都属于现有技术，但申请日当天公开的技术内容不包括内。

②地域界限。现有技术的地域界限视具体的公开方式而确定。如果是出版物公开，该地域指全世界范围；如果是使用公开和以其他方式公开，则仅限于我国国内。

③公开方式。现在技术公开方式有出版物公开、使用公开和以其他方式公

开三种。

④出版物公开。出版物包括各种印刷的、打字的纸件，例如专利文献、科技杂志、科技书籍、学术论文、专业文献、教科书、技术手册、正式公布的会议记录或者技术报告、报纸、小册子、样本、产品目录等，还包括采用其他方法制成的各种有形载体，例如采用电、光、照相等方法制成的各种缩微胶片、影片、照相底片、磁带、唱片、光盘等。

出版物不受地理位置、语言或者获得的方式的限制、也不受年代的限制。出版物的出版发行量多少、有没有人阅读过、申请人是否知道是无关紧要的。对于印有“内部发行”等字样的出版物，确系特定范围内要求保密的，不属于本规定之列。

出版物的公开日期，以其第一次印刷日为公开日，如果印刷日只写明年月或者年的，则以所说月份的最后一日或者当年12月31日为公开日。

⑤使用公开。由于使用导致一项或者多项技术方案的公开，或者使公众处于任何一个人都可以使用该技术方案的状态，这种公开方式称为使用公开。即使所使用的产品或者装置需要经过破坏才能得知其结构和功能，也仍然属于使用公开。

使用公开是以公众能够得知该产品或者方法之为公开日。

⑥以其他方式公开。为公众所知的其他方式，主要是指口头公开。例如，口头交谈、报告、讨论会发言、广播或电视等能使公众得知技术内容的方式。口头交谈、报告、讨论会发言以其发生之日为公开日。公众可接收的广播、电视和电影的报道，以其播放日为公开日。

（3）抵触申请。根据《专利法》第二十二条第二款规定，为判断新颖性，在被认为是现有技术的申请文件中，由他人向专利局提出过申请并且记载在申请日以后公布的专利申请文件中的同样的发明或者实用新型，损害该申请日提出的专利申请的新颖性。为描述简便，在判断新颖性时，将被认为是现有技术中损害新颖性的专利申请，称为抵触申请。

由于一项发明创造只能授予一项专利权，因此，为避免对同样的发明或者实用新型专利申请重复授权，审查员在进行新颖性审查时，应当检索是否存在损害该发明或者实用新型专利申请新颖性的抵触申请。

抵触申请只在为确定发明或者实用新型的新颖性时，才予考虑；在为确定发明或实用新型的创造性时，不予考虑。

另外，抵触申请仅指由他人在申请日以前提出的，不包含由他人在申请日提出的，也不包含申请人本人在申请日以前提出的同样的发明或者实用新型。在申请程序中，审查员如果发现由申请人本人提出的两件或者两件以上同样的发明或者实用新型申请可以授权时，应当通知申请人进行选择，无理由又不选择的，审查员根据先申请原则，授予一项专利权。

（4）对比文件。审查员为判断专利申请是否具有专利性，从现有技术中检索出与该专利申请相关的文件（包括专利文件和非专利文件）以及仅为判断新颖性的抵触申请文件，用以与该专利申请进行比较。这些文件称为对比文件。

引用的对比文件可以是一件，也可以是数件，所引用的内容可以是每件对比文件的全部内容，也可以是其中的部分内容。

对比文件是客观存在的技术资料。引用对比文件所记载的内容判断申请的专利性时，应当以对比文件公开的技术内容为准。对于所属领域的技术人员来说，明显隐含的技术内容同样属于公开的内容。但是，不得随意将对比文件的内容扩大或缩小。另外，对比文件中包括附图的，也可以引用附图。但是，审查员在引用附图时必须注意，只有能够从附图中明显看出的技术特征才属于公开的内容，由附图中推测的内容，或者无文字说明，仅仅是从附图中测量得出的尺寸关系，不应当作为已公开的内容。

2. 发明和实用新型的“新颖性”审查原则和基准

《审查指南》对此作了较详细的阐述：

（1）审查新颖性时，应当根据以下审查原则：

一是同样的发明或者实用新型。所谓同样的发明或者实用新型，是指技术领域和目的相同，技术解决手段实质上相同，预期效果相同的发明或者实用新型。

二是单独对比。判断新颖性时，应当将发明或者实用新型专利申请的权利要求与每一份对比文件中公开的与该申请相关的技术内容单独地进行比较，不得将其与几份对比文件内容的组合进行对比。就是说，判断发明或者实用新型专利申请的新颖性适用单独对比的原则。这与发明或者实用新型专利申请创造性的判断方法有所不同。

(2) 判断新颖性时，应当参照以下审查基准：

一是相同内容的发明或者实用新型。发明与实用新型专利申请公开的技术内容与对比文件所公开的完全相同；或者仅仅是简单的文字变换，则该发明或者实用新型专利申请不具备新颖性。

二是具体（下位）概念与一般（上位）概念。在同一技术主题中，具体（下位）概念的公开使一般（上位）概念的发明或者实用新型专利申请丧失新颖性。例如，对比文件公开某产品是“用铜制成的”，就使“用金属制成的同一产品”的专利申请丧失新颖性。但是，该铜制品的公开并不使铜之外的其他金属制成的同一产品的专利申请丧失新颖性。

反之，一般（上位）概念的公开并不影响具体（下位）概念

的发明或者实用新型专利申请的新颖性。例如，对比文件公开的某产品是“用金属制成的”，并不能使“用铜制成的同一产品”的专利申请丧失新颖性。又如，“卤素”的公开并不损害该系列中“氯”的新颖性。另外，“氯”的公开，也不会损害该系列中其他元素，例如“氯”、“碘”等的新颖性。

三是惯用手段的直接置换。发明或者实用新型专利申请的技术方案是现有技术中所属技术领域的技术人员惯用手段的直接置换，则该项发明或者实用新型专利申请不具有新颖性。例如，现有技术公开过采用螺钉固定的装置，而发明或者实用新型专利申请将该装置的螺钉固定方式改换为螺栓固定方式，该申请不具备新颖性。

四是数值和数值范围。发明或者实用新型专利申请要求保护的范围对现有技术的贡献仅在于数值或者连续变化的数值范围，例如温度、压力或者混合物的组分以及一族化合物时，其新颖性的判断应当依照以下各项规定：

第一，对比文件公开的数值范围的两个端值能损害与该两端值相同值的新颖性，但不损害该两端值之间所有的特定值的新颖性，除非这些中间的特定值在该对比文件中也已被具体公开过。

第二，已知较宽数值范围和该范围中的一些具体实施例数值，如果这些实施例数值落在要求保护的数值范围内，则该要求保护的数值范围不具备新颖性。

第三，要求保护的数值范围中含有已知的一个数值时，该要求保护的数值

范围不具有新颖性。

第四，要求保护的数值范围与已知较宽数值范围有共同的一个端点，或者部分重叠，则所要求保护的数值范围无新颖性。

第五，要求保护的数值范围没有在现有技术中公开过，并且也不包括现有技术公开的数值，则所要求保护的数值范围具有新颖性。

第六，要求保护的数值范围相对于已知数值范围是窄的情况下，具有新颖性。

第七，要求保护的数值范围是为了达到与现有技术不同的特殊目的或者特殊效果而从已知数值范围中选择出的，则该选择出的数值范围具有新颖性。

第八，在现有技术中公开一个数值范围，该数值范围的公开是为了告诫所属技术领域的技术人员不应当选用的数值范围，那么克服这种偏见所要求保护该数值范围的发明或者实用新型专利申请则具备新颖性。

3. 发明和实用新型的“创造性”审查原则和基准

《审查指南》对此作了很详细的阐述：

（1）审查原则。根据专利法第二十二条第三款规定，审查发明是否具备创造性时，应当审查发明是否具有突出的实质性特点，还应当审查发明是否具有显著的进步。

在评价发明是否具有创造性时，审查员不仅要考虑发明技术解决方案本身的实质性，而且还要考虑发明的目的和效果，将其作为一个整体来看待。审查员可以将两份或者两份以上的对比文件、或者这些文件的某些部分、或者同一份文件的不同部分组合在一起进行评定。对于对比文件的结合，审查员应当考虑以下问题：组合的难易程度，即发明所属技术领域的技术人员，将这些对比文件的内容组合在一起构成发明的技术方案是否显而易见；组合的对比文件是来自相同的、类似的、相近的、还是较远的技术领域；需要组合的对比文件数量。

（2）审查基准。评定发明有无创造性，应当以专利法第二十二条第三款为基准。为有助于正确掌握该基准，下面给出一些参考性判断基准。应当注意的是，这些判断基准仅是参考性的，审查员在审查具体的案子时，不要生搬硬套，而要根据每项发明的具体情况，公正地做出判断。

第一，发明解决了人们一直渴望解决、但始终未能获得成功的技术难题。某个科学技术领域中的技术难题，人们长久渴望解决，经发明者的努力，予以解决了，应认为这类发明具备创造性。

第二，发明克服了技术偏见。技术偏见是指在某段时间内，在某个技术领域中，技术人员对某个技术问题普遍存在的成见，它引导人们不去考虑其他方面的可能性，阻碍人们对该技术领域的研究和开发。如果发明克服了这种技术偏见，应该认为是具备创造性的。

第三，发明取得了预料不到的技术效果。发明取得了预料不到的技术效果，是指发明同现有技术相比，产生“质”的变化，具有新的性能；或者产生“量”的变化，超出人们预期的想象，这种“质”的或者“量”的变化，对所属技术领域的技术人员来说，事先无法预测或者推想出来。当发明产生了预料不到的技术效果时，发明具备创造性。

第四，发明在商业上获得成功。当发明的产品在商业上获得成功时，如果这种成功，是由于发明的技术特征直接导致的，则该发明具备创造性。但是，如果商业上的成功是由于其他原因所致，例如由于销售技术的改进或者广告宣传造成的，则不能作为判断创造性的依据。

(3) 不同类型发明的创造性判断。以下就不同类型发明的创造性判断举例说明。

第一，开拓性发明。一种全新的技术解决方案，在技术史上未曾有过先例，它为人类科学技术在某个时期的发展开创了新纪元，这种发明称为开拓性发明。

开拓性发明同现有技术相比，具有本质的区别和显著的技术进步，具备创造性。例如，中国的四大发明——指南针、造纸、活字印刷和火药。此外，在某一时期，作为开拓性发明的还有：蒸汽机、白炽灯、收音机、雷达、激光器等。

第二，组合发明。组合发明，是指将某些技术特征进行新的组合，构成一项技术解决方案，以达到某种目的。

如果组合的各技术特征，在功能上彼此相互支持，并取得了预料不到的技术效果，或者说组合后的技术效果比每个技术特征效果的总和更优越，这种组合发明具备创造性。组合发明的每个技术特征本身是否完全公知或者部分公知不影响创造性。例如，第一辆汽车的发明，它是由发动机、离合器和传动机构等组合而成，组合后的技术效果是制成一种前所未有的新型交通工具。这种组合发明的技术效果，对该发明所属技术领域的技术人员来说，预先是难以想到的。因而，该发明具备创造性。至于各组合的部分，在申请时是否完全公知，或者部分公知都不影响创造性。

此外，如果组合仅仅是公知结构的变型，或者组合处于常规技术继续发展的范围之内，而没有取得预料不到的技术效果，则这样的组合发明不具备创造性。

第三，选择发明。选择发明，是指从许多公知的技术解决方案中选出某一技术方案的发明。选择发明是化学领域中常见的一种发明类型。如果选中的技术解决方案能够取得预料不到的技术效果，则发明具备创造性。

但是，如果发明仅仅是从一些具有相同可能性的技术解决方案中选出一种，而选出的这种方案未能取得预料不到的效果，则不具备创造性。例如，现有技术中存在很多加热的方法。一项发明是在已知的化学反应中选用一种公知的电加热法，该选择发明没有取得预料不到的技术效果，因而不具备创造性。

如果发明是在可能的、有限的范围内、选择具体的尺寸、温度范围或者其他参数，而这些选择可以由本领域的普通技术人员通过常规手段得到时，该发明不具备创造性。如果发明是可以从现有技术中直接推导出来的选择，也不具备创造性。

第四，转用发明和用途发明。转用发明，是指将某一技术领域的公知技术转用到其他技术领域中的发明。如果这种转用能够产生预料不到的技术效果，或者克服了原技术领域中未曾遇到的困难，则这种转用发明具备创造性。但是，如果转用是在类似的或者相近的技术领域之间进行的，并且未产生预料不到的效果，则这种转用发明不具备创造性。

用途发明，是指将公知产品用于新的目的的发明。如果产品的新用途，能够产生预料不到的技术效果，则发明具备创造性。例如将作为木材杀菌剂的五氯酚制剂用作水用除草剂而取得了意想不到的效果，该发明具备创造性。但是，如果新的用途发明，仅仅是使用了已知材料的公知的性质，则不具备创造性。例如将作为润滑油的公知组合物在同一技术领域中用作切削剂的发明不具备创造性。

（4）审查创造性时应注意的问题：

第一，创立发明的途径。不管发明者在创立发明的过程中是历尽艰险，还是唾手而得，都不应当影响对该发明创造性的评价。绝大多数发明是发明者创造性劳动的结晶，是长期科学研究或者生产实践的总结。但是，也有一部分发明是偶然做出的。偶然性不影响该发明具备创造性。

第二，避免“事后诸葛亮”。审查发明的创造性时，由于审查员是在了解了发明内容之后才作出判断，因而容易对发明的创造性估计偏低，从而犯“事后诸葛亮”的错误。审查员应当牢牢记住，对发明的创造性评定是以发明所属技术领域的技术人员根据申请日以前的现有技术与发明进行比较而作出的，从而避免其主观因素的影响。

4. 专利权的发明和实用新型应当具备实用性

根据《专利法》第二十二条第一款、第四款的规定，授予专利权的发明和实用新型，应当具备新颖性、创造性和实用性。

实用性，是指该发明或者实用新型能够制造或者使用，并且能够产生积极效果。《审查指南》对“实用性”这一概念作了较为详细的阐述，可作参考：

实用性，是指发明或者实用新型的客体必须能够在产业上制造或者使用，并且能够产生积极效果。

授予专利权的发明或者实用新型，必须是能够达到实际目的，并且能够应用的发明或者实用新型。换句话说，如果申请的是一种产品（包括发明和实用新型），那么该产品必须在产业中能够制造；如果申请的是一种方法（仅限发明），那么这种方法必须在产业中能够使用。只有满足上述条件的产品或者方法专利申请才可能被授予专利权。

所谓产业，它包括工业、农业、林业、水产业、畜牧业、交通运输业以及文化体育、生活用品和医疗器械等行业。

在产业上能够制造或者使用，是指符合自然法则，具有技术特征的任何可实施的技术方案。这些方案并非必须是机器的使用或者产品的制造，也可以是例如驱雾的方法、将能量由一种形式转换成另一种形式的方法等。

能够产生积极效果，是指发明或者实用新型专利申请在提出申请之日，其产生的经济、技术和社会的效果是所属技术领域的技术人员可以预料到的。同现有技术相比，这些效果应当是积极的和有益的。例如，质量改善、产量提高、节约能源、防治环境污染等。

5. 发明和实用新型的“实用性”审查原则和基准

《审查指南》对此作了详细的阐述：

（1）审查原则。审查发明或者实用新型专利申请的实用性时，应当遵循下列原则：

第一，以申请日提交的说明书、附图和权利要求书所公开的整体技术内容为依据，而不仅仅局限于权利要求所记载的内容。

第二，能否实施是以所属技术领域的技术人员能否实现为标准。

第三，实用性与所申请的发明或者实用新型是怎样创造出来的或者是否已经实施无关。

（2）审查基准。《专利法》第二十二条第四款的规定，是确定发明或者实用新型专利申请是否具备实用性的根据。

以下简要说明不具备实用性的各种情形。

一是无再现性。具有实用性的发明或者实用新型专利申请主题，应当具有再现性。反之，无再现性的发明或者实用新型专利申请主题不具备实用性。再现性，是指所属技术领域的技术人员，根据公开的技术内容，能够重复实施专利申请中为达到其目的所采用的技术方案。这种重复实施不得依赖任何随机的因素，并且实施结果应该是相同的。

二是缺乏技术手段。具有实用性的发明或者实用新型专利申请，应当是一项已完成的技术解决方案，缺乏技术手段的发明或者实用新型专利申请是未完成的技术方案，不具备实用性。

因此，根据《专利法》第二十六条第三款的规定，申请专利的发明或者实用新型应当在说明书中作出清楚、完整的说明，以使所属技术领域的技术人员能够实现。如果原始申请的说明书、附图和权利要求书所公开的内容缺少全部或者部分实施该发明或者实用新型的必要技术手段，则该发明或者实用新型专利申请就是未完成的技术方案，不具备实用性。例如，以下各种情形不具备实用性：只提出任务和设想，或者只表明一种愿望和结果，而未给出任何使所属技术领域的技术人员能够实施的技术手段；提出了解决手段，但对所属技术领域的技术人员来说，该手段仅是一个含糊不清，无法具体实施的方案；提出了解决手段，但所属技术领域的技术人员采用该手段并不能达到所说的目的；根据申请的主题，由多种要素组合构成的技术方案中，存在一个主要要素是所属技术领域的技术人员不能实现的；提出了具体的技术方案，但未提供实验证据，而该方案又必须依赖实验结果加以证实才能成立的。

三是违背自然规律。具有实用性的发明或者实用新型专利申请应当符合自然规律。违背自然规律的发明或者实用新型专利申请是不能实施的，因此，不具备实用性的。

四是利用独一无二的自然条件的产品。具备实用性的发明或者实用新型专利申请不得是由自然条件限定的独一无二的产品。利用特定的自然条件建造的自始至终都是不可移动的唯一产品不具备实用性。

五是人体或者动物的疾病诊断、治疗和外科手术方法。人体或者动物的疾病诊断、治疗和外科手术方法是直接以有生命的人体或者动物为实施对象的，无法在产业上使用，因此不具备实用性。

六是无积极效果。具备实用性的发明或者实用新型申请的主题应当能够产生预期的有益效果。明显无益、脱离社会需要、严重污染环境、严重浪费能源或者资源、损害人身健康的发明或者实用新型申请的主题不具备实用性。

6. 专利权的外观设计应具备的实质条件

根据《专利法》第二十三条的规定，授予专利权的外观设计，应当同申请日以前在国内外出版物上公开发表过或者国内公开使用过的外观设计不相同和不相近似，并不得与他人在先取得的合法权利相冲突。

然而，外观设计专利权权利不能与其他知识产权权利相冲突。对此问题，修正后的《专利法》第二十三条增加一项规定内容：授予专利权的外观设计，不得与他人在先取得的合法权利相冲突。此处的“合法权利”指的是他人已在先取得的商标权、著作权等合法权利。

7. 科学发现不能授予专利权

根据《专利法》第二十五条第一款第（一）项的规定，对科学发现不授予专利权。1989 年 12 月 21 日中国专利局公布的《中华人民共和国专利局公告》

（第二十七号）的规定对理解本条内容有参考价值，其内容为：

为了更好地贯彻执行专利法及其实施细则，中国专利局依据专利法实施细则第九十五条对实用新型专利的保护对象做以下规定。对下列各项发明创造不授予实用新型专利权：

（1）各种方法，产品的用途；

（2）无确定形状的产品，如气态、液态、粉末状、颗粒状的物质或材料；

（3）单纯材料替换的产品，以及用不同工艺生产的同样形状、构造的产品；

（4）不可移动的建筑物；

（5）仅以平面图案设计为特征的产品，如棋、牌等；

（6）由两台或两台以上的仪器或设备组成的系统，如电话网络系统、上下水系统、采暖系统、楼房通风空调系统、数据处理系统、轧钢机、连铸机等；

（7）单纯的线路，如纯电路、电路方框图、气动线路图、液压线路图、逻辑方框图、工作流程图、平面配置图以及实质上仅具有电功能的基本电子电路产品（如放大器、触发器等）；

（8）直接作用于人体的电、磁、光、声、放射或其结合的医疗器具。

以上规定自公告日起施行。过去的规定与本公告有矛盾的，以本公告为准。在公告日以前（不含公告日）已向中国专利局递交的实用新型专利申请（包括已授权）的和尚在审批程序中的沿用本公告前的办法处理，公告日以后（含公告日）向中国专利局递交的实用新型专利申请一律按本公告办理。

《审查指南》亦对此作了详细阐述，可资参考：如果专利申请的内容属于《专利法》第二十五条所列各项的范围，则不能被授予专利权。《专利法》第二十五条所列的不授予专利权的项目不仅适用于发明，也适用于实用新型。

科学发现，是指对自然界中客观存在的未知物质、现象、变化过程及其特性和规律的揭示。科学理论是对自然界认识的总结，是更为广义的发现。它们都属于人们认识的延伸。这些被认识的物质、现象、过程、特性和规律不同于改造客观世界的技术方案，不是专利法意义上的发明创造，因此不能被授予专利权。例如，发现卤化银在光照下有感光特性，这种发现不能被授予专利权，但是根据这种发现造出感光的胶片以及制造方法则可以被授予专利权。又如，发现了自然界存在的一种物质，不能被授予专利权，但是把这种物质从混合物中分离出来的方法可以被授予专利权。

8. 智力活动的规则和方法不能授予专利权

根据《专利法》第二十五条第一款第（二）项的规定，对智力活动的规则和方法，不授予专利权。

《审查指南》亦对此作了详细阐述，可资参考：如果专利申请的内容属于《专利法》第二十五条所列各项的范围，则不能被授予专利权。《专利法》第二十五条所列的不授予专利权的项目不仅适用于发明，也适用于实用新型。

智力活动，是指人的思维运动，它源于人的思维，经过推理、分析和判断产生出抽象的结果或者必须经过人的思维运动作为媒介才能间接地作用于自然产生结果，它仅是指导人们对其表达的信息进行思维、识别、判断和记忆，而不需要采用技术手段或者遵守自然法则，不具备技术特征。因此指导人们进行这类活动的规则和方法不能被授予专利权。例如，下列各项是不能被授予发明专利权的例子。

组织、生产、商业实施和经济管理的方法及制度；交通行车规则、时间调度表、比赛规则；演绎、推理和运筹的方法；图书分类规则、字典的编排方法、情报检索的方法、专利分类法；日历的编排规则和方法；仪器和设备的操作说明；各种语言的语法、汉字编码的方法；计算机的语言及计算规则；速算法或口诀；数学理论和换算方法；心理测验方法；教学、授课、训练和训兽的方法；各种游戏、娱乐的规则和方法；统计、会计和记账的方法；乐谱、食谱；祛病、强身和健身的方法；疾病普查的方法和人口统计的方法。

计算机程序是一种为了得到某种结果而由计算机执行的代码化指令序列，是一种数学算法的表达形式的集合，它所体现的是一种智力活动的规则和方法，因而不能授予专利权。

但是，如果把计算机程序输入给计算机，将其软件和硬件作为整体考虑，确实对现有技术作出改进，并具有技术效果，构成完整的技术方案，则不论它是涉及自动化技术处理过程等实用性能上的改进，还是涉及计算机系统内部工作性能上的改进，都不应仅仅因为该发明专利申请含有计算机程序而不能授予专利权。

9. 疾病的诊断和治疗方法不能授予专利权

根据《专利法》第二十五条第一款第（三）项的规定，疾病的诊断和治疗方法，不授予专利权。

《审查指南》亦对此作了详细阐述，可资参考：如果专利申请的内容属于《专利法》第二十五条所列各项的范围，则不能被授予专利权。《专利法》第二十五条所列的不授予专利权的项目不仅适用于发明，也适用于实用新型。

疾病的诊断和治疗方法是指以有生命的人或者动物为直接实施对象，进行识别、确定或消除病因或病灶的过程。

上述的诊断方法，是指为识别、研究和确定有生命人体或动物病因或病灶状态的全过程。上述的治疗方法，是指为使有生命人体或动物恢复或获得健康，进行阻断、缓解或消除病因或病灶的过程。

出于人道主义的考虑和社会伦理的原因，医生在诊断和治疗过程中应当有选择各种方法和条件的自由。另外，这类方法直接以有生命的人体或动物为实施对象，无法在产业上利用，不具备实用性，不属于专利法意义上的发明创造。因此疾病的诊断和治疗方法不能被授予专利权。

下列各项是不能授予专利权的疾病的诊断和治疗方法：

（1）诊脉法、X光诊断法、超声诊断法、胃、肠造影方法、窥镜诊法、同位素示踪诊断法；

（2）针灸、麻醉、推拿、按摩、刮痧、气功、催眠、护理等疗法；

（3）电、磁、辐射、蜡、电击、细胞、免疫、冷冻、透热等疗法。

下列各项被视为不能授予专利权的疾病诊断和治疗方法原子核变换方法以及用该方法所获得的物质关系到国家的经济、国防、科研和公共生活的重大利益，不宜为人垄断，因此不授予专利权。原子核变换方法以及用该方法所获得的物质关系到国家的经济、国防、科研和公共生活的重大利益，不宜为人垄断，因此不授予专利权。

（1）人类或动物的受孕、避孕以及胚胎移植的方法；

（2）各种疾病的预防方法（强身和健体的方法属智力活动的规则方法）；

（3）各种体外循环、透析处理、麻醉深度监控等方法。

此外，对有生命的人体或者动物的外科手术方法，也不能授予专利权。例如，以医疗为目的的整容方法，在活动体上取物的方法（如，活牛取黄的方法）等。

下列各种不属于疾病的诊断和治疗方法的范围，可以被授予专利权：

（1）为疾病的诊断和治疗而使用的物质、材料、仪器、设备和器具等；

（2）烫发、染发等美容方法以及消毒、灭菌的方法（人体或者动物的伤口消毒方法不能授予专利权）；

（3）对脱离了有生命的人体或者动物的组织或者流体进行处理或检测的方法，例如血液、排泄物、精液的保藏或者化验方法以及利用人体血清制取抗体的方法等；

（4）对已经死亡的人体或动物测试、保存或者处理的方法，例如冷冻，焚化、解剖、制作标本以及动物的屠宰方法等；

（5）仅为获取人体或动物常规生理参数的采集、测试、处理等方法，例如运动医学、劳动医学中测量有关脏器负荷极限的方法，对动物脂肪厚度的测量方法等（将此类信息、数据用于疾病的诊断的用途不能授予专利权）；

（6）为实现某一医疗仪器或设备而建立的方法，即使其中某一步骤还要与有生命的人体或者动物相接触以获取信息或数据，只要该方法的实施仅是完成某一医疗仪器或设备时，仍可授予专利权，例如一种为实现血流速度测量仪器的连续波超声多普勒方法。

10. 动物和植物品种不能授予专利权

根据《专利法》第二十五条第一款第（四）项和第二款的规定，对动物和植物品种不授予专利权，但对动物和植物品种的生产方法，可以依照专利法规定授予专利权。

《审查指南》亦对此作了详细阐述，可资参考：如果专利申请的内容属于《专利法》第二十五条所列各项的范围，则不能被授予专利权。《专利法》第二十五条所列的不授予专利权的项目不仅适用于发明，也适用于实用新型。

动物和植物是有生命的物体。专利法所称的动物，是指不能自己合成，而只能靠摄取自然的碳水化合物及蛋白质采维系其生命的生物。专利法所称的植物，是指可以借助光合作用，以水、二氧化碳和无机盐等无机物合成碳水化合物、蛋白质来维系生存，并通常不发生移动的生物。

动物和植物品种可以通过专利法以外的其他法律保护。

此外，《专利法》第二十五条第二款规定，对动物和植物品种的生产方法，可以依照专利法规定授予专利权。这里所说的生产方法是指非生物学的方法，不包括生产动物和植物主要是生物学的方法。

一种方法是否属于“主要是生物学的方法”，取决于在该方法中人的技术介入程度；如果人的技术介入对该方法所要达到的目的或效果起了主要的控制作用或决定性作用，则这种方法不属于“主要是生物学的方法”，可以授予专利权。例如，采用辐照饲养法生产高产牛奶的乳牛的方法；改进饲养方法生产瘦肉型猪的方法等可以被授予发明专利权。

11. 原子能变换方法和用该法获得的物质不能授予专利权

根据《专利法》第二十五条第一款第（五）项的规定，原子核变换方法和用该方法获得的物质不授予专利权。

《审查指南》亦对此作了详细阐述，可资参考；如果专利申请的内容属于《专利法》第二十五条所列各项的范围，则不能被授予专利权。《专利法》第二十五条所列的不授予专利权的项目不仅适用于发明，也适用于实用新型。

原子核变换方法以及用该方法所获得的物质关系到国家的经济、国防、科研和公共生活的重大利益，不宜为人垄断，因此不授予专利权。

（1）原子核变换方法。原子核变换方法，是指使一个或几个原子核经分裂或者聚合，形成一个或几个新原子核的过程。例如完成核聚变反应的磁镜阱法、封闭阱法以及实现核裂变的各种类型反应堆的方法等。但是，为实现原子核变换而增加粒子能量的粒子加速方法（如电子行波加速法，电子驻波加速法、电子对撞法、电子环形加速法等），不属于原子核变换方法，可以被授予发明专利权。

为实现核变换方法的各种设备、仪器及其零部件等，均可以被授予发明专利权。

（2）用原子核变换方法所获得的物质。用原子核变换方法所获得的物质，主要是指用加速器、反应堆以及其他核反应装置生产、制造的各种放射性同位素。这些同位素不能被授予发明专利权。但是这些元素的用途以及使用的仪器、设备可以被授予专利权。

12. **涉及微生物的发明可以授予专利权**

《专利法》未涉及微生物的发明可否获得专利问题，但《实施细则》规定了微生物和微生物学方法办理专利申请的手续问题。《审查指南》较详细地阐述微生物本身是否可授予专利及其界定问题。微生物包括；细菌、放线菌、真菌、动植物细胞系、病毒、质粒、原生动物、藻类等。

（1）微生物本身的可专利性。《专利法》第二十五条第四项规定动物和植物品种不授予专利权。由于微生物既不属于动物也不属于植物的范畴。因而微生物是可以授予专利的主题。但是未经人类的任何技术处理而存在于自然界的微生物由于属于科学发现）：且不具有工业实甩性，所以不授予专利权。只有当微生物经过分离成为纯培养物，并且具有特定的工业用途时，微生物本身才是可以授予专利的主题。

（2）涉及微生物的发明的再现性。在微生物领域中，有些发明由于它不能重视，因不具有工业实用性而不能授予专利权。例如对下列方法不授予专利权：

一是由自然界筛选特定微生物的方法。这种类型的方法由于客观条件的限制且具有很大随机性，因此在大多数情况下都是不能重现的，例如从某省某县某地的土壤中分离筛选出一种特定的微生物，由于其地理位置的不确定和自然、人为环境的不断变化，再加上即使同一块土壤中特定的微生物存在的偶然性，致使不可能在专利有效期二十年内能重现地筛选出同种同属、生化遗传性能完全相同的微生物体。因此，由自然界筛选特定微生物的方法，一般不具有工业实用性，除非申请人能够给出充足的证据证实这种方法可以重复实施，否则不能授予这种方法专利权。

二是通过物理、化学方法进行人工诱变生产新微生物的方法。这种类型的方法主要依赖于微生物在诱变条件下所产生的随机突变，这种突变实际上是DNA复制过程中的一个或几个碱基的变化，然后从中筛选出具有某种特征的菌株。由于碱基变化是随机的，因此即使清楚记载了诱变条件，也很难通过重复诱变条件而得到完全相同的结果。这种方法在绝大多数情况下不符合《专利法》第二十二条第四款的规定，除非申请人能够给出足够的证据证实在一定的诱变条件下经过诱变必然得到具有所需特性的微生物，否则不能授予这种类型的方法专利权。

《实施细则》第二十五条规定：申请专利的发明涉及新的微生物、微生物学方法或者其产品，而且使用的微生物是公众不能得到的，除该申请应当符合专利法和本细则的有关规定外，申请人并应当办理下列手续：

（1）在申请日前或者最迟在申请日，将该微生物菌种提交专利局指定的微生物菌种保藏单位保藏，并在申请时或者最迟自申请日起三个月内提交保藏单位出具的保藏证明和存活证明；期满未提交证明的，该菌种被视为未提交保藏，

（2）在申请文件中，提供有关微生物特征的资料；

（3）涉及微生物菌种保藏的专利申请应当在请求书和说明书中写明该微生物的分类命名（注明拉丁文名称）、保藏该微生物菌种的单位名称、地址、保藏日期和保藏编号，申请时未写明的，应当自申请日起三个月内补正；期满未补正的，该菌种被视为未提交保藏。

《实施细则》第二十六条规定：有关微生物的发明专利申请公布后，任何单位或者个人需要将专利申请所涉及的微生物作为实验目的使用的，应当向专利局提出请求，并写明下列事项：请求人的姓名或者名称和地址；不向其他任何人提供菌种的保证在授予专利权之前，只作为实验目的使用的保证。

1985年3月12日《中华人民共和国专利局公告》（第八号）对此作出具体规定。

二、专利的申请、审查与批准

1. 申请发明专利和实用新型应提交的文件

根据《专利法》第二十六条第一款的规定，申请发明或者实用新型专利的，应当提交请求书、说明书及其摘要和权利要求书等文件。

《实施细则》第十六条作了具体规定：申请专利的，应当向专利局提交申请文件一式两份。

申请人委托专利代理机构向专利局申请专利和办理其他专利事务的，应当同时提交委托书，写明委托权限。

2. 申请专利的请求书的撰写要求

根据《专利法》第二十六条第二款的规定，请求书应当写明发明或者实用

新型的名称，发明人或者设计人的姓名，申请人姓名或者名称、地址，以及其他事项。

该款所说的“其他事项”，《实施细则》第十七条作了具体规定：专利法第二十六条第二款所称请求书中的其他事项是指：

(1) 申请人的国籍；

(2) 申请人是企业或者其他组织的，其总部所在的国家；

(3) 申请人委托专利代理机构的，应当注明的有关事项?

(4) 要求优先权的，应当注明的有关事项；

(5) 申请人或者专利代理机构的签字或者盖章；

(6) 申请文件清单；

(7) 附加文件清单；

(8) 其他需要注明的有关事项。

申请人有两个以上而未委托专利代理机构的，应当指定一人为代表人。

《审查指南》对请求书的具体撰写要求作了阐述：

(1) 发明名称。发明名称应当简短、准确地表明发明的技术主题。发明名称中不应含有非技术词语，例如人名、公司名称、商标、代号、型号等；也不应含有含糊的词语，例如“及其他”、“及其类似物”等；也不应使用笼统的词语，致使未给出任何发明情报，例如仅用“方法”、“装置”、“组合物”、“化合物”等词作为发明名称。

发明名称不得超过25个字。特殊情况下，经审查员同意可以增加到40个字。例如，某些化学领域的发明。

(2) 发明人。发明人应当是对发明创造的实质性特点作出创造性贡献的人。但在专利局的审查程序中，审查员对请求书中指明的发明人是否符合专利法实施细则第十一条规定不必审查。

发明人应当是个人，不应当是单位或者集体，例如不应当写成“××课题组”等，发明人应当使用本人真实姓名，不得使展笔名或者假名。多个发明人时，应当自左向右顺序填写。

发明人可以请求专利局不公布其姓名。请求不公布姓名的应当由发明人本人书面提出。不公布姓名的请求提出之后，经审查认为符合要求的，专利局的专利公报、说明书单行本以及专利证书中均不公布其姓名，发明人也不得再请求重新公布其姓名。

外国发明人姓名中可以使用外文缩写字母，姓和名之间用圆点分开，圆点置于中间位置，例如M·琼斯。

(3) 申请人：

一是申请人是本国人的：职务发明，申请专利权的权利属于该单位，非职务发明，申请专利的权利属于发明人。在专利局的审查程序中，审查员对请求书中指明的申请人一般情况下不必审查。当申请人是个人时，可以推定该发明为非职务发明，并且该个人有权提出专利申请。除非申请专利的主题明显不是非职务发明，此时，应当通知申请人提供所在单位出具的非职务发明证明。

当申请人是单位时，可以推定申请专利的发明是职务发明，并且该申请人有权提出专利申请。除非该单位明显不具有法人地位或者对其法人地位有疑问时，例如××大学科研处或××研究所××课题组，应当通知该单位提供法人地位的证明文件。

申请人是个人时，应当使用本人真实姓名，不得使用笔名或假名。申请人是单位时，应当使用正式全称，不得使用缩写或者简称。申请文件中指明的名称应与使用的公章上的名称相一致。

二是申请人是外国人、外国企业或者外国其他组织的：专利法第十八条规定："在中国没有经常居所或者营业所的外国人、外国企业或者外国其他组织在中国申请专利的，依照其所属国伺中国签订的协议或者共同参加的国际条约，或者依照互惠原则，根据本法办理。"

审查员对请求书中指明的申请人的国籍、营业所或者总部所在地有疑义时，可以根据专利法实施细则第三十四条第（一）项或者第（二）项通知申请人提供国籍证明或者营业所总部所在地的证明文件。申请人在请求书中声称，在中国有经常居所或者营业所时，审查员应当要求提供当地公安部门出具的住所证明或者当地工商行政部门出具的真实有效的营业所证明。

在确认申请人是"在中国没有经常居所或者营业所的外国人、外国企业或者外国其他组织"后，应当审查请求书中指明的申请人国籍或者总部的所在地国家是否符合专利法第十八条规定的下列三个条件之一：申请人所属国同我国签订有相互给予对方国民以专利保护的协议；申请人所属国是保护工业产权巴黎联盟成员国；申请人所属国的法律中，订有依互惠原则给外国人以专利保护的。

申请人是个人时，其姓名中可以使用外文缩写字母，姓和名之间用圆点分开，置于中间位置，例如，M·琼斯。姓名中不应含有学位、职务等称号，例如××博士、××教授等。申请人是单位时，其名称应当使用正式全称。对于申请人所在国法律规定具有独立法人地位的某些称谓允许使用。

三是本国人与外国人共同申请。本国人与外国人共同申请时，分别按三之1、2进行审查。

（4）专利代理机构、专利代理人。专利代理机构应当依照《专利代理条例》的规定成立。专利代理人是指获得《专利代理人资格证书》，并持有《专利代理人工作证》的人员。

专利法实施细则第十四条规定："专利法第十九条第一款和第二十条规定的专利代理机构由国务院授权专利局指定。"

专利局依照专利法实施细则第十四条规定指定的专利代理机构以公告方式公布。

专利代理机构的名称应当使用其在专利局登记的全称，并且与加盖在申请文件中的专利代理机构公章上的名称一致，不得使用简称或者缩写。请求书中还应当填写专利局给予该专利代理机构的编码。

专利代理人应当是已在专利局登记的，并在合法的专利代理机构里执行任务。在请求书中，专利代理人应当使用其真实姓名，同时填写专利代理人在专利局登记的编码。一件专利申请的专利代理人不得超过两人。

（5）地址。请求书中的地址（包括申请人、专利代理机构、共同代表人的地址）应当符合邮件能迅速、准确地投递的要求。本国的地址应当指明省、市、区、街道门牌号码，或者指明省、县、镇（乡）、街道门牌号码，或者指明直辖市、区、街道门牌号码，有邮政信箱的可以按规定使用该邮政信箱，地址中应当包括所在地区的邮政编码。地址中可以包含单位名称，但单位名称不得代替地址，例如不得写××省××大学，外国的地址应注明国别、市（县、州），并附具外文详细地址。

3. **申请专利的说明书及其摘要的撰写要求**

根据《专利法》第二十六条第三款的规定，说明书应当对发明或者实用新型作出清楚完整的说明，以所属技术领域的技术人员能够实现为准；必要的时候，应当有附图。摘要应当简要说明发明或者实用新型的技术要点。

《实施细则》对说明书及其摘要的撰写要求作了具体规定：

第十八条规定：发明或者实用新型专利申请的说明书应当按照下列方式和顺序撰写：

（1）发明或者实用新型的名称，该名称应当与请求书中的名称一致；

（2）发明或者实用新型所属技术领域；

（3）就申请人所知，写明对发明或者实用新型的理解、检索、审查有用的背景技术，并且引证反映这些背景技术的文件；

（4）发明或者实用新型的目的；

（5）写明要求保护的发明或者实用新型的技术方案，使所属技术领域的技术人员能够理解，并且能够达到发明或者实用新型的目的；

（6）发明或者实用新型与背景技术相比所具有的有益的效果；

（7）有附图的，应当有图面说明；

（8）详细描述申请人认为实现发明或者实用新型的最好方式，在适当的情况下，应当举例说明；有附图的，应当对照附图。

发明或者实用新型专利申请人应当按照前款规定的方式和顺序撰写说明书，除非其发明或者实用新型的性质用其他方式或者顺序撰写能节约说明书的篇幅并使他人能更好地理解其发明或者实用新型。

发明或者实用新型说明书中不得使用“如权利要求……所述的……”一类的引用语，也不得使用商业性宣传用语。

第十九条规定：发明或者实用新型的几幅附图可以绘在一张图纸上，附图应当按照“图1，图2，……”顺序编号排列。

附图的大小及清晰度，应当保证在该图缩小到2/3时，仍能清楚地分辨出图中的各个细节。

发明或者实用新型说明书文字部分中未提及的附图标记不得在附图中出现，附图中未出现的附图标记不得在说明书文字部分中提及。申请文件中表示同一组成部分的附图标记应当一致。

附图中除必需的词语外，不应当含有其他注释。

第二十四条规定：摘要应当写明发明或者实用新型所属的技术领域、需要解决的技术问题、主要技术特征和用途。摘要可以包含最能说明发明的化学式。有附图的专利申请，应当由申请人指定并提供一幅最能说明该发明或者实用新型技术特征的附图。附图的大小及清晰度应当保证在该图缩小到4厘米×6厘米时，仍能清楚地分辨出图中的各个细节。摘要文字部分不得超过200个字。摘要中不得使用商业性宣传用语。

《审查指南》也对说明书、说明书附图及摘要的具体撰写要求作了阐述：

（1）说明书。说明书第一页第一行应当写发明名称，该名称应当与请求书中写的名称一致，并左右居中。发明名称前面不得冠以“发明名称”或者“名称”等字样。发明名称与说明书正文之间应当空一行。

说明书中写有图面说明的，申请文件中应当有附图，申请文件中有附图的，说明书中应当有图面说明。说明书文字部分中可以有化学式，数学式和表格，但不得有插图。说明书中不得使用商业性宣传用语，也不得使用贬低或者诽谤他人或者他人产品的词句（仅与背景技术作比较不应认为是贬低行为）。

（2）说明书附图。说明书附图应当使用制图工具和黑色墨水绘制。线条应当均匀清晰、足够深，不得着色或涂改。

剖面图中的剖面线不得妨碍附图标记线和主线条的清楚识别。几幅图可以绘制在一张图纸上。一幅总体图可以绘制在几张图纸上，但应保证每一张上的图都是独立的，而且当全部图纸组合起来构成一幅完整总体图时又不互相影响其清晰程度。图的周围不得有框线。

附图总数在两幅以上时，应当使用阿拉伯数字顺序编号，并在编号前冠以“图”字，例如图1，图2……。

图应当尽量垂直绘制在图纸上，彼此明显地分开。当零件横向尺寸明显大于竖向尺寸必须水平布置时，应当将图的顶部置于图纸的左边。一页纸上有两幅以上的图，且有一幅已经水平布置时，该页上其他图也应当水平布置。

附图标记应当使用阿拉伯数字顺序编号。同一零件出现在不同的图中应当使用相同的附图标记，一件专利申请的各文件（说明书、权利要求书、说明书附图、摘要）中应当使用同一附图标记表示同一零件，但并不要求每一幅图中的附图标记编号连续。

图的大小要适当，应能清晰地分辨出图中每一个细节，并适合用照相制版，静电复印，缩微等方式大量复制。

同一图中每一组成部分与其他组成部分应当成适当比例，只有为了使其中某一组成部分清楚显示而采用局部放大时才能例外。图中除必要的关键词语外，不应当含有注释性文字。关键词应当使用中文。必要时，可以在其后的括号里注明原文。

流程图、框图应当视为附图，并允许在框图内含有简明注释。

特殊情况下，可以使用照片贴在图纸上作为附图。例如，显示金相结构或者组织细胞时。

（3）摘要。

一是摘要文字部分。摘要应当写明发明所属的技术领域，需要解决的技术问题，主要技术特征和用途。对于未写明技术特征的，应当通知申请人补正，对于使用了商业性宣传用语的，应当予以删除，并通知申请人。

摘要文字部分（包括标点符号）不得超过200个字。摘要超过200个字时，应当通知申请人删节或者由审查员删节，由审查员删节的，还应当通知申请人。摘要没有附图的，其文字部分可以增加，但不得超过250个字。

二是摘要附图。说明书中有附图的，申请人应当指定并提供一幅最能说明该发明技术特征的附图作为摘要附图，摘要附图应当是说明书附图中的一幅。申请人未指定也未提供摘要附图的，审查员应当通知申请人补正或者依职权指定一幅，并通知申请人提供审查员指定的摘要附图一式两份；审查员确认没有合适的摘要附图可以指定的，可以不要求申请人补正。申请人指定并提供的摘要附图明显不能说明发明技术特征的，审查员应当另行指定，并通知申请人提供审查员指定的摘要附图一式两份。

摘要附图的大小及清晰度应当保证在该图缩小到4厘米×6厘米时，仍能清楚地分辨出图中的各个细节。

摘要中可以包含最能说明发明的化学式，该化学式被视为摘要附图。

4. **申请专利的权利要求书的撰写要求**

根据《专利法》第二十六条第四款的规定，权利说明书应当以说明书为依据，说明要求专利保护的技术要点。

《实施细则》第二十条规定：权利要求书应当说明发明或者实用新型的技术特征，清楚并简要地表述请求保护的范围。

权利要求书有几项权利要求的，应当用阿拉伯数字顺序编号。权利要求书中使用的科技术语应当与说明书中使用的科技术语一致，可以有化学式或者数学式，但是不得有插图。除绝对必要的外，不得使用“如说明书……部分所述”或者“如图……所示”的用语。

权利要求中的技术特征可以引用说明书附图中相应的标记，该标记应当放在相应的技术特征后面，并置于括号内，以利于理解权利要求。附图标记不得解释为对权利要求的限制。

《实施细则》第二十一条规定：权利要求书应当有独立权利要求，也可以有从属权利要求。

独立权利要求应当从整体上反映发明或者实用新型的技术方案，记载为达到发明或者实用新型目的的必要技术特征。

从属权利要求应当用要求保护的附加技术特征，对引用的权利要求作进一步的限定。

《实施细则》第二十二条规定：发明或者实用新型的独立权利要求应当包括前序部分和特征部分，按照下列规定撰写：

（1）前序部分：写明发明或者实用新型要求保护的主题名称和发明或者实用新型主题与现有技术共有的必要技术特征；

（2）特征部分：使用“其特征是……”或者类似的用语，写明发明或者实用新型区别于现有技术的技术特征。这些特征和前序部分写明的特征合在一起，限定发明或者实用新型要求保护的范围。发明或者实用新型的性质不适合用前款方式表达的，独立权利要求可以用其他方式撰写。一项发明或者实用新型应当只有一个独立权利要求，并写在同一发明或者实用新型的从属权利要求之前。

第二十三条规定：发明或者实用新型的从属权利要求应当包括引《实施细则》用部分和限定部分，按照下列规定撰写：引用部分：写明引用的权利要求的编号及其主题名称；限定部分：写明发明或者实用新型附加的技术特征。引用一项或者两项以上权利要求的从属权利要求，只能引用在前的权利要求。引用两项以上权利要求的多项从属权利要求，不得作为另一项多项从属权利要求的基础。

《审查指南》对此也作了阐述：权利要求书应当反映技术方案，记载技术特征。不得使用与技术无关的词句，例如“请求保护该专利的生产、销售权”等。

权利要求在两项以上时，应当使用阿拉伯数字顺序编号，编号前不得冠以“权利要求”或者“权项”等词。权利要求中可以有化学式或者数学式，必要时也可以有表格，但不得有插图。权利要求书中不得使用商业性宣传用语，也不得使用贬低或诽谤他人或他人产品的词句。

5. 专利申请的申请日与优先权

根据《专利法》第二十八条的规定，国务院专利行政部门收到专利申请文件之日为申请日。如果申请文件是邮寄的，以寄出的邮戳日为申请日。

《实施细则》第九条规定：除专利法第二十八条和第四十五条的规定外，专利法所称申请日，有优先权的，指优先权日。

本细则所称申请日，是指向专利局提出专利申请之日。

《实施细则》第三十二条规定：申请人依照专利法第三十条的规定办理要求优先权手续的，应当在书面声明中写明第一次提出的专利申请（以下称在先申请）的申请日、申请号和受理该申请的国家，书面声明中未写明在先申请的申请日和受理该申请的国家的，视为未提出声明。

要求外国优先权的，申请人提交的在先申请文件副本应当经该国受理机关证明，要求本国优先权的，申请人提交的在先申请文件副本应当由专利局制作。

根据《专利法》第二十九条的规定，申请人自发明或者实用新型在外国第一次提出专利申请之日起十二个月内，或者自外观设计在外国第一次提出专利申请之日起六个月内，又在中国就相同主题提出专利申请的，依照该外国同中国签订的协议或者共同参加的国际条约，或者依照相互承认优先权的原则，可以享有优先权。申请人自发明或者实用新型在中国第一次提出专利申请之日起十二个月内，又向国务院专利行政部门就相同主题提出专利申请的，可以享有优先权。第三十条规定：申请人要求优先权的，应当在申请的时候提出书面声明，并且在三个月内提交第一次提出的专利申请文件的副本；未提出书面声明或者逾期未提交专利申请文件副本的，视为未要求优先权。

这次修改专利法时未修改此条，为何要设立优先权制度，参见 1992 年 6 月 23 日全国人大常委会法律委员会《关于〈中华人民共和国专利法修改案（草案）〉的说明》：现行专利法第二十九条只规定了外国专利申请人先在外国提出申请后到我国提出申请的，享有优先权。这次修改为，在这种情况下，不论申请人是外国人还是中国人，都享有优先权。此外，草案还补充规定了本国优先权，即：申请人就同一发明或者实用新型在中国第一次提出专利申请之日起十二个月内，又向专利局提出申请的，可以享有优先权。这样规定，申请人就可以在优先权期间内进一步完善其发明或者实用新型，或者将发明与实用新型相互转换。目前，世界上一些国家的专利法也有本国优先权的规定或者类似的优惠规定。

《实施细则》第九条对此作了具体规定：除专利法第二十八条和第四十五条的规定外，专利法所称申请日，有优先权的，指优先权日。本细则所称申请日，是指向专利局提出专利申请之日。

第三十二条规定：申请人依照专利法第三十条的规定办理要求优先权手续的，应当在书面声明中写明第一次提出的专利申请（以下称在先申请）的申请日、申请号和受理该申请的国家，书面声明中未写明在先申请的申请日和受理该申请的国家的，视为未提出声明。

要求外国优先权的，申请人提交的在先申请文件副本应当经该国受理机关证明；要求本国优先权的，申请人提交的在先申请文件副本应当由专利局制作。

第三十三条规定：申请人在一件专利申请中，可以要求一项或者多项优先权；要求多项优先权的，该申请的优先权期限从最早的优先权日起算。

申请人要求本国优先权的，如果在先申请是发明专利申请，可以就相同主题提出发明或者实用新型专利申请，如果在先申请是实用新型专利申请，可以就相同主题提出实用新型或者发明专利申请。但是，提出后一申请时，在先申请有下列情形之一的，不得作为要求本国优先权的基础：已经要求过外国或者本国优先权的；已经被批准授予专利权的；属于按照规定提出的分案申请的。

申请人要求本国优先权时，其在先申请自后一申请提出之日起即被视为撤回。

第三十四条规定：在中国没有经常居所或者营业所的申请人，申请专利或者要求外国优先权的，专利局认为必要时，可以要求其提供下列文件：国籍证明；申请人是企业或者其他组织的，其营业所或者总部所在地的证明文件；外国人、外国企业、外国其他组织的所属国，承认中国公民和单位可以按照该国国民的同等条件，在该国享有专利权、优先权和其他与专利有关的权利的证明文件。

6. 专利申请的撤回与申请文件的修改

根据《专利法》第三十二条的规定，申请人可以在被授予专利权之前随时撤回其专利申请。

《实施细则》第三十七条规定：申请人撤回专利申请的，应当向专利局提出声明，写明发明创造的名称、申请号和申请日。

撤回专利申请的声明是在专利局作好公布专利申请文件的印刷准备工作后提出的，申请文件仍予公布。

第九十一条规定：任何人经专利局同意后；均可以查阅或者复制已经公布或者公告的专利申请的案卷和专利登记簿。任何人均可以请求专利局出具专利登记簿副本。

已被视为撤回、驳回和主动撤回的专利申请的案卷，自该专利申请失效之日起满二年后不予保存。

已被撤销、放弃、无效宣告和终止的专利权的案卷自该专利权失效之日起满三年后不予保存。

对此问题，《审查指南》也有详细的阐述：授予专利权之前，申请人随时可以主动要求撤回其专利申请。撤回专利申请应当使用专利局统一制作的“撤回专利申请声明”表格。

撤回专利申请不得附有任何条件。

专利申请的申请人在两人以上的，要求撤回其专利申请时，应当提交全体共同申请人签名或盖章的，同意撤回专利申请的证明材料。

撤回专利申请声明经审查合格后，作出手续合格通知书，并通知申请人。申请人无正当理由不得要求撤销该声明。

撤回专利申请的声明是在专利申请进入公报编辑后提出的，申请文件照常公布或者公告，然后停止审查程序，若该案已经公开，应当在专利公报上公告该案的申请号。

根据《专利法》第三十三条的规定：申请人可以对其专利申请文件进行修改，但是，对发明和实用新型专利申请文件的修改不得超出原说明书和权利要求书记载的范围，对外观设计专利申请文件的修改不得超出原图片或者照片表示的范围。

《实施细则》第四十一条的规定：说明书中写有对附图的说明但无附图或者缺少部分附图的，申请人应当在专利局指定的期限内补交附图或者声明取消对附图的说明。申请人补交附图的，以向专利局提交或者、邮寄附图之日为申请日；取消对附图的说明的，保留原申请日。

第五十一条规定：发明专利申请人在提出实质审查请求或者在对专利局第一次实质审查意见作出答复时，可以对发明专利申请主动提出修改。

实用新型或者外观设计专利申请人自申请日起三个月内，可以对实用新型或者外观设计专利申请主动提出修改。

第五十二条规定：发明或者实用新型专利申请的说明书或者权利要求书的修改部分，除个别文字修改或者增删外，应当按照规定格式提交替换页。外观设计专利申请的图片或者照片的修改，应当按照规定提交替换页。

第六十四条规定：专利局对专利申请文件中的发明创造名称、摘要或者请求书的明显错误可以予以修改，并通知申请人。

专利局对专利公报和发出的文件中出现的错误，一经发现，应当及时更正。

《审查指南》和中国专利局 1997 年 10 月 27 日发布的《审查指南公报》（第十五号）对专利文件的修改有非常详细的阐述：

专利法实施细则第五十一条第一款规定，发明专利申请人在提出实质审查请求或者在对专利局第一次实质审查意见作出答复时，可以对发明专利申请主动提出修改。

申请人提出发明专利申请的同时就提出实质审查请求的，可以在收到专利局发出的发明专利申请进入实审程序通知书之日起的 3 个月内对发明专利申请的申请文件进行一次主动修改，该主动修改被视为申请人在提出实质审查请求时所提出。

在对第一次实质审查意见作出答复之后，申请人只能按照审查员的要求或者得到审查员的同意，对申请文件进行修改。

（1）修改的要求。在实质审查程序中，对说明书或权利要求书的修改可能会进行多次，以达到授予专利权的条件。审查员在审查修改的内容时，不仅要注意说明书公开的内容与权利要求的保护范围的一致性，而且要严格掌握专利法第三十三条的规定，即申请人对申请文件的主动或者被动的修改，都不得超出原说明书和权利要求书记载的范围。

（2）允许的修改：一是对权利要求书的修改。根据专利法第五十九条第一款的规定，权利要求书的修改涉及专利权的保护范围，因此修改可能使保护范围扩大、缩小或者变更。但所有的修改必须在原说明书中有依据，变更的保护范围还必须与原要求保护的发明主题有关。这种修改包括：修改独立权利要求的前序部分，使其说明发明的主题名称及发明主题与现有技术共有的必要技术特征；修改独立权利要求的特征部分，使其说明发明区别于现有技术的技术特征。二是对说明书的修改。对于说明书的修改包括：修改发明名称，使之准确、简明地反映发明主题；修改发明所属技术领域；修改背景技术的描述部分，使之与发明主题相适应；修改发明的目的与技术方案修改发明的目的，使之与原来要求保护的发明主题的技术方案相适应；修改发明的有益的效果；修改附图的图面说明；修改最佳实施方式或者实施例；修改附图；修改摘要；修改由所属技术领域的技术人员能够识别出的明显错误。对这些错误的修改必须能从说明书的整体及上下文，看出是唯一正确的答案，而没有其他的可能。

（3）不允许的修改。作为一个原则，凡是对说明书（及其附图）和权利要求书，作出不符合专利法及其实施细则规定的修改，均是不允许的。具体地说，如果申请的内容通过增加、改变或删除其中的一部分，致使所属技术领域的技术人员看到的信息与原申请公开的信息不同，而且又不能从原申请公开的信息中直接地、毫无疑义地导出，那么，这种修改就是不允许的。

（4）修改的方式。一是提交替换页。根据专利法实施细则第五十二条的规定，说明书或者权利要求书的修改部分，除个别文字修改或者增删外，应当按照规定格式提交替换页。二是审查员代为修改。对于申请文件中个别文字、标记的修改或者增删及对发明名称或者摘要的明显错误，审查员可予以修改，并通知申请人。审查员修改时，应当使用钢笔或者圆珠笔作出清楚明显的修改，而不得使用铅笔进行修改。

7. 发明专利申请的初步审查程序

根据《专利法》第三十四条的规定，国务院专利行政部门收到发明专利申请后，经初步审查认为符合本法要求的，自申请日起满十八个月，即行公布。国务院专利行政部门可以根据申请人的请求早日公布其申请。

《实施细则》第四十四条规定：专利法第三十四条和第四十条所称初步审查，是指审查专利申请是否具备专利法第二十六条或者第二十七条规定的文件和其他必要的文件，这些文件是否符合规定的格式；并包括审查下列各项：

（1）发明专利申请是否明显属于《专利法》第五条、第二十五条的规定的，或者不符合《专利法》第十八条、第十九条第一款的规定的，或者明显不符合《专利法》第三十一条第一款、第三十三条或者本细则第二条第一款的规定的；

（2）实用新型专利申请是否明显属于《专利法》第五条、第二十五条的规定的，或者不符合《专利法》第十八条、第十九条第一款的规定的，或者明显不符合《专利法》第三十一条第一款、第三十三条、本细则第二条第二款、第十二条第一款、第十八条至第二十三条的规定的，或者依照《专利法》第九条规定不能取得专利权的；

（3）外观设计专利申请是否明显属于专利法第五条规定的，或者不符合《专利法》第十八条、第十九条第一款的规定的，或者明显不符合《专利法》第三十一条第二款、第三十三条、本细则第二条第三款、第十二条第一款的规定的，或者依照专利法第九条规定不能取得专利权的。

专利局应当将审查意见通知申请人，要求其在指定期限内陈述意见或者补正；申请人期满未答复的，其申请被视为撤回。申请人陈述意见或者补正后，专利局仍然认为不符合前款所列各项规定的，应当予以驳回。

第四十六条规定：申请人请求早日公布其发明专利申请的，应当向专利局声明。专利局对该申请进行初步审查后，除予以驳回的外，应当立即将申请予以公布。

《审查指南》对初步审查的程序有很详细的阐述：《专利法》第三十四条规

定："专利局收到发明专利申请后，经初步审查认为符合本法要求的，自申请日起满十八个月即行公布。专利局可以根据申请人的请求早日公布其申请。"由此可知，发明专利申请的初步审查是受理发明专利申请之后，公布该申请之前的一个必要程序。

初步审查的主要任务是：

（1）审查申请人提交的申请文件是否符合专利法及其实施细则的规定，发现存在可以补正的缺陷时，通知申请人以补正的方式消除缺陷，使其符合公布的条件；发现存在不可克服的缺陷时，作出审查意见书，指明缺陷的性质，并通过驳回的方式尽早结束审批程序。

（2）审查申请人在提出专利申请的同时或者随后提交的与专利申请有关的其他文件是否符合专利法及其实施细则的规定，发现存在缺陷时，根据缺陷的性质，通知申请人以补正的方式消除缺陷，或者直接作出视为未提出的决定。

初步审查的范围是：

（1）专利申请是否明显属于专利法第五条和第二十五条规定的，或者是否不符合《专利法》第十八条、第十九条第一款的规定的，或者明显不符合《专利法》第三十一条第一款、第三十三条或者《专利法实施细则》第二条第一款的规定。

（2）专利申请是否包含《专利法》第二十六条规定的申请文件，以及这些文件是否符合《专利法》及其《实施细则》的有关规定。

（3）与专利申请有关的其他文件是否符合专利法及其实施细则的有关规定。

初步审查应当遵循的原则是：

（1）对于申请文件中存在的可以通过补正方式消除的缺陷，应当给申请人补正机会；对于申请文件中存在的不可克服的缺陷，应当给申请人陈述意见的机会。只有在经补正或者陈述意见之后，仍未能消除缺陷时，才能作出驳回决定。必要时，可以给申请人二次以上的补正或者陈述意见的机会。给予多次补正机会时，审查员应当注意，不要耽误《专利法》第三十四条规定的公布专利申请的期限。

（2）对于申请文件和其他文件中存在的格式缺陷应当进行全面审查，对于申请文件中存在的实质性缺陷，仅在明显存在并影响公布时，才需指出和处理。

（3）除申请文件被驳回的情形外，审查员应当尽量在一次补正通知书中指出申请文件中存在的全部格式缺陷。

8. **发明专利申请的实质审查程序**

根据《专利法》第三十五条的规定，发明专利申请自申请日起三年内，国务院专利行政部门可以根据申请人随时提出的请求，对其申请进行实质审查；申请人无正当理由逾期不请求实质审查的，该申请即被视为撤回。国务院专利行政部门认为必要的时候，可以自行对发明专利申请进行实质审查。第三十六条规定：发明专利的申请人请求实质审查的时候，应当提交在申请日前与其发明有关的参考资料。发明专利已经在外国提出过申请的，国务院专利行政部门可以要求申请人在指定期限内提交该国为审查其申请进行检索的资料或者审查结果的资料，无正当理由逾期不提交的，该申请即被视为撤回。

《实施细则》第四十八条规定：自发明专利申请公布之日起至公告授予专利权之日前，任何人均可以对不符合专利法规定的专利申请向专利局提出意见，并说明理由。

第四十九条规定：发明专利申请人因有正当理由无法提交专利法第三十六条规定的检索资料或者审查结果资料的，应当向专利局声明，并在得到该项资料后补交。

第五十条规定：专利局依照专利法第三十五条第二款规定对专利申请自行进行审查时，应当通知申请人。

第五十一条规定：发明专利申请人在提出实质审查请求或者在对专利局第一次实质审查意见作出答复时，可以对发明专利申请主动提出修改。

实用新型或者外观设计专利申请人自申请日起三个月内，可以对实用新型或者外观设计专利申请主动提出修改。

《审查指南》对此作了很详细的阐述：根据专利法第三十五条规定，专利局对发明专利申请进行实质审查。根据《专利法》第三十五条第一款规定，实质审查程序通常由申请人提出请求后启动。根据该条第二款规定，实质审查程序也可以由专利局启动。

实质审查程序从实质审查部接收初步审查部门送达的申请案卷开始，到发出授予发明专利权的通知或者驳回申请的决定，或者撤回申请为止。这里主要涉及申请文件的核查、实质审查的准备、实质审查三个方面。

（1）申请文件的核查。一是核对申请的国际专利分类号。审查员接到申请案后，对申请不管于近期进行审查与否，都应当首先对申请的国际专利分类号进行核对。当发现有不属于自己管辖分类的申请案时，应当根据局内专利分类协调的规定，及时地进行处理，以免延误审查。二是查对申请案卷。审查员对属于自己管辖分类号的申请案，或者调配给自己的申请案，不管近期是否进行审查，都应当查对申请案卷。三是填写审查程序索引卡。审查员查对申请案卷之后，应当填写审查程序索引卡的基本项目，并在以后各阶段继续填写应填的项目，以便随时掌握各申请案的审查过程及其基本情况。

（2）实质审查的准备。一是审查的顺序。对于由室主任分发的发明专利申请，除特殊情况外，都应当按照初步审查部门发送日的先后顺序进行审查，不要先易后难，甚至将难的申请一直压着不进行审查。但可以将先后同类的专利申请放在一起同时审查。二是审查使用的文本。审查员审查使用的文本，为申请人依照专利法及其实施细则规定提交的原申请文件。如果申请人根据《专利法实施细则》第五十一条第一款的规定，在提出实质审查请求时，对专利申请进行了修改，则审查员审查使用的文本，为经修改的申请文件。三是不必检索即可发出审查意见通知书的情况。发明专利申请明显属于下列情况之一的，审查员不必检索即可发出第一次审查意见通知书：申请主题属于专利法第五条或者第二十五条规定范围的；申请主题不具备实用性的；申请人的主动修改超出原说明书和权利要求书记载的范围。四是对缺乏单一性申请的处理。对于缺乏单一性的申请，审查员可以采用下述之一的方法进行处理：先通知申请人修改申请；检索后再通知申请人修改申请。五是检索。确定检索的技术领域及进行检索。六是优先权的核实。一是需要核实优先权的情况。二是核实部分优先权和多项优先权由于对在先申请中的发明作进一步的改进或者完善，申请人在其后一申请中，可能会增加在先申请中没有的技术方案。在这种情况下，审查员在核实优先权时，不能以后一申请增加内容为理由断定优先权要求不成立，而应当对其包括在在先申请中已经清楚记载的相同主题给予优先权，即给予部分优先权。如果作为优先权基础的多件外国或者本国的专利申请，分别记载了不同的技术特征，而在后申请的权利要求是这些特征的组合，则多项优先权不能成立。

（3）正式实质审查。审查员对发明专利申请进行实质审查，其目的在于确定发明专利申请是否符合专利法及其实施细则的规定，特别是有关“新颖性、创造性和实用性”的规定，直到最终代表专利局作出驳回决定或者发出授予专利权的通知。

在对发明专利申请进行实质审查时，审查员应当设法使审查过程尽可能地缩短。换句话说，审查员应当设法尽早地结案。要做到这一点，审查员应当在第一次审查意见通知书中，将申请中不符合专利法及其实施细则规定的所有问题通知申请人，要求其对所有问题在指定期限内给予答复。尽量地减少审查员与申请人通信的次数，以节约程序。

审查员在检索之前，已经确切地理解了请求保护的申请主题及其对现有技术作出的贡献，在这一阶段主要是根据检索结果，对上述的审查重点，作出肯定或者否定的判断。一是审查权利要求。根据《专利法》第五十九条第一款规定，专利权的保护范围以其权利要求的内容为准。因此，实质审查应当围绕权利要求，特别是独立权利要求进行。二是审查说明书和摘要。说明书（及其附图）应当清楚、完整地公开发明，使所属技术领域的技术人员能够实现，并作为权利要求的依据，在确定专利权的保护范围时，用于解释权利要求。

除摘要的形式要求外，审查员对摘要的审查包括下列内容：摘要是否写明《专利法实施细则》第二十四条第一句涉及的各项内容；摘要包含的一幅附图是否描绘出发明的主要技术特征；摘要用的附图在缩小到4厘米×6厘米时，仍应当清晰；摘要文字部分不得超过200字。

审查员对申请进行实质审查后，通常以审查意见通知书的形式，将审查的意见和结果通知申请人。

在审查意见通知书正文中，审查员必须依据专利法及其实施细则具体指出审查的意见。审查的意见应当明确、具体，使申请人能够清楚地了解其申请存在的问题。

9. 专利申请被视为撤回或驳回

根据《专利法》第三十七条的规定，国务院专利行政部门对发明专利申请进行实质审查后，认为不符合本法规定的，应当通知申请人，要求其在指定的期限内陈述意见，或者对其申请进行修改；无正当理由逾期不答复的，该申请即被视为撤回。

根据《专利法》第三十八条的规定，发明专利申请经申请人陈述意见或者进行修改后，国务院专利行政部门仍然认为不符合本法规定的，应当予以驳回。

《实施细则》第五十三条规定：依照专利法和本细则规定，发明专利申请经实质审查应当予以驳回的情形是指：申请不符合本细则第二条第十款规定的；申请属于专利法第五条、第二十五条的规定的，或者不符合专利法第二十二条、本细则第十二条第一款的规定的，或者依照专利法第九条规定不能取得专利权的；申请不符合专利法第二十六条第三款、第四款或者第三十一条第一款的规定的；申请的修改或者分案的申请超出原说明书和权利要求书记载范围的。

专利法实施细则第五十三条规定了驳回发明专利申请的各种情形。凡发明专利申请，经实质审查，申请人陈述意见和/或进行修改后，仍有下述情形之一的，应当予以驳回。

第一种情形是指，发明专利申请不是对产品、方法或者其改进所提出的新的技术方案。

第二种情形是指，发明专利申请的主题违反国家法律、社会公德或者妨害公共利益，或者申请属于不授予发明专利权项目之一，或者申请的发明不具备新颖性、创造性和实用性，或者申请的发明不符合“一发明创造，一专利”的规定，或者依照“先申请原则”，申请的发明不能取得专利权。

第三种情形是指，发明专利申请没有充分公开请求保护的申请主题，权利要求得不到说明书的支持，申请不符合专利法关于发明专利申请单一性的规定。

第四种情形是指，申请的修改或者分案的申请超出原说明书和权利要求书记载的范围。

此外，经实质审查，认为发明专利申请的说明书、附图、或权利要求书不符合实施细则第十八条至第二十三条的规定时，应通知申请人，要求其在指定的期限内对申请进行修改。申请人期满未答复的，其申请被视为撤回。经申请人陈述意见或进行修改后，仍不符合规定的，可以依据专利法的规定予以驳回。

10. 专利权的生效时间

根据《专利法》第三十九条的规定，发明专利申请经实质审查没有发现驳回理由的，由国务院专利行政部门作出授予发明专利权的决定，发给发明专利证书，同时予以登记和公告。发明专利权自公告之日起生效。第四十条规定：实用新型和外观设计专利申请经初步审查没有发现驳回理由的，由国务院专利行政部门作出授予实用新型专利权或者外观设计专利权的决定，发给相应的专利证书，同时予以登记和公告。实用新型专利权和外观设计专利权自公告之日起生效。

《审查指南》对此作了详细的阐述：申请人在规定期限之内办理登记手续的，专利局应当颁发专利证书（含授予专利权决定），并予以登记和公告。以授予专利权通知发文日起三个月期满日为颁发专利证书之日，专利权自颁发专利证书之日起生效，该日期应当记载在专利证书和专利登记簿上。（注：新专利法已改为“自公告之日起生效”）。

申请人办理登记手续后，专利局应当制作专利证书，进行专利权授予登记和公告授予专利权决定的准备。专利证书制作完成后即可按有关规定送交专利权人。在特殊情况下，也可直接送交专利权人。

11. 对驳回专利申请的决定不服的规定

根据《专利法》第四十一条的规定，国务院专利行政部门设立专利复审委员会。专利申请人对国务院专利行政部门驳回申请的决定不服的，可以自收到通知之日起三个月内，向专利复审委员会请求复审。专利复审委员会复审后，作出决定，并通知专利申请人。

专利申请人对专利复审委员会的复审决定不服的，可以自收到通知之日起三个月内向人民法院起诉。

三、专利权的期限、无效与强制许可

1. 发明、实用新型与外观设计专利权的期限

根据《专利法》第四十二条的规定，发明专利权的期限为20年，实用新型专利权和外观设计专利权的期限为10年，均自申请日起计算。同时，根据《专利法》第四十三条的规定，专利权人应当自被授予专利权的当年开始缴纳年费。

《实施细则》第八十七条规定：申请人办理登记手续时，应当缴纳专利登记费和授予专利权当年的年费。授予专利权当年已缴纳申请维持费的，不再缴纳当年的年费。期满未缴纳费用的，视为未办理登记手续。以后的年费应当在前一年度期满前一个月内预缴。

第八十八条规定：申请人或者专利权人未按时缴纳申请维持费或者授予专利权当年以后的年费，或者缴纳的数额不足的，专利局应当通知申请人自应当缴纳申请维持费或者年费期满之日起六个月内补缴，同时缴纳金额为申请维持费或者年费的25%滞纳金；期满未缴纳的，自应当缴纳申请维持费或者年费期满日起，其申请被视为撤回或者专利权终止。

《审查指南》也作了阐述：除授予专利权当年的年费应当在办理登记手续的同时缴纳外，以后的年费应当在前一年度期满前一个月内预缴。

（1）年度。专利年度从申请日起算，与优先权日、授权日无关，与自然年度也没有必然联系。例如，一件专利申请的申请日是2002年6月1日，该专利申请的第一年度是2002年6月1日至2003年6月1日，第二年度是2003年6月1日至2004年6月1日，以此类推。

（2）应缴年费数额。各年度年费按收费表中规定的数额缴纳，例如一件专利申请的申请日是2002年6月1日，如果该专利申请于2004年8月1日被授予专利权（颁发专利证书之日），申请人在办理登记手续前已缴纳了第三年度年费，那么该专利权人应当在2005年5月1日至6月1日之间按第四年度年费标准缴纳第四年度年费。

（3）滞纳金。专利权人未按时缴纳年费（不包括授予专利权当年的年费）或者缴纳的数额不足的，可以在年费期满之日起六个月内补缴，同时缴纳金额为该年度年费数额25%的滞纳金。

2. 专利权提前终止的情形

根据《专利法》第四十四条的规定：有下列情形之一的，专利权在期限届满前终止：没有按照规定缴纳年费的；专利权人以书面声明放弃其专利权的。专利权在期限届满前终止的，由国务院专利行政部门登记和公告。

《审查指南》也作了阐述：专利年费滞纳期满仍未缴纳或者缴足专利年费和滞纳金的，自滞纳期满之日起两个月内，最早不得早于一个月，作出专利权终止通知，通知申请人，并在专利登记簿和专利公报上分别予以登记和公告。

之后，将专利申请案卷存入失效案卷库。专利权终止日应为上一年度期满日。

专利权人主动放弃专利权时，应当使用专利局统一制定的表格，提出书面声明。放弃专利权只能放弃一件专利的全部，放弃部分专利权的声明不予受理。

放弃一件有两名以上专利权人的专利，应当由全体权利人同意。部分权利人放弃专利权应通过著录事项变更办理。

符合规定的放弃专利权声明应予批准，并将有关事项分别在专利登记簿和专利公报上登记和公告。

3. 请求宣告专利权无效

根据《专利法》第四十五条的规定：自国务院专利行政部门公告授予专利权之日起，任何单位或者个人认为该专利权的授予不符合本法有关规定的，可以请求专利复审委员会宣告该专利权无效。根据《专利法》第四十六条的规定：专利复审委员会对宣告专利权无效的请求应当及时审查和作出决定，并通知请求人和专利权人。宣告专利权无效的决定，由国务院专利行政部门登记和公告。对专利复审委员会宣告专利权无效或者维持专利权的决定不服的，可以自收到通知之日起三个月内向人民法院起诉。人民法院应当通知无效宣告请求程序的对方当事人作为第三人参加诉讼。

《审查指南》对此作了具体阐述：

（1）无效宣告请求的形式审查。一是无效宣告请求的时间。依照专利法第四十八条规定，请求宣告专利权无效的时间为自专利局公告授予专利权之日起满六个月后。在已提出的撤销专利权请求尚未作出决定前又请求无效宣告的，专利复审委员会不予受理。专利权终止的，也可以提出无效宣告请求。二是费用。请求宣告专利权无效的，应当按照专利法实施细则第八十二条、第八十三条和第八十九条的规定缴纳无效宣告请求费。三是形式审查的内容：包括请求书的格式，请求宣告专利权无效的，应当向专利复审委员会提交“专利权无效宣告请求书”（下称请求书），该请求书应当符合专利法实施细则第六十五条的规定；请求书的补正，无效宣告请求人（下称请求人）提交的请求书不符合规定格式的，应当在收到专利复审委员会的“补正通知书”之日起两个月内补正；未在该期限内补正的，该请求被视为未提出，并由专利复审委员会发出“无效宣告请求视为未提出通知书”；经补正仍不符合专利法和实施细则规定的，不予受理，并由专利复审委员会发出，“无效宣告请求不予受理通知书”；无效宣告请求受理通知书，受理的无效宣告请求涉及侵权案件的，专利复审委员会得知后，可以应当事人的请求，向有关人民法院或者专利管理机关发出“无效宣告请求受理通知书”；无效宣告请求的理由，无效宣告请求的理由应当符合专利法实施细则第六十六条第二款的规定。未提出理由或者所提出的理由不符合专利法实施细则第六十六条第二款规定的，不予受理。专利复审委员会就一项专利已作出撤销或者维持专利权的复审决定、无效宣告请求审查决定后，又以同一事实和理由请求无效宣告的，不予受理。

（2）无效宣告请求的合议审理。一是审理原则。同撤销专利权的复审程序，并补充如下：请求原则，合议组根据当事人的请求以及请求的理由、范围和所提供的证据进行审理。经合议组同意，请求人可以在规定的期限内变更无效理由。在无效程序中，当事人对其主张负有举证责任，在需要提供证据的情况下，应当提供能充分支持其主张的证据。证据的种类和认定参照民事诉讼法第六十三条的规定。依职权调查原则。专利复审委员会可以依职权要求当事人提供或者补充证据，必要时可以要求当事人携同证人出席口头审理。在一般情况下，专利复审委员会对双方当事人均不反对的证据，可以不再查证，即予采纳；对双方当事人意见不一致而且又不影响专利复审委员会作出决定的证据，专利复审委员会可以不予采纳。

二是文件的转送。专利复审委员会依照专利法实施细则第六十七条规定，将无效宣告请求书副本和有关文件副本送交专利权人，专利权人应当在指定的期限内陈述意见，期满不答复的，不影响专利复审委员会的审理。专利复审委员会在收到专利权人的意见陈述书后，应当将其副本转送给请求人。这种信件往来可以视具体情况而定，一般限于两次。

三是无效宣告请求审查通知书。在无效程序中，有下列情形之一的，合议组应当向当事人发出“无效宣告请求审查通知书”：请求人要求变更无效理由的；请求人要求改变无效范围的；当事人提供的事实或者证据不清楚或者有疑问的；专利权人对其权利要求书主动提出修改，但修改不符合专利法及其实施细则有关规定的。

四是专利权的无效和部分无效。专利权的无效宣告包括（全部）无效和部分无效两种情形。专利权无效宣告的效力见《专利法》第五十条第一款至第三款的规定。在无效程序中，请求人所提交的对比文献或者其他证据仅影响一件专利的部分权利要求的专利性的，如果其余的权利要求仍具备《专利法》第二十二条的要求的专利性，则应当在宣告上述部分权利要求无效的基础上维持该专利权。发明或实用新型专利经部分无效予以维持的，其最大保护范围依照其新的独立权利要求确定。也就是说，新的独立权利要求所包含的全部特征均为实现该发明或实用新型的必要技术特征。删掉其中的某个或者某些特征，意味着保护范围的不适当的扩大，将导致该发明或实用新型不能在新颖性和创造性的意义上与无效请求人提供的已有技术相区别。

五是无效程序中专利文件的修改。专利文件的修改一般仅限于权利要求书，其原则是：不得超出原说明书和权利要求书记载的范围；应仅针对已授权的权利要求书文本；只能缩小，不得扩大原专利保护范围；不得改变原专利的主题；一般不得增加未包含在原权利要求书中的技术特征。

4. 宣告专利权无效的法律后果

根据《专利法》第四十七条的规定：宣告无效的专利权视为自始即不存在。

宣告专利权无效的决定，对在宣告专利权无效前人民法院作出并已执行的专利侵权的判决、裁定，已经履行或者强制执行的专利侵权纠纷处理决定，以及已经履行的专利实施许可合同和专利权转让合同，不具有追溯力。但是因专利权人的恶意给他人造成的损失，应当给予赔偿。

如果依照前款规定，专利权人或者专利权转让人不向被许可实施专利人或者专利权受让人返还专利使用费或者专利权转让费，明显违反公平原则，专利权人或者专利权转让人应当向被许可实施专利人或者专利权受让人返还全部或者部分专利使用费或者专利权转让费。

5. 一般情况下实施专利强制许可的规定

根据《专利法》第四十八条的规定，具备实施条件的单位以合理的条件请求发明或者实用新型专利枚人许可实施其专利，而未能在合理长的时间内获得这种许可时，国务院专利行政部门根据该单位的申请，可以给予实施该发明专利或者实用新型专利的强制许可。

《实施细则》第六十八条规定：自专利权被授予之日起满三年后，任何单位均可以依照专利法第五十一条的规定，请求专利局给予强制许可。

请求强制许可的，应当向专利局提交强制许可请求书，说明理由并附具有关证明文件各一式两份。

专利局应当将强制许可请求书的副本送交专利权人，专利权人应当在专利局指定的期限内陈述意见，期满未答复的，不影响专利局作出关于强制许可的决定。

在国家出现紧急状态或者非常情况时，或者为了公共目的的非商业性使用的情况下，专利局可以给予强制许可。

专利局作出的给予实施强制许可的决定，应当依据强制许可的理由规定实施的范围和时间，并限定强制许可实施主要为供应国内市场的需要。

专利局作出的给予实施强制许可的决定，应当尽快通知专利权人，并予以登记和公告。强制许可的理由消除或者不再发生时，专利局可以根据专利权人的请求，对这种情况进行审查，终止实施强制许可。

6. 特殊情况下实施专利强制许可的规定

根据《专利法》第四十九条的规定，在国家出现紧急状态或者非常情况时，或者为了公共利益的目的，国务院专利行政部门可以给予实施发明专利或者实用新型专利的强制许可。

《实施细则》第六十八条规定：自专利权被授予之日起满三年后，任何单位均可以依照专利法第五十一条的规定，请求专利局给予强制许可。

请求强制许可的，应当向专利局提交强制许可请求书，说明理由并附具有关证明文件各一式两份。

专利局应当将强制许可请求书的副本送交专利权人，专利权人应当在专利局指定的期限内陈述意见，期满未答复的，不影响专利局作出关于强制许可的决定。

在国家出现紧急状态或者非常情况时，或者为了公共目的的非商业性使用的情况下，专利局可以给予强制许可。

专利局作出的给予实施强制许可的决定，应当依据强制许可；的理由规定实施的范围和时间，并限定强制许可实施主要为供应国内市场的需要。

专利局作出的给予实施强制许可的决定，应当尽快通知专利权人，并予以登记和公告。强制许可的理由消除或者不再发生时，专利局可以根据专利权人的请求，对这种情况进行审查，终止实施强制许可。

同时，根据《专利法》第五十条的规定，一项取得专利权的发明或者实用新型比前已经取得专利权的发明或者实用新型具有显著经济意义的重大技术进步，其实施又有赖于前一发明或者实用新型的实施的，国务院专利行政部门根据后一专利权人的申请，可以给予实施前一发明或者实用新型的强制许可。在依照前款规定给予实施强制许可的情形下，国家专利行政部门根据前一专利权人的申请，也可以给予实施后一发明或者实用新型的强制许可。

《实施细则》第六十八条规定：自专利权被授予之日起满三年后，任何单位均可以依照专利法第五十一条的规定，请求专利局给予强制许可。

根据《专利法》第五十一条的规定，依照本法规定申请实施强制许可的单位或者个人，应当提出未能以合理条件与专利权人签订实施许可合同的证明。

根据《专利法》第五十一条的规定，依照本法规定申请实施强制许可的单位或者个人，应当提出未能以合理条件与专利权人签订实施许可合同的证明。

四、专利权的保护

1. 专利权的保护范围

根据《专利法》第五十六条的规定，发明或者实用新型专利权的保护范围以其权利要求的内容为准，说明书及附图可以用于解释权利要求。

外观设计专利权的保护范围以表示在图片或者照片中的该外观设计专利产品为准。

《实施细则》第二十条规定：权利要求书应当说明发明或者实用新型的技术特征，清楚并简要地表述请求保护的范围。

权利要求书有几项权利要求的，应当用阿拉伯数字顺序编号。权利要求书中使用的科技术语应当与说明书中使用的科技术语一致，可以有化学式或者数学式，但是不得有插图。除绝对必要的外，不得使用“如说明书……部分所述”或者“如图……所示”的用语。

权利要求中的技术特征可以引用说明书附图中相应的标记，该标记应当放在相应的技术特征后面，并置于括号内，以利于理解权利要求。附图标记不得解释为对权利要求的限制。

第二十一条规定：权利要求书应当有独立权利要求，也可以有从属权利要求。

独立权利要求应当从整体上反映发明或者实用新型的技术方案，记载为达到发明或者实用新型目的的必要技术特征。

从属权利要求应当用要求保护的附加技术特征，对引用的权利要求作进一步的限定。

第二十二条规定：发明或者实用新型的独立权利要求应当包括前序部分和特征部分，按照下列规定撰写：

(1) 前序部分：写明发明或者实用新型要求保护的主题名称和发明或者实用新型主题与现有技术共有的必要技术特征；

(2) 特征部分：使用“其特征是……”或类似的用语，写明发明或实用新型区别于现有技术的技术特征。这些特征和前序部分写明的特征合在一起，限定发明或者实用新型要求保护的范围。

发明或者实用新型的性质不适合用前款方式表达的，独立权利要求可以用其他方式撰写。

一项发明或者实用新型应当只有一个独立权利要求，并写在同一发明或者实用新型的从属权利要求之前。

第二十三条规定：发明或者实用新型的从属权利要求应当包括引用部分和限定部分，按照下列规定撰写：

(1) 引用部分：写明引用的权利要求的编号及其主题名称；

(2) 限定部分：写明发明或者实用新型附加的技术特征。

引用一项或者两项以上权利要求的从属权利要求，只能引用在前的权利要求。引用两项以上权利要求的多项从属权利要求，不得作为另一项多项从属权利要求的基础。

第二十四条规定：摘要应当写明发明或者实用新型所属的技术领域、需要解决的技术问题、主要技术特征和用途。摘要可以包含最能说明发明的化学式。

有附图的专利申请，应当由申请人指定并提供一幅最能说明该发明或者实用新型技术特征的附图。附图的大小及清晰度应当保证在该图缩小到4厘米×6厘米时，仍能清楚地分辨出图中的各个细节。摘要文字部分不得超过200个字。摘要中不得使用商业性宣传用语。

第二十七条规定：依照专利法第二十七条规定提交的外观设计的图片或者照片，不得小于3厘米×8厘米，也不得大于15厘米×22厘米。

同时请求保护色彩的外观设计专利申请，应当提交彩色和黑白的图片或者照片各一份。

申请人应当就每件外观设计产品所需要保护的内容提交有关视图或者照片，以清楚地显示请求保护的对象。

第二十八条规定：申请外观设计专利的，必要时应当写明对外观设计的简要说明。

外观设计的简要说明应当写明使用该外观设计的产品的主要创作部位、请求保护色彩、省略视图等情况。简要说明不得使用商业性宣传用语，也不能用来说明产品的性能和用途。

2. 专利管理部门对侵犯专利权纠纷的处理

《专利法》第五十七条规定：未经专利权人许可，实施其专利，即侵犯其专利权，引起纠纷的，由当事人协商解决；不愿协商或者协商不成的，专利权人或者利害关系人可以向人民法院起诉，也可以请求管理专利工作的部门处理。管理专利工作的部门处理时，认定侵权行为成立的，可以责令侵权人立即停止侵权行为，当事人不服的，可以自收到处理通知之日起十五日内依照行政诉讼法向人民法院起诉；侵权人期满不起诉又不停止侵权行为的，管理专利工作的部门可以申请人民法院强制执行。进行处理的管理专利工作的部门应当事人的请求，可以就侵犯专利权的赔偿额进行调解，调解不成的，当事人可以依照民事诉讼法向人民法院起诉。

专利侵权纠纷涉及新产品制造方法的发明专利的，制造同样产品的单位或者个人应当提供其产品制造方法不同于专利方法的证明；涉及实用新型专利的，人民法院或者专利管理部门可以要求专利权人出具由国务院专利行政部门作出的检索报告。

《实施细则》第七十七条规定；对于在发明专利申请公布后、专利权授予前使用发明而未支付适当费用的单位或者个人，在专利权授予后，专利权人可以请求专利管理机关处理，也可以直接向人民法院提起诉讼。专利管理机关处理时，有权决定该单位或者个人在指定的期限内支付适当的费用。当事人对专利管理机关的决定不服的，可以向人民法院提起诉讼。

发明人或者设计人与其所在单位对其发明创造是否属于职务发明创造以及对职务发明创造是否提出专利申请有争议的，或者专利权的所有单位或者持有单位对职务发明创造的发明人或者设计人没有依法发给奖金或者支付报酬的，发明人或者设计人可以请求上级主管部门或者单位所在地的专利管理机关处理。

请求专利管理机关处理专利纠纷的时效为两年，自专利权人或者利害关系人得知或者应当得知之日起计算。

管理专利工作的部门处理专利权纠纷，目前在没有新的规定之前，仍应执行原中国专利局于 1989 年 12 月 4 日发布的《专利管理机关处理专利纠纷办法》。

3. 法院审理专利纠纷案件的收案范围

最高人民法院对专利纠纷案件的收案范围做过一系列的规定。1985 年 2 月 16 日最高人民法院发布《关于开展专利审判工作的几个问题的通知》，规定了收案范围；

根据《专利法》和《专利法实施细则》的规定，应当由人民法院经济审判庭审理专利案件有下列七类；关于是否应当授予发明专利权的纠纷案件；关于宣告授予的发明专利权无效或者维持发明专利权的纠纷案件；关于实施强制许可的纠纷案件；关于实施强制许可使用费的纠纷案件；关于专利申请公布后、专利权授予前使用发明、实用新型、外观设计的费用的纠纷案件；关于专利侵权的纠纷案件（包括假冒他人专利尚未构成犯罪的案件）；关于转让专利申请权或者专利权的合同纠纷案件。

1987 年 10 月 19 日最高人民法院发布《关于审理专利申请权纠纷案件若干问题的通知》，规定：

一是当事人因专利申请权纠纷对其上级主管部门或者其所在地区专利管理机关的处理不服，向人民法院起诉的，人民法院应予受理。

二是专利申请权纠纷案件包括：关于是职务发明创造还是非职务发明创造的纠纷案件；关于谁是发明创造的发明人或者设计人的纠纷案件；关于协作（合作）完成或者接受委托完成的发明创造，谁有权申请专利的纠纷案件。

1992年2月9日最高人民法院发布的《关于审理专利纠纷案件若干问题的解答》中规定：专利权属纠纷案件，是指在发明创造被授予专利权之后，公民之间、法人之间、以及公民与法人之间就谁应当是真正的专利权人所发生的确权纠纷案件。这类案件人民法院应当依法受理；由各省、自治区、直辖市人民政府所在地的中级人民法院、经济特区的中级人民法院和经最高人民法院同意的开放城市的中级人民法院作为第一审法院，各省、自治区、直辖市高级人民法院作为第二审法院。

人民法院对专利权属纠纷案件经过审理，判决变更专利权属的，应当将判决书副本抄送中国专利局；当事人凭人民法院的生效判决书，向中国专利局申请变更著录项目。

4. 专利纠纷一审案件的法院管辖

最高人民法院对专利纠纷案件的管辖做过一系列的规定1985年2月16日最高人民法院发布《关于开展专利审判工作的几个问题的通知》中规定了案件管辖问题：

根据《中华人民共和国民事诉讼法》和《专利法》、《专利法实施细则》的有关规定以及当前的实际情况，对专利纠纷案件的管辖规定如下：

（1）上列收案范围中1~4类案件（参看收案范围问题），下同——编者注），均由北京市中级人民法院作为第一审法院，北京市高级人民法院为第二审法院。

（2）各省、自治区、直辖市和经济特区内的上列收案范围中5~7类案件，分别由各省、自治区、直辖市人民政府所在地的中级人民法院和各经济特区的中级人民法院作为第一审法院，各省、自治区、直辖市高级人民法院为第二审法院。

各省、自治区高级人民法院根据实际需要，经最高人民法院同意，可以指定本省、自治区内的开放城市或者设有专利管理机关的较大城市的中级人民法院作为审理其辖区内的上列收案范围中5~7类案件的第一审法院。

1987年6月29日最高人民法院就专利侵权纠纷案件地域管辖问题做了补

充规定：

（1）未经专利权人许可，为了生产经营目的而制造、使用、销售发明或者实用新型专利产品以及制造、销售外观设计专利产品的，由该产品制造地的人民法院管辖；制造地不明时，由该产品的使用地或者销售地的人民法院受理。

（2）未经专利权人许可，为了生产经营目的而使用专利方法的，由该专利方法使用者所在地的人民法院管辖。

（3）未经专利权人授权而许可或者委托他人实施专利的，由许可方或者委托方所在地的人民法院管辖；如果被许可方或者受委托方实施了专利，从而双方构成共同侵权，则由被许可方或者受委托方所在地的人民法院管辖。

（4）专利权共有人未经其他共有人同意而许可他人实施专利的，由许可方所在地的人民法院管辖；如果被许可方实施了专利，从而双方构成共同侵权，则由被许可方所在地的人民法院管辖。

（5）专利权共有人未经其他共有人同意而转让超过其应有份额的专利权的，由转让方所在地的人民法院管辖；如果受让方明知对方越权转让而仍然接受，从而双方构成共同侵权，则可由受让方所在地的人民法院管辖。

（6）假冒他人专利尚未构成犯罪，但给专利权人或者利害关系人造成损害的，由假冒行为地或者损害结果发生地的人民法院管辖；如有困难，可由被告所在地的人民法院管辖。

按上列各项确定地域管辖时，仍应按照我院《关于开展专利审判工作的几个问题的通知》中关于案件指定管辖的规定办理。1987 年 10 月 19 日最高人民法院发布《关于审理专利申请权纠纷案件若干问题的通知》，规定：专利申请权纠纷案件的管辖，按我院 1985 年 2 月 16 日《关于开展专利审判工作的几个问题的通知》中有关案件管辖问题的第 2 项规定办理，即由各省、自治区、直辖市人民政府所在地的中级人民法院，各经济特区中级人民法院以及由各省、自治区高级人民法院根据实际需要，指定并报经我院同意的中级人民法院作为第一审法院。

1992 年 2 月 9 日最高人民法院发布《关于审理专利纠纷案件若干问题的解答》中规定，关于专利权属纠纷案件的受理问题由各省、自治区、直辖市人民政府所在地的中级人民法院、经济特区的中级人民法院和经最高人民法院同意的开放城市的中级人民法院作为第一审法院，各省、自治区、直辖市高级人民法院作为第二审法院。最高人民法院还指定一些中级法院作为部分专利纠纷案件的一审法院。

5. **对专利管理部门处理决定不服的法院起诉**

1992年2月9日最高人民法院发布的《关于审理专利纠纷案件若干问题的解答》中规定了关于对专利管理机关的处理决定不服应当向何地何级法院起诉的问题:

根据最高人民法院关于专利案件的管辖规定，如果做出处理决定的专利管理机关所在地的中级人民法院对专利案件有管辖权，当事人不服处理决定的，可以向专利管理机关所在地的中级人民法院起诉，如果做出处理决定的专利管理机关所在地的中级人民法院对专利案件无管辖权，当事人不服处理决定的，可以向专利管理机关所属省、自治区、直辖市人民政府所在地的中级人民法院起诉。有关人民法院应当作为行政案件受理。

6. **专利管理部门作出处理决定的申请强制执行**

1992年2月9日最高人民法院发布的《关于审理专利纠纷案件若干问题的解答》中规定了关于专利管理机关作出的处理决定申请强制执行问题:

依照《行政诉讼法》第六十六条和《专利法》第六十条的规定，专利管理机关作出的处理决定，当事人期满不起诉又不履行的，专科管理机关可以向被执行人所在地或者被执行人财产所在地的对专利案件有管辖权的中级人民法院请求执行。

1998年7月8日最高人民法院发布的《关于人民法院执行工作若干问题的规定（试行)》中首次对专利权等知识产权案件的执行作出规定：被执行人不履行生效法律文书确定的义务，人民法院有权裁定禁止被执行人转让其专利权、注册商标专用权、著作权（财产权部分）等知识产权。上述权利有登记主管部门的，应当同时向有关部门发出协助执行通知书，要求其不得办理财产权转移手续，必要时可以责令被执行人将产权或使用权证照交人民法院保存。对前款财产权，可以采取拍卖、变卖等执行措施。

7. **假冒他人专利应承担民事责任和刑事责任**

根据《专利法》第五十八条的规定，假冒他人专利的，除依法承担民事责任外，由管理专利工作的部门责令改正并予公告，没收违法所得，可以并处违法所得三倍以下的罚款，没有违法所得的，可处五万元以下的罚款，构成犯罪的，依法追究刑事责任。

关于假冒他人专利行为的刑事责任，《中华人民共和国刑法》第二百一十六条和第二百二十条规定：假冒他人专利，情节严重的，处三年以下有斯徒刑或者拘役，并处或者单处罚金。对单位判处罚金，并对其直接负责的主管人员和其他直接责任人员，依照以上的规定处罚。何谓假冒他人专利情节严重，尚待最高人民法院作出司法解释。

8. 冒充专利行为的处理

根据《专利法》第五十九条的规定，以非专利产品冒充专利产品、以非专利方法冒充专利方法的，由管理专利工作的部门责令改正并予公告，可以处五万元以下的罚款。

《实施细则》第七十八条规定，对将非专利产品冒充专利产品的或者将非专利方法冒充专利方法的，专利管理机关可以视情节，责令停止冒充行为，消除影响，并处以一千元至五万元或者非法所得额一至三倍的罚款。

对冒充专利行为的处理，应执行国家知识产权局于1999年1月6日修正发布的《专利管理机关查处冒充专利行为规定》。

9. 侵犯专利权的赔偿

根据《专利法》第六十条的规定，侵犯专利权的赔偿数额，按照权利人因被侵权所受到的损失或者侵权人因侵权所获得的利益确定；被侵权人的损失或者侵权人获得的利益难以确定的，参照该专利许可使用费的倍数合理确定。

在审判实践中如何确定专利侵权的损害赔偿问题，最高人民法院在1992年2月9日发布的《关于审理专利纠纷案件若干问题的解答》中提出了用下列方法计算：

（1）以专利权人因侵权行为受到的实际经济损失作为损失赔偿额。计算方法是：因侵权人的侵权产品（包括使用他人专利方法生产的产品）在市场上销售使专利权人的专利产品的销售量下降，其销售量减少的总数乘以每件专利产品的利润所得之积，即为专利权人的实际经济损失。

（2）以侵权人因侵权行为获得的全部利润作为损失赔偿额。计算方法是：侵权人从每件侵权产品（包括使用他人专利方法生产的产品）获得的利润乘以在市场上销售的总数所得之积，即为侵权人所得的全部利润。

（3）以不低于专利许可使用费的合理数额作为损失赔偿额。

对于上述三种计算方法，人民法院可以根据案情的不同情况选择适用。当事人双方商定用其他计算方法计算损失赔偿额的，只要是公平合理的，人民法院可予准许。

最高人民法院1998年7月20日发布的《关于全国部分法院知识产权审判工作座谈会纪要》中对此亦有规定：

赔偿损失是侵权人承担民事责任的最广泛、最基本的方式之一。如果对权利人提出的赔偿损失问题解决不好，就会出现“赢了官司输了钱”、“损失大赔偿少”、“得不偿失”的情况，不能依法有效地保护知识产权。根据民法通则的规定，民事权利受到侵害的基本赔偿原则是赔偿实际损失。对此，最高人民法院曾对商标侵权，专利侵权损失赔偿的计算问题制发过司法解释。审判实践证明，这些司法解释对于大多数案件，是适用的，但也出现一些案件的损害赔偿额难以用现有的司法解释规定的方法来计算。对此，与会同志认为，对于已查明被告构成侵权并造成原告损害，但原告损失额与被告获利额等均不能确认的案件，可以采用定额赔偿的办法来确定损害赔偿额。定额赔偿的幅度，可掌握在5000元至30万元之间，具体数额，由人民法院根据被侵害的知识产权的类型、评估价值、侵权持续的时间、权利人因侵权所受到的商誉损害等因素在定额赔偿幅度内确定。

10. 侵犯专利权的诉讼时效

根据《专利法》第六十二条的规定，侵犯专利权的诉讼时效为二年，自专利权人或者利害关系人得知或者应当得知侵权行为之日起计算。

发明专利申请公布后至专利权授予前使用该发明未支付适当使用费的，专利权人要求支付使用费的诉讼时效为二年，自专利权人得知或者应当得知他人使用其发明之日起计算，但是，专利权人于专利权授予之日前即已得知或者应当得知的，自专利权授予之日起计算。

《专利法实施细则》第七十七条规定：对于在发明专利申请公布后、专利权授予前使用发明而未支付适当费用的单位或者个人，在专利权授予后，专利权人可以请求专利管理机关处理，也可以直接向人民法院提起诉讼。专利管理机关处理时，有权决定该单位或者个人在指定的期限内支付适当的费用。当事人对专利管理机关的决定不服的，可以向人民法院提起诉讼。

发明人或者设计人与其所在单位对其发明创造是否属于职务发明创造以及对职务发明创造是否提出专利申请有争议的，或者专利权的所有单位或者持有单位对职务发明创造的发明人或者设计人没有依法发给奖金或者支付报酬的，发明人或者设计人可以请求上级主管部门或者单位所在地的专利管理机关处理。

请求专利管理机关处理专利纠纷的时效为两年，自专利权人或者利害关系人得知或者应当得知之日起计算。

最高人民法院《关于全国部分法院知识产权审判工作座谈会纪要》是这样规定侵权纠纷案件的诉讼时效的：

知识产权侵权纠纷案件的诉讼时效应当依据民法通则关于诉讼时效的规定和有关法律的规定办理。审判实践表明，某些知识产权侵权行为往往是连续进行的，有的持续时间较长。有些权利人从知道或者应当知道权利被侵害之日起二年内未予追究，当权利人提起侵权之诉时，权利人的知识产权仍在法律规定的保护期内，侵权人仍然在实施侵权行为。对此类案件的诉讼时效如何认定?与会同志认为，对于连续实施的知识产权侵权行为，从权利人知道或者应当知道侵权行为发生之日起至权利人向人民法院提起诉讼之日止已超过二年的，人民法院不能简单地以超过诉讼时效为由判决驳回权利人的诉讼请求。在该项知识产权受法律保护期间，人民法院应当判决被告停止侵权行为，侵权损害赔偿额应自权利人向人民法院起诉之日起向前推算二年计算，超过二年的侵权损害不予保护。

11. 不能视为侵犯专利权的情景

根据《专利法》第六十三条的规定，有下列情形之一的，不视为侵犯专利权：

(1) 专利权人制造、进口或者经专利权人许可而制造、进口的专利产品或者依照专利方法直接获得的产品售出后，使用、许诺销售或者销售该产品的；

(2) 在专利申请日前已经制造相同产品、使用相同方法或者已经作好制造、使用的必要准备，并且仅在原有范围内继续制造、使用的；

(3) 临时通过中国领陆、领水、领空的外国运输工具，依照其所属国同中国签订的协议或者共同参加的国际条约，或者依照互惠原则，为运输工具自身需要而在其装置和设备中使用有关专利的；

(4) 专为科学研究和实验而使用有关专利的。

为生产经营目的使用或者销售不知道是未经专利权人许可而制造并售出的专利产品或者依照专利方法直接获得的产品，能证明其产品合法来源的，不承担赔偿责任。

12. 向外国申请专利泄漏国家秘密的行政责任和刑事责任

根据《专利法》第六十四条的规定，违反本法第二十条规定向外国申请专利，泄露国家秘密的，由所在单位或者上级主管机关给予行政处分，构成犯罪的，依法追究刑事责任。

《中华人民共和国刑法》第三百九十八条规定：国家机关工作人员违反保守国家秘密法的规定，故意或者过失泄露国家秘密，情节严重的，处三年以下有期徒刑或者拘役；情节特别严重的，处三年以上七年以下有期徒刑。非国家机关工作人员犯前款罪的，依照前款的规定酌情处罚。

13. 单位侵夺非职务发明创造申请权的行政责任

根据《专利法》第六十五条的规定，侵夺发明人或者设计人的非职务发明创造申请权和本法规定的其他权益的，由所在单位或者上级主管机关给予行政处分。

14. 国家专利管理人员徇私舞弊的刑事责任和行政责任

根据《专利法》第六十七条的规定，从事专利管理工作的国家机关工作人员以及其他有关国家机关工作人员玩忽职守、滥用职权、徇私舞弊，构成犯罪的，依法追究刑事责任；尚不构成犯罪的，依法给予行政处分。

《中华人民共和国刑法》第三百九十七条规定：国家机关工作人员滥用职权或者玩忽职守，致使公共财产、国家和人民利益遭受重大损失的，处三年以下有期徒刑或者拘役；情节特别严重的，处三年以上七年以下有期徒刑。本法另有规定的，依照规定。

国家机关工作人员徇私舞弊，犯前款罪的，处五年以下有期徒刑或者拘役；情节特别严重的，处五年以上十年以下有期徒刑。本法另有规定的，依照规定。

第三部分
商标规则

《中华人民共和国商标法》（以下简称《商标法》）是调整因商标注册、使用、管理和商标专用权保护等行为而产生的在国家机关、企事业单位、个体工商户及公民个人之间一系列社会关系的法律规范的总称。《商标法》的立法目的规定在第一条，这就是我们常说的立法宗旨。从该条可知，《商标法》的立法任务是：为了加强商标管理，保护商标专用权，促使生产、经营者保证商品和服务质量，维护商标信誉，以保障消费者和生产、经营者的利益，促进社会主义市场经济的发展，特制定本法。

《商标法》的立法任务是由商标的性质所决定的。商标是商品的经营者使用在商品上的一种标记，用来识别不同的经营者。所以，对商标进行管理的主要内容就是确立、保护商标专用权，使受法律保护的商标不经权利人许可，其他人不得使用。这样，就可以使消费者通过识别商标来区别不同的生产或经营者，从而选择自己信任的商品。既然消费者通过商标来选择商品，经营者为了让消费者选购自己的商品，就势必要努力提高商品的质量，降低产品的成本，搞好售后服务，以建立和维护自己的商标信誉，这样就实现了《商标法》的直接目的，而成本的降低、质量的提高，既符合消费者的利益，在客观上也发展了社会生产力，促进了经济发展，这也就实现了最终的立法目的。

一、商标权的一般规定

1. 商标权的含义与法律特征

商标权是指一定的民事权利主体占有、使用、收益和处分某个特定商标的资格或能力。所谓一定的民事权利主体，强调的是并非所有的民事权利主体都能享有商标权。例如，国家机关可以成为民事权利主体，但它不能作为商标权的主体；自然人是民事权利的基本主体之一，因此依我国新商标法的规定，一般情况下都可以成为商标权的主体；外国人在一定条件下也能成为商标权的主体。

要准确理解商标权的含义，就必须了解商标权是如何产生的。任何权利的产生都要基于一定的事实，商标权也不例外。导致商标权产生的“事实”有两种，一是使用，二是注册。在英美等国家，承认商标权除了通过注册取得外，也可以通过使用而获得。因此在这些国家里，商标权既包括注册商标权，也包括未注册商标权。而在以法国为代表的不少国家强调商标权必须通过注册才能获得，其所谓商标权仅指注册商标权。我国也是实行注册原则的国家，仅有使用的事实而不到商标局注册的商标一般得不到法律的保护。尽管我们不能否认使用者对其所使用的商标可能享有某种权利，但我们这里所说的商标权这个概念，并不包括未注册商标权，而仅指注册商标权。

商标权是一种工业产权，它同专利权等构成工业产权的主要内容。工业产权与著作权又共同构成知识产权。所以，商标权属于知识产权的范畴。作为一种知识产权，它是商标所有人的财富。人们脑力劳动所创造的智力成果或知识产品是无形的，因而经国家法律确认并给予保护的知识产权是一种无形的财产权。无形财产权与有形财产权相比较，既有相同特征，又有不同特征。各种知识产权都具有专有性、地域性、时间性等法律特征。商标权也具有这些法律特征。

（1）专有性。专有性又称独占性、垄断性或排他性。这是指只有商标注册人对其注册商标享有专有使用权利，而其他任何单位和个人未经商标注册人的许可，无权使用其注册商标。商标权的专有性主要表现在两个方面：一是商标注册人自己有权将其注册商标在其注册时所核定的商品或商品包装上使用，任何人不得干涉。这就体现了独占性。但商标注册人使用自己的注册商标也应当符合商标法的规定，不得滥用或乱用。二是商标注册人有权禁止他人未经许可擅自在同一种商品或者类似商品使用与其注册商标相同或者近似的商标。这就体现了排他性。

（2）时间性。时间性又称法定有效期限。这是指商标注册人只能在商标法规定的注册商标的有效期限内享有商标专用权。有效期届满应当续展注册，否则，注册商标失效，商标主管机关有权注销其注册商标商标一经被注销，该商标就不再受法律保护，商标注册人就不再对此商标享有商标专用权。我国《商标法》规定，注册商标的有效期为10年，到期需要继续使用的，应当依法办理续展注册手续。如果到期未申请续展注册的，或者续展的申请被驳回的，就会丧失商标专用权。

（3）地域性。地域性即商标权的“属地原则”。这是指注册商标只在注册国受法律保护，商标注册人只能在该商标的注册国享有商标专用权，而在未注册的其他国家则不发生法律效力，不受法律保护。

2. 商标权的基本内容

作为一种财产所有权，商标权可以分解为占有权、使用权、收益权和处分权。占有权强调的是权利主体具有控制、支配一定物品的能力。不过，对商标的占有并不同于对一般民事财产的占有，民法上对无主物的自然“先占”原则在这里不一定适用。在实行使用原则的国家，可以通过实际先行使用而占有某个商标，占有意味着使用在先；而在实行注册原则的国家，先行使用并不足以说明已占有某个商标，只有通过一定的法律程序到主管机关去提交注册申请并经核准注册后才能实现对该商标的真正占有，也就是说，占有意味着申请在先，并获准注册。我国实行的就是这种原则。

使用权是指权利主体可以在核定的商品上使用其占有的商标。如果该商标是注册商标，则应该在核定的商品上使用并依法得到保护。作为一种所有权，商标权具有排他性，他人在未经所有人许可的情况下，不得在相同或类似的商品上使用与该注册商标相同或近似的商标，否则构成侵权。

收益权主要通过许可来实现，即商标所有人在自己使用该注册商标的同时，在自愿协商、平等互利的基础上签订使用许可合同，许可他人使用其注册商标。作为许可的代价，一般是许可方收取被许可方一定的使用许可费。许可使用虽然是商标权利人行使收益权的基本形式，但是过多的许可可能导致商标信誉的损害，从而失去消费者的信赖。无节制地滥施许可，对于商标权利人来说，无异于一场灾难。例如，曾在电冰箱商品上注册的“日芝”商标就是因为滥施许可，产品质量低劣，给消费者造成损害，而被撤销注册的。

处分权也是商标所有权的基本内容之一，它指的是商标权利主体按照自己的意志对其拥有的商标作出的处置和安排，包括转让、赠予、放弃等。转让和赠予属于积极的处分行为，二者的区别在于转让通常都是有偿的，赠予是无偿的；放弃则是消极的处分行为，例如期满不续展，连续三年无正当理由不使用等，都可以视为对商标权的放弃。

以上四者都属于所有权的范畴。所有权是商标权最基本的内容，属于基础性权利。与之密切相关的还有请求权、诉讼权、续展权等，这些权利都是在所有权的基础上形成的，或者说是从所有权中派生出来的。如果说所有权是以实质生活利益为内容的实体权利或实质性权利，那么请求权、诉讼权等就是作为商标法律关系变动的原因、具有技术手段的性质、且不能脱离所有权而独立存在的程序权利或技术性权利。请求权、诉讼权等对于所有权的维护具有十分重要的意义，其中请求权尤为重要。诉讼权主要行使于发生假冒侵权行为后请求司法机关予以处理的场合，请求权除了可以与追诉权同时行使外，还频繁行使于商标注册核准前的异议裁定阶段和注册核准后的争议裁定阶段。

3. 商标权的主体

《商标法》第四条规定：自然人、法人或者其他组织对其生产、制造、加工、拣选或者经销的商品，需要取得商标专用权的，应当向商标局申请商品商标注册。自然人、法人或者其他组织对其提供的服务项目，需要取得商标专用权的，应当向商标局申请服务商标注册。本法有关商品商标的规定，适用于服务商标。

第五条规定：两个以上的自然人、法人或者其他组织可以共同向商标局申请注册同一商标，共同享有和行使该商标专用权。

商标权的主体是商标权利义务主体的简称，它存在于商标法律关系中。在某一具体商标法律关系中，参与其中并享有权利和承担义务者即为其主体。享有权利者称为权利人，承担义务者称为义务人。

所谓商标法律关系，是根据商标法律规范产生的、以主体之间的权利义务关系的形式表现出来的一种社会关系。它表明商标法律关系的产生是以商标法律规范为前提的，各种商标法律关系的建立都不是任意性的，必须有严格的法律根据。至于主体之间的权利义务关系，既存在于法律规范中，也存在于法律关系中。法律规范中主体的权利义务仅是一种抽象的可能，而法律关系中主体的权利义务是一种具体的现实。譬如，《商标法》第四十条规定："商标注册人可以通过签订商标使用许可合同，许可他人使用其注册商标。"在这里，"商标注册人"和"他人"都是抽象的主体，"可以……许可"表示一种资格，一种可能性，也就是抽象的权利。当无锡小天鹅股份有限公司与武汉荷花洗衣机厂签订许可合同，允许后者在生产的洗衣机使用其注册商标时，二者之间即产生具体的、现实的法律关系，即在两家企业之间就"小天鹅"商标形成了许可使用这一现实法律关系。

在上述商标法律关系中，"无锡小天鹅股份有限公司"和"武汉荷花洗衣机厂"构成其主体，"小天鹅"商标构成其客体，两个企业通过该商标而彼此联系的内容就是各自享有的权利和承担的义务。至于这种联系什么时候开始，什么时候终止，会取得怎样的效果，属于权利义务的变动及其原因。主体、客体、内容、变动及原因构成商标法律关系的五个基本要素。由此可见，商标权的主体既具有其具体的一面，也具有抽象的一面。就前者而言，指某个特定的商标实际上为某个特定的主体所有，。就后者而言，指法律规定某一类社会组织和个人有资格申请商标注册，它强调的是权利主体享有权利和承担义务的能力。各种具体权利的产生都必须以主体的权利能力为前提。权利能力实际上也是一种权利，是能够引起各种具体权利产生的最一般的、最基本的权利。产生这种权利能力的法律事实往往与各国的法律制度有关。根据我国现行《商标法》和《商标法实施细则》的规定，有资格申请商标注册的是依法成立的企业、事业单位、社会团体、个体工商户、自然人以及符合一定条件的外国人或者外国企业。

4. 商标权的客体分类

商标权的客体按照不同的标准，可以划分为不同的种类：

(1) 根据使用对象的不同，商标可以划分为商品商标和服务商标。商品商标是表明商品出处的标志，它能把不同企业生产的相同或类似产品区别开来。《商标法》第四条规定："自然人、法人或者其他组织对其生产、制造、加工、拣选或者经销的商品，需要取得商标专用权的，应当向商标局申请商品商标注册。自然人、法人或者其他组织对其提供的服务项目，需要取得商标专用权的，应当向商标局申请服务商标注册。本法有关商品商标的规定，适用于服务商标。"所谓服务商标是指服务的提供者为将自己的服务与他人的服务区别开来而使用的一种标志。这里所说的服务，指的是无形的服务，如广告业、保险业、银行业、不动产业、运输业、音像出租业、餐馆等行业提供的服务。服务并非仅限于营利性的服务，也包括非营利性的服务，例如，医院和学校等非营利性事业单位所提供的服务。服务商标的保护在我国始于1993年，《商标法》第四条第二款规定："自然人、法人或者其他组织对其提供的服务项目，需要取得商标专用权的，应当向商标局申请服务商标注册。"由于服务商标在性质上与商品商标非常接近，基本适用于同样的标准，因此对服务商标的保护有时候通过非常简短的修订就能引入现行商标法中。实际上，我国在1993年修改《商标法》时除了在第四条增加第二款外，仅通过第三款的一句简短说明，就使服务商标的保护问题基本得到了解决，即"本法有关商品商标的规定，适用于服务商标。"新修订的《商标法》第四条则改为"经商标局核准注册的商标为注册商标，包括商品商标、服务商标和集体商标、证明商标"。

（2）根据使用目的的不同，商标可划分为防御商标、证明商标和集体商标。防御商标是注册人不仅自己不使用，而且还禁止他人注册或使用的商标。防御商标制度是为了保护驰名商标而采取的一种特殊措施，我国没有建立这种制度。证明商标是指由对某种商品或者服务具有检测和监督能力的组织所控制，而由其以外的人使用在商品或服务上，用以证明该商品或服务的原产地、原料、制造方法、质量、精确度或其他特定品质的商品商标或服务商标，如真皮标志、绿色食品标志。证明商标的特点是注册人自己不得使用，只能由符合一定条件并履行一定手续的他人使用。集体商标是指由工商业团体、协会或其他集体组织的成员所使用的商品商标或服务商标，用以表明商品的经营者或者服务的提供者属于同一组织。凡集体商标注册人所属成员，均可使用该集体商标，但须按该集体商标的使用管理规则履行必要的手续。根据国家工商行政管理局第22号令第七条和第十二条的规定，集体商标不得许可非集体成员使用，而且不得转让。

(3) 按知名度的高低和保护范围的大小可以分为普通商标和驰名商标。根据法律地位的不同，二者均可以进一步划分为注册商标和未注册商标。对于普通商标来说，只有注册商标才能获得法律的保护，未注册商标一般不受法律的保护。对于驰名商标来说，不论其注册与否，都可以获得法律的保护。但注册的驰名商标与未注册的驰名商标相比，往往可以获得更大范围的保护。根据《保护工业产权巴黎公约》的规定，未注册的驰名商标可以在相同或类似商品上获得特殊保护，而根据〈驰名商标认定和管理暂行规定〉，注册的驰名商标不仅可以在相同或类似商品（或服务）上获得保护，而且还可以在非类似商品（或服务）甚至全类商品上以及禁止企业名称侵权方面获得特殊保护。

(4) 根据构成成分或状态的不同可以划分为视觉商标、听觉商标（音响商标）和味觉商标（气味商标）。这是一种比较常用的划分方法。我国现阶段已受理立体商标和色彩商标，也就是说，立体商标和色彩商标也给予注册和法律保护。

5. 商标的构成形式及其显著性

根据《商标法》第八条的规定，作为区别商品或服务来源的标志，商标由文字、图形、字母、数字、三维标志和颜色组合。第九条规定，申请注册的商标，应当具有显著特征，便于识别。一般来看，商标的构成主要是以下三种表现形式：

(1) 文字、字母、数字。文字是商标最基本的构成要素之一，实际上有些商标就由纯文字、字母、数字构成，不含其他图形成分。这里的文字指的是语言的书写符号，包括两个以上的字母或数字。用文字做商标，字体不限，楷、篆、行、隶、草书及笔划的艺术变化、重合交织都是允许的。

(2) 图形。图形是指人或事物的形状、图案，包括具体图形、抽象图形或虚构的图形。用图形做商标的优点在于不受语言限制，标志性强；弱点在于不便呼叫和交流。

(3) 文字与图形的组合。文字和图形既可以单独作为商标，也可以结合起来成为组合商标。组合商标图文并茂，引人注目，是使用较多的商标。组合商标要求文字和图形和谐一致，联系密切，如果二者毫无联系，就不宜作为商标。

《商标法》第九条规定，商标无论使用文字、图形还是其组合，都应当具有显著特征，以便于识别。显著特征、便于识别是商标应当具备的必要条件，在商标审查中被视为一种绝对标准。

除《商标法》第十条规定禁用的文字、图形之外，凡是不能识别不同经营者的标志，均属缺乏显著特征、不符合第九条规定的商标。其主要表现形式包括：

（1）仅以变通形式、过于简单的几何图形构成的商标，不易产生感官印象，不具备商标识别作用。

（2）过于复杂的文字、图形或其组合的商标，缺乏显著特征，也不具备商标识别作用。

（3）仅以变通字体的字母构成的商标，因字母的数目有限，不宜为一家独占，缺乏显著特征，不具备商标识别作用。

（4）仅以变通字体的阿拉伯数字构成的商标，且指定使用在习惯于以数字做型号或货号的商品上，缺乏显著特征，不具备商标识别作用。

（5）仅用常见的姓氏以普通字体构成的商标，且指定使用于日常生活用品与日常服务的，其姓氏不宜一家独占，缺乏显著特征，不具备商标识别作用。但姓氏商标以特殊形式的字体表现的，或者指定使用于非日常生活用品与非日常服务的不受此限，如“孙氏”（使用项目：计算机维修服务）。

（6）民间约定俗成的表示吉祥的标志，且指定使用于日常生活用品或者日常服务的商标，缺乏显著特征，不具备商标识别作用。但指定使用在非日常生活用品或非日常服务中，或者非标志化的吉祥用语，均不受此限。

（7）常用于商贸中的语言或者标志构成的商标，以普通形式的本商品的包装、容器或者一般商品的装饰性图形作商标的等，缺乏显著特征，不具备商标识别作用。

（8）由企业或行业的普通名称、简称构成的商标，缺乏显著特征，不具备商标识别作用，如“法律事务所”。

（9）非独创性的广告用语，缺乏显著特征，不具备商标识别作用，但独创的短语不受此限。

（10）民族名称作商标容易使消费者认为来自某民族的或者表示民族特色，缺乏显著特征，不具备商标识别作用，但民族名称具有其他含义的不受此限，如“高山”。

(11) 以常用的礼貌用语及普通的人称称谓作商标，缺乏显著特征，不具备商标识别作用，如“小姐”。但非普通形式，或者已图形化的不受此限，如“康师傅”(方便面)。

6. 商标注册和管理部门

国务院工商行政管理部门商标局主管全国商标注册和管理的工作。经商标局核准注册的商标为注册商标，商标注册人享有商标专用权，受法律保护。自然人、企业、事业单位和个体工商业者，对其生产、制造、加工、拣选或者经销的商品，需要取得商标专用权的，应当向商标局申请商品商标注册。自然人、企业、事业单位和个体工商业者，对其提供的服务项目，需要取得商标专用权的，应当向商标局申请服务商标注册。国家规定必须使用注册商标的商品，必须申请商标注册，未经核准注册的，不得在市场销售。商标使用人应当对其使用商标的商品质量负责。各级工商行政管理部门应当通过商标管理，监督商品质量，制止欺骗消费者的行为。商标使用的文字、图形或者其组合，应当有显著特征，便于识别。使用注册商标的，并应当标明“注册商标”或者注册标记。

7. 商标不得使用的文字和图形

《商标法》第十条规定，下列标志不得作为商标使用：

(1) 同中华人民共和国的国家名称、国旗、国徽、军旗、勋章相同或者近似的，以及同中央国家机关所在地特定地点的名称或者标志性建筑物的名称、图形相同的；

(2) 同外国的国家名称、国旗、国徽、军旗相同或者近似的，但该国政府同意的除外；

(3) 同政府间国际组织的名称、旗帜、徽记相同或者近似的，但经该组织同意或者不易误导公众的除外；

(4) 与表明实施控制、予以保证的官方标志、检验印记相同或者近似的，但经授权的除外；

(5) 同“红十字”、“红新月”的名称、标志相同或者近似的；

(6) 带有民族歧视性的；

(7) 夸大宣传并带有欺骗性的；

(8) 有害于社会主义道德风尚或者有其他不良影响的。

县级以上行政区划的地名或者公众知晓的外国地名，不得作为商标。但是，地名具有其他含义或者作为集体商标、证明商标组成部分的除外；已经注册的使用地名的商标继续有效。

第十一条规定下列标志不得作为商标注册：

(1) 仅有本商品的通用名称、图形、型号的；

(2) 仅仅直接表示商品的质量、主要原料、功能、用途、重量、数量及其他特点的；

(3) 缺乏显著特征的。

前款所列标志经过使用取得显著特征，并便于识别的，可以作为商标注册。

第十二条规定，以三维标志申请注册商标的，仅由商品自身的性质产生的形状、为获得技术效果而需有的商品形状或者使商品具有实质性价值的形状，不得注册。

第十三条规定，就相同或者类似商品申请注册的商标是复制、摹仿或者翻译他人未在中国注册的驰名商标，容易导致混淆的，不予注册并禁止使用。

就不相同或者不相类似商品申请注册的商标是复制、摹仿或者翻译他人已经在中国注册的驰名商标，误导公众，致使该驰名商标注册人的利益可能受到损害的，不予注册并禁止使用。

8. 外国人或外国企业办理商标注册

外国人或者外国企业在中国申请商标注册的，应当按其所属国和中华人民共和国签订的协议或者共同参加的国际条约办理，或者按对等原则办理。外国人或者外国企业在中国申请商标注册和办理其他商标事宜的，应当委托国家指定的组织代理。申请人委托商标代理组织申请办理商标注册或者办理其他商标事宜，应当交送代理人委托书一份。代理人委托书应当载明代理内容及权限，外国人或者外国企业的代理人委托书还应当载明委托人的国籍。外国人或者外国企业申请商标注册或者办理其他商标事宜，应当使用中文。代理人委托书和有关证明的公证、认证手续，按照对等原则办理。外文书件应当附中文译本。

9. 集体商标和证明商标的含义

《商标法》第三条规定，本法所称集体商标，是指以团体、协会或其他集体组织的名义注册，供该组织成员在商事活动中使用，以表明使用者在该组织中的成员资格的标志。

本法所称证明商标，是指由对某种商品或者服务具有监督能力的组织所控制，而由该组织以外的单位或者个人使用于其商品或服务，用以证明该商品或服务的原产地、原料、制造方法、质量或者其他特定品质的标志。

商标局设《集体商标注册簿》和《证明商标注册簿》登记集体商标和证明商标。符合《商标法》第三条规定、具有法人资格的企业、事业单位，可以申请集体商标或者证明商标的注册。经商标局核准注册的集体商标、证明商标，受法律保护。

10. 集体商标和证明商标的使用管理规则

集体商标的使用管理规则包括使用集体商标的宗旨；使用该商标的集体成员；使用集体商标的商品或者服务质量；使用该商标的条件；使用该商标的手续；集体成员的权利、义务和违反该规则应当承担的责任。

证明商标的使用管理规则应当包括使用证明商标的宗旨；该商标证明的商品或者服务的特定品质和特点；使用该商标的条件；使用该商标的手续；使用证明商标的权利义务和违反该规则应当承担的责任。

集体商标的使用管理规则包括使用集体商标的宗旨；使用该商标的集体成员；使用集体商标的商品或者服务质量；使用该商标的条件；使用该商标的手续；集体成员的权利、义务和违反该规则应当承担的责任。证明商标的使用管理规则应当包括使用证明商标的宗旨；该商标证明的商品或者服务的特定品质和特点；使用该商标的条件；使用该商标的手续；使用证明商标的权利义务和违反该规则应当承担的责任。

二、商标权的取得

1. 商标注册申请的审查与核准

申请商标注册的，应当按规定的商品分类表填报使用商标的商品类别和商品名称。同一申请人在不同类别的商品上使用同一商标的，应当按商品分类表提出注册申请。注册商标需要在同一类的其他商品上使用的，应当另行提出注册申请。注册商标需要改变文字、图形的，应当重新提出注册申请。注册商标需要变更注册人的名义、地址或者其他注册事项的，应当提出变更申请。

申请注册的商标，凡符合《商标法》有关规定的，由商标局初步审定，予以公告；凡不符合《商标法》有关规定或者同他人在同一种商品或者类似商品上已经注册的或者初步审定的商标相同或者近似的，由商标局驳回申请，不予公告。两个或者两个以上的申请人，在同一种商品或者类似商品上，以相同或者近似的商标申请注册的，初步审定并公告申请在先的商标；同一天申请的，初步审定并公告使用在先的商标，驳回其他人的申请，不予以公告。对初步审定的商标，自公告之日起3个月内，任何人均可以提出异议。无异议或者经裁定异议不能成立的，始予核准注册，发给商标注册证，并予公告；经裁定异议成立的，不予核准注册。国务院工商行政管理部门设立商标评审委员会，负责处理商标争议事宜。

对驳回申请、不予公告的商标，商标局应当书面通知申请人。申请人不服的，可以在收到通知15天内申请复审，由商标评审委员会做出终局决定，并书面通知申请人。对初步审定、予以公告的商标提出异议的，商标局应当听取异议人和申请人陈述事实和理由，经调查核实后，做出裁定。当事人不服的，可以在收到通知15天内申请复审，由商标评审委员会做出终局裁定，并书面通知异议人和申请人。

2. 申请商标注册须提交的材料与手续

申请商标注册，应当依照公布的商品分类表按类申请。每一个商标注册申请应当向商标局交送《商标注册申请书》一份、商标图样10份（指定颜色的彩色商标，应当交送着色图样10份）、黑白墨稿一份。商标图样必须清晰、便于粘贴，用光洁耐用的纸张印制或者用照片代替，长和宽应当不大于10厘米，不小于5厘米。商标注册申请等有关书件，应当使用钢笔、毛笔或者打字机填写，应当字迹工整、清晰。商标注册申请人的名义、章戳，应当与核准或者登记的名称一致。申报的商品不得超出核准或者登记的经营范围。商品名称应当依照商品分类表填写；商品名称未列入商品分类表的，应当附送商品说明。

申请人用药品商标注册，应当附送卫生行政部门发给的证明文件。申请卷烟、雪茄烟和有包装烟丝的商标注册，应当附送国家烟草主管机关批准生产的证明文件。申请国家规定必须使用注册商标的其他商品的商标注册，应当附送有关主管部门的批准证明文件。商标注册的申请日期，以商标局收到申请书件的日期为准。申请手续齐备并按照规定填写申请书件的，编写申请号，发给《受理通知书》；申请手续不齐备或者未按照规定填写申请书件的，予以退回，申请日期不予保留。申请手续基本齐备或者申请书件基本符合规定，但是需要补正的，商标局通知申请人予以补正，限其在收到通知之日起15天内，按指定内容补正并交回商标局。限期内补正并交回商标局的，保留申请日期；未作补正或者超过期限补正的，予以退回，申请日期不予保留。

3. **注册商标申请权的确定**

两个或者两个以上的申请人，在同一种商品或者类似商品上，以相同或者近似的商标在同一天申请注册的，各申请人应当按照商标局的通知，在30天内交送第一次使用该商标的日期的证明。同日使用或者均未使用的，各申请人应当进行协商，协商一致的，应当在30天内将书面协议报送商标局；超过30天达不成协议的，在商标局主持下，由申请人抽签决定，或者由商标局裁定。

4. **商标注册申请的审查程序**

商标局对受理的申请，依照商标法进行审查，凡符合商标法有关规定并具有显著性的商标，予以初步审定，并予以公告；驳回申请的，发给申请人《驳回通知书》。商标局认为商标注册申请内容可以修正的，发给《审查意见书》，限其在收到通知之日起15天内予以修正；未作修正、超过期限修正或者修正后仍不符合《商标法》有关规定的、驳回申请，发给申请人《驳回通知书》。对驳回申请的商标申请复审的，申请人应当在收到驳回通知之日起15天内，将《驳回商标复审申请书》一份交送商标评审委员会申请复审，同时附送原《商标注册申请书》、原商标图样10份、黑白墨稿1份和《驳回通知书》。商标评审委员会做出终局决定，书面通知申请人。终局决定应予初步审定的商标移交商标局办理。对商标局初步审定予以公告的商标提出异议的，异议人应当将《商标异议书》一式两份交送商标局，《商标异议书》应当写明被异议商标刊登《商标公告》的期号、页码及初步审定号。商标局将《商标异议书》交被异议人，限其在收到通知之日起30天内答辩，并根据当事人陈述的事实和理由予以裁定；期满不答辩的，由商标局裁定并通知有关当事人。被异议商标在异议裁定生效前公告注册的，该商标的注册公告无效。当事人对商标局的异议裁定不服的，可以在收到商标异议裁定通知之日起15天内，将《商标异议复审申请书》一式两份交送商标评审委员会申请复审。商标评审委员会做出终局裁定，书面通知有关当事人，并移交商标局办理。异议不成立的商标，异议裁定生效后，由商标局核准注册。

5. 注册商标变更手续的办理

申请变更商标注册人名义的，每一个申请应当向商标局交送《变更商标注册人名义申请书》和变更证明各一份。经商标局核准后，发给注册人相应证明，并予以公告。申请变更商标注册人地址或者其他注册事项的，每一个申请应当向商标局交送《变更商标注册人地址申请书》或者《变更商标其他注册事项申请书》，以及有关变更证明各一份。经商标局核准后，发给注册人相应证明，并予以公告。变更商标注册人名义或者地址的，商标注册人必须将其全部注册商标一并办理。

6. 注册商标转让手续的办理

申请转让注册商标的。转让人和受让人应当向商标局交送《转让注册商标申请书》一份。转让注册商标申请手续由受让人办理。受让人必须符合商标法实施细则第二条的规定。经商标局核准后，发给受让人相应证明，并予以公告。转让注册商标的，商标注册人对其在同一种或者类似商品上注册的相同或者近似的商标，必须一并办理。转让注册商标，必须依照《商标法》的有关规定，提供有关部门的证明文件。对可能产生误认、混淆或者其他不良影响的转让注册商标申请，商标局不予核准，予以驳回。

7. 注册商标续展手续的办理

《商标法》第三十八条规定："注册商标有效期满，需要继续使用的，应当在期满前六个月内申请续展注册；在此期间未能提出申请的，可以给予六个月的宽展期。宽展期满仍未提出申请的，注销其注册商标。"这一条款，对续展注册的申请期限做了明确规定，如果在法律规定的期限内未提出续展申请，注册商标将被注销。例如：第500001号商标，其注册有效期是1989年10月10日至1999年10月9日。该商标如需继续使用，应在期满前六个月即1999年4月10日至1999年10月9日期间申请续展注册，如果在该期限内未提出申请，还可以在期满后六个月的宽展期即1999年10月10日至2000年4月9日期间申请续展，若超过2000年4月9日仍未申请续展，该商标将被注销。

《商标法实施细则》也规定："申请商标续展注册的，每一个申请应当向商标局交送〈商标续展注册申请书〉一份，商标图样五份，交回原〈商标注册证〉。"如果是委托商标代理组织申请办理续展注册的，还应按照《商标法实施细则》的规定，交送代理人委托书一份。

续展注册的，应按规定交纳续展注册费用，在宽展期内申请续展的，还要按规定交纳延迟费。

8. 注册商标使用许可的办理

注册商标依法具有商标专用权，商标专用权中包括许可权。即商标注册人可以将注册商标的使用权分离出一部或全部许可给他人使用，双方建立商标使用许可关系，这种关系的建立应当符合下列条件：

（1）被许可使用的商标是注册商标。商标依法注册是依法取得商标专用权的合法途径，因此，只有注册商标才存在被许可使用的法律必要。而未注册商标没有商标专用权，不受商标法律保护，不需建立商标的使用许可关系，任何人均可以善意使用而不承担法律意义的商标侵权责任（未注册的驰名商标除外）。

（2）商标许可人依法享有商标专用权。《商标法》第四十条规定，只有商标注册人才可以作为许可人许可他人使用其注册商标，其他人不能假借注册人名义或者受注册人委托，充当商标法律意义上的许可人。

（3）商标使用许可合同的标的是商标专用权，该商标专用权范围仅以被核准注册的商标在核定的商品上使用，超出核定使用商品上的范围，其标的不受法律保护，已签订的商标使用许可合同无效。

《商标法》未用法律条文确定商标使用许可形式，而是将其留给订立商标使用许可合同的双方当事人在合同中设定。从实践中看，商标使用许可形式一般包括以下三种：

（1）独占使用许可形式。即许可人将注册商标的使用权全权授予一家被许可人，许可人承诺在商标使用许可合同存续期间放弃使用自己依法享有的商标使用权。一般情况下，独占被许可人与许可人的合作关系极为密切，是许可人在某一地区被许可商标的市场代言人，其商标使用权具有与许可人的商标专用权同等的法律地位，因此，人民法院认为独占被许可人同许可人一样享有商标侵权诉讼中的诉权。

（2）排他使用许可形式。该形式是指许可人承诺在商标使用许可合同存续期间，除许可人自己依法使用被许可商标外，仅将被许可商标的使用权授予一家被许可人使用，不再将该商标许可给第二家。

（3）普通使用许可形式。在普通使用许可中，许可人可以将被许可商标许可给多家使用，同时，许可人自己也可以使用该商标。这种许可形式较为普遍，合同的期限一般较短，合同到期后，许可人往往不再与被许可人续签合同，因而被许可的商标以及被许可人的更换比较频繁。这种形式一般适用于：产品更新快而又需要尽快扩展被许可商标商品的市场份额时；使用商标的商品在短时间内即可以获得经济效益时；必须使用注册商标的人用药品或者烟草制品，其经营者申请注册的商标尚未被核准注册时。

一般地讲，商标使用许可人和被许可人是订立商标使用许可合同的双方当事人，他们的权利义务关系是他们之间依法自行设立的，规定在商标使用许可合同的内容之中。

9. 商标使用许可合同的签订

商标使用许可合同属于合同范畴。它是在经济贸易过程中，由能够承担民事责任的企业、事业单位、个体工商户、个人合伙等经济主体就商标使用权确立的权利和义务关系。商标使用许可合同主要由《商标法》第四十条及其实施细则的有关规定予以调整，也可以适用《合同法》的基本原则。

订立商标使用许可合同的基本原则：

（1）合同当事人享有依法平等、自愿地订立合同的权利，一方当事人不得将自己的意志强加给另一方。任何单位和个人不得非法干预。

（2）合同当事人应当遵循公平、诚实信用的原则，应当恪守诺言，相互协作，不得有欺诈行为。

（3）合同当事人订立、履行合同应当遵守法律，尊重社会公德，不得扰乱社会经济秩序，损害社会公共利益。

商标使用许可合同的基本内容：商标使用许可合同的内容是合同当事人在

平等互利、协商一致的情况下依法自己设立的，一般应包括下列内容：

（1）许可人和被许可人的名称、地址；该名称和地址均为经工商行政管理部门依法登记的企业名称（包括法人或者非法人）和工商业场所地址。

（2）授权范围：包括商标使用许可的性质（独占、排他或者普通使用许可）；被许可商标的图样，被许可商标使用的商品或者服务的范围；许可使用的地域范围和许可期间等。

（3）为保证商品质量而约定的有关措施：如技术设备、技术指导、技术服务等等。

（4）许可人保证被许可商标专用权的有关条款：如到期续展，不得在合同存续期间注销被许可商标等等。

（5）合同中止或解除条件。

（6）商标使用费（许可费）数额及支付办法。

（7）违约责任。

（8）法律适用及争议的解决方式。

（9）合同生效日期。

（10）合同签约日期、地点。

（11）许可人和被许可人签字、盖章。

（12）合同应当约定的其他条款。

为规范商标使用许可行为，指导合同当事人依法、完善地签订商标使用许可合同，国家工商行政管理局商标局印发了《商标使用许可合同备案办法》。在该《办法》中规定，商标使用许可合同至少应当包括以下内容：

（1）许可使用的商标及其注册证号；

（2）许可使用的商品范围；

（3）许可使用的期限；

（4）许可使用商标的标识提供方式；

（5）许可人对被许可人使用其注册商标的商品质量进行监督的条款；

（6）在使用许可人注册商标的商品上标明被许可人的名称和商品产地的条款。

该文件同时制定了《商标使用许可合同》的示范文本供各地工商行政管理

机关指导当事人订立使用许可合同时予以参考。

完善的商标使用许可合同内容，对约束合同双方当事人，减少合同纠纷有着十分积极的作用。根据合同法的基本原则，在合同的订立、履行以及承担违约责任等方面产生纠纷时，一般均坚持当事人有约定的，按照约定办理，除非这种约定是违法的。因此，合同订立的内容越详细、越具体、越能明确双方当事人之间的权利和义务关系，就越容易分清责任，为妥善解决合同履行过程中可能会发生的纠纷奠定良好基础。

三、商标驳回复审与争议裁定

1. 商标驳回复审程序

商标注册申请须经审查才能判定是否能够获准注册。审查工作的质量直接影响商标注册的质量，也直接关系到商标申请人的利益。为了确保审查质量，保障商标注册申请人的利益，《商标法》设置了驳回复审的救济程序。

商标审查结论决定着一个商标的注册与否，也在一定程度上决定着一个企业的商标权益的确立。然而，由于客观方面的原因或者是商标审查员认识水平上的主观原因，都有可能产生不同程度的主观与客观不相符合的情况。特别是由于商标注册申请审查这种个案情况的特殊性，使申请人不可能在申请书中全面反映其申请的客观情况，只有在被驳回以后，才有机会向商标评审机关全面提供。因此，设置驳回复审这一程序，对于驳回注册申请商标的救济十分必要。

申请商标驳回复审应依据《商标法》、《商标法实施细则》的规定进行。

首先，申请人应当是被商标局驳回商标注册申请的原申请人。其次，商标注册申请人收到商标局对该商标注册申请的《商标核驳通知书》之日起，十五天内申请复审。因不可抗拒的事由或者其他正当理由，可以在期满前申请延期三十天，是否准许延期，由商标评审委员会决定。

申请复审时，申请人应当向商标评审委员会提交《驳回商标复审申请书》（申请人应认真填写申请书，特别是要填写充足的复审理由）。同时附送：盖有商标局“驳回”印章的《商标注册申请书》原件、《商标核驳通知书》原件、商标图样（原图样 10 张）、商标局寄送商标核驳通知的信封（用以确定复审是否在规定的时限内提出）、有关证明材料和实物证据。申请复审的应缴纳商标驳回复审申请规费。

商标评审委员会自收到《商标驳回复审申请书》之日起三十天内，经审查认为符合法定受理条件的，予以受理并书面通知申请人；认为不符合法定条件的，书面通知申请人不予受理，并说明理由。

商标评审委员会认为申请基本符合法定条件，但需要补正的，可以限期补正；限期内未作补正的，不予受理，书面通知申请人，并退回全部申请书件。

2. 对处理决定不服的行政复议或提起行政诉讼

根据《商标法》、《商标法实施细则》和《行政诉讼法》的规定，当事人对工商行政管理机关作出的行政处理决定不服的，可以在法定期限（15 日）内，向上一级工商行政管理机关申请复议，也可以直接向人民法院起诉。一般情况下，进入复议程序的当事人，只有在复议程序结束后，方可向人民法院起诉。

商标法所指的当事人包括商标侵权人和被侵权人。因此，商标注册人作为一方当事人，对工商行政管理机关依其投诉对侵权人作出的行政处理决定有异议的，可以向上一级工商行政管理机关申请行政复议或向人民法院提起行政诉讼。

3. 商标注册不当及其所表现的情形

商标注册不当是指某一商标的注册不恰当，不合适，与《商标法》立法原则或者民法的根本原则相冲突。主要是指违反《商标法》规定的，或者是以欺骗手段或者其他不正当手段取得的商标注册。

商标注册不当产生的原因主要是商标注册申请人对于法律学习不够，领会有误，或者是主观上出于欺骗或者不正当竞争。另外，商标审查人员对于其他领域的在先权利不可能、也没有必要具备充足的检索手段。因此，注册不当的产生是不可避免的。

《商标法》实施 10 年后，经过反复实践、认识，立法者将有关商标注册不当的内容在法律修订的时候正式列入了法律条文，为解决此类问题提供了依据和手段。

商标注册不当的情形形形色色，但归纳起来，主要有两种：一是违反《商标法》第十条规定注册的；一是以欺骗手段或者其他不正当手段注册的。

违反《商标法》第十条规定是禁止商标注册的绝对条件。禁止商标注册9项条款和禁止县级以上行政区划名称注册共列举了十种情形，商标注册申请有其中任何情形之一的，都应予以驳回，如果被核准注册，即构成了注册不当，应当撤销。十种情形的具体内容在前面做过详细讲解，此处从略。《商标法实施细则》也用列举的方法，指出下列五种情形，均属于以欺骗手段或者其他不正当手段取得商标注册的注册不当行为：

（1）虚构、隐瞒事实真相或者伪造申请书件及有关文件进行注册的。申请商标注册必须符合商标法规的有关条件，商标注册人必须是依法成立的企业、事业单位、社会团体、个体工商户、个人合伙以及符合〈商标法〉第九条规定的外国人或者外国企业。商标注册申请人申报的商品或服务必须是其生产、制造、加工拣选或者经销的商品及经营的服务项目，不得超出核准登记的经营范围。伪造营业执照，涂改经营范围的，均属虚构、隐瞒事实真相。有些商标在申请注册时，与在先权利的商标冲突。申请人在该商标被核驳后，擅自将冲突商品或服务删除，向商标评审委员会申请驳回复审，如因某种客观因素而取得注册，此种行为即属伪造申请文件。

根据《商标法实施细则》规定，申请人用药品注册，应附送卫生行政部门发给的证明文件，如《药品生产企业许可证》、《药品经营企业许可证》、《新药证书》以及卫生行政部门发给的其他证明文件等。申请卷烟、雪茄烟和有包装烟丝的商标注册，应当附送国家烟草主管机关批准生产的证明文件。如果申请人伪造上述文件而取得商标注册，即属伪造有关文件进行注册的行为。

（2）违反诚实信用原则，以复制、模仿、翻译等方式，将他人已为公众熟知的商标进行注册的。复制是指与公众熟知的商标完全或基本相同，模仿是指与公众熟知的商标显著部分或主体部分相同或基本相同，翻译是指与公众熟知的商标使用语言文字不同但含义相同。提出撤销注册不当商标的申请，商标评审委员会受理与否，一般以1988年1月13日第一次修改的《实施细则》实施之日为界定日。申请撤销此日之前的注册商标一般不受理。我国1985年3月19日成为《巴黎公约》成员国，承担公约规定的义务。被抢注的驰名商标仍在注册不当商标的审理范畴之内。对驰名商标的抢注，分恶意复制、模仿或翻译驰名商标，或与驰名商标雷同、近似只是设计上的巧合两种情况。属明显恶意的抢注行为，该商标的撤销不受时间限制；而与驰名商标雷同或近似只是设计上的巧合，不是刻意模仿，推断不属恶意行为，且该商标注册已满五年以上者，一般不予撤销。

（3）未经授权，代理人以自己名义将被代理人的商标进行注册的。经过授权，指委托人须有书面的授权书，同意代理人为其办理商标注册事宜，才能确认为合法的授权，而不是指口头的授权或许可。反之，则视为未经授权。代理人与被代理人的关系是经过书面合同或协议确认的关系，合同或协议书必须明确该商标属被代理人所有。

（4）侵犯他人合法的在先权利不包括商标的在先权利。若以商标的在先权利对在后申请注册的相同或近似的商标提出注册不当撤销申请，势必造成法律程序的混乱，商标评审委员会不予受理。上述商标应在异议程序或争议程序中解决。

此处所指的合法在先权利包括外观设计的专利权、公民的肖像权及姓名权、公民或法人的著作权、厂商字号权、原产地名称权等其他民事权利。

（5）以其他不正当手段取得注册的。有些商标虽不是公众熟知的商标，但具有独创性，又有一定的使用历史或较广的使用范围，所有人为宣传该商标投入了大量的广告费用，但未能及时进行注册，被同行业或同地域的他人抢先注册，这是有违诚实信用原则的。

对于以其他不正当手段取得注册的商标，在实践中还会出现其他情况，商标评审委员会将根据具体情况进行认定、评审。如丑化他人公众熟知商标进行注册的，违反我国参加的国际条约的规定取得注册的以及违反我国的其他法律法规取得注册的等等。

4. 撤销注册不当商标的程序

撤销注册不当商标的程序主要包括以下几方面：

（1）提出商标注册不当的法律依据。

（2）申请人资格：任何单位或个人。

（3）申请时限：1988 年 1 月 13 日以后，经商标局核准注册的商标。这是根据法律法规对于颁布之前发生的行为不具有溯及力的原则，划定的申请时限。

我们法律法规的不足是，对于注册商标提出注册不当撤销申请，没有限定申请人应自注册之日起多长时间内提出，不利于保护当事人双方的利益。因为，一个商标不管注册历史多长，都可以申请撤销，将导致法律缺乏严肃性，发现问题可以不及时提，什么时间想提才提；也将导致商标注册的不稳定性，企业不好大胆地宣传，不利于商标战略策略的建立和实施。

（4）申请书件。包括提交〈撤销注册不当商标申请书〉两份，并载明理由；提供有关证据。

（5）规费：缴纳申请费，若申请延期，要缴纳延期费。

（6）征求被申请人（即商标注册人）意见：商标评审委员会将《撤销注册不当商标申请书》副本寄送被申请人，限定被申请人在收到之日起，三十日内在作出答辩。

被申请人拒绝或者超过时限答辩，不影响商标评审委员会裁定的正常进行。

（7）商标评审委员会对案件的审理：根据《商标法》及其实施细则和商标评审规则的有关规定，独立行使裁决权，平等地对待当事人双方，以事实为根据，法律为准绳，公平地进行裁定。《商标注册不当裁定书》分年度编定评审序号。分案由、申请人理由、被申请人答辩、商标评审委员会认定的事实及法律依据和结论等五个部分。最后，注明裁定日期。

（8）商标局依职权撤销注册不当商标。依据《商标法》规定，商标局认为商标注册不当的，也可以依职权予以撤销。

商标审查有其法定的标准和客观的条件，但审查工作毕竟是由人来操作进行的。人的主观认识、人的阅历和能力是不同的，同时，受时间、空间等条件的局限，出现审查失误，出现受蒙蔽和欺骗的情况是难免的。因此，《商标法》规定了确权的补救撤销。如异议、异议复审程序、争议及注册不当程序等。

允许商标审查中出现错误，同时，也允许商标局主动改正自己发现的错误。这是《商标法》体现的实事求是和有错必改的精神。当商标局发现注册不当商标时，应通知注册人，听其意见。当其意见与事实和法律相悖时，商标局可以做出书面决定，陈述事实和理由，引用《商标法》的有关规定做依据，撤销该注册不当商标。商标注册人对于商标局以注册不当为由撤销商标的决定不服的，可以在收到书面通知之日起15天内向商标评审委员会申请复审，由商标评审委员会做出终局决定。

5. **注册商标的争议及其裁定程序**

注册商标的争议，是指商标注册人认为他人注册的商标，与其在同一种或类似商品上的商标相同或近似而发生的商标专用权的权利争端。

争议裁定机关。商标法规定，商标评审委员会是我国注册商标争议裁定的法定机构。由于商标注册是由商标局决定的，对于两个商标注册所产生的权利争端，由商标评审委员会裁定则更客观，符合法制的原则。

商标争议可以自该商标经核准注册之日一年内，向商标评审委员会申请。关于争议时限的规定，兼顾了争议当事人双方的利益。争议裁定申请人在一年内可以充分了解到市场情况的反映，期限过短，不利于申请人行使申请权；期限过长，又会使被申请人商标专用权长期不稳定，影响新注册人商标决策的实施。

商标争议的当事人，仅限于商标注册人。因为根据注册原则和申请在先原则，未注册商标没有专用权，因此，不能提起商标争议裁定。

商标争议对象，必须是注册不满一年的商标。但是，对于核准注册前已经提出异议并经过裁定的商标，不得再以相同的事实和理由申请争议裁定。如果有新的事实和理由，还可以申请争议裁定。

注册商标争议裁定程序，首先是申请人须依商标法及其实施细则规定，向商标评审委员会提出《注册商标争议裁定申请书》一式两份，提出争议理由。

商标评审委员会将《注册商标争议裁定申请书》副本交被争议人，并限期答辩。答辩以书面形式进行。必要时，可以要求争议当事人双方公开答辩。

应当指出的是，判定商标专用权归属的根本原则是申请在先原则，而不是注册的先后。因为商标法规定相同或近似商标注册申请，应判给在先申请人。商标注册日期不是判定权利归属的根据。因为在商标审查、注册程序中，有的商标注册经过驳回复审，或者经过异议，在先申请的商标有可能注册晚于在后的申请。

商标评审委员会充分听取当事人双方的理由和事实，依据事实和法律规定作出裁定。争议理由成立，撤销被争议的商标；争议理由不能成立，维持被争议的商标。

商标评审委员会的终局决定，以书面形式送达争议双方和商标局。撤销商标的，被争议人限期交回《商标注册证》，由商标局办理手续，并予公告。

四、商标使用的管理

1. 使用注册商标的义务

注册商标的目的是为了使用商标。在使用注册商标的过程中，商标注册人应承担法律义务。《商标法》第四十四条、第四十五条对此做了明确规定，即商标注册人在使用注册商标时，不得违反下述义务：

（1）不得自行改变注册商标的文字、图形或者其组合；

（2）不得自行改变注册商标的注册人名义、地址或者其他注册事项；

（3）不得自行转让注册商标；

（4）不得连续三年停止使用注册商标；

（5）其商品不得粗制滥造，以次充好，欺骗消费者。

对违反上述法律义务规定的，商标注册人必须承担相应的法律责任。《商标法》第四十四条、第四十五条也分别规定了相应的处罚措施。要说明的是，对违反上述注册商标使用义务规定的处罚，主要是采取责令限期改正的强制措施，只有对拒不改正的，才由商标局撤销其注册商标。这一法律规定主要是考虑到这些违法行为，一般来讲只是违反了法律对注册人规定的义务，其违法行为只对行政管理造成损害，或者对权利人本身的权利有效与否产生影响，而未对他人的商标权造成侵害，所以，法律没有规定对这类违法行为采取其他行政处罚措施。当然，根据《商标法》第四十五条的规定，对使用注册商标的商品粗制滥造，以次充好，欺骗消费者的，由于其违背了《商标法》关于商标使用人应当“保证商品质量”和“保障消费者利益”的立法宗旨，实施了侵害消费者利益行为，除了对情节轻微的责令限期改正外，对情节严重的，还要予以通报、罚款、销毁有害有毒商品，直至撤销其注册商标。

2. 不得擅自改变注册商标的规定

商标一经核准注册，在使用时必须按核准的内容使用，不得将核准的内容随意改变。否则，一经改动，就超出了法律赋予的注册商标权利范围。改变注册商标的行为，分以下三种情况：

(1) 改变注册商标的文字、图形或者其组合。这种改变是指商标权客体的改变。《商标法》对商标权客体部分的改变，规定“应当重新提出注册申请”。没有提出重新注册申请，改变后仍按注册商标使用，属于法律禁止的行为。在注册商标使用管理过程中，注册商标的“改变”，主要是指在不改变原商标文字、图形或者其组合的本质特征前提下的改变。这种情形表现最为突出的就是将图形和文字组合的注册商标中的图形或文字单独使用，或是改变这种组合商标中的文字和图形的相对位置。还有一种情形，就是对注册商标的文字或图形本身的改变，如将原注册商标“骏马”图形中的立马图形改变为奔马图形。只要这种改变未改变原注册商标的本质特征，改变后的商标与原注册商标属于近似商标，其法律后果不直接影响其商标专用权能否有效保护的问题。但是，若在实际使用过程中，对原注册商标的本质特征进行了改变，改变后的商标已不属近似商标范畴时，就不属擅自改变注册商标行为了，如当事人仍将改变后的商标作为注册商标使用，其行为已构成冒充注册商标。甚至，还有可能因其这种改变，会导致侵犯他人注册商标专用权行为的发生。

(2) 未及时变更商标注册人的名义和地址。商标注册人是商标法保护的主体，商标注册人的名义和地址是商标注册的重要事项。如果商标注册人名义发生变更而不向商标主管机关办理变更手续，一方面，不利于商标主管机关及时掌握商标权人的实际情况，这时，如果商标权人以新的名义将原来商标重新申请注册，很可能被商标主管机关以同在先注册的商标相同或近似被驳回，不利于企业及时获得商标权。另一方面，由于权利主体名义变更还将影响到商标权的有效性。实践中，有相当数量的企业在企业登记主管部门办理了企业名称或地址变更法律手续后，未及时到商标主管机关办理商标注册人名义或地址变更手续，从而违反了《商标法》的规定。这种未按法定程序履行变更手续的，实质上并不发生商标权利的转移或灭失。但是，如果一商标注册人未办理企业名称登记手续，就在商业经营活动中擅自使用一新的企业名称，并在使用注册商标时作为商标注册人名义使用，一旦他人仿冒这一注册商标，则有可能因该注册商标权利主体的程序不合法性，其商标专用权不能得到及时的保护。所以，注册人名义和地址发生变更的，必须及时变更手续。这既是出于商标管理秩序的需要，又是出于维护商标专用权有效性的需要。

（3）自行转让注册商标。转让注册商标属广义上的改变注册商标行为，即商标权主体发生了根本性改变。尽管商标权属一项民事权利，转让双方当事人可以就某一注册商标转让与否，通过平等协商达成转让合意，但这种转让权的最终实现必须通过转让注册来实现，这与商标权利来自注册是相一致的。也就是说，商标专用权不是自然产生的一项权利，而是由国家主管机关按法定程序核准授予的，同样，这种权利的转让，也必须经过国家主管机关批准才能取得。因此，自行转让注册商标不仅不具有任何法律效力，而且触犯了国家商标管理秩序，必须予以禁止。

3. 对注册商标不使用的限制

为了保证商标注册人积极使用注册商标，我国对注册商标的不使用行为进行了限制。《商标法》第四十四条及实施细则规定，注册商标连续三年没有使用的，任何人可以向商标局申请撤销该注册商标。商标局收到申请后，将通知商标注册人限期提供使用证明。逾期不提供或提供的证明无效的，撤销该注册商标。

对上述法律规定的理解，应从以下几个方面来考虑：

（1）明确什么是商标的使用。对此，《商标法实施细则》规定：将商标用于商品、商品包装或者容器以及商品交易文书上，或者将商标用于广告宣传、展览以及其他业务活动的行为均构成商标的使用。另外，注册人通过商标使用许可方式允许他人使用，亦应视为该注册商标的使用。

（2）如何理解使用时限的规定。“三年”时限的规定，一方面是考虑一个注册商标专用期限仅为十年，若三年连续不使用，则说明注册人在1/3权利使用时限内，放弃了权利行使，应视为长册不使用；另一方面，也参考了国际上大多数国家对此方面的时限规定。关于“连续”的概念，主要指自任何人向商标局提起撤销该注册商标申请之日起，连续向前推算三年时间。在这三年时间内，商标注册人未曾有任何使用该商标行为，即构成“连续三年未使用”。

（3）关于举证责任。对提出撤销三年不使用注册商标的申请人，〈商标法〉对其未规定举证责任。这主要是因为，不使用商标是一种不作为状况，他人举证是很困难的。只有注册人举证其实施了使用行为，才能确认该注册商标使用与否。商标注册人的使用证据最为有效的是带有商标的物证，不能证明商标实际使用的证据是无效的。如一商标注册人提供了一份地方报纸刊登的“××市注册商标通告”，在“通告”中列有其注册商标，以此证明该注册商标用于“广告宣传”，从而认为应视为使用。类似的公告不能视为“商标使用”。“广告宣传”是指为商业经营目的而进行的，是为了商业促销，而注册商标通告不过是向公众宣布一种法律权利取得结果，而不是一种商业行为，因此，如果该注册人提不出其他使用证明，该商标将会被依法予以撤销。

4. 对注册商标标记的规定

商标注册标记是指与注册商标一起使用的，用来说明该商标已经注册的标记。《商标法》第九条规定：使用注册商标的，应当标明“注册商标”或者注册标记。《商标法实施细则》也规定，注册标记为“注”字加一圆圈或（r）。其中，“注”是汉语“注册”的简称。而（r）是英语“Registration”（注册）一词的字头，这一标记在世界范围内通用。如果未注册商标不想让人误认为商品名称或装璜，可以使用“TM”标记。字母“TM”是英文“TRADEMARl”（商标）的缩写。当人们看到“TM”标记时，就知道其所标示的文字或图形是作为商标使用的，而不是商品的名称。

《商标法》第九条规定使用注册商标应标明“注册商标”字样或者注册标记，其目的是告知公众该商标已经注册，受法律保护，警示他人不要误用造成侵权。有些国家法律还明确规定，凡是没有标明注册商标标记的，该商标被侵权的，商标注册人不得主张损害赔偿。我国商标法对此虽无明确规定，但在查处商标侵权案件实践中，对侵犯没有标明注册标记商标专用权的，有时往往会成为执法机关对侵权人从轻处罚的依据，其理由是侵权人因不知该商标为注册商标而被判定为过失侵权。

“注册商标”及注册标记的使用，一般来讲，“注册商标”四字常常置于商标的下方，也可以将四字分开置于商标的两边，即一边标注“注册”二字，另一边标注“商标”二字。这样人们在看到四个字时，就知道该商标为注册商标了。而注册标记“注”字加一圆圈或（r），在使用时通常置于商标的右下角或右上角。由于注册标记具有简洁的特点，因此，使用在文字商标上是最适宜的。尤其是当文字商标出现在说明性文字中间时，使用注册标记可使人一目了然。

这样，既说明了商标为注册商标，是受法律保护的，也有利于防止公众将该注册商标误认为商品名称。

5. 对使用未注册商标的禁止规定

按照《商标法》第四十八条的规定，使用未注册商标主要应遵循如下规定：

（1）不得违反《商标法》第十条禁用条款规定。《商标法》第十条规定了禁止作为商标使用的文字、图形的范围。有关“禁用条款”的内容，各国商标法律都有不同程度的规定。但大多数国家“禁用条款”仅仅适用于商标注册审查程序，而我国《商标法》第十条明确表述为“下列标志不得作为商标使用”，并且在第四十八条中明确规定了“违反本法第十条规定的”未注册商标使用行为的处罚措施。这就说明，在我国，不仅“禁用标志”不得注册，同样，也不得作为未注册商标使用。这一法律规定的目的，主要是为了保护社会利益、公共秩序以及消费者利益来设定的。如果允许类似“中国”、“美国”、“超级”、“黑手党”、“南霸天”、“二房”等这些禁用文字可以做未注册商标使用而不加禁止，则势必造成市场秩序混乱，产生严重的不良社会影响。尤其在加强社会主义精神文明建设的今天，运用法律武器来规范未注册商标的使用行为，更具有重大的现实政治意义。

（2）不得侵犯他人注册商标专用权。注册商标受法律保护。未注册商标不得与注册商标相同或近似，这是未注册商标使用的基本前提。随着注册商标数量的增多，使用未注册商标时，与注册商标相同或近似的概率也越来越大。尤其在那些生产厂家很多的商品上，如服装、食品上，申请商标注册时核驳率很高，这就表明了在这些商品上使用未注册商标时，与注册商标发生冲突的概率就要大的多。对未注册商标与注册商标相同或近似问题，应具体问题具体分析。有的是未注册商标使用人故意使用与注册商标相同或近似的未注册商标，这是故意侵权行为；但还有不少确属由于客观上两个商标无意冲突，构成相同或近似，这属于过失侵权行为。在未注册商标管理工作中，对于前一种故意侵权行为，必须从重处罚；对于后一种过失侵权行为，则应酌情从轻处理，以达到制止使用目的即可。这样做，既达到了依法保护注册商标的目的，又在法律规定允许的范围内充分考虑未注册商标使用人的利益，有利于更好全面维护各方当事人的切身利益。

（3）不得冒充注册商标。冒充注册商标是指商标使用人在未经商标主管机关予以核准注册的商标上标明“注册商标”字样或加注“注”字加一圆圈或（r），注册标记的行为。冒充注册商标行为是一种严重破坏商标管理秩序的行为。因为从一般意义上讲，注册商标本身就要求注册人必须保证商品质量，在消费者看来，凡是有注册商标的产品，其商品质量都应该是有保障的，并且，一般的企业注册商标后，会努力去以提高商品质量来树立注册商标信誉。冒充注册商标行为人正是欲利用消费者这一消费心理，将未注册商标冒充注册商标，以骗取消费者对自己产品的信任，从而达到推销自己产品（更多的是劣质产品）的目的。冒充注册商标行为，除了表现为在未注册也未申请注册的商标上使用“注册商标”字样或注册标记外，还有以下几种表现形式：一是虽已向商标局提出注册申请，但在未核准之前就加注了“注册商标”字样或注册标记；二是商标注册人超出了核定使用商品范围使用注册商标并标注“注册商标”字样或标明注册标记的；三是注册商标因未办理商标续展注册手续而被注销后，或注册商标因违法使用而被撤销后，仍继续使用“注册商标”字样或注册标记的。

（4）使用未注册商标的商品不得粗制滥造，以次充好，欺骗消费者。通过商标管理监督商品质量，是我国《商标法》一个特点，表明我们在保护商标专用权的同时，把维护消费者利益放在重要地位。对使用注册商标的商品要求必须保证商品质量，对使用未注册商标的商品同样也要求必须保证商品质量。对违反商品质量规定的，《商标法实施细则》规定了严格的处罚措施，对未注册商标使用人和商标注册人的处罚适用同一条款，一视同仁。

要说明的是，商标行政管理机关在执行这项法律规定时，其工作的范围主要在商品流通领域中进行，而生产环节中发生的商品质量问题，按照执法分工，应主要由产品质量监督部门来负责查处。对于流通领域中出现的商品粗制滥造，以次充好的，必须在取得国家有关法定质量检验机构检测证明后，才能依照《商标法》的规定来处理，切忌主观判断，轻下结论。

五、注册商标专用权的保护

1. 注册商标专用权的权利范围与保护范围

《商标法》第五十一条规定，注册商标的专用权，以核准注册的商标和核定使用的商品为限。这是对商标专用权的权利范围的界定，具体表现在两个方面：

（1）以核准注册的商标为限。如果商标注册人实际使用的商标与核准注册的商标不一致，不仅自身的商标专用权得不到有效保护，而且还有可能带来四种后果：一是构成自行改变注册商标的文字、图形或其组合的违法行为；二是在自行改变的商标与核准注册的商标有明显区别，同时又标明注册标记的情况下，构成冒充注册商标的违法行为；三是若改变后的商标同他人的注册商标近似，会构成侵犯他人商标专用权的行为；四是因连续三年不使用，导致注册商标被撤销。

（2）以核定使用的商品为限。如果商标注册人实际使用的商品与核定使用的商品不一致，不仅不能有效保护自身的商标专用权，而且也有可能带来三种后果：一是超出核定商品范围使用注册商标，构成冒充注册商标的违法行为；二是因连续三年未在核定的商品上使用，导致注册商标被撤销；三是因超出核定商品范围（与核定使用的商品类似的除外）使用注册商标，构成侵犯他人商标专用权的行为。

根据《商标法》第五十一条的规定，商标专用权的权利保护范围除核定注册的商标和核定使用的商品外，还包括与注册商标相近似的商标和与该注册商标核定使用的商品相类似的商品。另外，制裁其他损害注册商标专用权的行为，也属于商标专用权的权利保护范围。

由此可以看出，商标专用权的权利范围与权利保护范围的内涵是不同的，前者是从确权的角度出发的，后者是从保护的角度出发的。商标专用权的权利保护范围大于权利范围，是世界各国商标法律制度的通常作法，有利于消除因商品来源产生误认而导致的市场混淆现象，从而切实保护商标注册人的权益，保护广大消费者的利益，维护社会正常的经济秩序。

商标注册人行使其商标专用权及国家对商标专用权的保护，并不是漫无边际的，而是受到一定限制。在某些情况下，如出于教学、科研和管理目的引用他人注册商标，并不会损害商标专用权，对此，商标注册人和国家均不能加以干涉。

2. 商标侵权的表现形式

根据《商标法》第五十二条及其《实施细则》的有关规定，在与商标注册人核定使用商品和核准注册商标相比较前提下，下列商标使用形式，为侵犯商标专用权的主要表现形式：

（1）擅自在同一种商品上使用相同商标。主要指假冒他人注册商标行为。应当指出的是商标相同仅是指同经商标局核准注册的商标相比较其结果相同，商品的外包装、装潢图案有差异不影响对相同商标的认定。

（2）擅自在同一种商品上使用与其近似的商标。相同商品上近似商标的使用易混淆商品来源，使消费者误认为两商品商标相同，属于侵权行为。如：相同商品上的“大大”与“太太”、“莲花”与“莲苑”、“千山”与“干山”等等。

（3）擅自在类似商品上使用其相同商标。

（4）擅自在类似商品上使用其近似商标。

类似商品一般指在商品的原料、制作工艺、销售场所、消费对象等方面有相同之处，如果不同的生产者使用相同的商标或者近似的商标，易使消费者误认为该商品是同一家企业生产的不同类别产品，或者误认为该商品生产者与商标注册人有一定联系，从而产生商品产源误认。因此，在类似商品上擅自使用与他人注册商标相同或者近似商标亦构成商标侵权行为。

（5）明知是假冒注册商标商品而销售的。作为商品经销者，其经销的可以是单一商品，也可以是成千上万种商品，经销者无法掌握每一种商品的商标注册情况，也不可能分辨所有经营商品的真伪，因此，为保护正当经营者的合法利益，法律对商品销售行为予以限制，即只有明知是假冒他人注册商标商品，还擅自进行销售的，才应当承担商标侵权责任。因此在行政执法过程中，应当更多地为经销者创造知法、懂法、守法的条件，如开展普法宣传，引导商标注册人进行商品商标宣传，对专营店、专销店进行规范管理等等，促使商品经销者运用法律武器维护自己正当、合法的权益。

（6）伪造、擅自制造他人注册商标标识或者销售伪造、擅自制造的他人的注册商标标识。伪造是指在注册人不知道、也未授权的情况下，通过抄袭模仿方式制造他人注册商标；擅自制造一般是指制造商标标识者与该商标注册人存在商标使用许可关系或者委托印制商标标识关系，但在该商标注册人授权以外制造商标标识的行为。例如：某注册人委托某印制厂制造商标标识十万套，而印制厂印制二十万套，这多出来的十万套商标标识即属擅自制造行为。

（7）销售明知或者应知是侵犯他人注册商标专用权商品。该种商标侵权表现形式是针对《商标法》第五十九条第（3）项的规定，延伸了商标专用权保护范围，即将侵权行为人主观故意由明知扩大到应知，将经销商品为假冒注册商标商品扩大到商标侵权商品。这主要基于侵权商品一旦在经销环节发现就不得再进入流通领域继续给商标注册人带来损害这一原则来考虑的，其中对“应知”的认定标准和原则，国家工商行政管理局曾于1994年11月22日以规范性文件的形式予以确定。下列情形，应判定经销者为《商标法》第五十九条第（3）项和《实施细则》中所指的“明知”或“应知”：更改、掉换经销商品上的商标而被当场查获的；同一违法事实受到处罚后重犯的；事先已被警告而不改正的；有意采取不正当进货渠道，且价格大大低于已知正品的；在发票、账目等会计凭证上弄虚作假的；专业公司大规模经销假冒注册商标商品或者商标侵权商品的；案后转移、销毁物证，提供虚假证明虚假情况的；其他可以认定当事人明知或应知的。

（8）在同一种商品或者类似商品上，将与他人注册商标相同或者近似的文字、图形作为商品名称或者商品装潢使用，并足以造成误认的。根据商标法律规定，不直接表述商品功能、用途、作用、原料等商品特点的文字、图形均可以作为商标注册。在我国，一些装饰性图案以及带有文字、历史典故的谚语、成语，常常被用在某些商品上，起着美化商品，突出商品个性的作用，其中一些文字、图形及其组合形式是可以作为商标注册的，形成一个商品上有多种商标情形。同时，商标使用人往往对商品的别名另有偏爱，特别是酒、中药等商品。因此商品生产者有意或无意将他人已注册的商标当作商品别名或者包装装潢使用的行为也时有发生，即构成《商标法》所指的侵犯他人注册商标专用权的行为。特别需要指出的是，此种侵权行为将上述使用方式“足以造成误认”作为认定侵权时应同时具备的条件，这样规定的目的，一方面是默许了这种民间的、善意的使用方式；另一方面是对有区别性的上述使用行为的合法性给予了确认和保护。

(9) 故意为侵犯他人商标专用权行为提供仓储、运输、邮寄、隐匿等便利条件。该行为是《实施细则》中有关规定所指的商标侵权行为，其实质是对共同违法者追究商标侵权责任。随着经济的发展，商标侵权行为被分割成若干个环节，几十道工序，使许多侵权者自觉或不自觉地组成从原料、产品到商品的生产线，这其中就包括了仓储、运输、邮寄、隐匿等环节，在这些环节中，侵权者虽然不是侵权商品的主要经营者，但其行为为主要违法者提供了便利条件，属刑法意义上的共犯，应当承担商标侵权责任。

(10) 给他人的注册商标专用权造成其他损害的。这是《商标法》第五十二条第（5）项规定的商标侵权行为，《实施细则》则对该项规定进行了细化。值得注意的是，商标侵权行为是多样的，并且随着社会的不断进步，商标专用权范围的延伸和扩大（例如对服务商标专用权的保护，以及有可能对立体商标给予专用权保护等等），一些新的商标侵权形式还在不断出现。因此，《实施细则》规定的内容，并没有穷尽《商标法》第五十二条第（5）项规定的内容，即：不是属于《商标法》第五十二条及《实施细则》所列举的商标侵权表现形式，但实际却使商标专用权受到损害的行为，也应当属于《商标法》第五十二条第（5）项所述行为。例如：某企业在商标注册用商品《国际分类》第3类香皂商品上注册“LUX”商标，他人擅自在第21类皂盒商品上使用，两商品虽然不属于类似商品，但其使用相同商标行为易使消费者产生两商品来源于同一个制造者或者被授权使用该商标的生产者的错误认识，应当依照商标侵权行为予以制止。

3. 商标法中的“明知”和“应知”

经销假冒他人注册商标的商品及侵权商标专用权商品的，是给商标专用权造成侵害的行为。工商行政管理机关在查处这种行为时，有更改、掉换经销商品上的商标而被当场查获的；同一违法事实受到处罚后重犯的；事先已被警告，而不改正的；有意采取不正当进货渠道，且价格大大低于已知正品的；在发票、账目等会计凭证上弄虚作假的；专业公司大规模经销假冒注册商标商品或者商标侵权商品的；案发后转移、销毁物证，提供虚假证明、虚假情况的；其他可以认定当事人明知或应知的情况，应判定经销者为《商标法》第五十二条第（5）项和《实施细则》所指的“明知”或“应知”。对于经销者经销假冒注册商标商品或商标侵权商品为非明知、非应知的，应当告知其立即停止经销该种商品，对于及时停止经销该种商品的经销者，可以免于行政处罚，经销者应当消除侵权商标标识，侵权商标商品不得再进入流通领域。

4. 商标侵权的举证与非法经营额的计算

工商行政管理机关在查处被侵权人投诉的商标侵权案件过程中，被侵权人应当向工商行政管理机关提供有关商标侵权的事实证据；其他人举报的案件，举报人应当提供证据线索。工商行政管理机关在查处商标侵权案件时，有权调查取证，并在行政复议或行政诉讼中，对其作出的具体行政行为负举证责任。

受委托定牌加工方是指接受他人的委托，根据委托方要求加工生产某种牌号的商品，自己并没有这种牌号的商品销售权的一方。受委托定牌加工方发生商标侵权行为时应根据委托加工合同，与委托方各自承担相应责任。受委托加工方在订立合同时，有义务要求委托方提供有效的授权证明，否则，构成共同侵权，负相应法律责任。

在商标侵权案件中，侵权人所经营的全部侵权商品（已销售的及库存的）均应计算非法经营额。对于生产、加工商标侵权商品的其非法经营额为其侵权商品的销售收入与库存侵权商品的实际成本之和；对于侵权人的原因导致实际成本难以确认的，视其库存商品的数量与该商品的销售单价之乘积为实际成本；没有销售单价的，视其库存商品的数量与被侵权人的同种商品的销售单价的乘积，为库存商品的实际成本。对于经销商标侵权商品的，其非法经营额为其所经销的侵权商品的销售收入与库存侵权商品的购买金额之和；购买金额难以确认的，以其库存商品的数量与被侵权人的同种商品的销售单价的乘积为库存商品的购买金额；对于侵权商品的成本或购买金额高于销售收入的，其非法经营额则为该商品的成本或购买金额。对商标法《实施细则》中所规定的“非法经营额”，可以参照上述方法进行计算。

5. 商标侵权行为的行政查处程序

工商行政管理机关查处商标侵权行为，主要依照《商标法》、《实施细则》以及《工商行政管理机关行政处罚程序暂行规定》的有关规定进行，法律、法规另有规定的除外。

(1) 案源。工商行政管理机关查处商标侵权行为，其案件的来源主要是：商标利害关系人投诉的；其他单位和个人检举的；有关部门移送的；工商行政管理机关在市场检查中发现的。这四种情形大体分为投诉的案件和主动发现的案件两种类型，无论哪种情形，工商行政管理机关均应依职权调查核实，依法处理。

(2) 管辖。商标侵权行为最基本的管辖原则是地域原则，即由侵权人所在地或侵权行为地县级以上工商行政管理机关管辖。单位侵权的，以其单位所在地为侵权人所在地；单位所在地有两个以上的，以其主要办事机构所在地为准。侵权人为个人的，以其户籍所在地为侵权人所在地。侵权行为地的范围较广，在其侵权行为实施过程中的任何一个阶段被发现，该地都可以成为侵权行为地，它包括侵权物品生产地、运输地、销售地等。

县（区)、市（地、州）工商行政管理局管辖本辖区发生的案件，省（自治区、直辖市）工商行政管理局管辖本辖区内发生的重大、复杂的案件，国家工商行政管理局管辖全国范围内发生的重大、复杂的案件。上级工商行政管理机关可以直接查处下级工商行政机管理机关管辖的案件，也可以将自己管辖的案件交由下级工商行政管理机关管辖；对某些重大、疑难案件，下级工商行政管理机关可以报请上级工商行政管理机关管辖。

商标侵权行为涉及两个以上工商行政管理机关管辖的，对被侵权人而言，可以选择主要侵权人所在地工商行政管理机关管辖，出发点是有利于维护自身的权益；有管辖权的工商行政管理机关之间可以就管辖问题进行协商，协商不成的，可以报请共同上一级工商行政管理机关指定管辖，出发点是有利于案件的查处。

(3) 立案。工商行政管理机关对已经发生的商标侵权行为，经审核后，认为符合下列条件的，应当立案：有商标侵权事实的存在；需要给予行政处罚；属于立案的工商行政管理机关的管辖范围；人民法院对此案件尚未受理。

(4) 调查。商标侵权案件一经立案，办案人员应当立即进行调查，收集、调取证据。在调查时，办案人员不得少于两人，并应当出示办案人员执法身份证件及县级以上工商行政管理机关的证明文件。办案机关需要委托其他工商行政管理机关协助调查、取证的，必须出具书面委托证明，受委托的工商行政管理机关应当积极予以协助。

(5) 核审。核审是办案机关内部实施监督的一种制度，一般由本机关的法制机构承担，是商标办案的必经程序。核审的主要内容包括：所办案件是否具有管辖权；当事人的基本情况是否清楚；案件事实是否清楚，证据是否充分；定性是否准确；适用法律、法规、规章是否准确，处罚是否适当；程序是否合法等。核审机构经过对案件进行审核，提出书面意见和建议：对事实清楚、证据充分、定性准确、处理适当、程序合法的案件，同意办案机构意见，建议报局长批准后告知当事人；对定性、适用法规、处罚不当案件，建议办案机构修改；对事实不清、证据不足的案件，建议办案机构补正；对程序不合法的案件，建议办案机构纠正；对超出管辖权的案件，建议办案机构按有关规定移送。办案机构与核审机构就有关问题不能达成一致意见的，提交局长或局长办公会议讨论决定。

(6) 告知。局长对行政处罚建议批准后，由办案机构以办案机关的名义，或由办案机关委托有关工商行政管理机关，告知当事人拟作出的行政处罚的事实、理由及依据，并告知当事人依法享有陈述、申辩的权利。凡拟作出责令停产停业、吊销营业执照、许可证及较大数额罚款处罚的，应当告知当事人有要求举行听证的权利。告知可以采取口头形式和书面形式，未履行告知程序的，行政处罚无效。办案机关应当充分听取当事人的陈述，对当事人提出的事实、理由和谭据，认真进行复核。当事人提出的事实、理由或证据成立的，办案机关应当采纳，不得因当事人的申辩而加重处罚。

(7) 听证。听证是《行政处罚法》设定的一项新的制度，对此，国家工商行政管理局专门制定了《工商行政管理机关行政处罚案件听证暂行规则》。听证是指工商行政管理机关对属于听证范围的行政处罚案件在作出行政处罚决定之前，依法听取听证参加人的陈述、申辩和质证的程序。

(8) 决定。局长经对办案机构调查结果及核审机构的核审意见或听证报告进行审查，根据不同情况分别作出如下决定：确有应当受到行政处罚的侵权行为的，根据情节轻重及具体情况，作出行政牡罚决定；侵权行为轻微，依法可以不予行政处罚的，不予行政处罚；侵权事实不能成立的，不得给予行政处罚；

侵权行为已构成犯罪的，移送司法机关。

（9）审批。根据《工商行政管理机关查处违法案件审批规定》，工商行政管理机关立案查处的商标侵权案件，凡符合下列条件之一的，应当报国家工商行政管理局审批：案件处罚金额在100万元以上的；跨省区重大复杂的案件；国家工商行政管理局认为需要审批的案件。由此可知，审批并不是查处所有商标侵权案件的必经程序，只适用于少数特殊类型的案件。

（10）简易程序。简易程序是相对于一般程序而言的，前面所述的内容除案源和管辖外都属于一般程序，其主要的特征是，立案后并不能当场作出处罚决定，而简易程序则正好相反。县级以上工商行政管理机关，对侵权事实确凿并有法定依据，对公民处以50元以下、对法人或其他组织处以1000元以下罚款或责令立即停止侵权行为的行政处罚，可以当场作出处罚决定。

（11）执行。处罚决定依法作出后，当事人应当在期限内履行。工商行政管理机关对当事人作出罚款处罚的，当事人应当自收到处罚决定书之日起15日内，到指定的银行缴纳罚款。

（12）备案。县（区）级工商行政管理机关处罚的金额在5万元以上10万元以下的侵权案件，应当报市（地、州）级工商行政管理机关备案。县（区）级、市（地、州）级工商行政管理机关处罚的金额在10万元以上100万元以下的侵权案件，应当报所属省（自治区、直辖市）级工商行政管理机关备案。涉外商标侵权案件及处罚金额在100万元以上的商标侵权案件，应当报国家工商行政管理局备案。另外，根据商标局制定的《工商行政管理机关查处商标违法案件监控规定》，凡列入商标违法案件报告制度范围的商标侵权案件，均应报商标局备案。

值得注意的是，商标侵权案件办案文书也是行政查处程序的重要组成部分。长期以来，全国工商行政管理机关查处商标侵权案件一直没有专门的统一办案文书，严重困扰了执法工作的开展。为了改变这一现状，商标局于1997年8月1日制定了《工商行政管理机关商标办案文书样式》。该样式根据商标侵权案件的特殊性，规定了从立案、调查、审批、决定、复议、执行等环节所涉及的奶种文书样式，基本上保证了查处商标侵权案件的需要。各地在查处商标违法案件的过程，应当统一使用商标局规定的商标办案文书，但在此之前已经制定并使用专门的商标办案文书的地方，仍然可以沿用原有的商标办案文书。

6. 商标侵权行为行政责任的承担方式

行政责任是指行为人实施行政法律、法规和规章禁止的行为所必须承担的法律后果，也就是行政违法行为所应当受到的行政处罚。行政责任适用于未构成犯罪的行政违法行为，体现了国家对社会经济生活的行政干预。根据《商标法》和《实施细则》的规定，商标侵权行为的行政责任的具体承担方式为：

（1）责令立即停止侵权行为；

（2）责令立即停止销售；

（3）收缴并销毁侵权商标标识；

（4）消除现存商品上的侵权商标；

（5）收缴专门用于商标侵权的模具、印版和其他作案工具；

（6）采取前几项措施不足以制止侵权行为的，或侵权商标与商品难以分离的，责令并监督销毁侵权物品；

（7）对侵犯注册商标专用权，尚未构成犯罪的，工商行政管理机关可根据情节处以非法经营额50%以下或侵权所获得利润五倍以下的罚款；对侵犯注册商标专用权的单位的直接责任人员，工商行政管理机关可根据情节处以1万元以下的罚款。

此外，工商行政管理机关可以应被侵权人的请求责令侵权人赔偿损失。

以上行政责任承担方式，工商行政管理机关可以单独使用，也可以合并使用。

7. 商标侵权行为民事责任的承担方式

民事责任是指民事主体违反合同或不履行其他义务而应承担的法律后果。其最大的特点是补偿性，以此使受害人受到侵害的合法权益能够得到恢复或补偿。民事责任主要分为违反合同的民事责任和侵权的民事责任两种类型，侵犯注册商标专用权的民事责任属于后者。根据《商标法》和《民法通则》的规定，结合保护商标专用权的特点，作为商标侵权行为的民事责任，其具体承担方式为：

（1）停止侵害；

（2）赔偿损失；

（3）消除影响，恢复名誉；

（4）赔礼道歉。

以上承担民事责任的方式，可以单独适用，也可以合并适用。

人民法院审理商标侵权案件．除话用上述规定外，还可以予以训诫；责令具结悔过、收缴进行非法活动的财物和非法所得，并可以依照法律规定处以罚款、拘留等处罚。

最高人民法院在《关于贯彻执行〈民法通则〉若干问题的意见（试行）》中，对商标侵权行为的民事责任的承担方式作了进一步的明确规定，在诉讼中遇有需要停止侵害的情况时，人民法院可以根据当事人的申请或依职权先行作出裁定。当事人在诉讼中用赔礼道歉方式承担了民事责任的，应当在判决中叙明；在诉讼中发现与本案有关的违法行为需要给予制裁的，予以训诫，责令具结悔过、收缴进行非法活动的财物和非法所得，或依照法律规定予以罚款、拘留；除法律另有规定外，对公民处以罚款的数额一般为五百元以下，拘留为十五日以下；依法对法定代表人处以拘留制裁措施的，拘留时间为十五日以下。

8. 商标侵权行为刑事责任的承担方式

刑事责任是指行为人实施刑事法律禁止的行为所必须承担的法律后果，也就是犯罪行为所要受到的刑事制裁。在三种法律责任形式中，刑事责任是最为严厉的强制方法。假冒商标是商标侵权行为中情节比较严重的行为，根据《刑法》、《商标法》、《实施细则》的规定，假冒商标行为构成犯罪的，由司法机关依法追究刑事责任。

对假冒商标犯罪的刑事制裁有以下几种方式：

（1）未经注册商标所有人许可，在同一种商品上使用与其注册商标相同的商品，情节严重的，处三年以下有期徒刑或者拘役，并处或者单处罚金；情节特别严重的，处三年以上七年以下有期徒刑，并处罚金。

（2）销售明知是假冒注册商标的商品，销售金额较大的，处三年以下有期徒刑或者拘役，并处或者单处罚金；销售金额巨大的，处三年以上七年以下有期徒刑，并处罚金。

（3）伪造、擅自制造他人注册商标标识或者销售伪造、擅自制造的注册商标标识，情节严重的，处三年以下有期徒刑、拘役或者管制，并处或者单处罚金；情节特别严重的，处三年以上七年以下有期徒刑，并处罚金。

单位犯罪的，对单位判处罚金；并对其吏接负责的主管人员和其他责任人员，依照上述有关规定相应处罚。

应予注意的是，对假冒商标犯罪的侦查，过去一直由人民检察院负责。根据新修订的《刑事诉讼法》第十八条的规定，现改由公安机关负责。

9. 驰名商标的认定与保护

国外对驰名商标的认定是在商标注册部门和法院进行的。我国的情况与国外不同，《商标法》第二条明确规定：国务院工商行政管理部门商标局主管全国商标注册和管理工作，国务院批准的《国家工商局三定方案》中也规定认定驰名商标是商标局的职责之一。因此，《规定》第三条规定国家工商行政管理局商标局负责驰名商标的认定和管理工作，以保证认定结果的统一性和权威性。商标的注册工作是由国家工商行政管理局商标局进行的，保护则由各级工商行政管理部门进行，而商标的注册和保护工作都是由国家工商行政管理局直接管理的，所以商标局依照《规定》所进行的认定在工商行政管理系统内部具有充足的效力。也就是说，不管是在商标的注册还是在商标的管理工作中，商标局依《规定》做出的认定结论都应该得到普遍的承认。唯其如此，才能保证我国驰名商标认定工作的权威性和统一性。

认定驰名商标是一个较敏感的问题，认定工作中的微小失误都有可能在社会上引起强烈反响，从而影响认定结果的权威性，甚至会损害认定机关的形象。因此，《规定》要求驰名商标的认定必须遵循公开、公正的原则，认定时应当征询有关部门、专家的意见（《规定》第六条）。

按照《驰名商标认定和管理暂行规定》的要求，驰名商标应当符合下列三个条件：

第一，在市场上享有较高的声誉，即商品具有良好的品质；

第二，为相关公众所熟知，即具有较高知名度；

第三，必须是注册商标。

上述三项要求是并列的，缺一不可。对于商标的知名度，商标局主要是根据以下情况综合判定的：

（1）使用该商标的商品在国内的销售量及销售区域；

（2）使用该商标的商品近3年来的经济指标（年产量、销售额、利润、市场占有率等）及其在国内同行业的排名；

（3）使用该商标的产品在国外的销售量及销售区域；

（4）该商标的广告发布情况；

（5）该商标最早使用及连续使用时间；

（6）该商标在国内及国外的注册情况；

（7）有关该商标驰名的其他证据。

在认定实践中，上述指标均不具有独立的作用。只有将这些指标综合考虑时，才能够对商标的驰名程度作出准确的认定。

商标的声誉和知名度是随着时间的推移因商标使用人使用情况的变化而不断变化的，在不同的时期是不相同的。但是，这一变化是渐进的，所以在某一个特定时期又是相对稳定的。考虑到这一点，《规定》强调经商标局认定的驰名商标，认定时间未超过三年的，不需重新提出认定申请（《规定》第四条第三款）。

按《商标法》的规定，注册商标专用权的保护范围是禁止他人在相同或类似的商品上使用与注册商标相同或近似的商标，以防止消费者对商品的来源产生误认。对于驰名商标来说，由于其具有较高的知名度和较高的声誉，因此即便他人在不类似的商品上使用时，仍有可能会使消费者误认为该商品与驰名商标所有人有一定的联系，尤其是在当今企业向集团化发展，经营范围不断膨胀的情况下就更是如此。所以，驰名商标的保护范围应当大于普通的注册商标。《规定》对驰名商标保护范围的规定与TRIPS保持一致，主要出于以下考虑：

第一，我国是该协议的签字国，虽然该协议尚未对我国生效，但我国正在谋求加入；

第二，我国是亚太经合组织成员，该组织要求所有成员在2000年对驰名商标的保护要达到TRIPS的标准；

第三，该协议的保护程度比较适合我国现状。

驰名商标注册人除依法享有商标注册所产生的商标专用权外，还有权禁止他人在一定范围的非类似商品上注册或使用其驰名商标，甚至有权禁止他人将其驰名商标作为企业名称的一部分使用。具体地说，扩大保护主要体现在以下三个方面：

（1）将与他人驰名商标相同或者近似的商标在非类似商品上申请注册，且可能损害驰名商标注册人的权益，从而构成《商标法》所述不良影响的，由国家工商行政管理局商标局驳回其注册申请；申请人不服的，可以向国家工商行政管理局商标评审委员会申请复审；已经注册的，自注册之日起五年内，驰名商标注册人可以请求国家工商行政管理局商标评审委员会予以撤销，但恶意注册的不受时间限制。

（2）将与他人驰名商标相同或者近似的商标使用在非类似的商品上，且会暗示该商品与驰名商标注册人存在某种联系，从而可能使驰名商标注册人的权益受到损害的，驰名商标注册人可以自知道或者应当知道之日起两年内，请求工商行政管理机关予以制止。

（3）自驰名商标认定之日起，他人将与该驰名商标相同或者近似的文字作为企业名称的一部分使用，且可能引起公众误认的，工商行政管理机关不予核准登记；已经登记的，驰名商标注册人可以自知道或者应当知道之日起两年内，请求工商行政管理机关予以撤销。

按照《规定》的要求，驰名商标的保护范围大于普通注册商标，但具体大到什么程度则要依商标的知名度和声誉而定，判断的标准就是他人使用时是否会对所有人的权益造成损害（第八条、第九条、第十条、第十一条）。但是，扩大保护必须依法进行，这主要是遵守《规定》第十一条的规定，该条要求：判定是否可能对驰名商标注册人权益构成损害时，应当考虑该商标的独创性以及驰名程度。具体说来，在确定保护范围时，应遵循下列原则：

第一，对独创性较强的商标，其保护范围应当较宽，可以扩大到较多的类别甚至是全部的类别；对独创性较弱的商标，其保护范围应较窄，可以只集中在与其使用商品相关的类别。

第二，对驰名程度高的商标，其保护范围应较宽，可以扩大到所有类别；对驰名程度低的商标，其保护范围应窄于驰名程度高的商标。

第三，对使用在生活资料类商品上的驰名商标，其保护范围应较宽；对使用在生产资料类商品上的商标，其保护范围在一般情况下应窄于使用在生活资料类商品上的商标。

第四，在已认定的驰名商标中，有些是由几部分组成的，甚至包括几个商标，对他们的保护应根据各部分显著性的强弱、知名度的大小来确定范围。其确定范围的原则同上。

第五，对于那些自身显著性较弱的驰名商标，在保护时应充分考虑到其由于使用而产生的显著性，特别是某些特定的字体已经在使用中产生了很强的显著性。因此，绝不允许他人使用与该驰名商标相同的字体。

第六，判定商标的近似程度时应考虑到所判定的商标指定的商品与驰名商标核定商品的关系。对于在类似或相关商品上申请注册的，判定是否近似时应从严掌握；对于在非类似商品上申请注册的，判定是否近似的标准应从宽掌握。

由于确定驰名商标的保护范围需要具体问题具体分析，因此在实际工作中必须综合考虑以上几个方面的因素。只有这样才能既对驰名商标予以充分的保护，又不妨碍他人对相关商标的合理使用。

第四部分

反不正当竞争规则

《中华人民共和国反不正当竞争法》（以下简称《反不正当竞争法》）第一条指出“为保障社会主义市场经济健康发展，鼓励和保护公平竞争，制止不正当竞争行为，保护经营者和消费者的合法权益，制定本法。”根据本条的规定，《反不正当竞争法》的立法目的有三个：

一是保障社会主义市场经济健康发展。社会主义市场经济是以先进技术武装起来的社会化、集约化、国际化大生产的现代化市场经济，是以公有制经济成分为主、多种经济成分并存，倡效率、竞争，崇公正、共同富裕的社会主义性质的市场经济。党的十四大明确指出，我国经济体制改革的目标是建立社会主义市场经济体制。八届人大一次会议通过的宪法修正案明确指出：“国家实行社会主义市场经济。”竞争是市场经济条件下的普遍现象和必然规律。没有竞争，市场就没有活力，就无从建立公平有序的市场秩序。只要有竞争，就可能伴有不正当竞争。

二是鼓励和保护公平竞争，制止不正当竞争。市场经济是竞争经济，也是法制经济。市场经济离不开竞争，也离不开法制。竞争作为市场经济的基本运行机制，存在于商品生产和交易的全过程，没有竞争的商品经济是不可设想的。但是，有竞争就会有不正当竞争，因此就必须用法律手段来鼓励和保护公平竞争，制止不正当竞争行为。

三是保护经营者和消费者的合法权益。近年来，我国现实经济生活中产生的大量不正当竞争行为，不但扰乱、破坏了社会经济秩序，而且使其他经营者和广大消费者的利益受到了严重的损害。有些不正当竞争行为更是败坏了社会风气，助长腐败现象，腐蚀干部职工队伍，使一些人成了经济犯罪分子。例如假冒、伪劣商品的泛滥，给我国许多名牌产品带来了灾难性的后果，在国内、外造成了十分恶劣的影响，损失更是无法计算。本法是规范市场经济秩序的法律，理应将保护经营者和消费者的合法权益作为立法目的。

一、不正当竞争行为

1. 仿冒行为及其法律特征

仿冒行为是指经营者不正当地从事市场交易，使自己的商品或服务与他人的商品或服务相混淆，造成或足以造成购买者误认误购的不正当竞争行为，根据《反不正当竞争法》第五条规定，下列行为属禁止经营者从事的仿冒行为：

（1）假冒他人的注册商标；

（2）仿冒知名商品特有的名称、包装、装潢；

（3）擅自使用他人的企业名称或姓名。

仿冒行为在我国乃至世界上都是最常见、最普遍的不正当竞争行为，它以制售假冒伪劣商品为其突出特征。目前，我国的假冒伪劣商品涉及烟、酒、化妆品、药品、食品、饮料、电器、化肥、种子、汽车、电脑等30余大类商品的200多个品种。凡是人们熟悉的名牌商品，几乎都未能幸免被他人假冒或仿冒。制售假冒伪劣商品的重大恶性案件在全国各地时有发生，违法犯罪金额也越来越大。仿冒行为不仅损害诚实经营者的利益，侵犯其知识产权或其他权益，而且还直接损害消费者利益，有的甚至危及消费者的健康和生命安全，扰乱公平竞争秩序，它属一种欺骗性商业行为。因而仿冒行为被我国《商标法》、《产品质量法》和本法明令禁止。

与其他不正当竞争行为相比，仿冒行为具有以下法律特征：

（1）行为主体是经营者。实施仿冒行为的主体大部分是经济实力不强、没有竞争优势地位的中小型企业和个体户。它们在激烈的市场竞争中，不通过加强经营管理、革新技术、提高产品质量、加强售后服务等诚实经营手段来增强竞争实力，而是通过盗用竞争对手的商业信誉和商品声誉从事市场竞争，损害竞争对手和购买者的合法权益。

（2）经营者采用欺骗手段从事市场竞争，冒充特定竞争对手的产品或服务。仿冒行为是欺骗性交易行为的一种表现形式。欺骗性交易行为以行为人采用弄虚作假的手段虚构或隐瞒商品或服务情况为基本特征。仿冒行为是通过假冒他人注册商标、仿冒他人知名商品特有的名称、包装和装潢、擅自使用他人的企业名称或姓名的手段从事市场交易的，其结果必然是混淆自己产品或服务与特定竞争对手的产品或服务之间的界限，冒充他人商品，侵犯他人知识产权，导致购买者误认误购，损害特定竞争对手的合法权益。其他欺骗性交易行为，如引人误解的虚假宣传、欺骗性质量标示行为等，虽然也是欺骗购买者的行为，但通常不冒充特定竞争对手的产品或服务，不损害特定竞争对手的利益。

（3）经营者的主观心理状态既可能是故意，也可能是过失。但大多数情况都是经营者故意实施仿冒行为，其目的在于以自己的产品或服务冒充特定竞争对手的知名产品或服务，骗取购买者的信任，从而获取非法利润。

2. 仿冒他人注册商标的行为

商标是商品标志，是生产者、经营者为使自己的商品或服务与其他生产者、经营者的商品或服务相区别而使用的一种标记。这种标记一般由文字、图形或其组合构成，具有特征显著、标记性强、便于识别、便于记忆等特点。商标对于企业在市场竞争中的作用是不言而喻的。商标区别了同种或类似商品的不同生产者、经营者，表明商品的出处，是购买者识别商品生产厂家或经销商最简便、最有效的手段。同时，商标标示着商品的质量。商标在特定商品上使用一段时间后，就会在消费者心目中形成该商品质量状况如何的印象，从而有助于购买者根据自己的爱好和消费水平选购商品。商标的这种表明商品特定质量的功能，使商标往往被看成商品质量的一种信用担保工具。

我国《商标法》虽然已为注册商标的保护提供了法律途径，但由于假冒他人的注册商标，不仅损害了注册商标所有人的权益，而且也损害了消费者的利益和社会公共利益，破坏了公平竞争的秩序，也属于典型的不正当竞争行为，所以，作为规范市场竞争基本法的本法把假冒他人注册商标作为首项不正当竞争行为在本条第 1 款中列出。这表明，假冒他人商标，也是本法的调整对象。对商标专用权的保护，是《商标法》、本法的共同任务，只是作用的侧重点和方式有所不同。《商标法》是从规范商标行为和商标专用权保护的角度，本法是从规范竞争行为的角度，来保护注册商标专用权，禁止假冒他人注册商标的行为的。假冒他人注册商标，除依法承担损害赔偿责任外，应依照《商标法》的规定给予处罚。

假冒注册商标的不正当竞争行为，狭义上是指未经注册商标所有人的许可，在同一种商品或者类似商品上使用与注册商标相同或者近似的商标；广义上是指经营者故意或过失侵犯他人注册商标专用权的行为。从本法的立法精神和国际条约的规定来看，作广义理解较为合适。我国地方立法中也肯定了这种理解。

根据《商标法》的规定，假冒注册商标的不正当竞争行为主要表现为以下几种形式：

(1) 未经注册商标所有人的许可，在同一种商品或者类似商品上使用与其注册商标相同或者近似的商标。这是最常见的一种假冒注册商标的行为。实施此种行为的人，无论出于故意或过失，都会构成侵权后果，即造成商品出处混淆，从而损害注册商标所有人的权益和消费者的利益。对于混淆，并不要求实际上已经产生混淆，只要有产生具体混淆的可能（包括营业上的利益、信誉度受到损害的可能），即可认定为造成商品出处混淆。

对一般注册商标实施的此种不正当竞争行为，主要有下列情况：在同一种商品上使用与他人的注册商标相同的商标；在同一种商品上使用与他人的注册商标近似的商标；在类似商品上使用与他人的注册商标相同的商标；在类似商品上使用与他人的注册商标近似的商标。以上情况，具有两个共同的特点：一是商标相同或者近似；二是商标标示的商品为同一种或者类似商品。二者缺一不可。如果不在同一种商品或者类似商品上使用与他人的注册商标相同或者近似的商标；或者在同一种商品或者类似商品上使用与他人的注册商标不相同或者不相近似的商标，因不同时具备上述两个特点，便不会造成商品出处混淆，使消费者发生误认误购的结果，所以也就构不成商标侵权行为。

对于驰名商标，因法律允许扩大其保护范围，故擅自在不同类别但性质相同或者相似，甚至性质亦不相似的商品上，使用与他人的驰名商标相同或者近似的商标，也构成不正当竞争行为。

(2) 销售明知假冒注册商标的商品。假冒注册商标的商品，除生产者自行销售外，往往要通过他人的销售活动才能到达消费者之手。像这样的销售者，与假冒注册商标的商品的生产者一样，都起到混淆商品出处，侵犯注册商标所有人的商标专用权，损害消费者利益的作用，故应按不正当竞争行为加以处理。

假冒注册商标的商品生产者一般都是出于故意，但该冒牌货的销售者则可能出于故意，也可能不是。按《商标法》的规定，实施此种行为的销售者，必须具备明知故犯即主观上出于故意的条件，才能按不正当竞争行为追究其法律责任。但是，根据《商标法实施细则》第 41 条关于“经销明知或者应知侵犯他人注册商标商品的”按“给他人的注册商标专用权造成其他损害的”行为对待的规定，销售应知是假冒注册商标的商品，亦应按不正当竞争行为进行处理。

（3）伪造、擅自制造他人注册商标标识或者销售伪造、擅自制造的注册商标标识。商标标识是指附有文字、图形或者其组合所构成的图样的物质实体，如服装上的商标织带，自行车、收录机、电视机上的商标铭牌，化妆品、酒、饮料上的瓶贴以及卷烟的外包装纸盒之类的印有商标的商品包装物或装潢品，都是商标标识。伪造他人注册商标标识，是指仿照他人注册商标的图样及其物质实体制造出与该注册商标标识相同的商标标识；擅自制造他人注册商标标识，是指未经注册商标所有人的同意而制造其注册商标标识。这些侵犯注册商标专用权的又一种表现形式，是一种不正当竞争行为，而且是假冒商标的必要准备阶段，其危害性并不亚于其他不正当竞争行为。伪造、擅自制造他人注册商标标识的目的，在于以之用于自己或供他人用于其生产或者销售的同一种商品或者类似商品上，以便鱼目混珠，达到以假充真、以次充好的目的。

销售伪造、擅自制造的注册商标标识，是指以此种商标标识为标的进行买卖。注册商标标识的伪造者、擅自制造者，不一定都由自己使用，往往需要由自己或借助他人的销售活动卖与使用者，以达到获取非法利益的目的。故销售伪造、擅自制造的注册商标标识，也是一种不正当竞争行为。

使用伪造、擅自制造的他人注册商标标识来推销自己的商品，其商标标识往往是从别人那里买来的。而伪造、擅自制造他人注册商标标识又往往是供给别人使用的，销售者则在两者之间起桥梁作用。如果商标标识的伪造者、擅自制造者与使用者为同一人，则集两种形式的不正当竞争行为于一身。

（4）经销明知或者应知是侵犯他人注册商标专用权的商品经销主要包括进

货和销售，从进货和销售的差价中获得利益。侵犯他人注册商标专用权商品的制造者，其商品常常要通过另外的人经销才能达到消费者之手，以实现其牟取非法利润的目的。因此，在商品流通环节经销侵犯他人注册商标专用权的商品，是一种不容忽视的不正当竞争行为。如果对此种行为不依法予以追究，将难以制止其他形式的不正当竞争行为，也谈不上对注册商标专用权的有效保护。

（5）故意为侵犯他人注册商标专用权行为提供仓储、运输、邮寄、隐匿等便利条件。这是一种直接为假冒注册商标不正当竞争的行为人提供“方便条件”的行为。提供者虽不是自己将侵犯商标专用权的商标直接使用在商品上出售，但其行为的实质却帮助了侵权者的侵权活动，故应当按照注册商标的共同侵权人对待。这种不正当竞争行为必须行为人主观上有故意才能构成。这是因为对从事仓储、运输、邮寄等业务的单位，如果要求过高，将影响其业务的开展。

（6）在同一种或者类似商品上，将与他人注册商标相同或者近似的文字、图形作为商品名称或者商品装潢使用，并足以造成误认的。这是一种不公平地利用他人注册商标的显著特征以进行不正当竞争，为自己牟取非法利益的行为，容易造成消费者误认的后果。所谓足以造成误认，一是指会造成对商品来源产生误认，即认为不正当使用者的商品与注册商标所有人的商品系同一人的商品。经营者在相关的营业中这种不正当使用，极易造成消费者的误认。所谓相关的营业，是指彼此经营同一种或同类商品的业务。如果经营的业务风马牛不相及，便不会造成消费者误认。二是指产生当事人与商标注册之间存在某种特殊联系的错误认识；如认为两人在业务上有某种关系存在。这都会损害注册商标所有人的商标信誉。除上述可能造成误认的后果外，还可能造成其他损害注册商标所有人的商标权益的后果，例如使商标的显著特征逐步被冲淡，而丧失商标的作用。

3. 仿冒知名商品特有名称、包装、装潢的行为

仿冒知名商品特有名称、包装、装潢的不正当竞争行为，是指擅自将他人知名商品特有的商品名称、包装、装潢作相同或近似使用，造成与他人的知名商品相混淆，使购买者误认为或足以使购买者误以为是该知名商品的行为。从本条第 2 款和《关于禁止仿冒知名商品特有的名称、包装、装潢的不正当竞争行为的若干规定》的规定看，构成仿冒知名商品特有名称、包装、装潢不正当竞争行为，必须同时具备以下条件：

(1) 被仿冒的商品必须是"知名商品"。知名商品是指在市场上具有一定知名度，为相关公众所知悉的商品。知名商品的认定应注意以下问题：一是国家驰名商标称号的商品应为知名商品。二是认定知名商品不能以是否获奖或获得驰名商标称号作为唯一的标准或主要标准。因为知名商品的本质属性是具有一定的知名度，并为相关公众所知悉，知名商品与获奖商品本身是两个不同的概念。实践中对知名商品的判断，不可能有一个固定不变的统一标准，只能通过综合考察商品的销售地区、数量、时间、产品质量、售后服务、广告宣传、获奖情况等因素予以分析认定。三是认定知名商品还应与仿冒行为联系起来考察。如果某商品的商品名称、包装、装潢在现实经济生活中被他人擅自作相同或近似使用，造成或足以造成误认，该商品即可认定为知名商品。四是知名商品的认定机关是县级以上工商行政管理机关和人民法院，其他任何单位和个人都无权认定。值得一提的是只有在市场上出现了仿冒行为时，为了认定、制止和处理仿冒行为，才对知名商品和仿冒行为一并予以认定。

(2) 被仿冒的商品名称、包装、装潢必须为知名商品所"特有"。知名商品特有名称、包装、装潢，是指知名商品的商品名称、包装、装潢非为相关商品所通用，并具有显著的区别性特征。所谓知名商品特有的名称，是指知名商品独有的与通用名称有显著区别的商品名称，但该名称已经作为商标注册的除外。所谓包装，是指识别商品以及方便携带、储运而使用在商品上的辅助物和容器。所谓装潢，是指为识别与美化商品而在商品或者其包装上附加的文字、图案、色彩及其排列组合。知名商品特有的名称、包装、装潢通常为经营者首先在广告宣传或市场交易中使用，具有一定的独创性，能起到与其他相同商品相区别的作用，如具有特殊的字型或独创性的排列，或图形与色彩的独特配合，或独创性的外部包装等。

认定商品名称、包装、装潢是否为知名商品所特有，应从两个方面入手：一是该商品名称、包装、装潢是否具有显著区别性特征。这种显著区别性特征是与相关商品的通用名称、包装、装潢的主要部分不同，整体印象上易与其他相关商品区别开来，就应认定具有显著区别性特征。二是从时间上看，权利人对特有的商品名称、包装、装潢必然使用在先，仿冒者必然使用在后。

(3) 对知名商品特有的名称、包装、装潢擅自作相同或者近似使用。“相同”或“近似”的认定。擅自作相同使用比较容易清楚，只要未经权利人许可，使用了知名商品特有的名称、包装、装潢，即是不正当竞争行为。近似使用在执法实践中有一定的弹性。对使用与知名商品近似的名称、包装、装潢，可以根据主要部分和整体印象相近，一般购买者施以普通注意力即会发生误认等综合分析认定。一般购买者已经发生误认或混淆的，可以认定为近似。

(4) 造成与知名商品相混淆，使购买者误认为是该知名商品。也就是说，仿冒知名商品这一不正当竞争行为的后果是造成商品的混淆。这不仅是指实际已经发生误认，也包括足以使购买者误认为是知名商品。由此可见，对仿冒知名商品特有的名称、包装、装潢行为的规制，其核心还是强调制止市场上的混淆行为。

4. 擅自使用他人的企业名称或姓名的行为

名称，是特定团体区别于其他团体的文字符号。名称权，即特定团体依法享有的决定、使用、变更及依照法律规定转让自己的名称，并得排除他人的非法干涉及不当使用的权利。我国《民法通则》第99条第2款规定，法人、个体工商户、个人合伙享有名称权。企业法人、个体工商户、个人合伙有权使用、依法转让自己的名称。由此可见，名称与姓名是两个概念，名称权专指除自然人以外的各类法人或其他组织所享有的人格权利，不能为姓名权所包括。

名称权主体对其名称享有独占使用的权利，任何他人不得干涉和非法使用。当然，名称权人在行使其独占使用权时也要受到一定的限制。这些限制主要包括：禁止使用持不正当目的而使公众误认是他人营业的名称；禁止使用有可能对公众造成欺骗或误解的名称；禁止使用外国国家（地区）名称、国际组织名称。

姓名，是用来确定和代表一个人的文字符号，并在法律上具有使某一个公民同其他公民区别开来，以便于参加社会活动，行使法律赋予的各种权利和承担相应义务的特定意义。姓名包括姓和名两部分。姓是一定血缘遗传关系的记号，名是特定的公民区别于其他公民的称谓。姓名构成公民的人身专用文字符号，是公民姓名权的客体。《民法通则》第99条第1款规定：“公民享有姓名权，有权决定、使用和依照法律规定改变自己的姓名，禁止他人干涉、盗用、假冒。”公民的姓名权，就是公民决定、使用和依照规定改变自己姓名的权利。

法律保护公民的姓名权，其意义在于保护公民的姓名权是和保护公民的其他人身权利及财产权利密切相关。保护公民的姓名权，就可以不仅使受到侵害的公民姓名权得到及时恢复，而且可以使因此而受到损害的其他人身权利、财产权利得到及时的救济。依据法律的规定，在某些情况下，公民必须使用其正式的姓名，如在有关法律文件上签名等。此时，使用自己的姓名既是姓名权人的权利，也是其依法应履行的义务。但在多数情况下，自然人可以自由决定使用或不使用自己的姓名。

擅自使用他人企业名称或姓名，是指经营者未经权利人许可，使用他人的企业名称或姓名，引人误认为是他人商品的不正当竞争行为。

企业名称权或经营者姓名权是知识产权的重要内容，是经营者的无形资产和宝贵财富。擅自使用他人的企业名称或姓名，实际上就是盗用他人的商业信誉或商品声誉的民事侵权行为，同时也是欺骗消费者，破坏公平竞争秩序的不正当竞争行为。1883 年缔结的《保护工业产权巴黎公约》就明确规定其成员国应对厂商名称提供法律保护，采取有效措施制止擅自使用他人厂商名称的违法行为。在市场竞争更趋激烈的现代社会，侵犯他人名称权和姓名权仍是一种常见的不正当竞争行为。我国《民法通则》、《产品质量法》、《企业名称登记管理规定》等法律、法规、规章对名称权和姓名权的保护从不同的角度作出了原则性规定。本条第 3 项又规定，经营者不得以“擅自使用他人的企业名称或姓名”的不正当手段从事市场竞争，从而明确把侵犯他人名称权或姓名权的行为列为不正当竞争行为予以制止，为有效打击这种违法行为提供了更充分的法律依据。

擅自使用他人的企业名称或姓名是一种较常见的仿冒行为。这种行为既可能同假冒他人注册商标等其他仿冒行为同时存在，也可能单独存在。

5. 虚假标示行为及其法律特征

虚假标示行为，是指经营者在商品或其包装的标识上，对商品的质量标志、产地或其他反映商品质量状况的各种因素作不真实的标注，欺骗购买者的不正当竞争行为。

虚假标示行为和仿冒行为有相似之处。注册商标、厂商名称以及知名商品特有的名称、包装、装潢，也在一定程度上能反映出商品质量状况，因而从本质上讲，仿冒行为与虚假标示行为一样，都是以弄虚作假的手段使购买者不能了解商品真实质量状况的欺骗性交易行为。但是，虚假标示行为与仿冒行为也有区别。前者并不像后者那样冒充特定竞争对手的商品，并不侵犯特定竞争对手的知识产权，而是通过直接虚构或隐瞒商品质量的欺骗性手段误导购买者选购商品，获取非法利润。

虚假标示行为具有以下特征：

(1) 该行为是经营者对商品质量、声誉的若干方面作虚构或隐瞒的不实标示。大多情况下经营者是以虚构的事实来隐瞒真相，如把不合格的产品标为“合格”，把含氟的产品标为“无氟”，把有效期限延长，把数量加大等等；少数情况下经营者虽未虚构事实，但却不作如实标志，如社会上不时可见的“三无”（即没有标明生产者、产地、生产日期）产品充斥市场，使得消费者误认为是有效、合格的产品。但不管是虚构也好，还是未虚构也好，只要在消费者或用户看来产品与其标示情况不相符合，足以造成误认，就可以构成虚假标示行为。

(2) 该行为是直接表现在商品或其标签、包装上，虚假做法直接简单，这不同于虚假宣传（主要是虚假广告）行为。虚假宣传需要借助于商品外的其他特定媒介或手段。但是两者在内容上往往有相同之处，都是围绕商品质量、声誉的若干方面来对消费者进行误导、欺骗，因此在有些国家把两种行为结合起来加以规定，如日本对“不正当表示”的规定，《巴黎公约》规定“产生误解的表示或说法”。

(3) 该行为并不侵害哪个特定竞争对手的合法权益，是直接作用于消费者或用户，影响整个同行业的竞争对手，因而它不同于仿冒行为。不过，两者对消费者或用户造成欺骗、误导、混淆，有着共同性，都属于欺骗性市场交易行为。

根据《反不正当竞争法》第五条第4项之规定，虚假标示行为主要有以下几种表现形式：

(1) 伪造或冒用认证标志、名优标志等质量标志的行为；

（2）伪造产地的行为；

（3）对商品质量引人误解的虚假表示的行为。

地方立法中对虚假标示行为的判定作了更详尽的规定，如《上海市反不正当竞争条例》第10条规定："经营者不得在商品或者包装上采用下列手段，作引人误解的虚假表示：（一）伪造或者冒用认证标志、名优标志等质量标志，使用被取消的质量标志；（二）伪造或者冒用专利标志，使用已经失效的专利号；（三）伪造或者冒用质量检验合格证明、许可证号、准产证号或者监制单位；（四）伪造或者冒用商品的生产地、制造地、加工地；（五）虚假表述商品的性能、用途、规格、等级、制作成分和含量；（六）伪造生产日期、安全使用期和失效日期或者对日期作模糊标注。"《北京市反不正当竞争条例》第11条规定："经营者不得采用伪造或者冒用的手段，对商品质量作引人误解的虚假的表示：（一）在商品上伪造或者冒用认证标志、名优标志等质量标志；（二）被取消认证标志或者名优标志后继续使用；（三）使用的认证标志或者名优标志与实际所获认证标志或者名优标志不符；（四）伪造或者冒用质量检验合格证、许可证号或者监制单位；（五）伪造或者冒用他人厂名、厂址、商品加工地、制造地、生产地（包括农副产品的生产地或者养殖地）；（六）伪造商品规格、等级、制作成份及其名称和含量；（七）伪造生产日期和安全使用期或者失效日期等。"

6. 伪造或冒用质量标志的行为

质量标志是依法定程序颁发给企业，以确认其产品或服务质量达到一定水平的特定证明或标识。常见的质量标志有认证标志和名优标志两大类。此外，生产许可证和证明商标，如我国的绿色食品标志、真皮标志，也常被视为质量标志。质量标志的作用在于客观、公正地向购买者传递产品质量特性的信息，指导购买者选购商品，因而获准使用质量标志的产品必然更能赢得购买者的信赖，具有较强的市场竞争能力。质量标志的颁发和使用必须符合客观、公正、合法的基本要求。伪造或冒用质量标志，是一种虚构商品质量状况、骗取购买者信任的不正当竞争行为。

（1）伪造或冒用认证标志的行为。伪造或冒用认证标志，是指经营者违反认证标志管理规定，擅自制造或使用认证标志的行为。其具体表现形式主要有以下几种：产品未经合法认证机构认证，擅自使用认证标志；经认证不合格的产品，擅自使用认证标志；认证被依法撤销后，不及时停止使用认证标志；非法制造或使用编造的虚假认证标志；擅自篡改、变造认证标志图案并加以说明。

认证标志是产品质量认证机构设计、按照法定程序批准、发布的一种专用标志，用以证明某项产品符合规定标准或者技术规范，经认证机构允许可以在获准认证的产品上使用。其作用是向购买者传递产品质量可靠的信息，赋予使用标志的产品有较强的市场竞争能力。根据我国《标准化法》、《产品质量法》和《产品质量认证条例》等法律、法规的规定，对通过产品质量认证的产品，由国家产品质量认证委员会发给认证证书，并准许在该产品或其包装上使用规定的认证标志。使用认证标志的产品必须经国家认证合格，获得质量认证证书的产品，不得滥用、转让认证标志，不得伪造或冒用认证标志，使用认证标志的经营者必须保证产品符合国家规定的标准，产品质量不符合认证采用标准的，不得使用认证标志出售。

（2）伪造或冒用名优标志的行为。名优标志是指经消费者、有关社会组织或者行政机关评选，对达到一定产品质量条件和质量保证能力的企业，允许企业使用以证明产品质量水平良好的产品质量的标志。产品的名优标志是一种最典型的质量标志，可以使用在产品上和产品包装、说明书、合格证以及其他附着物上。国内现有的名优标志较多：有行政机关评选的名优产品标志，有消费者组织评选的名优产品标志；有国内的名优产品标志，也有国际性的名优产品标志。这些标志有的还很不规范，也缺乏必要的法律依据。我国的国家优质产品评选最具有权威性。国家优质产品标志是国家认可的法定名优标志。

名优产品标志的使用应遵循以下要求：名优产品标志只能由获得名优产品称号的产品生产企业使用，不得伪造或冒用名优产品称号，获奖企业不得转让优质产品标志。获得名优产品称号的产品生产企业，只能在获奖商品上使用名优标志，而不能在本企业生产的其他产品上使用。使用名优产品标志应当保证产品的质量，如产品质量下降，限期整顿后，仍达不到获奖标准的，应当收回其获得的证书和奖牌，并禁止其继续使用名优标志。

伪造或冒用名优标志是非法使用名优标志欺骗购买者的不正当竞争行为。它主要有以下几种表现形式：未获名优标志的产品，擅自使用名优标志；产品虽获名优标志，但因质量下降，名优标志被撤销或责令停止使用后仍继续使用名优标志；使用编造的虚假名优标志；级别低的名优产品冒用级别高的名优产品标志。

在认定伪造或冒用名优标志行为时，应注意不要把伪造或冒用的对象仅理解为国家金质奖章、银质奖章和“优”字样标志这几种法定名优标志。伪造或冒用其他名优标志，如：在产品包装、说明书、合格证或其他附着物上谎称获得过国际性大奖而实际上并未获奖；伪造或冒用省级人民政府或其他地方人民政府授予的“名牌产品”标志；谎称被消费者协会、质量监督管理部门或有关主管部门授予“质量信得过产品”、“质量抽查第一名”等，其手段均具有诱惑性和欺骗性，必然造成购买者误认误购，损害购买者合法权益。这些行为与伪造或冒用法定名优标志并无实质性区别，也应属伪造或冒用质量标志的不正当竞争行为。

7. 伪造产地的行为

商品的产地是指商品的最终制作地、加工地或者组装地；产地名称是指代表商品产地的地理名称；产地标志是指为表示商品是由特定的国家、地区、地方或场所生产、制造或加工而使用的文字或标志。产地标志和产地名称都是能产生信誉和市场竞争力的商业标志，凝聚着经营者的辛勤劳动成果。伪造产地是一种不真实标注产地名称或产地标志的不正当竞争行为，会给国际和国内贸易秩序产生严重消极影响。如在中国制造的电工机械上标上“德国制造”，在武汉产的啤酒标上“青岛啤酒”，就会给不法经营者带来不应该得到的巨额利润，不仅损害产地标志或产地名称合法使用人的利益和消费者利益，而且会破坏正常贸易秩序，形成不正当竞争。根据《产品标识标注规定》的规定，生产者标注的产品的产地应当是真实的。产品的产地应当按照行政区划的地域概念进行标注。产品形成后，又在异地进行辅助加工的，应依产品的最终制作地、加工地或者组装地确定产地。禁止对产地作不真实的标注，保护产地标志或产地名称权利人利益和消费者利益，是维护正常贸易秩序的需要，是制止不正当竞争的需要，因而产地标志、产地名称和发明创造、商标、厂商名称等智力成果和显著性商业标志一样，成为国际知识产权保护条约和许多国家知识产权法、竞争法等国内法的重要保护对象。

商品的产地与商品质量是紧密相关的。从这个意义上讲，产地名称和产地标志也是一种质量标志。我国《产品质量法》第4条、第18条、第25条从质量管理的角度对伪造产地的行为作了明确的禁止性规定。从本质上讲，伪造产地不仅是涉及产品质量问题的产品质量违法行为，更重要的是它是一种盗用竞争优势和商业信誉，欺骗购买者破坏竞争秩序的不正当竞争行为。只要从事了伪造产地的行为，即使该产品质量本身符合技术标准或要求，甚至其质量水平不低于原产地正宗产品，也不能改变这种行为的不正当竞争的违法性质，也应受到相应的法律制裁。产品质量违法性实际上是这种不正当竞争行为的从属性质。我国《反不正当竞争法》于第五条第4项规定经营者不得以“伪造产地”的手段从事市场交易，明确把伪造产地列为不正当竞争行为予以制止，从而更全面、更准确地揭示出这种行为的违法性质，为有效制裁这种行为提供了更充分的法律依据。

伪造产地是指经营者违反诚实信用原则，在自己生产或经销的商品或其包装、说明书或其他附着物上，标注虚假产地名称或产地标志的不正当竞争行为。伪造产地的不正当竞争行为有直接和间接两种形式。不是产于某地的商品却在商品或包装上直接标明产于某地，是直接伪造产地的作法。间接伪造产地的方法较多，最常见的是以图形或其他方法暗示虚假产地。原则上讲，直接或间接标注虚假产地都构成伪造产地的不正当竞争行为。实践中，对间接标注虚假产地的认定较为困难，认识上常会出现分歧意见。经营者间接标注虚假产地的行为是否导致或足以导致购买者对商品来源地产生错误认识，应作为认定是否构成伪造产地的不正当竞争行为的基本标准。

为了加强对出口货物原产地工作的管理，制止擅自把“中华人民共和国”作为原产地使用的违法行为，促进对外经济贸易的发展，国务院还于1992年颁发了《出口货物原产地规则》，对出口货物原产地工作的管理机构、出口货物原产地证明书的颁发、伪造原产地证明书的处罚等事项作了具体规定。

8. 对商品质量作引人误解的虚假表示

对商品质量作引人误解的虚假表示，是指经营者对反映商品质量的各种因素作不真实的标注，导致或足以导致购买者对商品质量产生错误认识的行为。能反映商品质量状况的因素较多，对产品制作成分、性能、规格、等级、产地、制造地、标准编号、生产日期、有效日期、使用方法等因素的文字说明或图形指示，都无形地向购买者传递商品质量信息。这些产品或包装上的对产品质量状况的文字说明或图形指示统称为产品标识。除裸装食品和其他根据产品的特点难以附加标识的裸装产品外，产品应当具有标识。

《产品质量法》规定产品或其包装上的标识的标注是生产者应当履行的主要义务之一。生产者在履行此项义务时，应该符合法律规定。从保护消费者利益的角度说，消费者的知情权的实现，必然以生产者、销售者严格履行此项义务为前提。这是《产品质量法》规定产品或包装上的标识要求的原因和目的之一。

产品或其包装上的标识的法律要求有以下几点：

（1）产品标识必须真实。产品的标识是在产品上或包装上用于识别产品及其特征、特性所做的各种表述和指示的统称，应当与产品实际状况相一致。但是现实情况远非这样。一些生产者、销售者往往为了自身的利益，用产品标识夸大其产品和使用性能，个别的甚至“挂羊头卖狗肉”，欺骗消费者。因而，《产品质量法》第27条规定生产者有标注产品标识的义务。

产品标识作为生产者对产品特征和特性的说明，如与实际的产品质量不符，会给消费者带来很多不便，严重时还会造成损害。尤其是那些故意用产品标识进行欺骗的行为，构成了对社会的危害。因此，《产品质量法》第27条规定，产品标识必须真实。

（2）有产品质量检验合格证明。《产品标识标注规定》第10条规定：“国内生产的合格产品应当附有产品质量检验合格证明。”产品质量检验合格证明，是指生产者出具的用于证明出厂产品的质量经过检验，符合相应要求的证件。产品质量检验合格证明是生产者对产品质量作出的明示保证，证明产品质量的检验结果符合出厂的要求。产品质量合格证明只能用于经检验合格的产品上，未经检验的产品，或者经检验不合格的产品，不得使用产品质量检验合格证明。出厂产品的检验，一般由生产者自身设置的检验部门进行检验。对于不具备检验能力和条件的企业，可以委托社会产品质量检验机构进行检验。

产品质量检验合格证明的标注方式可以灵活多样，既可以采用合格证书标注，也可以使用合格标签，也可以在产品或者产品的包装上或者产品的说明书上使用合格印章或者打上“合格”二字，以示该产品经检验合格，向消费者做出质量合格承诺。一般情况下，性能、结构复杂的产品、大件耐用消费品和高档高值的产品都采用合格证书，如：冰箱、彩电、洗衣机、珠宝首饰、计算机、汽车等产品。日用消费品则使用合格标签，如：服装、鞋、食品等产品。

（3）有中文标明的产品名称、生产厂厂名和厂址。《产品标识标注规定》第6条规定：“产品标识所用文字应当为规范中文。可以同时使用汉语拼音或者外文，汉语拼音和外文应当小于相应中文。”生产者应当标明产品名称。产品名称是产品的名字或者称谓，是区别于此产品与它产品的文字语言标记。产品名称应符合习惯，应当表明产品的真实属性。生产者的名称是指企业的称谓，一个企业区别于其他企业的标志。企业的名称受法律保护。

（4）根据产品的特点和使用要求，需要标明产品规格、等级、所含主要成分的名称和含量的，用中文相应予以标明；需要事先让消费者知晓的，应当在外包装上标明，或者预先向消费者提供有关资料。这项义务并不是对所有生产者而言，只是根据产品的特点和使用要求，需要标注的，才在标识上标明。产品需要标明的特点和使用要求视具体情况而定，有的包括一项，有的包括多项，由产品的行业管理部门规定。生产者在标注产品的标识时，应遵守有关行业管理部门对产品标识的具体规定。一般有关行业管理部门对自己职权范围内负责管理的产品的标识，都做出了具体规定。

（5）限期使用的产品，应当在显著位置清晰地标明生产日期和安全使用期或者失效日期。生产日期，是生产者对产品经过检验的日期，等于是产品的出生日。安全使用期，包括质量、保鲜期、保存期等，是指产品可以正常使用并保证使用者的人身、财产安全的时间长短。对有些产品，如食品，安全使用期也称作保质期。失效日期，是指产品失去现有特征和特性的时间界线。对有些产品，如仪器，失效日期就是保存期。限期使用的产品，是指具有使用期限要求的产品。在标注的使用期限内，可以保持产品原有的质量。超过规定的使用期限，产品内在质量即可能发生变化，甚至失效、变质或者丧失产品原有的使用价值。对于限期使用的产品，如农药、化肥、药品、食品等，应当明确标明生产日期和安全使用期，或者仅仅标明失效日期，采用哪种标注方法，由生产者自行选择。

（6）使用不当，容易造成产品本身损坏或者可能危及人身、财产安全的产品，应当有警示标志或者中文警示说明。警示标志是指用以表示特定的含义，告诫、指示人们应当对某些不安全因素引起高度注意和警惕的图形，是一种按照国家标准或者社会公认的图案、标志组成的统一标识，它是产品标识或包装标识中引入注目的一种。警示标志具有固定的样式、意义和用途。我国现有的警示标志很多，如高压电标志，不准吸烟标志等，常见的还有：剧毒的警示标志是用一个人头的骷髅表示；易碎的警示标志是用玻璃高脚酒杯来表示；易燃的警示标志是用火焰表示；不准倒置的警示标志用向上的箭头表示；防雨的标志是用一把撑开的伞表示等。警示标志的作用主要是提醒消费者和使用者注意，因此警示标志的标注必须明显、清晰，置于产品或包装的显著位置，这样就达到提醒产品的销售者、仓储者、运输者和消费者充分、及时的注意，有效防止意外灾害发生的目的。

此外，我国《药品管理法》、《食品卫生法》等法律还对药品、食品等特殊商品的产品标识作了一些特殊规定。违反这些法律规定，对反映产品质量状况的产品标识作虚假标注，就构成了本法明令禁止的对商品质量作引人误解的虚假表示行为。

对商品质量作引人误解的虚假表示有以下具体表现形式：

（1）产品未经检验或检验不合格而擅自使用产品质量检验合格证，或没有产品质量检验合格证。

（2）不用中文标明产品名称、生产者名称和厂址，或作不真实的标注。

（3）按规定应标明产品规格、等级、用途、技术标准、批准文号、产品批号、所有主要成分的名称而未用中文相应予以标明或作虚假标注；需要事先让消费者知晓的，没有在夕咆装上标明，或者没有预先向消费者提供有关资料。

（4）限期使用的产品，没有在显著位置清晰地标明生产日期、安全使用期或者失效日期。

（5）不按规定标注警示标志或中文警示说明。

9. 对公用企业限制竞争行为的规定

《反不正当竞争法》第六条规定，公用企业或者其他依法具有独占地位的经营者，不得限定他人购买其指定的经营者的商品，以排挤其他经蕾者的公平竞争。

公用企业限制竞争行为，是指公用企业或者其他依法具有独占地位的经营者，以排挤其他经营者的公平竞争为目的，限定他人购买其指定的经营者的商品的行为。

根据《关于禁止公用企业限制竞争行为的若干规定》第4条规定，公用企业限制竞争行为包括：限定用户、消费者只能购买和使用其附带提供的相关商品，而不得购买和使用其他经营者提供的符合技术标准要求的同类商品；限定用户、消费者只能购买和使用其指定的经营者生产经销的商品，而不得购买和使用其他经营者提供的符合技术标准要求的同类商品；强制用户、消费者购买其提供的不必要的商品及配件；强制用户、消费者购买其指定的经营者提供的不必要的商品；以检验商品质量、性能等为借口，阻碍用户、消费者购买、使用其他经营者提供的符合技术标准要求的其他商品；对不接受其不合理条件的用户、消费者，拒绝、中断或削减供应相关商品，或滥收费用；其他限制竞争的行为。例如，电信局包揽BP机销售，电讯部门指定用户必须购买其电话机，煤气公司指定用户必须购买其指定单位生产的热水器，电力局指定必须购买其所属企业的产品等，都属于公用企业限制竞争的行为。

“限定他人购买其指定的经营者的商品”中的“限定”，是指公用企业或者其他依法具有独占地位的经营者以强行要求、设置服务障碍、胁迫、推荐、差别待遇等方式，强制或者变相强制他人购买其指定的经营者的商品。限定他人购买其指定的经营者的商品包括三种情况：限定他人购买其自己提供的商品；限定他人购买其下属单位提供的商品；限定他人购买其指定的其他经营者提供的商品。

公用企业或者其他依法具有独占地位的经营者限定他人购买其自己提供的商品时，具有双重身份，既是实施限制竞争行为的公用企业或者其他依法具有独占地位的经营者，又是被指定的经营者。公用企业或者其他依法具有独占地位的经营者在实施限制竞争行为的同时又销售质次价高商品或者滥收费用的，构成两种违法行为，即限定他人购买其提供的商品的限制竞争行为，以及借此销售质次价高商品或者滥收费用的行为。工商行政管理机关对这两种行为可以一并处理，但应当分别定性和处罚，即除依照本法第23条对其限制竞争行为予以处罚外，还应当依照第23条规定对其作为被指定的经营者借此销售质次价高商品或者滥收费用的行为予以处罚，即没收其违法所得，可以根据情节处以违法所得1倍以上3倍以下的罚款。

10. 滥用政府权力限制竞争行为

《反不正当竞争法》第七条规定，政府及其所属部门不得滥用行政权力，限定他人购买其指定的经营者的商品，限制其他经营者正当的经营活动。政府及其所属部门不得滥用行政权力，限制外地商品进入本地市场，或者本地商品流向外地市场。

本条是关于滥用政府权力限制竞争行为的规定。其中，第1款规定是指以权经商行为或称超经济强制交易行为；第2款规定是指地区封锁行为或称市场壁垒。

滥用政府权力限制竞争行为是指地方政府、政府经济主管部门或其他政府职能部门或者具有某些政府管理职能的行政性公司，凭借行政权力排斥、限制或妨碍市场竞争的行为。

滥用政府权力限制竞争行为以行政权力为支撑，借助行政权力的权威干预经济秩序，对于普通市场主体而言，他们既不能无视滥用政府权力限制竞争行为的存在，也不能抗拒滥用政府权力限制竞争行为的强制力量或者逃避滥用政府权力限制竞争行为的强制力量。此外，在滥用政府权力限制竞争行为的许多场合，实施限制竞争行为的政府或其职能部门总是设法强化该限制竞争行为的强制力量，如果市场主体胆敢违抗，就会受到国家强制力的制裁。正因为如此，滥用政府权力限制竞争行为具有更为严重的破坏力量，是目前制约我国市场经济健康发展的主要障碍。

超经济强制交易行为主要有：有的行政机关或所属部门政企不分，或者名为政企分开，实为“翻牌公司”，甚至将法人企业用行政手段归并到自己属下，然后限定这些企业只能购买或接受其指定的企业的商品或服务；行政机关兴办第三产业或其他经济实体，限定消费者只能购买或接受其第三产业或经济实体的商品或服务；政企分开后藕断丝连，或原本就与行政机关及其工作人员有联系的企业，行政机关限定他人只能购买这些企业的商品；明确规定在行政辖区内某些非指令性计划产品只能销售给指定的企业；明确规定在行政辖区内购买某些商品必须以指定企业的商品为限，如某地交警部门指定汽车用户必须购买某行政公司生产的安全带才能申领驾照；行政部门在为市场主体服务时，强制搭售某种商品，如某地工商部门在办理企业登记中，指定申证者必须购买某出版社的工商行政管理书籍，又如，申请安装电话，邮电部门规定必须购买其提供的防盗装置等等；行政部门利用职权，以“牵线搭桥”为名，强制一些企业订购其指定企业的产品，或者强制一些企业只能将其产品出售给指定的企业；为推销指定企业的产品而阻挠、破坏他人达成交易，等等。

限定他人购买或接受指定的经营者的商品或服务，就使被“指定的经营者”之外的经营者处于一种不平等竞争的境地，使他们或者不能参加竞争，或者在竞争中处于不利地位，因而影响了正常的市场竞争秩序，限制了其他经营者正当的经营活动，这也是违反平等、公平原则的。

11. 地区封锁行为

地区封锁行为，是指政府及其所属部门滥用行政权力，限制外地商品进入本地市场，或者本地商品流向外地市场的行为。其目的是保护本地区的利益；后果是割断本地市场与外地市场的联系，形成地方封锁；表现形式多以政府命令、文件或通知的面目出现。本条第2款规定，政府及其所属部门不得滥用行政权力，限制外地商品进入本地市场，或者本地商品流向外地市场。

社会主义市场经济要求的市场应当是统一的、开放的市场，不但国内各地区要开放，而且还要逐渐向国际市场开放。但在我国当前情况下，地方保护主义还相当严重。一些地区政府及其所属部门往往从狭隘的地方利益出发，人为割裂本地经济与外界经济的联系与沟通，采用种种手法限制外地产品进入本地市场或本地产品流向外地市场，以保护地方利益。

地区封锁行为的构成与超经济强制交易行为的构成在行为主体、主观方面两方面均相同，只是在行为的客观方面和侵害的客体上有所不同。为了打破地区封锁，国务院曾发出了《关于在工业品购销中禁止封锁的通知》、《关于打破地区间市场封锁，进一步搞活商品流通的通知》；2001年4月21日又发布了《关于禁止在市场经济活动中实行地区封锁的规定》。根据这一规定，禁止各种形式的地区封锁行为，禁止任何单位或者个人违反法律、法规和国务院的规定，以任何方式阻挠、干预外地产品或者工程建设类服务（以下简称服务）进入本地市场，或者对阻挠、干预外地产品或者服务进入本地市场的行为纵容、包庇，限制公平竞争。

地方各级人民政府及其所属部门不得违反法律、行政法规和国务院的规定，实行下列地区封锁行为：

(1) 以任何方式限定、变相限定单位或者个人只能经营、购买、使用本地生产的产品或者只能接受本地企业、指定企业、其他经济组织或者个人提供的服务；

(2) 在道路、车站、港口、航空港或者本行政区域边界设置关卡，阻碍外地产品进入或者本地产品运出；

(3) 对外地产品或者服务设定歧视性收费项目、规定歧视性价格，或者实行歧视性收费标准；

(4) 对外地产品或服务采取与本地同类产品或服务不同的技术要求、检验标准，或者对外地产品或服务采取重复检验、重复认证等歧视性技术措施，限制外地产品或者服务进入本地市场；

(5) 采取专门针对外地产品或者服务的专营、专卖、审批、许可等手段，实行歧视性待遇，限制外地产品或者服务进入本地市场；

(6) 通过设定歧视性资质要求、评审标准或者不依法发布信息等方式限制或者排斥外地企业、其他经济组织或者个人参加本地的招投标活动；

(7) 以采取同本地企业、其他经济组织或者个人不平等的待遇等方式，限制或者排斥外地企业、其他经济组织或者个人在本地投资或者设立分支机构，或者对外地企业、其他经济组织或者个人在本地的投资或者设立的分支机构实行歧视性待遇，侵害其合法权益；

(8) 实行地区封锁的其他行为。

任何地方不得制定实行地区封锁或者含有地区封锁内容的规定，妨碍建立和完善全国统一、公平竞争、规范有序的市场体系，损害公平竞争环境。地方各级人民政府所属部门的规定属于实行地区封锁或者含有地区封锁内容的，由本级人民政府改变或者撤销；本级人民政府不予改变或者撤销的，由上一级人民政府改变或者撤销。省、自治区、直辖市以下地方各级人民政府的规定属于实行地区封锁或者含有地区封锁内容的，由上一级人民政府改变或者撤销；上一级人民政府不予改变或者撤销的，由省、自治区、直辖市人民政府改变或者撤销。省、自治区、直辖市人民政府的规定属于实行地区封锁或者含有地区封锁内容的，由国务院改变或者撤销。地方各级人民政府或者其所属部门设置地区封锁的规定或者含有地区封锁内容的规定，是以国务院所属部门不适当的规定为依据的，由国务院改变或者撤销该部门不适当的规定。

以任何方式限定、变相限定单位或者个人只能经营、购买、使用本地生产的产品或者只能接受本地企业、指定企业、其他经济组织或者个人提供的服务的，由省、自治区、直辖市人民政府组织经济贸易管理部门、工商行政管理部门查处，撤销限定措施。在道路、车站、港口、航空港或者在本行政区域边界设置关卡，阻碍外地产品进入和本地产品运出的，由省、自治区、直辖市人民政府组织经济贸易管理部门、公安部门和交通部门查处，撤销关卡。对外地产品或者服务设定歧视性收费项目、规定歧视性价格，或者实行歧视性收费标准的，由省、自治区、直辖市人民政府组织财政部门和价格部门查处，撤销歧视性收费项目、价格或者收费标准。对外地产品或者服务采取和本地同类产品或者服务不同的技术要求、检验标准，或者对外地产品或者服务采取重复检验、重复认证等歧视性技术措施，限制外地产品或者服务进入本地市场的，由省、自治区、直辖市人民政府组织质量技术监督部门查处，撤销歧视性技术措施。采取专门针对外地产品或者服务的专营、专卖、审批、许可等手段，实行歧视性待遇，限制外地产品或者服务进入本地市场的，由省、自治区、直辖市人民政府组织经济贸易管理部门、工商行政管理部门、质量技术监督部门和其他有关主管部门查处，撤销歧视性待遇。通过设定歧视性资质要求、评审标准或者不依法发布信息等方式，限制或者排斥外地企业、其他经济组织或者个人参加本地的招投标活动的，由省、自治区、直辖市人民政府组织有关主管部门查处，消除障碍。以采取同本地企业、其他经济组织或者个人不平等的待遇等方式，限制或者排斥外地企业、其他经济组织或者个人在本地投资或者设立分支机构，或者对外地企业、其他经济组织或者个人在本地的投资或者设立的分支机构实行歧视性待遇的，由省、自治区、直辖市人民政府组织经济贸易管理部门、工商行政管理部门查处，消除障碍。实施其他地区封锁行为的，由省、自治区、直辖市人民政府组织经济贸易管理部门、工商行政管理部门、质量技术监督部门和其他有关主管部门查处，消除地区封锁。

12. 商业贿赂行为及其认定

《反不正当竞争法》第八条规定，经营者不得采用财物或者其他手段进行贿赂以销售或者购买商品。在账外暗中给予对方单位或者个人回扣的，以行贿论处，对方单位或者个人在账外暗中收受回扣的，以受贿论处。经营者销售或者购买商品，可以以明示方式给对方折扣，可以给中间人佣金。经营者给对方折扣、给中间人佣金的，必须如实入账。接受折扣、佣金的经营者必须如实入账。

商业贿赂，是贿赂的一种形式。根据《关于禁止商业贿赂行为的暂行规定》的规定，商业贿赂，是指经营者为销售或者购买商品而采用财物或者其他手段贿赂对方单位或者个人的行为。这里，所谓财物，是指现金和实物，包括经营者为销售或者购买商品，假借促销费、宣传费、赞助费、科研费，劳务费、咨询费、佣金等名义，或者以报销各种费用等方式，给付对方单位或者个人的财物；所谓其他手段，是指提供国内外各种名义的旅游、考察等给付财物以外的其他利益的手段。

根据贿赂行为的性质，商业贿赂行为分为商业行贿和商业受贿两种基本类型。

（1）商业行贿。商业行贿是指经营者为了销售或购买商品，违反规定向交易对象或有关个人给付财物或其他利益的不正当竞争行为。

（2）商业受贿。商业受贿是指经营者或其内部工作人员、代理人以及有关国家工作人员，违反国家规定，索取或接受他人财物或其他利益，为他人谋取经济利益的行为。本来，商业受贿行为并不直接具有不正当竞争行为的性质，因为商业受贿的主体可以是非经营者个人，而且受贿的直接目的不是为了占领市场、获取竞争优势，而是为了满足自己经济上和非经济上的各种需要。但是，由于商业受贿与商业行贿互相依存，互为产生条件，并沆瀣一气，使国家和集体财产遭受损失，破坏公平竞争秩序，因而本条也把商业受贿行为列为商业贿赂行为一并予以禁止。

现实中的商业贿赂行为表现为回扣、折扣和佣金。

（1）回扣。所谓回扣，是指经营者销售商品时在账外暗中以现金、实物或者其他方式退给对方单位或者个人的一定比例的商品价款。回扣是由卖方或买方支付给交易相对人的财物，不是支付给中间人的劳务报酬。由卖方支付给买方或其代理人的回扣称为“顺向回扣”，实际上是卖方从买方支付的价款或服务酬金中折算一定比例退回给买方或有关人员。回扣一词是对顺向回扣支付过程的一种形象表达。顺向回扣是回扣的主要形式。有时，买方为了购买紧俏商品或以优惠条件成交，在购货实际价格之外还要向卖方或有关人员额外给付一定比例的款项或财物。这种由买方支付的回扣被称为“逆向回扣”。在市场交易中，“顺向回扣”和“逆向回扣”可以单独存在，也可以同时并存。近年来，我国经济领域中买卖双方有关人员相互勾结，互给回扣，损害国家和集体利益的现象并不罕见。

（2）折扣。折扣，即商品购销中的让利，是指经营者在销售商品时，以明示并如实入账的方式给予对方的价格优惠，包括支付价款时对价款总额按一定比例即时予以扣除和支付价款总额后再按一定比例予以退还两种形式。本来，折扣的原意是指销售方在原定价格基础之上给买方一定比例的减让，并以公开明示的方式返还给买方的一种交易上的优惠，又称价格折扣、让利、打折等。这实际上是销售方的价格优惠政策，是以明示方式进行的市场促销行为。但后来，折扣的外延进一步扩展，不仅指卖方针对买方的价格折扣，而且还包括买方为了购买商品而向卖方以公开明示的方式支付的额外价款或财物，实际上是针对买方的一种加利行为而非扣减行为。卖方针对买方的价格折扣称为“顺向折扣”；买方针对卖方的加利则称为“逆向折扣”。本条第2款规定：“经营者销售或购买商品，可以以明示方式给对方折扣，可以给中间人佣金。经营者给对方折扣、给中间人佣金的，必须如实入账。接受折扣、佣金的经营者必须如实入账。”规定表明，交易活动中的买卖双方均可以公开明示的方式给对方折扣，并未把折扣仅限为卖方行为，从而从立法上承认了顺向折扣和逆向折扣。

（3）佣金。佣金是指经营者在市场交易中以公开明示的方式给予为其提供服务的具有合法经营资格的中间人的劳务报酬。佣金是一种劳务报酬，是对中间人为促成交易所进行的劳务活动的价值补偿，通常以“劳务费”、“介绍费”、“手续费”、

“信息费”、“酬谢费”等形式出现。佣金既可由买方单独支付，也可由卖

方单独支付，或者由双方分摊。佣金的给付对象只能是中间人。这是佣金与回扣、折扣的重要区别。这里的“中间人”，泛指为促成交易而为交易双方从事信息介绍、代理服务等活动的单位和个人，既包括以从事中介服务为职业的经纪人，也包括偶尔从事中介服务的非职业人员。民间习惯上把从事居间活动的个人称为“掮客’。除中间人外，佣金的给付对象不能是交易双方本身或其代表人、代理人。我国禁止国家机关工作人员经商，因此，佣金的给付对象也不能是不具有合法中间人资格的国家机关工作人员。佣金的支付和接受均必须以公开明示的方式进行，并必须如实入账，这是佣金与商业贿赂行为中回扣的根本区别。佣金的给付应如实记载在中间人与经营者之间订立的居间合同、中介合同或代理合同中，简单的交易也可以直接在有关发票中注明。支付和接受佣金的经营者必须如实入账，否则构成商业贿赂行为。如果是非经营者的公民个人偶尔从事中介服务，如科技人员利用业余时间偶尔从事中介活动而获得报酬的，就没有“入账”的要求，但必须自觉依法纳税。

13. 虚假广告行为及其认定

《反不正当竞争法》第九条规定，经营者不得利用广告或者其他方法，对商品的质量、制作成分、性能、用途、生产者、有效期限、产地等作引人误解的虚假宣传。广告的经营者不得在明知或者应知的情况下，代理、设计、制作、发布虚假广告。

虚假广告行为，是指在市场交易中，经营者利用广告或其他方法对商品（或服务）的质量、制作成分、性能、用途、生产者、有效期限、产地等与实际情况不符的公开宣传，导致或足以导致购买者对商品或服务产生错误认识的不正当竞争行为。它在实质上也是一种欺骗性商业行为，违背了诚实信用原则和公认的商业道德。这种行为不仅直接损害购买者，特别是消费者的利益，让购买者买不到自己所希望的商品质量而上当受骗，而且也会因不正当地争夺市场而损害诚实经营者的利益，破坏公平竞争秩序，因而各国竞争法均把这种欺骗或误导性宣传的行为列为，不正当竞争行为予以禁止。

对于虚假广告行为的理解，应注意以下三点：

（1）虚假广告行为是经营者利用广告或其他方法进行的行为。这在表现形式上不同于虚假标示行为，即不是直接在商品或其包装上进行的，而是借助于广告等宣传方法进行的。

（2）虚假广告行为是经营者对商品或服务作引人误解的宣传行为；如何理解和判断“引人误解”，是认定虚假广告行为的关键。引人误解，即引起消费者误解。在我国，对是否引人误解的判断应以一般消费者的认识为基础，亦即，从人们一般的消费知识和交易常识来看，广告的内容如果是足以导致消费者的误认、误购，就可以认定为引入误解。

（3）虚假广告行为的宣传内容主要涉及商品或服务的质量、声誉等，即包括商品的质量、制作成分、性能、用途、生产者、有效期限、产地、荣誉等或服务的质量、方式等。这与本法所定虚假标示行为基本相同。但虚假广告行为的宣传内容还可以包括商品的价格或售后服务等方面，这些内容也可能使消费者产生误解，影响其选购商品。

虚假广告行为有两种表现形式：

一是虚假广告行为。虚假广告行为，是指经营者采用广告的宣传方法对商品或服务作引人误解的虚假宣传。广告的主要特点是利用了宣传媒介，既包括大众传播媒介，如报纸、杂志、电视、广播等，也包括委托他人代办的媒介，如广告牌、霓红灯、票证、宣传画册等等。由于广告传播的速度快、传播范围广、产生的影响大，所以不法经营者利用广告在市场上的独特地位，对其商品或服务作夸大、虚假、欺骗性的宣传，不仅会损害消费者的利益，而且也会妨碍公平竞争秩序，给诚实经营者带来不利影响。因此，本法和《广告法》都对虚假广告作出禁止性规定。

二是其他虚假宣传行为。其他虚假宣传行为；是指利用广告以外的其他方法对商品或服务作欺骗和误导性宣传的行为。本条规定“经营者不得利用广告或者其他方法”对商品作引人误解的虚假宣传。其中，“其他方法”术语的使用是一种周全而缜密的规定，可以把一切形式的引人误解的虚假宣传行为涵盖，避免因对“广告”一词的不同理解而使部分引人误解的虚假宣传失去法律的调控。从本法的角度上讲，“广告”和“其他方法”所进行的引人误解的虚假宣传在行为性质、承担法律责任上完全是一致的，因而可以不必严格区分两者之间的界限。但从广告管理的角度上讲，严格区分“广告”宣传和“其他方法”的宣传则是十分必要的，因为“广告”活动必须受广告管理法律和法规的约束，而“其他方法”的宣传则不受此限。

14. **侵犯商业秘密行为及其认定**

《反不正当竞争法》第十条规定，经营者不得采用下列手段侵犯商业秘密：（一）以盗窃、利诱、胁迫或者其他不正当手段获取权利人的商业秘密；（二）披露、使用或者允许他人使用以前项手段获取的权利人的商业秘密；（三）违反约定或者违反权利人有关保守商业秘密的要求，披露、使用或者允许他人使用其所掌握的商业秘密。第三人明知或者应知前款所列违法行为，获取、使用或者披露他人的商业秘密，视为侵犯商业秘密。

本条所称的商业秘密，是指不为公众所知悉、能为权利人带来经济利益、具有实用性并经权利人采取保密措施的技术信息和经营信息。本条所称的商业秘密，是指不为公众所知悉、能为权利人带来经济利益、具有实用性并经权利人采取保密措施的技术信息和经营信息。

商业秘密的范围包括技术秘密和经营秘密。技术秘密，是人们从生产实践经验或者技艺中得来的具有实用性的技术知识，诸如：设计图纸、研究成果和研究报告、有关某种产品的普遍有效的图表和计算结果、工艺流程、生产数据、产品配方、公式和方案、操作技巧、制造技术、测试方法等。技术秘密作为一种处于保密状态的技术，既可以表现为具有信息载体的技术成果，也可以存在于科技人员的头脑之中，既可以是文件性载体，也可以是实物性载体。经营秘密是指一切与企业营销活动有关的具有秘密性质的经营管理方法和与经营管理方法密切相关的信息及情报，诸如：管理方法、产销策略、客户名单、货源情报、投标价格、广告宣传计划等。由于作为商业秘密的技术信息和经营信息在市场竞争中具有非常重要的作用，因而受到法律的特别保护。

侵犯商业秘密行为，是指为了竞争或个人目的，通过不正当方法获取、披露或使用权利人商业秘密的行为。根据本条和《关于禁止侵犯商业秘密行为的若干规定》的规定，侵害商业秘密的行为的形式主要有：

（1）以盗窃、利诱、胁迫或其他不正当手段获取权利人的商业秘密。盗窃商业秘密，是指行为人采取不易被权利人发觉的方法，秘密地将权利人的商业秘密据为已有，既包括内部知情人员盗窃权利人的商业秘密，也包括外部人员盗窃权利人的商业秘密；既可以是将载有商业秘密的文件等偷偷地据为已有，也可以是复制后返回原件、保留复制件，还可以是将商业秘密的内容偷偷地记忆下来，据为己有。以利诱手段获取权利人的商业秘密，是指经营者通过向掌握或了解商业秘密的有关人员直接提供财物或提供更优厚的工作或对此作出某些承诺，而从其处获取权利人的商业秘密。这里，“掌握和了解商业秘密的有关人员”包括商业秘密权利人所属之雇员以及其他因工作或业务关系而了解商业秘密的人员。倘若商业秘密权利人的雇员不知道、不了解商业秘密而采取盗窃方式获取商业秘密的，应构成经营者的窃取。以胁迫手段获取权利人的商业秘密，是指经营者以给商业秘密的权利人或权利人的雇员或其亲友的生命健康、荣誉、名誉、财产等造成损害为要挟，迫使权利人或权利人的雇员提供商业秘密的情况。以其他不正当手段获取权利人的商业秘密，是指经营者除采取盗窃、利诱、胁迫以外的其他不正当手段获取权利人的商业秘密。例如知道、知悉商业秘密的人有酒后乱语的习惯，而设计将其灌醉，使其醉酒后说出商业秘密；通过虚假陈述而从权利人处骗取商业秘密；通过所谓“洽谈业务”、“合作开发”、“学习取经”以及“技术贸易谈判”等活动套取权利人的商业秘密等等。所有这些行为，都是以不正当手段获取权利人商业秘密的行为。

（2）披露、使用或允许他人使用以前项手段获取的权利人的商业秘密。“以前项手段”，是指盗窃、利诱、胁迫或其他不正当手段。这是行为人侵犯商业秘密这一非法行为的继续，是对商业秘密的进一步侵犯。“披露”，是指未经权利人许可或者违反保密义务的规定或约定而向他人扩散商业秘密，包括在要求对方保密的条件下向特定人、少部分人透露商业秘密，以及向社会公开商业秘密。例如，单位在职职工或离退休职工将其因职务关系知悉的商业秘密披露给他人；因加工承揽、联营等知悉他人的商业秘密，而将获得的商业秘密擅自提供给第三方；技术合同的对方当事人违反保密约定或者要求披露技术秘密；权利人信任的朋友向第三方披露商业秘密等等。“使用”，是指合法取得他人商业秘密的人未经权利人同意或者违反约定使用他人的商业秘密。如负有保密义务的单位职工，没有使用商业秘密的权利而擅自使用。“允许他人使用”，是指合法取得他人商业秘密的人未经权利人同意或违反约定允许第三人使用其获取的他人的商业秘密。

（3）违反约定或违反权利人有关保守商业秘密的要求，披露，使用或者允许他人使用其所掌握的商业秘密。这是指合法掌握商业秘密的人，违反了与权利人的约定或权利人保守商业秘密的要求，而向他人泄露、向社会公开、自己使用或者允许他人使用权利人的商业秘密，这不同于前述两种形式。前述两种形式中获取商业秘密都是非法的。在这里，合法掌握商业秘密的人主要涉及两类主体：一是权利人的交易伙伴。他之所以获取权利人的商业秘密，是因为他与权利人之间签订有关于商业秘密的交易合同。二是权利人的雇员，他基于与权利人的工作关系获取商业秘密。这两类主体在正常情况下使用权利人的商业秘密是合法的，但如果超出正常范围（即交易合同中有关保守商业秘密的约定或权利人规章制度中有关保守商业秘密的工作要求）而将商业秘密披露、使用或允许他人使用，那么就属违法，侵犯了权利人的商业秘密。不过，还应指出，如果权利人与其交易伙伴没有关于保守商业秘密的约定，或者权利人对其雇员未提出保守商业秘密的要求，那么，这就视为权利人未采取适当的保密措施，掌握商业秘密的人披露、使用或允许他人使用，就不构成侵犯商业秘密行为。根据国家工商行政管理局《关于禁止侵犯商业秘密行为的若干规定》，上述违法行为者具体包括许可合同的被许可方、权利人的职工以及其他与权利人有业务关系的单位和个人。

（4）视为侵犯商业秘密的行为。本条第2款规定，第三人在明知或应当知道商业秘密是通过不正当手段获取的情况下，仍然获取、使用或者向外披露这些商业秘密的，也应当被认定为侵犯商业秘密的行为，如果第三人不知道也不应当知道商业秘密来源的非法性而获取、使用或披露商业秘密的，不构成侵犯权利人的商业秘密。国家工商行政管理局《关于禁止侵犯商业秘密行为的若干规定》第5条规定："权利人（申请人）认为其商业秘密受到侵害，向工商行政管理机关申请查处侵权行为时，应当提供商业秘密及侵权行为存在的有关证据。被检查的单位和个人（被申请人）及利害关系人、证明人，应当如实向工商行政管理机关提供有关证据。权利人能证明被申请人所使用的信息与自己的商业秘密具有一致性或者相同性，同时能证明被申请人有获取其商业秘密的条件，而被申请人不能提供或者拒不提供其所使用的信息是合法获得或者使用的证据的，工商行政管理机关可以根据有关证据，认定被申请人有侵权行为。"这里指明了认定侵犯商业秘密违法行为有三条标准：

一是商业秘密的权利人能证明商业秘密侵权人所用的信息与自己的商业秘密具有一致性或者相同性。一致性或相同性的认定，因所侵权的客体不同而有所不同。侵权的客体如果是客户名单、货源情报、招投标中的标底及标书内容等比较直观的信息，一般可以直接判断和鉴别侵权人与商业秘密的权利人所使用的信息是否具有一致性或者相同性。而侵权的客体是较复杂的技术信息如产品配方、工程设计、计算机程序，就需要有权威的机构和专家作出正式的鉴定结论。

二是商业秘密的权利人能证明侵权人有获取其商业秘密的条件。不正当地获取他人商业秘密的手段很多，除盗窃、胁迫、利诱等等手段外，目前，企业职工的“跳槽”或亨自立门户”的行为，是企业商业秘密流失的主要渠道。如果侵权人雇用了商业秘密权利人的职工，而且该职工掌握有关的商业秘密，工商行政管理机关可以认定侵权人有获取权利人商业秘密的条件。

三是商业秘密侵权人不能提供或者拒不提供其所使用的信息是合法获得或者使用的证据。从一定意义上看，商业秘密不具有法律上的专有性，权利人不能阻止别人以合法正当的方式，包括自行构思、独立开发、反向工程、合法受让或被许可等方式获得同种同样的商业秘密。发生商业秘密侵权案时，被申请人如果能够提出自己独立开发或者是合法受让使用的证明的，就不能认为是侵犯商业秘密行为。相反，如果提供不出独立开发或者是合法受让使用的证明的，工商行政管理机关可以认定构成侵权。如果侵权人拒不提供有关证据的，视为不能提供有关的合法证据，同样可以认定构成侵权。

15. 压价销售排挤竞争对手行为及其认定

《反不正当竞争法》第十一条规定，经营者不得以排挤竞争对手为目的，以低于成本的价格销售商品。有下列情形之一的，不属于不正当竞争行为：（一）销售鲜活商品；（二）处理有效期限即将到期的商品或者其他积压的商品；（三）季节性降价；（四）因清偿债务、转产、歇业降价销售商品。

压价销售排挤竞争对手行为，是指经营者以排挤竞争对手为目的，以低于成本的价格销售商品或提供服务的不正当竞争行为。这种行为的实质是经济实力雄厚的经营者为了霸占市场，滥用竞争优势，故意暂时将某种或某类商品的价格压低到成本以下抛售，以此手段搞垮竞争对手，等到其他竞争者被迫退出市场后，又抬高商品价格，获取更高的垄断利润。

经营者抬价销售商品有损消费者权益，法律对这种行为应予禁止，而低价销售行为表面上似乎有利于消费者，有利于活跃市场，法律为何也加以禁止?其实，这是我国遵循客观经济规律，参照其他国家立法经验，从保护公平竞争和消费者合法权益的角度加以规定的，因为不正当低价销售行为不利于开展公平竞争，不利于保护消费者合法权益，具有较大的社会危害性。一些实力雄厚的商业企业不惜以暂时亏本为代价，大搞亏本销售行为，这种持续以低于成本的非正常价格销售商品，通常会导致竞争对手营业额显著下降，给其生存带来严重困难；使购买者对其竞争对手的商业信誉和商业道德发生误解，失去对其竞争对手的信赖，从而破坏其竞争对手的商品行销能力，挫败竞争对手，以便独霸市场。低价销售，一般都不是经营者行为的终结，它的最终目的是为了挤垮竞争对手，占有市场，然后凭借其市场优势地位，推行垄断价格，牟取垄断利润，用以弥补低价销售的损失，获取高于平均利润的超额利润。一旦实行低价销售行为的经营者挤垮了竞争对手，在市场上占据优势地位，消费者就再也不能享受低价购买的优惠；相反，不得不接受高于正常价格的垄断价格。因此，不正当低价销售行为不利于社会供销平衡，不利于社会资源的优化配置，不利于开展自由公平竞争，从长远来看，也损害了消费者的合法权益。

压价销售排挤竞争对手的行为主要表现为：

(1) 地区压价行为。地区压价，是指经营者在产品销售的几个地区中选定一个地区，在该地区以低于成本的价格进行销售的行为。对于经济实力雄厚的大企业而言，其产品的销售市场是很广阔的，不会仅仅局限于一个地区。但就某个地区而言，其市场容量是有限的，在存在众多竞争对手的情况下，企业产品的销售量必然受到其他企业销售量的影响；为了扩大企业产品在该地区的销售，经营者就可能采用低于成本的价格来竞销，使其他企业在该地区的市场上无力与之竞争，最后退出该市场，以实现该经营者排挤竞争对手的目的。

(2) 产品压价行为。产品压价，是指生产经营多种产品的企业，根据市场竞争情况，选择其中一种产品，以低于成本的价格进行销售的行为。产品的细分化导致产品的种类增多，而每个企业生产经营的也不会局限于某一种产品，加上竞争的激烈，多种产品的生产经营成为企业发展的趋势，对大型企业尤其如此。而对具体的产品而言，其市场需求是有限的，企业产品的销售量也会受到其他企业销售量的影响。为了增加自己企业的销售量，有的企业采用低于成本的定价策略排挤竞争对手，其在此种产品上的损失由其他产品的盈利来弥补。

16. 附条件交易行为及其认定

《反不正当竞争法》第十二条规定，经营者销售商品，不得违背购买者的意愿搭售商品或者附加其他不合理的条件。

附条件交易行为，是指经营者利用其在经济、技术等方面的优势地位，在销售某种产品或者提供某种服务时违背相对交易人的意志，强迫相对交易人购买其不需要、不愿购买的商品或者接受其他不合理的条件。本条所规定的附条件交易行为包括搭售和附加不合理交易条件行为两种。

附条件交易行为作为一种不正当竞争行为，对我国的社会主义市场经济的健康发展有极大的破坏作用，对经营者的合法权益有极大的损害。它违反了平等自愿、诚实信用的商业道德，败坏了社会主义商业信誉；限制了自由竞争的开展，妨碍了公平竞争秩序的建立和完善；促进了劣质产品的生产和销售，制约了优质、畅销产品的生产和销售，造成极大的社会浪费。

（1）搭售。搭售，是指经营者违背购买者的意愿，在销售一种商品时，要求购买者以购买另一种商品为条件，从而在成交后将两种商品一起出售的行为。

在一般情况下，如果交易双方都同意，经营者在提供商品时，搭配销售一定的商品，作为一种附条件的民事法律行为，并不一定必然对市场竞争产生消极的影响。但如果违背购买者的意愿搭售商品，则可能影响市场公平竞争的秩序，也违反了交易双方平等的原则。因此，对违背购买者的意愿搭售商品的行为，各国的竞争法都是作为不正当竞争行为予以禁止的。我国于本条也对此予以禁止。

（2）附加不合理交易条件行为。附加不合理交易条件的行为，是指附加商品以外的其他不合理交易条件的行为。经营者对购买者附加的条件，主要是价格、销售地区、销售顾客等方面的条件。附加不合理交易条件行为主要有以下几种表现形式：

一是限定价格。即制造商与经销商通过协议规定商品的零售价格，要求经销商遵守，不得擅自提高或降低，否则将拒绝供货。制造商的目的是防止自己商品在市场上竞争过度，造成商品经销成本提高，影响工厂利润和商业利润。同时也可以防止市场上的过度竞争反馈到生产领域，影响生产的正常进行。

二是划分销售地区。制造商在提供产品时，对商品购买者或经销商销售商品的地区范围加以限定，以避免同一地区内同一商品之间的相互竞争。

三是划分顾客。制造商在提供产品时，要求经销商只能向某一类顾客销售产品，如只允许经销者向小用户销售产品，而把大用户留给自己。

四是独家经销。制造商在提供产品时，要求经销商只销售自己一家的产品，而不得销售竞争对手的产品。

五是在技术转让中的违法搭售、附加。这类行为主要有：在转让技术的同时硬性搭售其他技术或产品，即强制对方接受不需要的技术、技术服务、原材料、产品、设备等，不接受搭售就不予转让；通过合同条款限制另一方在合同标的技术的基础上进行新的研究开发，限制另一方从其他渠道吸收技术，或者阻碍另一方根据市场的需求，按照合理的方式充分实施专利和使用非专利技术；产品产量和价格的限制。即规定受让方利用该技术生产产品的数量及销售价格；销售区域限制和销售数量限制，等等。

《反不正当竞争法》并没有以专条规定附条件交易行为的法律责任，这也就意味着，对于附条件交易行为不能依《反不正当竞争法》追究行政责任和刑事责任，而只能按《反不正当竞争法》第二十条的规定追究民事责任："经营者违反本法规定，给被侵害的经营者造成损害的，应当承担损害赔偿责任，被侵害的经营者的损失难以计算的，赔偿额为侵权人在侵权期间因侵权所获得的利润；并应当承担被侵害的经营者因调查该经营者侵害其合法权益的不正当竞争行为所支付的合理费用。被侵害的经营者的合法权益受到不正当竞争行为损害的，可以向人民法院提起诉讼。"

经营者或消费者因为附条件交易行为而受到损害的，可以向人民法院提起诉讼，追究行为人的损害赔偿责任。如果被侵害者不向人民法院起诉，人民法院不能、也不会主动追究，其他机关也同样如此。

17. 对不正当有奖销售行为的法律规定

《反不正当竞争法》第十三条规定，经营者不得从事下列有奖销售：（一）采用谎称有奖或者故意让内定人员中奖的欺骗方式进行有奖销售；（二）利用有奖销售的手段推销质次价高的商品；（三）抽奖式的有奖销售，最高奖的金额超过五千元。

有奖销售是指经营者销售商品或者提供服务，附带性地向购买者提供物品、金钱或者其他经济上的利益的行为。由此可见，有奖销售具有下列特征：

（1）有奖销售是销售商品或提供服务的经营者向购买商品或者接受服务的购买者提供的。购买者一般是消费者。

（2）有奖销售的目的是为了招徕顾客。不论经营者如何将有奖销售美其名曰“大酬宾”、“回馈顾客的厚爱”等，购买者得到的赠品都不会是“天上掉馅饼”，经营者的目的都是为了借此招徕顾客，以获取更大的利润。经政府或其有关部门批准的有奖募捐及其他彩票发售活动，是为公益目的而进行的，不属于以营利为目的，因此不属于本法的调整之列。

（3）用于进行有奖销售的赠品包括物品、金钱或者其他经济上的利益。

（4）有奖销售中存在着主从关系，即提供商品或服务的交易关系与给付赠品的赠与关系，后者附属于前者。

有奖销售有两种类型：一是附赠式有奖销售，即经营者对购买指定商品或达到一定购买金额的所有购买者予以奖励，其特点是达到同一购买水平的购买者均能获得相同的奖励，但奖品价值或奖金金额较小；二是抽奖式有奖销售，即以抽签、摇号、对号码等带有偶然性的方法决定购买者是否中奖以及奖励等级的有奖销售。其特点是奖励分为若干等级，达到同一购买水平的购买者所获奖励情况悬殊较大，有的得不到任何奖励，有的能获得低价值奖励，极少数能获得高额甚至巨额奖励。无论是哪一种有奖销售，都不得有碍公平而自由的竞争，损害消费者利益，否则，就构成不正当竞争。所以，把有奖销售作为一种不可忽视的市场竞争行为加以规范和严格的限制是许多国家共同的做法。本法也根据我国的实际情况对不正当有奖销售作出了严格的规定。

不正当有奖销售行为，是指经营者违反诚实信用原则和公平竞争原则，利用物质、金钱或其他经济利益引诱购买者与之交易，排挤竞争对手的不正当竞争行为。不正当有奖销售行为和商业贿赂行为一样，均属经营者利用财物引诱交易相对人的利诱性不正当竞争行为。但不正当有奖销售行为是公开进行的，通常是通过广告或其他宣传方式公开以财物吸引购买者，而商业贿赂行为则是在账外暗中进行的，具有隐蔽性，以财物或其他手段收买销售者及其有关个人。

不正当有奖销售行为包括以下三种类型：

（1）欺骗性有奖销售行为。经营者虚构有奖销售事实或隐瞒有关事实真像，使所设之“奖励”不能如实被购买者所得，即构成欺骗性有奖销售行为。这种行为出现在抽奖式有奖销售之中。

（2）利用有奖销售的手段推销质次价高的商品。这种行为既可存在于附赠式有奖销售中，也可存在于抽奖式有奖销售中。其突出特点是：用于有奖销售的商品品质与价格不符，实质为变相涨价，损害购买者利益。须注意的是：“质次”商品不能与“不合格”商品划等号。“质次价高”的实质是经营者违反诚实信用原则和买卖公平原则，高价推销其商品，使购买者支付的价格与商品实际品质不相符。“质次”商品既可能是不合格商品，也可能是合格产品中的低档次商品。根据《关于禁止有奖销售活动中不正当竞争行为的若干规定》，经营者利用有奖销售推销的商品是否属于“质次价高”，应由工商行政管理机关根据同期市场同类商品的价格、质量和购买者的投诉进行认定，必要时会同技术监督部门、药品管理部门、物价部门等有关部门一起认定。经营者以有奖销售手段推销假冒伪劣商品，同时又触犯《商标法》、《产品质量法》、《药品管理法》、《食品卫生法》等法律的，还要依据有关法律的规定进行处理。

（3）巨奖销售行为。巨奖销售行为，即最高奖的金额超过5000元的抽奖式有奖销售。在本法颁布前，各地抽奖式有奖销售所设最高奖参差不齐，悬殊很大，少则几百元，多则几十万元。经营者之间相互攀比，越奖越高，超过5000元的巨奖销售较为普遍。巨奖销售是经营者滥用经济实力进行不正当竞争的表现，能带来多方面的危害：客观上损害了竞争对手尤其是中小企业的利益，造成对竞争秩序的破坏；利用消费者的侥幸心理诱其购物，造成部分消费者偏离购物的本意，极易忽略商品本身的质量、性能和价值；使销售成本增加，导致物价的不合理上涨，损害消费者的利益。正是基于上述原因，世界各国的竞争法均原则性禁止超过一定限额的巨奖销售行为。本法规定禁止最高奖超过5000元以上的抽奖式有奖销售是十分必要的。根据《关于禁止有奖销售活动中不正当竞争行为的若干规定》的规定，如果经营者以非现金的物品或者其他经济利益作奖励，按同期市场同类商品或服务的正常价格折算其金额。

18. 商业诽谤行为及其认定

《反不正当竞争法》第十四条规定，经营者不得捏造、散布虚伪事实，损害竞争对手的商业信誉、商品声誉。

商业信誉是社会对经营者的评价。商品信誉常常包括社会对：经营者的能力、品德、商品声誉等多方面的内容的积极反映。如经营者守法经营、讲究职业道德、服务良好、商品品质精良、风格独特、价格合理、经济实力雄厚、技术水平先进、严格履行合同、维护消费者合法权益等等。对以上商业信誉的评价，不仅关系到公民或法人的名誉权、荣誉权的保护，更重要的是，评价的高低，直接影响经营者的经营活动与市场交易，甚至关系到经营者的生存与发展。毁坏他人的商业信誉，必然会造成被毁誉者的社会信誉评价下降，致使商业活动冷淡，导致经营活动呆滞而亏损。商品声誉是社会对商品的品质、特点的积极评价。商品是一定的经营者生产的，商品声誉最终应归属于经营者的商业信誉。由于经营者与用户、消费者之间的直接桥梁是商品，购物者往往直接根据商品声誉选择商品，使商品声誉相应产生相对的独立性和特殊性。在商业信誉中，商品的声誉相应产生相对的独立性和特殊性。在商业信誉中，商品声誉是核心的内容。一般来说，诋毁商业信誉采取的方法是诋毁商品信誉，以达到损害竞争对手的商业信誉。

商业信誉或商品声誉是经营者长期的艰苦的劳动创造出来的，须通过大量的繁忙的市场研究、技术开发、广告宣传、公关和优质服务才能形成一定的声誉。而经营者一旦在市场上取得了良好的声（信）誉，就会在市场上处于优势地位，获取巨大的经济效益。因此，在某种意义上说，商业信誉或商品声誉是经营者市场竞争中无价的资本和立足的支柱。损害它对经营者的市场生存发展至关重要。这种侵害他人的名誉权和荣誉权的商业诽谤行为为我国法律所不允。

商业诽谤行为，是指从事生产、经营活动的市场主体为了占领市场，针对同类竞争对手，故意捏造和散布有损其商业信誉和商品声誉的虚假信息，贬低其法律上的人格，削弱其市场竞争能力，使其无法正常参与市场交易活动，从而使自己在市场竞争中取得优势地位的行为。

商业诽谤行为是我国市场竞争中比较多见的不正当竞争手法，往往是针对在市场上已经占有优势地位的与自己产品有竞争关系的同行，其表现形式多种多样。主要有：

（1）利用散发公开信、召开新闻发布会、刊登对比性广告、播发声明性广告等形式，制造、散布贬损竞争对手的商业信誉、商品声誉的虚假事实。例如，1992年南京某玻璃厂召开新闻发布会，向社会宣布，该厂已首家研制出了无毒金色瓶胆，该无毒金色瓶胆必将淘汰长期为人们使用的有毒有害的银色瓶胆。为了增强宣传效果，该厂还制造了“砸银荐金”事件，这些举措被新闻界广为宣传，强烈地冲击了全国保温瓶生产行业，而该厂的“金瓶胆”销量则大增。经国家轻工业部组织有关专家进行检测，证明“银胆有毒”纯属无稽之谈。该厂的行为已构成对多家同业厂商的诋毁行为。

（2）在对外经营过程中，向业务客户及消费者散布虚假事实，以贬低部分对手的商业信誉，诋毁其商品或服务的质量声誉。例如在房地产经营业务中，购房者在购房时，大都到各处询价比较，当一个购买者到甲房地产建设开发公司探知房子每平方米售价后，又来到乙房地产公司探询，乙公司的售房员得知此情后，竟对该顾客谎称，甲公司的房子质量差，而且甲公司的信誉不好，如果购买甲公司的房子肯定会有风险。类似这种为了竞争目的，编造、散布损害竞争对手的商业信誉的例子时有发生。

（3）利用商品的说明书，吹嘘本产品质量上乘，贬低同业竞争对手生产销售的同类产品。如1992年某省洗涤剂厂在其所出售的洗衣粉产品包装说明上写道：“普通洗衣粉、肥皂均含磷、含铝，会诱发人体患老年痴呆症、组织学骨软化、非缺铁性贫血和助长肺病的发生等多种疾病”，并告诫人们以后再不要去买洗衣粉、洗洁净、洗头膏、香皂、肥皂等洗涤用品，还声称其生产的无磷、无毒洗衣粉无上述缺点，可放心使用。

（4）唆使他人在公众中散布竞争对手的商品质量有问题等谎言，使该商品失去公众的信赖。例如，某食品厂故意指使人员在社会上说其他厂生产同类饼干的面粉系从某国进口，含有某种毒素，以致消费者信以为真。

（5）组织人员以顾客或者消费者的名义向有关经济监督管理部门作关于竞争对手产品质量低劣、服务质量差、侵害消费者权益等情况的虚假投诉，从而达到贬损其商业信誉的目的。

19. 串通招标投标行为

《反不正当竞争法》第十五条规定，投标者不得串通投标，抬高标价或者压低标价。投标者和招标者不得相互勾结，以排挤竞争对手的公平竞争。

在招标投标活动中，招标者、投标者应按招标投标的程序进行。如招标者和投标者不按规定程序进行，而是私下串通，共同损害招标者利益或共同排挤其他投标者，就要构成串通招标投标的不正当竞争行为。因此，串通投标行为是指在招标投标过程中，投标者之间恶意通谋，抬高或压低标价，共同损害招标者利益，或者投标者与招标者相互勾结，共同排挤其他投标者的行为。

串通招标投标行为主要有以下两种表现：

（1）投标者之间串通投标。投标者之间串通投标是指两个或两个以上的投标者恶意串通，在投标过程中实施共同行为，抬高或者压低标价，损害招标人的利益的行为。投标者串通投标的主体是所有参加投标的投标者，其目的是为了避免相互间竞争，或协议轮流在类似项目中中标，以损害招标者的利益。投标者串通投标的表现形式主要有：投标者相互串通，一致抬高投标报价；投标者相互串通，一致压低投标报价；投标者相互串通，约定在类似项目中轮流中标；投标者就标价以外的其他事项进行串通。

抬高标价或者压低标价，既是投标者恶意串通的合意内容，也是各投标者采取的一致行动。由于投标者共同抬高标价或者压低标价，使投标者之间失去竞争，使招标者希望通过投标者之间的竞争选择自己最满意的投标者的愿望不能实现，并会使招标者的经济利益受到损害。

（2）投标者与招标者之间的串通招标投标行为。投标者与招标者之间的串通招标投标行为，是指招标者与特定的投标者在招标投标活动中，以不正当手段从事私下交易，使公开招标投标流于形式，共同损害其他投标者利益的行为。这类行为的主体是招标者与特定的投标者，目的是为了排挤竞争对手的公平竞争。其表现形式主要有：招标者在开标前，私下开启投标者的投标文件，并泄露给内定投标者；招标者在审查、评选标书时，对不同的投标者实施差别待遇；投标者与招标者商定在公开投标时压低标价，中标后再给招标者以额外补偿；招标者向特定的投标者泄露其招标标底；招标者在要求投标者就其标书作澄清事项时，故意作引导性提问，以促成该投标者中标；招标者与特定的投标者共同实施的其他营私舞弊行为。

二、监督检查

1. 对不正当竞争行为的监督检查机关的法律规定

《反不正当竞争法》第十六条规定，县级以上监督检查部门对不正当竞争行为，可以进行监督检查。

《反不正当竞争法》第三条规定："各级人民政府应当采取措施，制止不正当竞争行为，为公平竞争创造良好的环境和条件。县级以上人民政府工商行政管理部门对不正当竞争行为进行监督检查；法律、行政法规规定由其他部门监督检查的，依照其规定"。据此，我国反不正当竞争法监督检查主体既是统一的，又是广泛的，具有统一性和广泛性并存的特点。所谓统一性，是指法律明确规定工商行政管理机关是对不正当竞争行为进行监督检查的唯一的主管机关。所谓广泛性，是指有权监督检查不正当竞争行为的机关除工商行政管理机关外，还有许多其他机关，如产品质量监督部门、物价管理部门。这既保障了执法的统一性，避免政出多门、互相扯皮的弊病，又有利于解决法规竟合的矛盾，防止不同行政机关依据不同法律对同一案件做出不同处理的现象发生。

对不正当竞争行为的监督检查机关包括如下几方面：

（1）县级以上工商行政管理机关。工商行政管理机关分中央和地方两个层次。中央一级是国家工商行政管理总局，它直属于国务院，对国务院负责。地方工商行政管理机关分为三级，即省级工商行政管理局；地市级工商行政管理局；区县级（含县级）工商行政管理局。地方各级工商行政管理机关对同级人民政府负责，并统一受国家工商行政管理局领导。

（2）县级以上的其他监督检查机关。依照《反不正当竞争法》第三条规定，有权对不正当竞争行为进行监督检查的机关除工商行政管理机关外，依据法律、行政法规的规定，其他部门对不正当竞争行为有监督检查权的，该其他部门亦是本法的监督检查机关。这一立法依据源于对同一社会关系，不同部门的法律从不同角度采用不同手段予以调整而导致的法律调整对象上的竞合现象。

《反不正当竞争法》是调整市场竞争关系的基本法律，所规范的不正当竞争行为涉及面广，有许多行为既是本法调整范围，同时又是其他法律、行政法规的调整对象。例如，我国《产品质量法》从加强产品质量的监督管理、明确产品质量责任、保护消费者合法权益的目的出发，规定“禁止伪造或者冒用认证标志等质量标志”（第4条）；本法则以维护公平竞争，制止不正当竞争行为，保护经营者和消费者的合法权益为宗旨，作了相同的规定。两个法律的立法目的虽有差异，但调整范围上却发生了重合。故有权查处伪造或冒用质量标志行为的县级以上人民政府产品质量监督部门既是《产品质量法》的行政执法机关，也是本法的监督检查机关。

总之，凡是其调整对象与本法规定的不正当竞争行为的内容重合的法律，如果特别规定了该法的行政执法机关，则该机关都是有权对不正当竞争行为进行监督检查的机关。例如，专利管理部门是有权对专利领域中的不正当竞争行为进行监督检查的机关，著作权行政管理部门是有权对有关著作权领域中的不正当竞争行为进行监督检查的机关。其他部门，如监察部、司法部、公安部、国家计委、建设部、国内贸易部、交通部、铁道部、中国民航局、邮电局、国家医药局、中医药管理局等在某种特定事项上亦是不正当竞争行为的监督检查机关。

既然有权对不正当竞争行为进行监督检查的部门不限于工商行政管理机关一个部门，就必须存在着如何协调工商机关和其他监督检查机关的关系问题。正确解决这一问题的方法是：凡是专门法律规定有执法机关的，根据特别法优于普通法的原则，由专门法确定的机关管辖；专门法没有规定的，则由工商行政管理机关管辖，其他部门在其所辖范围内应相互支持、积极配合。

（3）工商行政管理机关作为反不正当竞争行政执法主管机关与其他国家机关之间的关系。我国反不正当竞争行政执法体系是一个以工商行政管理机关为主管机关，并与其他机关相互配合，共同发挥作用的系统。因此，正确处理好工商行政管理机关与其他机关之间的关系，是事关反不正当竞争行政执法的目的能否实现的重要问题。

工商行政管理机关同其他行政执法机关之间，从根本上说，其目的是一致的，即都是为了维护公平市场交易秩序、保证市场经济的健康有序的发展。因此，在反不正当竞争行政执法过程中相互补充，密切配合。但它们之间又有很大的区别。首先，各自执法的侧重点不同。工商行政管理机关是综合性的执法、监督机关，它着重对市场交易行为的宏观监督管理，而其他行政执法机关如食品卫生、物价等管理机关是行业性或专业性的执法、监督机关，侧重于标准的制定及执行情况的监督管理。其次，工商行政管理机关与其他行政执法机关依法享有的职权、执法的具体范围和任务等方面都存在着很大的区别。

工商行政管理机关与司法机关分属于两个不同的国家机关。前者行使的是国家的行政权，后者运用的是国家的司法权。它们之间的区别是很显然的。就它们之间的关系而言，一方面，司法机关通过行使国家的司法权保障工商行政管理机关依法行使执法权；另一方面，司法机关又对工商行政管理部门行使执法权进行司法监督。因此，在处理与司法机关的关系时，工商行政管理机关应尊重司法机关的司法权，在划清职责的基础上，共同搞好执法工作。在反不正当竞争行政执法过程中，依法主动地取得司法机关的协助；在司法机关主管时，应司法机关的要求应给予协助。发现违法犯罪的，应及时将案件移送司法机关，不得滥用职权，“以罚代刑”。

2. 监督检查机关对不正当竞争行为的监督检查职权

《反不正当竞争法》第十七条规定，监督检查部门在监督检查不正当竞争行为时，有权行使下列职权：（一）按照规定程序询问被检查的经营者、利害关系人、证明人，并要求提供证明材料或者与不正当竞争行为有关的其他资料；（二）查询、复制与不正当竞争行为有关的协议、账册、单据、文件、记录、业务函电和其他资料；（三）检查与本法第五条规定的不正当竞争行为有关的财物，必要时可以责令被检查的经营者说明该商品的来源和数量，暂停销售，听候检查，不得转移、隐匿、销毁该财物。

《反不正当竞争法》作为国家调控市场，维护社会主义经济秩序，保护公平竞争，制止不正当竞争的重要法律，明确赋予行政执法机关（监督管理部门）对不正当竞争行为主动予以监督检查的权限，以抑制不正当竞争行为对市场机制的破坏及对经营者、消费者合法权益的侵害，维护社会整体利益，保证市场机制正常运行。

根据《反不正当竞争法》第三条规定，县级以上人民政府工商行政管理部门对不正当竞争行为进行监督检查；法律、行政法规规定由其他部门监督检查的，依照其规定。值得注意的是，法律对行政监督检查机关的级别作了规定，即必须是县级以上（含县级）监督检查机关。县级以下的，如乡、镇监督检查机关以及工商行政管理机关的派出机构——工商所，没有此项权利。工商所监督检查不正当竞争行为应以工商行政管理机关的名义进行。依本条规定，行政机关的监督检查职权主要是：

（1）按照规定程序询问被检查的经营者、利害关系人、证明人，并要求提供证明材料或者与不正当竞争行为有关的其他资料。监督检查机关有权通过询问被检查的经营者、利害关系人、证明人的方式提取言词方面的证据，即被检查经营者的陈述、利害关系人、证明人的证言。其中，被检查的经营者是指从事商品生产经营或者营利性服务的法人、其他组织或个人；利害关系人是指与不正当竞争行为者存在法律上的权利义务的法人、其他组织或个人，如：经营者业务往来客户、经营者的主管部门、被侵害人等；证明人，是指直接或间接了解不正当竞争行为有关情况的人，包括任何公民、法人或其他组织。在询问时，如果经营者是法人或其他经济组织时，被讯问的人可能是法人的法定代表人、其他经济组织的负责人，也可能是法人或其他经济组织的有关工作人员。监督检查部门可以通知被询问人到指定地点接受询问，亦可到被询问人的工作单位或住所进行询问，被询问人员不得拒绝接受询问。监督检查部门进行询问时，至少应有两名工作人员共同进行。在询问中，被询问人有义务如实回答询问人所提出的问题，陈述事实；也有权为自己辩解，对自己的行为作出解释。询问时监督检查部门不能先入为主，而是客观地了解情况。对于与不正当竞争行为无关的询问,、被询问人有权拒绝回答。询问必须制作笔录，询问笔录是进行处罚的客观依据之一。询问笔录必须让被询问人核对，被询问人认为笔录与本人陈述有出入时可以纠正，询问人和被询问人均应在笔录上签名。

（2）查询、复制与不正当竞争行为有关的协议、账册；单据、文件、记录、业务函电和其他资料。查询是指检查和询问，它是监督检查部门及其工作人员对被查询人是否违反本法的事实进行单方限制性查询的行为。查询具有以下特点：一是查询的主体是法律规定的监督检查部门，实施查询的工作人员是以监督检查部门的名义实施的；二是查询是监督检查部门单方依职权所为的，它无须被查询人的申请或同意；三是查询是一种限制性行政行为，被查询人有义务服从和协助这种行为，否则要承担相应的法律责任；四是查询只是一种查清事实的检查和询问活动，既不是对被查询人的实体权利进行处分，也不是以强制手段保障的执行行为，只是可能引起某种处分的执行的事前行为。. 监督检查部门及其工作人员必须依据法律法规的授权行使查询权，不经法律授权进行的查询行为属于违法行为，不具有法律拘束力，被查询人有权依法拒绝接受查询。

(3) 检查与《反不正当竞争法》第五条规定的不正当竞争行为有关的财物，必要时可以责令被检查的经营者说明读商品的来源和数量，暂停销售，听候检查，不得转移、隐匿、销毁读财物。监督检查部门在检查与《反不正当竞争法》第五条规定的不正当竞争行为有关的财物时，必须恪守检查的限度，防止导致滥用职权和侵权行为的发生。特别是在要求被检查的经营"暂停销售"时，这就已经不仅仅是一种查清事实的检查行为了，实际上也是一种暂时停止被检查的经营者的经营权的行为，即是对被检查的经营者的实体权利的一种暂行处分，涉及到被检查的经营者的名誉和经济利益，因此必须慎重采用，不得草率从事。应当有监督检查部门作出书面的决定，并且要有"暂停"的具体期限的规定。在规定的"暂停销售"的期限内，被检查的经营者要"听候检查"，不得进行销售活动。但是，超过了规定的暂停销售的期限，监督检查部门没有新的规定的，"暂停销售"的决定即失效，被检查的经营者即恢复获得销售权，可以进行经营活动。

工商行政管理机关除有权行使上述强制措施权外，依《工商行政管理机关行政处罚程序暂行规定》，工商行政管理机关还可以采取扣留、封存、先行登记保存等措施。

3. 监督检查人员出示检查证件的义务

《反不正当竞争法》第十八条规定，监督检查部门工作人员监督检查不正当竞争行为时，应当出示检查证件。

检查是监督检查部门的执法人员对不正当的行为进行查验的一种权力和办法。但监督则是一切组织和公民对不正当竞争行为都有的一种权利。对从事不正当竞争行为的当事人的有关财物的检查，是国家法律授予监督检查部门和司法机关的权力。并不是监督检查部门中任一工作人员都可以随意对经营者进行检查，只有当其担负着行政执法，并按照办案程序行使执法权的工作人员，才有权对当事人的有关财物进行检查。因此，监督检查部门工作人员在对不正当竞争行为进行监督检查时，应出示检查证件。对无检查证件的，经营部门有权拒绝检查。所以，工商行政管理机关在办案程序中规定了“办案人员在执行检查和调查任务时，应当出示国家工商行政管理局统一制发的检查证，必要时还应当出示县以上工商行政管理机关的证明文件”。

4. 被检查者应履行的义务

《反不正当竞争法》第十九条规定，监督检查部门在监督检查不正当竞争行为时，被检查的经营者、利害关系人和证明人应当如实扭供有关资料或者情况。

监督检查部门对不正当竞争行为进行监督检查，是代表国家执行公务的行为。对于国家机关执行公务的行为，任何组织和个人都应当从维护国家和社会的根本利益出发，给予必要和可能的协助。

《中华人民共和国宪法》规定，任何公民享有宪法和法律规定的权利，同时必须履行宪法和法律规定的义务。监督检查部门作为国家监督检查不正当竞争行为的行政机关，其行为是政府的行政行为，对于维护国家和社会公共利益，实现本法的立法宗旨，即保障社会主义市场经济健康发展，鼓励和保护公平竞争，制止不正当竞争行为，保护经营者和消费者的合法权益，具有重要的意义。监督检查部门在行使其职权时，行政相对人应予配合，只要监督检查人员履行了法定的程序，如出示检查证件等，行政相对人即应按要求接受检查，具体地讲，就是，被检查的经营者、利害关系人和证明人应当如实提供有关资料或者情况。

5. 不正当竞争行为的社会监督

《反不正当竞争法》第四条制定了关于不正当竞争行为的社会监督的规定，即国家鼓励、支持和保护一切蛆织和个人对不正当竞争行为进行社会监督。

在社会主义市场经济建设过程中，竞争的消极作用，即不正当竞争行为，是客观存在的，也是竞争自身所无法克服的。这就需要以国家强制力对竞争秩序进行干预，即通过立法、司法、行政等监督检查手段，排除妨害竞争的各种行为。但仅靠它们还是不够的，还必须充分发挥社会监督的作用，调动社会各方面的力量，通过各种各样的途径和方式，发现各种各样的不正当竞争行为，并依法定程序使之受到制裁。只有这样，才能切实保证竞争机制作用的正常发挥。所以，一切社会组织和个人都有权利检举、揭发不正当竞争行为，有关部门也应该为社会监督提供方便，创造条件，采取必要的措施，如给予表扬奖励、为举报人保密、建立有关基金等，本法本条有关国家“鼓励、支持和保护”一切组织和个人对不正当竞争行为进行社会监督的规定落到实处，造成全社会都与不正当竞争行为作斗争的社会氛围，促进平等竞争的社会主义市场经济体制的形成和发展。

对不正当竞争行为实施社会监督的主体非常广泛，它包括了国家机关之外的一切组织和个人，其中主要是经营者、经营组织的内部职能机构、行业协会和消费者四大类。

(1) 经营者。经营者是指从事商品经营或者营利性服务的法人、其他经济组织和个人。它是对商品生产、销售者和营利性服务提供者的统称，而不是仅指商品的销售者和营利性服务的提供者乙它们是市场竞争的直接参与者，在具体的市场交易活动中，可以发现交易伙伴或同业竞争对手的不正当竞争行为。

(2) 经营组织的内部职能机构。经营组织的内部职能机构是指经营组织内部设立的各专门业务管理部门。它们直接操作本经营组织的经营管理生产活动，对本经营组织参与市场竞争的相关情况最为了解，最易发现本经营组织的不正当竞争行为。

(3) 行业协会。行业协会是对不正当竞争行为实施社会监督的主体。行业协会作为群众性的社会团体，它对本行业经营风气的指导作用往往是其他部门所不能替代的，随着市场经济体制的逐步建立和完善，这种指导作用将逐步加强，加之它们对本行业参与市场竞争的一般规律有比较全面的了解，很容易发现本行业的不正当竞争行为。

(4) 消费者。消费者作为一个庞大的群体，它是对不正当竞争行为实施社会监督的重要主体。消费者在自己的消费活动中，往往能够亲身体验到不正当竞争行为造成的危害或者给消费者带来的权益侵害。同时，由于消费者人数众多，分布广泛，可以说，凡有不正当竞争行为存在的地方，就有消费者存在，凡是公民，实质上都是消费者。消费者分布范围的广泛性，决定了消费者是对不正当竞争行为实施社会监督的重要主体。

社会监督的方法主要有披露、举报、控告、起诉四种。

（1）披露。披露就是通过广播、电视、报刊等新闻媒介公开揭露不正当竞争行为，让它们在社会曝光，以唤起社会舆论对不正当竞争行为的谴责。新闻媒介作为党和人民的“喉舌”，作为传播信息的载体，它与社会生活的关系越来越密切。无数事实证明，新闻媒介对社会舆论的导向有着无可替代的作用。同样，运用新闻媒介实施对不正当竞争行为的社会监督，对于制止不正当竞争行为有着至关重要的作用。

（2）举报。举报是指与不正当竞争行为没有利害关系的消费者、经营者知悉不正当竞争行为主体及其不正当竞争行为事实并向行政执法机关、司法机关揭发的行为。广大消费者和经营者，对于不正当竞争行为，有权利也有义务按照规定的管辖范围，向行政执法机关或者司法机关提出举报。举报可用书面或者口头方式提出。有关行政执法机关或司法机关，要认真接受举报，把它作为处理不正当竞争行为的材料来源之一。举报人如果不愿公开自己的姓名，有关行政执法机关或司法机关应为其保守秘密。行政执法机关或司法机关按照管辖范围对于举报材料审查后，认为有不正当竞争行为事实并需要追究法律责任的时候，应当立案。

（3）控告。控告是指向行政执法机关或司法机关揭发、控诉不正当竞争行为人及其不正当竞争违法事实并要求依法惩处的行为。控告和举报同是向行政执法机关或司法机关揭发不正当竞争行为人和不正当竞争违法事实，并要求依法处理的行为，但后者的行为人一般与案件无直接牵连，并往往出于正义感或是为了维护社会正常的经济秩序。控告可以用书面或口头方式提出。有关行政执法机关或司法机关应当认真接受控告。如果控告人不愿公开姓名，行政执法机关或司法机关应当为其保守秘密。行政机关或司法机关对于自己管辖范围的控告，应当认真审查材料，认为有不正当竞争违法事实并需要追究法律责任的，应当立案。

（4）起诉。起诉是指经营者和消费者依法直接提请有管辖权的人民法院对不正当竞争行为主体追究法律责任的诉讼行为。本法规定，被侵害的经营者的合法权益受到不正当竞争行为损害的，可以向人民法院提起诉讼。这是对不正当竞争行为实施社会监督的一个重要方法。通过起诉及其相关的诉讼过程，可以有效地制止不正当竞争行为，切实保护经营者和消费者的合法权益。

三、法律责任

1. 不正当竞争行为的损害赔偿责任

《反不正当竞争法》第二十条规定，经营者违反本法规定，给被侵害的经营者造成损害的，应当承担损害赔偿责任，被侵害的经营者的损失难以计算的，赔偿额为侵权人在侵权期间因侵权所获得的利润；并应当承担被侵害的经营者因调查该经营者侵害其合法权益的不正当竞争行为所支付的合理费用。被侵害的经营者的合法权益受到不正当竞争行为损害的，可以向人民法院提起诉讼。

这里的损害赔偿责任是民事责任的一种。民事责任是指当事人违反民事义务而应依法承担的民事法律后果。民事责任的法律特征有三：民事责任以法律规定或当事人约定的民事义务为前提；民事责任以恢复受害人被损害的民事权益为目的，其责任形式大多不具备惩罚性；民事责任主要是一种财产责任，即违法者以自己的财产向受害人承担责任。根据《民法通则》第134条的规定，民事责任的形式主要有如下10种：停止侵害；排除妨碍；消除危险；返还财产；恢复原状；修理、重做、更换；赔偿损失；支付违约金；消除影响；恢复名誉；赔礼道歉。

民事责任分违约责任和侵权责任两大类，前者指违反合同的责任，后者指侵犯他人民事权利的责任。由于不正当竞争行为往往都具有侵害竞争对手的合法权益的性质，所以本法中所规定的民事责任主要是一种侵权责任。从各国竞争立法的情况看，不正当竞争的民事责任主要是损害赔偿，但在赔偿额的确定上则不尽相同。多数国家实行实际赔偿原则，即赔偿责任以受害人的实际损害为限。

根据本条的规定，经营者实施不正当竞争行为，“给被侵害的经营者造成损害的，应当承担损害赔偿责任，被侵害的经营者的损害难以计算的，赔偿额为侵权人在侵权期间因侵权所获得的利润；并应当承担被侵害的经营者因调查该经营者侵害其合法权益的不正当竞争行为所支付的费用。”据此规定，不正当竞争行为实施者应当承担的损害赔偿责任的范围，包括实际损失和其他合理费用两部分。

（1）实际损失。经营者违反本法的规定实施不正当竞争行为，给被害方造成损失时，应当承担损害赔偿责任。赔偿额的确定有两种方法。一是直接法，即以被侵权人在被侵权期间因被侵权所受到的损失为赔偿额。二是拟定法，即以侵权人在侵权期间因侵权所得的利润为赔偿额，这种方法实际上是将“侵权利润”拟定为损失额。根据本条规定，侵权损失难以计算的，赔偿额应为侵权人在侵权期间因侵权所获得的利润。从法理及实务上看，这种利润应是除成本和税金外的所有收益。

（2）其他合理费用。实施不正当竞争行为的经营者应当承担被侵害的经营者因调查不正当竞争行为所支付的合理费用。在实践中，被侵害的经营者为了维护自己的合法权益，经常主动对侵权人的不正当竞争行为进行调查，获取证据，以供行政投诉或司法诉讼所需。对此，经营者一般要投入一定的人力、物力和财力，发生相关的费用。这种费用属于实际损失的范畴，应计算在损害后果之列，由侵权人承担。

2. 假冒他人注册商标行为的法律责任

《反不正当竞争法》第二十一条规定，经营者假冒他人的注册商标，擅自使用他人的企业名称或者姓名，伪造或者冒用认证标志、名优标志等质量标志，伪造产地，对商品质量作引人误解的虚假表示的，依照《中华人民共和国商标法》、《中华人民共和国产品质量法》的规定处罚。

假冒他人注册商标的行为，是指经营者故意或者过失侵犯他人注册商标专用权的行为。根据本条第1款的规定，经营者假冒他人的注册商标，依照《中华人民共和国商标法》的规定处罚。

假冒他人注册商标的行为应承担以下法律责任：

（1）民事责任。民事责任是假冒他人注册商标行为主要的法律责任形式。商标权属民事权利范畴，民事责任的一般原则和形式基本适用于商标侵权。

一是停止侵害。停止侵害即责令侵害人停止其侵害行为，它是阻止商标侵权人正在实施的侵权行为以及防止扩大侵害后果的有效措施，而不论这种侵害行为持续多久，也不论侵权人是否知道或应当知道其行为的违法性；商标权人对商标侵权行为有权向法院提出停止侵害的诉讼请求或诉讼保全，法院可根据侵权行为的具体情况，依法责令侵权人停止侵害。

二是赔偿损失。赔偿损失是假冒他人注册商标行为最基本的民事责任形式。商标权人根据被损害的事实，可以要求侵权人赔偿损失。赔偿额的计算方式有两种：一是按侵权人在侵权期间因侵权所获得的利润作为赔偿额。这是一种推定的损失赔偿法，即推定侵权人的利润即为被侵权人的损失，只要商标权人证明被侵权及证明侵权人因侵权获利即可。二是按被侵权人在被侵权期间因侵权行为所受到的实际损失为赔偿额。被侵权人只要证明损失与侵权行为有因果关系，即可请求赔偿。假冒他人注册商标行为的损害赔偿责任的构成要件是：侵权人实施了侵权行为；侵权人主观上有过错；被侵权人受到了损失；侵权行为与损失之间存在着因果关系。

三是消除影响。假冒他人注册商标行为的一个重要危害后果是引起市场的混乱，导致消费者对商品出处的混淆而发生误认、误购，损害注册商标和商标注册人的信誉，造成不良的影响。因此，消除影响也是商标侵权的重要责任方式，商标权人有权要求侵权人消除不良影响，法院根据其请求，可以责令侵权人登报或在公开场合刊登公告、声明等承认其侵权行为，公开赔礼道歉。

（2）行政责任。我国《商标法》规定了假冒他人注册商标行为的行政责任，即工商行政管理部门依照商标管理法规对假冒他人注册商标行为有权作出行政处罚。假冒他人注册商标行为的行政责任主要有以下几种：责令立即停止销售；收缴并销毁侵权商标标识；消除现存商品上的侵权商标；收缴直接专门用于商标侵权的设备、工具；对于以上四项措施不足以制止侵权行为，或者侵权商标与商品难以分离的，责令并监督销毁侵权物品；处以罚款；应被侵权人的请求责令侵权人赔偿损失。

以上行政责任方式，既可以单处，也可以并处。当事人对工商行政管理部门责令停止侵权行为、罚款等行政处罚决定不服的，可以在规定的期限内向上一级工商行政管理部门申请复议，对复议决定不服的，当事人在规定的期限内可以向法院起诉。对工商行政管理部门作出的赔偿被侵权人损失的决定不服的，不能向法院提起行政诉讼。

（3）刑事责任。我国《商标法》对假冒商标等严重的侵权行为也规定了行为人的刑事责任：“假冒他人注册商标，构成犯罪的，除赔偿被侵权人的损失外，依法追究刑事责任。伪造、擅自制造他人注册商标标识或者销售伪造、擅自制造的注册商标标识，构成犯罪的，除赔偿被侵权人的损失外，依法追究刑事责任。销售明知是假冒注册商标的商品，构成犯罪的，除赔偿被侵权人的损失外，依法追究刑事责任。”我国《刑法》对商标犯罪作了具体规定。我国《刑法》第213条规定：“未经注册商标所有人许可，在同一种商品上使用与其注册商品相同的商标，情节严重的，处三年以下有期徒刑或者拘役，并处或者单处罚金；情节特别严重的，处三年以上七年以下有期徒刑，并处罚金；”此即假冒注册商标罪的规定。

我国《刑法》第214条规定：“销售明知是假冒注册商标的商品，销售金额数额较大的，处三年以下有期徒刑或者拘役，并处或者单处罚金；销售金额数额巨大的，处三年以上七年以下有期徒刑，并处罚金。”此即是关于销售假冒注册商标的商品罪的规定。所谓销售假冒注册商标的商品罪，是指违反商标管理法规，销售明知是假冒注册商标的商品，销售金额数额较大的行为。

我国《刑法》第215条规定：“伪造、擅自制造他人注册商标标识或者销售伪造、擅自制造的注册商标标识，情节严重的，处三年以下有期徒刑、拘役或者管制，并处或者单处罚金；情节特别严重的，处三年以上七年以下有期徒刑，并处罚金。”此即关于非法制造、销售非法制造的注册商标标识罪的规定。所谓非法制造、销售非法制造的注册商标标识罪，是指伪造、擅自制造他人注册商标标识或者销售伪造、擅自制造的注册商标标识，情节严重的行为。

3. 擅自使用他人企业名称或姓名行为的法律责任

擅自使用他人的企业名称或者姓名的不正当竞争行为，是指经营者未经权利人许可，使用他人的企业名称或者姓名，引人误以为是他人商品的不正当竞争行为。根据本条第1款的规定，经营者擅自使用他人的企业名称或者姓名，引人误认为是他人的商品的，依照《中华人民共和国产品质量法》的规定处罚。

（1）行政责任。依照《产品质量法》第53条规定，伪造产品产地的，伪造或者冒用他人厂名、厂址的，伪造或者冒用认证标志等质量标志的，责令改正，没收违法生产、销售的产品，并处违法生产、销售产品货值金额等值以下的罚款；有违法所得的，并处没收违法所得；情节严重的，吊销营业执照。

（2）民事责任。依照《民法通则》第99条、第120条的规定，公民享有姓名权，禁止他人干涉、盗用、假冒。法人、个体工商户、个人合伙享有名称权。公民的姓名权和法人的名称权受到侵害的，有权要求停止侵害，恢复名誉，消除影响，赔礼道歉，并可以要求赔偿损失。

依据本法第20条规定，经营者假冒他人的企业名称或者姓名，给被侵害的经营者造成损害的，应当承担损害赔偿责任，被侵害的经营者的损失难以计算的，赔偿额为侵权人在侵权期间所获得的利润；并应当承担被侵害的经营者因调查该经营者侵害其合法权益的不正当竞争行为所支付的合理费用。

4. 虚假标示行为的法律责任

虚假标示行为，是指经营者在商品或其包装的标识上，对商品的质量标志、产地或其他反映商品质量状况的各种因素作不真实的标注，欺骗购买者的不正当竞争行为。

根据本条第1款的规定，经营者伪造或者冒用认证标志、名优标志等质量标志，伪造产地，对商品质量作引人误解的虚假表示的，依照《中华人民共和国产品质量法》的规定处罚。

（1）行政责任。依据《产品质量法》第53条规定，伪造产品产地的，伪造或者冒用他人厂名、厂址的，伪造或者冒用认证标志等质量标志的，责令改正，没收违法生产、销售的产品，并处违法生产、销售产品货值金额等值以下的罚款；有违法所得的，并处没收违法所得；情节严重的，吊销营业执照。

（2）民事责任。根据本法第20条规定，经营者违反本法规定，给被侵害的经营者造成损害的，应当承担损害赔偿责任。该条还对赔偿额的计算作出了规定。

（3）刑事责任。如果经营者假冒质量标志，生产或销售伪劣商品的，则依照《刑法》追究刑事责任。

5. 假冒知名商品特有名称、包装、装潢行为的法律责任

仿冒知名商品特有的名称、包装、装潢的不正当竞争行为，是指擅自将他人知名商品特有的商品名称、包装、装潢作相同或近似使用，造成与他人知名商品相混淆，使购买者误认为或足以使购买者误认为是该知名商品的行为。根据本条第2款规定，经营者擅自使用知名商品特有的名称、包装、装潢，或者使用与知名商品近似的名称、包装、装潢，造成和他人的知名商品相混淆，使购买者误认为是该知名商品的，监督检查部门应当责令停止违法行为，没收违法所得，可以根据情节处以违法所得1倍以上3倍以下的罚款；情节严重的，可以吊销营业执照；销售伪劣商品，构成犯罪的，依法追究刑事责任。

另外，如果该知名商品特有的名称、包装、装潢已获得外观设计专利的话，专利权人还可按《专利法》的规定提起专利侵权诉讼；如果没有获得专利，被侵害人也可以依据《著作权法》的规定提起著作权侵权诉讼。被侵权人既可以依据《专利法》、《著作权法》等获得救济，也可以依据本法获得救济。

(1) 民事责任。仿冒知名商品特有的名称、包装、装潢，给被侵害的经营者造成损害的，依据本法第20条的规定，应当承担损害赔偿责任，被侵害的经营者的损失难以计算的，赔偿额为侵权人在侵权期间因侵权所获得的利润；并应当承担被侵害的经营者因调查该经营者侵害其合法权益的不正当竞争行为所支付的合理费用。

(2) 行政责任。依照本条第2款规定，行政责任的方式为没收违法所得、罚款和吊销营业执照，罚款的数额根据情节为违法所得1倍以上3倍以下。

(3) 刑事责任。如果知名商品特有的名称、包装、装潢已经取得外观设计专利，依据《专利法》第58条规定，假冒他人专利的，除依法承担民事责任外，由管理专利工作的部门责令改正并予以公告，没收违法所得，可以并处违法所得3倍以下的罚款，没有违法所得的，可以处5万元以下的罚款；构成犯罪的，依法追究刑事责任。我国《刑法》第216条规定："假冒他人专利，情节严重的，处三年以下有期徒刑或者拘役，并处或者单处罚金。"所谓假冒专利罪，是指违反专利法规，假冒他人专利，情节严重的行为。

6. 商业贿赂行为的法律责任

《反不正当竞争法》第二十二条规定，经营者采用财物或者其他手段进行贿赂以销售或者购买商品，构成犯罪的，依法追究刑事责任；不构成犯罪的，监督检查部门可以根据情节处以一万元以上二十万元以下的罚款，有违法所得的，予以没收。

商业贿赂行为，是指经营者为销售或者购买商品而采用财物或者其他手段贿赂对方单位或者个人的行为。根据本条和国家工商行政管理局《关于禁止商业贿赂行为的暂行规定》的规定，商业贿赂行为的法律责任如下：

（1）商业贿赂行为的民事责任。本条并没有规定商业贿赂行为的民事责任，商业贿赂行为应该不应该承担民事责任，本身也值得探讨。一般来说，似乎不应该承担民事责任。但是本法之所以禁止以贿赂手段销售或者购买商品，看起来是针对行贿或受贿的经营者，而实质上是为了制止采用贿赂手段销售或购买商品给其他经营者造成损害，理应适用本法第20条的规定："经营者违反本法规定，给被侵害的经营者造成损害的，应当承担损害赔偿责任，被侵害的经营者的损失难以计算的，赔偿额为侵权人在侵权期间因侵权所获得的利润；并应当承担被侵害的经营者因调查该经营者侵害其合法权益的不正当竞争行为所支付的合理费用。"遭受商业贿赂行为侵害的经营者可以向人民法院提起诉讼，追究行为人的民事责任。

（2）商业贿赂行为的行政责任。根据本条规定，对于经营者采用财物或者其他手段进行贿赂以销售或者购买商品，不构成犯罪的，由监督检查部门根据情节处以1万元以上20万元以下的罚款，有违法所得的，予以没收。有关单位或者个人购买或者销售商品时收受贿赂的，由工商行政管理机关按照上述规定处罚。

（3）商业贿赂行为的刑事责任。经营者采用财物或者其他手段进行贿赂以销售或者购买商品，构成犯罪的，依法追究刑事责任。目前追究贿赂行为刑事责任的法律根据主要是《中华人民共和国刑法》。

我国《刑法》第385条规定："国家工作人员利用职务上的便利，索取他人财物的，或者非法收受他人财物，为他人谋取利益的，是受贿罪。国家工作人员在经济往来中，违反国家规定，收受各种名义的回扣、手续费，归个人所有的，以受贿论处。"此即关于受贿罪的规定。所谓受贿罪，是指国家工作人员利用职务上的便利，索取他人财物的，或者非法收受他人财物，为他人谋取利益的行为。

我国《刑法》第387条规定："国家机关、国有公司、企业、事业单位、人民团体，索取、非法收受他人财物，为他人谋取利益，情节严重的，对单位判处罚金，并对其直接负责的主管人员和其他直接责任人员，处五年以下有期徒刑或者拘役。前款所列单位，在经济往来，在账外暗中收受各种名义的回扣、手续费，以受贿论，依照前款的规定处罚。”此即单位受贿罪的规定。所谓单位受贿罪，是指国家机关、国有公司、企业、事业单位、人民团体，索取、非法收受他人财物，为他人谋取利益，情节严重的行为。

我国《刑法》第389条规定：“为谋取不正当利益，给予国家工作人员以财物的，是行贿罪。在经济往来中，违反国家规定，给予国家工作人员以财物，数额较大的，或者违反国家规定，给予国家工作人员以各种名义的回扣、手续费，以行贿论处。因被勒索给予国家工作人员以财物；没有获得不正当利益的，不是行贿。”此即关于行贿罪的规定。所谓行贿罪，是指行为人为了谋取不正当利益而给予国家工作人员财物的行为。

我国《刑法》第391条规定：“为谋取不正当利益，给予国家机关、国有公司、企业、事业单位、人民团体以财物的，或者在经济往来中，违反国家规定，给予各种名义的回扣、手续费的，处三年以下有期徒刑或者拘役。单位犯前款罪的，对单位判处罚金，并对其直接负责的主管人员和其他直接责任人员，依照前款的规定处罚。”此即关于对单位行贿罪的规定。对单位行贿罪，指为谋取不正当利益，给予国家机关、国有公司、企业事业单位、人民团体以财物，或者在经济往来中违反国家规定，给予各种名义的回扣、手续费的行为。

我国《刑法》第392条规定：“向国家工作人员介绍贿赂，情节严重的，处三年以下有期徒刑或者拘役。介绍贿赂人在被追诉前主动交待介绍贿赂行为的，可以减轻处罚或者免除处罚。”此即介绍贿赂罪的规定。所谓介绍贿赂罪，是指行为人在行贿人和受贿人之间进行沟通、撮合，使贿赂得以实现的行为。

我国《刑法》第393条规定：“单位为谋取不正当利益而行贿，或者违反国家规定，给予国家工作人员以回扣、手续费，情节严重的，对单位判处罚金，并对其直接负责的主管人员和其他直接责任人员，处五年以下有期徒刑或者拘役。因行贿取得的违法所得归个人所有的，依照本法第389条、第390条的规定定、罪处罚。”此即关于单位行贿罪的规定。所谓单位行贿罪，是指单位为谋取不正当利益而行贿，或者违反国家规定，给予国家工作人员以回扣、．手续费，情节严重的行为。

我国《刑法》第163条规定：“公司、企业的工作人员利用职务上的便利，索取他人财物或者非法收受他人财物，为他人谋取利益，数额较大的，处五年以下有期徒刑或者拘役；数额巨大的，处五年以上有期徒刑，可以并处没收财产。公司、企业的工作人员在经济往来中，违反国家规定，收受各种名义的回扣、手续费，归个人所有的，依照前款的规定处罚。国有公司、企业中从事公务的人员和国有公司、企业委派到非国有公司、企业从事公务的人员有前两款行为的，依照本法第385条、第386条的规定定罪处罚。”此即关于公司、企业人员受贿罪的规定。所谓公司、企业人员受贿罪，是指公司、企业的工作人员利用职务上的便利，索取他人财物或者非法收受他人财物，为他人谋取利益，或者在经济往来中，违反国家规定收受各种名义的回扣、手续费，归个人所有，数额较大的行为。

我国《刑法》第164条规定：“为谋取不正当利益，给予公司、企业的工作人员以财物，数额较大的，处三年以下有期徒刑或者拘役；数额巨大的，处三年以上十年以下有期徒刑，并处罚金。单位犯前款罪的，对单位判处罚金，并对其直接负责的主管人员和其他直接责任人员，依照前款的规定处罚。行贿人在被追诉前主动交待行贿行为的，可以减轻处罚或者免除处罚。”即关于对公司、企业人员行贿罪的规定。所谓对公司、企业人员行贿罪，是指为谋取不正当利益，给予公司、企业的工作人员以财物，数额较大的行为。

7. 公用企业限制竞争行为的法律责任

《反不正当竞争法》第二十三条规定，公用企业或者其他依法具有独占地位的经营者，限定他人购买其指定的经营者的商品，以排挤其他经营者的公平竞争的，省级或者设区的市的监督检查部门应当责令停止违法行为，可以根据情节处以五万元以上二十万元以下的罚款。被指定的经营者借此销售质次价高商品或者滥收费用的，监督检查部门应当没收违法所得，可以根据情节处以违法所得一倍以上三倍以下的罚款。

公用企业限制竞争行为，是指公用企业或者其他依法具有独占地位的经营者，以排挤其他经营者的公平竞争为目的，限定他人购买其指定的经营者的商品的行为。根据本条及《关于禁止公用企业限制竞争行为的若干规定》的规定，公用企业或其他依法具有独占地位的经营者限制竞争行为的法律责任如下：

（1）民事责任。公用企业限制竞争行为的民事责任主要是损害赔偿责任。根据《反不正当竞争法》第二十条及《关于禁止公用企业限制民事行为的若干规定》第八条的规定，因公用企业和被指定的经营者的违法行为而受到损害的用户、消费者和经营者，可以依据《反不正当竞争法》第二十条的规定，向人民法院提起诉讼，请求损害赔偿。

（2）行政责任。公用企业或者其他依法具有独占地位的经营者，限定他人购买其指定的经营者的商品，以排挤其他经营者的公平竞争的，应当责令停止违法行为，可以根据情节处以5万元以上20万元以下的罚款。公用企业拒不执行处罚决定，继续实施限制竞争行为的，视为新的违法行为，从重予以处罚。

值得注意的是，对公用企业限制竞争行为的行政处罚机关，与其他不正当竞争行为的处罚机关不同，是省级或者设区的市的监督检查部门。考虑到享有独占地位的经营者一般都具有规模大、“级别”高的特点，不宜由县级监督检查部门处理，本法规定对这些经营者的处罚，由省级或设区的市的监督检查部门处理，但是，省级和设区的市的工商部门在处理此类案件时，可以委托县一级的工商部门代为调查。

《反不正当竞争法》第六条规定，公用企业或者其他依法具有独占地位的经营者，不得限定他人购买其指定的经营者的商品。被公用企业或者其他依法具有独占地位的经营者指定的经营者如果借此机会销’售质次价高商品或者滥收费用的，应依本条和《关于禁止公用企业限制竞争行为的若干规定》承担法律责任。

（1）民事责任。被指定经营者的民事责任主要是损害赔偿责任。根据《关于禁止公用企业限制竞争行为的若干规定》第八条的规定，因被指定经营者的违法行为（指销售质次价高商品或者滥收费用的行为）而受到损害的用户和消费者，可以依据《反不正当竞争法》第二十条的规定，向人民法院起诉，请求损害赔偿。

（2）行政责任。被指定的经营者借此销售质次价高商品或者滥收费用的，省级或者设区的市的监督检查部门应当没收违法所得，可以根据情节处以违法所得1倍以上3倍以下的罚款。

（3）刑事责任。被指定的经营者如果借此销售伪劣商品构成犯罪的，应依刑法第三章第一节的规定承担相应的刑事责任。

8. 侵犯商业秘密行为的法律责任

《反不正当竞争法》第二十五条规定，违反本法第十条规定侵犯商业秘密的，监督检查部门应当责令停止违法行为，可以根据情节处以一万元以上二十万元以下的罚款。

侵犯商业秘密行为，是指为了竞争或个人目的，通过不正当方法获取、披露或使用权利人商业秘密的行为。侵犯商业秘密行为，严重损害了商业秘密权利人的经济利益和合法利益，破坏了社会经济秩序和公平竞争的法律环境，应当受到法律的追究和制裁。侵犯商业秘密行为的法律责任如下：

（1）侵权民事责任。侵权人以不法手段侵犯权利人商业秘密应承担侵权的民事责任。《民法通则》第118条规定："公民、法人的著作权（版权）、专利权、商标专用权、发现权、发明权和其他科技成果受到剽窃、篡改、假冒等侵害时，有权要求停止侵害，消除影响，赔偿损失。"商业秘密属于"其他科技成果"的范畴，应受到法律的保护。由此可见，承担侵权民事责任的方式主要有停止侵害、消除影响、赔偿损失三种，只有这样才能禁止侵权人继续侵犯权利人的商业秘密，阻止商业秘密的扩散，尽可能地减少损失，使侵权人受到应有的经济制裁。本法第20条规定："经营者违反本法规定，给受到侵害的经营者造成损害的，应承担损害赔偿责任，受到侵害的经营者的损失难以计算的，赔偿额为侵权人在侵权期间因侵权所获得的利润；并应当承担被侵害的经营者因调查该经营者侵害其合法权益的不正当竞争行为所支付的合理的费用。"依据该规定，侵权人的民事赔偿责任范围有二部分：一是被侵害人的实际损失或侵权人因侵权所获得的利润；二是补偿权利人因侵权人的行为而花费的其他合理费用。这种赔偿责任是侵权人承担民事责任的最关键、最实质的方式。

（2）违约民事责任。侵权人违反保密协议的，应按照合同的约定和有关法律的规走承担违约责任。《合同法》第343条规定："技术转让合同可以约定让与人和受让人实施专利或者使用技术秘密的范围，但不得限制技术竞争和技术发展。"第348条规定："技术秘密转让合同的受让人应当按照约定使用技术，支付使用费，承担保密义务。"第352条规定："受让人未按照约定支付使用费的，应当补交使用费并按照约定支付违约金；不补交使用费或者支付违约金的，应当停止实施专利或者使用技术秘密，交还技术资料，承担违约责任；实施专利或者使用技术秘密超越约定的范围的，未经让与人同意擅自许可第三人实施该专利或者使用该技术秘密的，应当停止违约行为，承担违约责任；违反约定的保密义务的，应当承担违约责任。”这些规定是技术合同中涉及到的商业秘密受法律保护的直接依据，技术合同当事人违反保守商业秘密义务的，应依法承担违约的法律责任。

（3）侵犯商业秘密行为的行政责任。《反不正当竞争法》第二十五条规定，侵犯商业秘密的，监督检察部门应当责令停止违法行为，可以根据情节处以1万元以上10万元以下的罚款。监督检查部门为县级以上人民政府的工商行政管理部门，工商行政管理部门依法对侵犯商业秘密的处罚方法有二种：

一是监督检查部门根据受害人的请求，或依职权认定侵犯商业秘密行为确实存在，就依法责令侵权人停止违法行为。停止违法行为的适用对象主要包括：停止正在进行的非法获取行为、停止使用非法获得的商业秘密、停止非法允许他人使用的商业秘密。对非法披露商业秘密的行为，因秘密一旦被披露就丧失其秘密性，从防止秘密进一步扩散的角度看，除了停止继续披露这一违法行为外，还应依法采取消除影响的民事措施。

二是根据情节处以罚款，即根据被侵犯的商业秘密的价值、给权利人造成的损失或者可能造成的损失、侵权人因侵权行为所获得的利润大小、侵权行为的恶劣程度等情节在法定的罚款幅度以内予以处罚。

（4）刑事责任。《反不正当竞争法》第二十五条及《关于禁止侵犯商业秘密行为的若干规定》并未规定侵犯商业秘密行为的刑事责任，但根据《刑法》第219条之规定，侵犯商业秘密给商业秘密的权利人造成重大损失的，应承担刑事责任。该条规定：“有下列侵犯商业秘密行为之一，给商业秘密的权利人造成重大损失的，处三年以下有期徒刑或者拘役，并处或者单处罚金；造成特别严重后果的，处三年以上七年以下有期徒刑，并处罚金：（一）以盗窃、利诱、胁迫或者其他不正当手段获取权利人的商业秘密的；（二）披露、使用或者允许他人使用以前项手段获取的权利人的商业秘密的；（三）违反约定或者违反权利人有关保守商业秘密的要求，披露、使用或者允许他人使用其所掌握的商业秘密的。明知或者应知前款所列行为，获取、使用或者披露他人的商业秘密的，以侵犯商业秘密论。本条所称商业秘密，是指不为公众所知悉，能为权利人带来经济利益，具有实用性并经权利人采取保密措施的技术信息和经营信息。本条所称权利人，是指商业秘密的所有人和经商业秘密所有人许可的商业秘密使用人。”侵犯商业秘密罪，是指以盗窃、利诱、胁迫或者其他不正当手段获取权利人的商业秘密，或者非法披露、使用或者允许他人使用其所掌握的或获取的商业秘密，给商业秘密的权利人造成重大损失的行为。

9. 商业诽谤行为的法律责任

商业诽谤行为的法律责任主要是根据《民法通则》和本法规定的民事责任；在条件符合的情况下，也可按照《刑法》规定追究刑事责任；在采用虚假宣传手段“散布”虚伪事实因而符合《反不正当竞争法》第九条规定的情况下，也可以依该条追究行政责任。

（1）按《民法通则》规定的民事责任。按照《民法通则》的规定，民事责任分为违反合同的民事责任和侵权的民事责任两类。商业诽谤行为主要侵害的是其他经营者的名誉权，因而不是违约责任而是侵权责任。《民法通则》第101条规定，公民、法人享有名誉权，公民的人格尊严受法律保护，禁止用侮辱、诽谤等方式损害公司、法人的名誉。第120条规定，公民的姓名权、肖像权、名誉权、荣誉权受到侵害的，有权要求停止侵害、恢复名誉、消除影响、赔礼道歉，并可以要求赔偿损失。法人的名称权、名誉权、荣誉权受到侵害的，适用上述规定。由此可见，《民法通则》规定商业诽谤行为所承担民事责任的方式有：停止侵害、恢复名誉、消除影响、赔礼道歉、赔偿损害。上述责任方式，可以单独适用，也可以合并适用。另外，人民法院在审理商业诽谤案件时，还可以按《民法通则》第134条的规定，对行为人予以训诫、责令具结悔过、收缴进行非法活动的财物和非法所得等等。

停止侵害，即责令行为人立即停止商业诽谤行为。当被诽谤人得知诽谤事实后，可以立即要求行为人停止侵害，也可以向人民法院起诉，请求人民法院责令行为人停止侵害；恢复名誉、消除影响，往往是紧跟在“停止侵害”后面的措施，即责令行为人采取措施，恢复被诽谤人的商业信誉和商品声誉，并消除因为诽谤行为而导致不良影响。一般来说，起码应该以相同的方式、相同的范围来恢复名誉和消除影响。如果在某市以电视广告的形式实施了商业诽谤行为，那么也起码应该通过该市的电视来恢复名誉和消除影响；赔礼道歉，是责令行为人向被诽谤人承认错误，表示歉意。既可以在恢复名誉和消除影响时一并实施，也可以单独实施。既可以用电视、报纸、会议等公开形式，也可以用私下形式；赔偿损失，《民法通则》只作了原则规定，《反不正当竞争法》作了具体规定，因此，应按《反不正当竞争法》来处理。

（2）按《反不正当竞争法》规定的民事责任。对于侵害名誉权的商业诽谤行为应承担的赔偿损失的民事责任来说，实质上是一种精神损害的赔偿责任，在民法通则实施以前，我国的司法实践并不承认精神损害的赔偿责任，根本原因是在于难于计算精神损害的赔偿数额。《民法通则》顺应世界民法发展趋势，对此作出了原则规定，但具体如何掌握精神赔偿的数额，仍是一个难题。司法实践中往往以受害人的精神损害程度、侵害人的经济状况等因素作综合考虑，但弹性很大。

商业诽谤行为所应承担的赔偿责任应按《反不正当竞争法》第二十条的规定来处理："经营者违反本法规定，给被侵害的经营者造成损害的，应当承担损害赔偿责任，被侵害的经营者的损失难以计算的，赔偿额为侵权人在侵权期间因侵权所获得的利润；并应当承担被侵害的经营者因调查该经营者侵害其合法权益的不正当竞争行为所支付的合理费用。被侵害的经营者的合法权益受到不正当竞争行为损害的，可以向人民法院起诉。"

（3）行政责任。《反不正当竞争法》上的行政责任主要体现为监督检查部门对于不正当竞争者进行行政处罚。监督检查部门是指县级以上人民政府工商行政管理部门和法律、行政法规规定的其他监督检查部门。对于商业诽谤行为来说，《反不正当竞争法》并没有规定行政责任，这也就是说，监督检查部门能够对商业诽谤行为按《反不正当竞争法》第三章的规定进行监督检查，但不能进行行政处罚。

但是，在执法实践中，只要符合《反不正当竞争法》第九条的规定："经营者不得利用广告或者其他方法，对商品的质量、制作成分、性能、用途、生产者、有效期限、产地等作引人误解的虚假宣传"，就可以按"虚假宣传"给予行政处罚，依照《反不正当竞争法》第二十四条规定："经营者利用广告或者其他方法，对商品作引人误解的虚假宣传的，监督检查部门应当责令停止违法行为，消除影响，可以根据情节处1万元以上20万元以下的罚款。"但是处理必须明确，这不是对商业诽谤行为作行政处罚，而是对虚假宣传作行政处罚。而且，商业诽谤也不必以虚假宣传为手段，只有符合《反不正当竞争法》第九条的规定，才能以虚假宣传给予行政处罚。

（4）刑事责任。我国《刑法》第221条规定：“捏造并散布虚伪事实，损害他人的商业信誉、商品声誉，给他人造成重大损失或者有其他严重情节的，处二年以下有期徒刑或者拘役，并处或者单处罚金。”此即关于损害商业信誉、商品声誉罪的规定。

损害商业信誉、商品声誉罪，是指捏造并散布虚伪事实，损害他人的商业信誉、商品声誉，给他人造成重大损失或者有其他严重情节的行为。

诽谤行为须给他人造成重大损失或有其他严重情节，方能构成犯罪。根据《最高人民检察院、公安部关于经济犯罪案件追诉标准的规定》（2001年4月18日）的规定，捏造并散布虚伪事实，损害他人的商业信誉、商品声誉，涉嫌下列情形之一的，应予立案：给他人造成的直接经济损失数额在50万元以上的；虽未达到上述数额标准，但具有下列情形之一的：严重妨害他人正常生产经营活动或者导致停产、破产的；造成恶劣影响的。

（4）处罚。自然人犯本罪的，处二年以下有期徒刑或者拘役，并处或者单处罚金。单位犯本罪的，对单位判处罚金，并对单位的直接负责的主管人员和其他直接责任人员追究刑事责任。

第五部分

消费者权益保护规则

《消费者权益保护法》第一条规定，为保护消费者的合法权益，维护社会经济秩序，促进社会主义市场经济健康发展，制定本法。根据本条的规定，本法的立法目在于通过对处于经济上弱者地位的消费者的合法权益的保护，维护社会经济秩序，促进社会主义市场经济的健康发展。

《消费者权益保护法》第二条规定，消费者为生活消费需要购买、使用商品或者接受服务，其权益受本法保护；本法未作规定的，受其他有关法律、法规保护。按本条的规定，本法所称的消费者是指为生活消费需要而购买、使用商品或者接受服务的人。

一、消费者的权利

1. 消费者的安全权

《消费者权益保护法》第七条规定，消费者在购买、使用商品和接受服务时享有人身、财产安全不受损害的权利。

消费者有权要求经营者提供的商品和服务，符合保障人身、财产安全的要求。

对于任何公民而言，其人身权利和财产安全不受侵犯为我国宪法和法律所肯定。《宪法》第 13 条规定：“国家保护公民的合法的收入、储蓄、房屋和其他合法财产的所有权。”《民法通则》第 75 条第 2 款规定：“公民的合法财产受法律保护，禁止任何组织或者个人侵占、哄抢、破坏或者非法查封、扣押、冻结、没收。”第98条规定：“公民享有生命健康权。”第117条第2款和第3款规定：“损害国家的、集体的财产或者他人财产的，应当恢复原状或者折价赔偿。”“受害人因此遭受其他重大损失的，侵害人并应当赔偿损失。”第119条规定：“侵害公民身体造成伤害的，应当赔偿医疗费、因误工减少的收入、残废者生活补助费等费用；造成死亡的，并应当支付丧葬费、死者生前扶养的人必要的生活费等费用。”第122条规定：“因产品质量不合格造成他人财产、人身损害的，产品制造者、销售者应当依法承担民事责任。运输者、仓储者对此负有责任的，产品制造者、销售者有权要求赔偿损失。”以上《宪法》这一根本大法和《民法通则》这一民事基本法中对于公民个人人身、财产权利的保护是本法关于消费者享有在购买、使用商品和接受服务时，人身、财产安全不受损害的权利的权利来源。

安全权，是指生命健康和财产不受威胁，不受侵害的一种基本生存权利。消费者的安全权，是指消费者在购买、使用商品或者接受服务时依法律规定或者依合同约定所享有的生命健康和财产不受威胁、不受侵害的权利。

根据本条的规定，我国消费者享受的安全权的基本内容主要包括人身安全权和生命安全权两个部分。

人身安全权，是指消费者的生命、健康以及人格尊严等不受威胁、不受侵害的安全权，主要包括生命安全权和健康安全权。人身安全权是消费者最重要的权利。对于所有的消费者来说，在进行消费活动时，首先考虑的便是商品和服务的卫生、安全因素。如果这方面存在问题，轻则使消费者产生某种疾病，或者身体某一部位受到伤害；重则造成生命危险，导致死亡。因此，商品和服务是否符合人体健康和人身安全的要求，是消费者最为关心的问题。

财产安全权，是指消费者的财产不受侵害的权利。财产安全权受到威胁、损害时，财产损失大多表现为财物在外观上发生损毁，有时则表现为价值的减少。消费者一定的财产是其生活的物质基础，如果消费者的财产安全受到损害，消费者的生活就要受到一定程度的影响。本条所称的财产安全并不仅仅是指消费者购买、使用的商品或接受服务的安全，更重要的，它是指除了购买、使用的商品或接受的服务以外的其他财产的安全，只要是在购买、使用商品或接受服务的过程中发生的，消费者就有权利要求赔偿。

2. 消费者的安全权的实现

在《消费者权益保护法》第七条中明确规定消费者享有人身安全权和财产安全权是非常必要的，不仅使《宪法》和《民法通则》规定的人身权有了实际的保障，而且反映出国家对消费者人身和财产安全的高度重视。为了使这一权利真正得到实现，消费者应有权要求经营者提供的商品和服务符合保障人身、财产安全的要求。

这项权利要求主要包括以下内容：

（1）在购买、使用家用电器、家用机械、燃气以及燃气用具、日用百货、文化用品、儿童玩具等生活消费品时，有权要求这些产品的质量能够有安全性，或者安全性保障措施，不存在缺陷而使消费者受损害；

（2）在购买、使用食品、药品、化妆品时，有权要求商品符合国家规定的安全、卫生标准；

（3）在接受服务时，有权要求有关的服务设施、服务用具和用品，服务环境、服务活动以及服务中所提供的产品或者商品符合安全、卫生等要要求，不致使消费者因之受到人身伤害或者财产安全遭到威胁。

其次，该权利的实现有赖于国家对消费交易活动的有效管理。目前，为了切实保障消费者的安全权；除了本法和《产品质量法》中有一般性的安全保障法律规范，我国对特殊危险性商品和服务的安全保障问题也制定了一系列专门的法律规范，如食品卫生监督管理规范、药品管理规范、化妆品卫生监督管理规范、城市燃气安全管理规范、生活用电安全管理规范、生活用水卫生管理规范、服务安全管理规范等。这些安全管理规范是国家对消费交易进行必要干预的法律依据，为国家对消费安全进行有效管理提供了一系列的法律手段。这些法律管理手段概括起来主要包括以下几种：

一是许可证管理。这一手段包括两个方面，即对特定产品、服务经营的许可证管理和对商品质量的许可证管理。凡从事国家实行许可证管理的商品和服务经营的经营者，都必须首先取得生产经营许可证，否则不得从事生产和经营活动。对实行质量许可证管理的商品或服务，只有在取得质量许可证之后才能进行销售和进口。无论是经营许可证管理还是质量许可证管理都具有保障消费者安全权的功能。通过经营许可证管理，可以保证经营者具有从事相关经营活动的能力和条件，从而可以为商品和服务的安全提供必要的能力和条件保障。通过质量许可证管理，可以防止不具安全性的产品流入市场，危害消费者的安全。

二是标准化管理。标准化管理是国家对商品服务质量进行全面监督管理的重要手段，也是保障消费者安全权的重要法律手段。对涉及消费者人身安全和健康的产品和服务，国家通过制定强制性的各项安全标准，强行要求经营者的商品和服务达到相应的安全标准，从而实现保障消费者安全权的功能。

三是安全认证管理。即对产品和服务的安全性能进行检验、考核，并予以证明的管理活动。国家对涉及消费者人身、财产安全的产品和服务实行严格的认证管理，不经认证或认证不合格的商品和服务，不得向消费者销售和提供，从而可以防止不安全的商品和服务进入市场，为消费交易的安全创造条件。

四是商品和服务的标示管理。商品和服务的标示可以让消费者知晓商品和服务的安全性能和正确安全的使用消费方法，是保障消费者安全消费的一个重要环节。因此，我国法律对商品和服务标示上的安全管理也极为重视，对这方面的安全管理有一系列的法律要求。例如，对于限期使用的产品，应当标明生产日期和安全使用期或失效日期；对使用不当容易造成安全事故的，应有警示标志或说明；对服务场所及周围存在危险的地方必须设置醒目的警示标志等等。

五是安全卫生监督检查。为了切实保障消费者的安全权，国家有关部门经常地对有关商品和服务项目进行安全卫生方面的监督检查必不可少。通过有关部门经常有效的监督检查，不仅有利于及时发现经营者履行安全义务的情况，为国家进行有效的消费安全管理提供必要的信息，而且对经营者履行安全法律义务也具有督促作用。

六是对消费者进行安全教育和宣传。消费者安全权的切实实现，不仅有赖于经营者切实履行安全义务，有赖于国家有关部门对消费交易活动的有效管理，而且也有赖于消费者自身的权利观念和安全意识等，因此应当大力加强安全消费的宣教工作，以不断提高消费者的权利观念和安全意识，从而提高消费者依法维护自己的人身和财产安全不受损害的权利的能力。

3. 消费者的知情权

《消费者权益保护法》第八条规定，消费者享有知悉其购买、使用的商品或者接受的服务的真实情况的权利。

消费者有权根据商品或者服务的不同情况，要求经营者提供商品的价格、产地、生产者、用途、性能、规格、等级、主要成份、生产日期、有效期限、检验合格证明、使用方法说明书、售后服务，或者服务的内容、规格、费用等有关情况。

消费者的知情权，是指消费者在购买、使用商品或者接受服务时，知悉商品的真实情况和服务的真实状况的权利。

消费者享有的知情权，是在民事活动中当事人之间遵循诚实信用原则的一种体现。这既是社会主义商业道德观念的一种渗透，也是长期以来市场经济自身形成的一种规范。社会主义市场经济的发展，有赖于商品交易过程中双方讲诚实、守信用，只有这样才能促进社会经济的发展。同时，社会主义制度下，经营者与消费者之间没有根本利益的冲突，为实现消费者的知情权提供了保障。本条明确规定消费者享有知情权对保护消费者的合法权益具有重要意义。

所谓“知悉”，包含两层含义：一是消费者在不明了的情况下有权主动询问，了解其所购买、使用商品的真实情况；二是向消费者提供的商品或者服务应当真实地记载或说明该商品或者服务的情况，不经消费者询问即使消费者一目了然。

所谓“真实”，也同样包含两层含义：一是全面、正确的有关某商品或者服务的情况，既不避实就虚，也不编造谎言。二是诚实可信不带有任何欺诈的情节。

在现实生活中，我们时常遇到这样情况：向经营者询问某商品的性能、使用方法时遭到白眼；有的商品不标生产厂家的名称，只标中国制造；明明说是“一日五游”实际只有两个旅游风景点等等。当你不知道自己还享有知情权时，也许你会忍气吞声或不想去探究明白，但当你知道自己享有知情权时你就应当毫不客气地把自己应当知道的情况都弄明白。

《消费者权益保护法》第八条第 2 款明确规定了消费者可以要求经营者提供商品或者服务的信息的内容，即：“消费者有权根据商品或者服务的不同情况，要求经营者提供商品的价格、产地、生产者、用途、性能、规格、等级、主要成份、生产日期、有效期限、检验合格证明、使用方法说明书、售后服务，或者服务的内容、规格、费用等有关情况。”

根据上述规定，消费者知情权的内容大体有三个方面：

（1）有关商品或者服务的基本情况。商品或者服务的基本情况，主要包括商品的名称、注册商标、商品产地、生产者名称、生产日期、有效期限，服务的内容、规格、费用等。消费者应当特别关注商品的注册商标、产地和生产者的名称和住所。商标是一种产品与其他产品区分开来的重要标志，它隐含着产品的质量、信誉、售后服务等等情况，消费者对商品的选择，在很大程度上就是对商标的选择。

（2）有关商品的技术指标情况。商品的技术指标情况主要包括商品用途、性能、规格、等级主要成份、有效期限、检验合格证明、使用方法说明书等等。

了解商品的主要成份对消费者来说也是十分必要的。不论该商品是食品、药品、化妆品还是衣料、用具，标清楚它的主要成份不仅对消费者的健康有利，还可以避免经济上的损失。对商品的保存或使用的有效期限，消费者一般在购买食品、药品、化妆晶类的商品时都要了解清楚。这主要是由于上述3类商品与人身健康有直接的关系，食用或使用超过保存期的食品、药品、化妆品对人体健康会产生危害。有些商品没有使用期限，是因为使用该商品的环境、条件不同，其使用寿命也不相同，很难有确切的期限。对这类商品，消费者应当在购买和使用前多做了解，增加有关方面的知识。如电线包皮老化造成漏电现象时有发生，消费者在使用时应当具备这方面的知识，以防事故发生。

（3）商品或者服务的价格以及商品的售后服务情况。商品或者服务的价格是商品、服务交易的关键性内容，直接关系到生产经营者与消费者的切身利益，消费者应当对价格有确切的了解，尤其是对提供的服务的价格。

充分了解商品或者服务的真实情况，是消费者购买商品或者接受服务的前提。只有对某种消费的情况了解之后，才会产生这方面的欲望并付诸实施。任何一个消费者都不会花钱去进行一种一无所知的消费。如果消费者不能在知悉真实情况的条件下进行消费活动，就会与他的本来愿望相去甚远，达不到预计的消费目的。不真实的消费信息不但不能保证消费者合理、科学地消费，甚至会使消费者蒙受人身、财产方面的损失。“知悉商品或者服务的真实情况权”已被本条明确规定下来，那么介绍不介绍商品或者服务的情况就不能看经营者愿意不愿意，而是他必须尽的义务。因此，消费者可以放心大胆地去询问。

4. 消费者的知情权的实现

知情权是消费者依法享有的一项权利，其实现受到法律的严格保护，根据《消费者权益保护法》第八条的规定，消费者可以通过下述途径实现自己的知情权：

（1）消费者有权要求经营者依法标明商品或者服务的真实情况。为了有效地保护消费者的合法权益，我国有关法律、法规、规章规定经营者在出售商品或者提供服务时，应当按规定方式标明商品或者服务的有关真实情况，消费者购买商品或者接受服务时，可以要求经营者出示商品价格标签，同时还可以要求经营者提供商品的生产者名称和住所、商品的用途、性质、主要成份、功能等有关情况。

凡提供有偿服务的单位和个人，均须在其经营场所或交缴费用的地点的醒目位置公布其收费项目明细价目表。价目表应包括收费项目名称、等级或规格、服务内容、计价单位、收费标准等主要内容。收购农副产品和废旧物资的，必须在收购点公布收购价目表，标明品名、规格、等级、计价单位和收购价格。进入生产资料交易的商品，应标明其品名、产地、规格、等级、型（牌）号、计价单位和销售价格等内容；进入批发市场交易的农副产品和工业消费品，也应实行明码标价；进入房地产市场交易的房、地产，应标明其坐落位置、结构、规格、计价单位、面积和销售（出租）价格。价格主管部门对某些商品规定有最高限价、最低保护价或参考价的，市场管理部门应在市场醒目位置予以公布。

再者，消费者有权要求经营者提供商品的生产者、用途性能、主要成份等。如在上海某地药厂所生产的药品上，只用了短短几十个字对药品进行说明，关于药品的慎用、忌用、生产批号、生产日期等全部缺失。而在北京生产同一种药品的生产厂家的药品使用说明书中，却是几百个字，详细介绍了药品的成份、服用方法、性能，服用后的反应中哪些属于服药后的正常反应，哪些属于药品过敏症状，应采取急救措施等一一列明，这种情况与上述某制药厂的作法相比，其对消费者负责的态度自可得知。

（2）消费者在购买、使用商品或者接受服务时，有权询问和了解商品或者服务的有关情况。在社会进步、科技发展的情况下，各种新型的产品不断涌现；

各种不同的型号、具备多种功能的商品也日益增多，在同类商品中，品牌的不同、用料的差别以及生产工艺的差别，都使商品越来越呈现出丰富多彩之势。而对于一个消费者，他可能是某一领域的行家、专家，对某类生产有着高超的鉴别能力，但是，他不可能对每种他在生活中接触到和将要接触到的商品都了如指掌，所以，在购买、使用商品或者接受服务时，向经营者问询商品或者服务的具体情况即成为必然。在交易过程中，消费者的询问、了解权利是受到法律保护的，经营者应对之细致耐心地予以回答。特别在今天高精尖产品不断进入家庭消费的情况下，经营者应向消费者提供的商品或者服务的内容也日趋增多。当然，也应该看到，现在有些厂家在自己的新产品上市的时候，派出本厂业务人员对自己的新产品进行介绍、宣传和亲自演示等，这对于消费者权益保护无疑有促进作用。

（3）消费者有权知悉商品或者服务的真实情况。经营者在向消费者推出其商品或者服务时，应向消费者提供真实的情况。经营者所提供的有关商品或者服务的信息不实，或者因其引人误解的宣传而使消费者接受该商品或者服务时，消费者对于经营者在进行交易时未如实披露有关信息的，可以主张彼此的交易无效。消费者还可以援引《民法通则》第 4 条（“民事活动应当遵循自愿、公平、等价有偿、诚实信用的原则。”）和第 58 条第 1 款第 3 项的规定（“一方以欺诈、胁迫的手段或者乘人之危，使对方在违背其实意思的情况下所为的”行为无效），主张该行为无效。在经营者作出虚假陈述的情况下，或者其宣传足以使任何一般人相信其陈述并做出购买商品或者接受服务的决定，在发现自己权益损害时，消费者可援引法律保护自己的合法权利不受侵犯。

5. 消费者的选择权

《消费者权益保护法》第九条规定，消费者享有自主选择商品或者服务的权利。消费者有权自主选择提供商品或者服务的经营者，自主选择商品品种或者服务方式，自主决定购买或者不购买任何一种商品、接受或者不接受任何一项服务。消费者在自主选择商品或者服务时，有权进行比较、鉴别和挑选。消费者的选择权是指消费者在面临众多的商品和服务提供者时，自主选择商品或服务的权利。

选择权作为消费者的一项重要权利，民法上的自愿原则是该项权利的法理基础。我国《民法通则》第4条规定："民事活动应当遵循自愿、公平、等价有偿、诚实信用的原则。"所谓自愿，是指民事主体在从事民事活动时，应当充分表达真实意志，根据自己的意愿设立变更和终止民事法律关系。本法第4条也强调了自愿原则。民法上的自愿原则反映到消费交易活动中，主要地表现在消费者的自主选择权上，即在消费交易活动中，消费者的消费决策必须是消费者自主自愿作出的，必须是出于消费者本人的自由意志，而无他人的干扰、强迫、威胁。

消费者的选择权是消费者的消费交易切实满足消费需要所必不可少的一项重要权利。消费者购买商品或接受服务是为满足自身的不同需要，每个消费者对消费都有自己的品味、爱好以及特殊的需要和追求。如果消费者在同经营者进行消费交易时不能选择，不具有选择权，那么消费者购买的商品或者接受的服务就不能切实充分地满足自身的消费需求。

消费者的选择权包括以下内容：

（1）消费者选择经营者的权利。消费者有选择自己的交易对象的权利，只要选择符合我国法律的规定，其权利的行使即不受限制。在现实生活中，一些行政性垄断行业组织，利用自己的经营优势，规定消费者购买自己的商品或者接受自己的服务。一些行政主管部门甚至以行业性规定限定消费者必须购买自己的商品，如邮电通讯方面，电信局以一个行政管理者的身份发布公告，要求安装电话的消费者必须购买由其提供的电话机，否则不予装机；消防部门要求建筑单位购买由其指定的厂家的消防器材，否则消防检查中就会有种种弊漏和毛病等等。在《反不正当竞争法》第6条、第7条都规定了对这类行为的禁止。

（2）消费者选择商品品种或者服务方式的权利。消费者有权依自己的经济情况、兴趣爱好决定自己将购买、使用的商品或者接受的服务。在同种类商品存在多种品牌，存在不同档次的商品时，消费者可以自主选择决定。这其实也与交易中应遵循意思自治原则息息相关，只不过是这一原则在消费者权益保护角度的表现而已。消费者进行挑选商品，是其权利行使的方式，经营者不得干涉。并且，经营者在销售商品时，违背销售者的真实意思而强行搭售另一种商品也为法律所禁止，《反不正当竞争法》第12条明文规定："经营者销售商品，不得违背购买者的意愿搭售商品或者附加其他不合理的条件。”

（3）消费者自主决定购买或者不购买任何一种商品、接受或者不接受任何一种服务的权利。所谓自主，是指消费者的消费行为不受来自各方面的干扰，自己决定自己的事情。影响消费者消费心理的主要因素是广告宣传。从总体上来看市场上的广告宣传大多数是真实的，但也确有不少虚假的、误导消费者的宣传。我国法律规定，广告宣传必须真实、可靠、健康，否则将受到法律制裁。在我们所处的信息时代各种传播媒介无时不在向消费者灌输着某一商品或服务的信息，步步引导消费者的消费方向。消费者身陷广告的铁壁包围之中，要有自主的意识不是一件容易做到的事情。

消费者的选择范围不受限制，经营者对之不得进行干涉和阻挠。在一般消费者看来，这项权利在现实生活中有时实难实现。比如有的饭店规定，进入本店只能接受在最低消费水平以上的服务。由经营者单方确定最低消费线是对消费者权益的侵犯。一个消费者可能根本不愿接受该经营者所规定的最低消费线的服务，而愿自己选择自己喜欢的商品种类或者服务项目，然而，往往碍于面子或者因店大欺客，而甘愿忍受。

（4）对商品或者服务进行比较、鉴别和挑选权。比较是指消费者就某个商品的质量、规格、样式、价格等与同类商品做对比。这是消费者一项很重要的权利。消费者为了选择一件称心的商品，在众多的同类商品中选择其中最满意的商品的行为是天经地义的事情，无可指责。经营者应当顺应消费者的这种消费心理，不厌其烦地协助消费者完成这一选购过程。

鉴别是指消费者对于该商品的质量、真伪在其所能够掌握的该商品知识的范围内做出判断。毋庸置疑，在我们市场上流动的不合格的产品，假冒伪劣商品也很多，消费者尽其力对欲购的商品进行鉴别有利于保护其自身的利益。当然这种鉴别是有限的，对于明显的劣质或假冒的产品，具有该商品的一般常识还是可以鉴别出来，但是对于某些商品的内在质量只能依赖科学仪器才能进行鉴别，消费者就无能为力了。经营者应当向消费者宣传有关知识，帮助消费者对所购商品的质量进行鉴别。

挑选是指对同类商品的重复选择。有些人不习惯挑选商品，也有的人认为这样会给经营者带来麻烦，也有的人在经营者难看的脸色下不敢挑选商品。其实，消费者挑选商品无论从消费心理方面看，还是从法律的角度看，都是正当的。有的经营者为了怕自己麻烦，对消费者挑选商品的行为设置各种障碍，这是不尊重消费者的各种表现，是对消费者挑选权的侵害，应当予以纠正。

6. 消费者的公平交易权

《消费者权益保护法》第十条规定，消费者享有公平交易的权利。消费者在购买商品或者接受服务时，有权获得质量保障、价格合理、计量正确答公平交易条件，有权拒绝经营者的强制交易行为。

公平交易是市场经济的一项准则。由于法律规定消费者与经营者享有平等的法律地位，消费者购买或者不购买任何一种商品、接受或不接受任何一项服务都具有自主的选择权。因此在实际交易的过程中实行公平的、有秩序的交易不仅是保障消费者利益的一项重要措施，同时对于推进社会主义市场经济的发展也起到了很重要的作用。

公平交易的核心是消费者以一定数量的货币可以换得同等价值的商品或者服务。这一点是实际衡量消费者的利益是否得到保护的重要标志。此外，衡量是否是一种公平交易，还包括：在交易过程中，当事人是否出于自愿，有无强制性交易或者歧视性交易的行为；消费者是否得到实际上的满足或者心理上的满足等等。在交易的过程中，一般来说消费者总是处于弱者的地位，甚至是被动的地位。经营者和消费者是一对矛盾的统一体，两者的行为构成了交易的行为。一方要赚钱，一方怕花冤枉钱，讨价还价。最终总是要寻求一个平衡点，满足了双方都能接受的条件，交易也就完成了。这处平衡点就是公平交易权的支撑点，也是实现消费者公平交易的关键所在。

根据《消费者权益保护法》第十条的规定，消费者的公平交易权包括以下内容：

（1）质量保障。消费者有权要求商品和服务符合国家规定的质量标准。经营者不得在生产、销售的产品中掺杂使假，以假充真，以次充好。生产者生产的产品要符合国家质量标准的规定。第一，产品应该不存在危及人身、财产安全的不合理的危险。有保障人体健康、人身、财产安全的国家标准、行业标准的，应当符合该标准；第二，产品应该具备使用任何文字或者样品等方法表示的性能，但是对于产品存在使用性能的瑕疵作出说明的除外；第三，产品应该符合产品或者包装上注明的采用的产品标准，符合以产品说明、实物样品等方式表明的质量状况。产品或者包装上标识应当有产品检验合格证明；限期使用的产品，要标明生产日期和安全使用期或者失效日期；使用不当，容易造成产品本身损坏或者可能危及人身、财产安全的产品要有警示标志或者中文警示说明。销售者亦应当采取措施，保持其所销售产品的质量，不得销售失效、变质的产品。

（2）价格合理。价格合理要求商品或者服务的价格应与其价值大体相符，价格合理包括各类商品的价格应当合理，各类服务的收费标准应当合理。在制定商品价格和收费标准时，必须按照国家规定的权限和程序以及国家的法律、法规的相关规定执行。做到质价相符，货有其值。

（3）计量正确。公平交易权的实现还需要计量正确的保证。计量正确包括两层含义，一是计量器具的使用要符合法律、法规的规定。使用何种计量器具，应当按照有关计量法规的规定执行。二是计量准确，数量充足。这要求经营者在提供商品或者服务时，计量应当准确无误。在我国的国家技术监督局、国内贸易部、国家工商行政管理局联合签发的《零售商品称重计量监督规定》，对于计量准确和正确有所规定：商品的经营者和生产者必须使用合格的计量器具销售和生产商品；使用称重计量器具当场称重商品，必须按称重计量器具的实际表示值计算，保证商品计量合格；使用称重计量器具生产定量包装商品，必须保证商品的实际重量值（实际净含量）与标称重量值（标称净含量）一致。

（4）拒绝强制交易。强制交易是指经营者违背消费者的意愿，采取各种手段强行推销产品，主要表现是：威胁、利诱消费者购买其商品或接受其服务；采取死搅蛮缠的方法，尾随、硬拖消费者接受其商品或者服务；采取先斩后奏的方法，硬性强塞迫使消费者购物付款。

拒绝强制交易既是消费者选择权的一种体现，也是消费者公平交易权的一项重要内容。因为该权利意味着：消费交易必须基于消费者自愿的基础，经营者不得向消费者强制交易，不得违背消费者意愿，强迫消费者购买其商品或接受其服务。在自愿交易的条件下，如果经营者提出的交易条件不公平，消费者可以通过拒绝交易而使自己免受损害。但在强制交易的情况下，消费者都要被迫接受不公平的交易条件，这无异于让消费者无条件地接受经营者的非法侵害。

可见，拒绝强制交易理应成为消费者公平交易权不可忽略的一项重要内容。

在市场经济的条件下，要切实保障消费者的公平交易权，首先就得营造一个充分竞争的市场环境，只有在充分竞争的市场中，市场的价格功能才最充分地发挥出来，因此国家和法律必须制止垄断，限制不正当竞争行为。只有在充分竞争的市场环境里，消费者才可能获得公平的交易条件。其次，要进一步加强国家对价格的宏观管理，严格执行《价格法》等有关价格管理法律规范，进一步规范经营者的价格行为，从而为公平的消费交易提供一个合理的价格机制。再次，要加强对市场的计量管理，加大计量管理的执法力度，打击和严惩各种形式的计量违法行为，防止短斤缺两等克扣行为，保证消费者在消费交易中获得足额够量的商品或者服务。最后，还要进一步做好对消费者的宣传教育工作，以提高消费者的公平交易的权利意识和自我保护能力，让消费者学会运用法律武器维护自己的公平交易权。

7. **消费者的损害赔偿请求权**

《消费者权益保护法》第十一条规定，消费者因购买、使用商品或者接受服务受到人身、财产损害的，享有依法获得赔偿的权利。

根据本条的规定，消费者的损害赔偿请求权包括人身损害赔偿请求权和财产损害赔偿请求权。

（1）公民的人身权利受法律保护，当公民的人身权利受到不法侵害而造成损失时，有权请求赔偿。在消费领域，消费者因购买、使用商品或接受服务而致人身损害时，可依法向经营者求偿。根据本法的规定，经营者提供商品或者服务，造成消费者或者他人人身伤害的，应当支付医疗费、治理期间的护理费、因误工减少的收入等费用；造成残疾的，还应当支付残疾者生活自助具费、生活补助费、残疾赔偿金以及由其扶养的人所必需的生活费等费用；造成死亡的，应当支付丧葬费、死亡赔偿金以及由死者生前扶养的人所必需的生活费等费用。

（2）我国《宪法》和《民法通则》明确规定公民的合法财产受法律保护。在消费领域，消费者因购买、使用商品或者接受服务而致财产损害时，可依法向经营者请求损害赔偿。这里所称的财产损害，既包括财产的直接损害，也包括财产的间接损害。根据本法的有关规定，经营者提供商品或者服务，造成消费者财产损害的，应当按照消费者的要求，以修理、重作、更换、退货、补足商品数量、退还货款和服务费用或者赔偿损失等方式承担民事责任。消费者与经营者另有约定的，按照约定履行。

消费者的损害赔偿请求权的基础在于违约和侵权两种，由于消费者一般只能在两者之间作一选择，且两者在举证责任的分配、案件管辖等方面均存在差异，因此，有必要对之加以介绍。

在消费者购买商品并使用商品或者接受特定经营者提供的服务（订立消费合同）时，经营者对于其提供的商品或者服务承担瑕疵担保责任，即在消费者购买的商品或者接受的服务存在表面或者隐蔽的瑕疵或者缺陷，或者不符合产品应该具有的通常的效用，生产者或者经营者对此都负有担保责任，消费者有权要求其对售出商品进行修理，调换，降低价格，退回商品解除合同，或者要求其赔偿损失。

在消费者和经营者或者生产者没有合同关系，或者在合同法定的“三包”期限已经届满的情况下，消费者若依合同主张自己的权利救济，就有可能使自己的权利无法得到补救。在这种情况下，只要是商品确实造成的消费者的人身、或者财产的损失，消费者就有权依侵权责任追究经营者或者生产者的责任。在侵权责任与违约责任发生竞合的情况下，消费者可以选择对自己有利的一种责任要求经营者或者生产者承担。这主要源自产品的缺陷造成他人侵害时，不必要求该受侵害者与经营者或者消费者有合同关系，只在于产品未达到法定的要求，并且侵害了他人的合法权利。这使得消费者在获得赔偿时，不必举证证明自己与生产者或者经营者有合同关系，只要是该生产者生产的产品或者只要是该经营者销售的商品或者提供的服务，使消费者受到了人身的伤害或者财产的损失，他就可以向该生产者或者经营者请求损害赔偿。比如，某人买来的A厂家生产的啤酒发生爆炸，炸伤了来其家参加聚会的朋友B；或者在某人买来的电暖器不合格而引起火灾，造成邻居的财产被烧毁等，在这时，合同的当事人没有受到损害，而是第三人遭受到此损害，该第三人自然有权要求损害赔偿。关于民事赔偿，依照《民法通则》的规定，以过错的存在作为归责的理由是一般原则，奉行的是“无过错即无责任”的归责原则。但对于产品致损的民事责任的承担上，是不以生产者或者经营者的过错为归责原则的，是不问生产者或者经营者有无过错的归责原则。即使经营者、生产者在商品生产、销售和提供服务时，没有损害他人的故意或者过失，但是只要损害确实存在，并且损害与经营者、生产者提供的商品或者服务之间有因果关系，经营者、生产者即难逃其责。

8. 消费者的结社权

《消费者权益保护法》第十二条规定，消费者享有依法成立维护自身合法权益的社会团体的权利。

消费者的结社权，是指消费者依法享有的，依照我国有关法律的规定，按照法定程序成立社会团体，以维护自身合法权益的权利。其最基本的渊源是我国《宪法》第35条所规定的公民的结社自由，但是，与《宪法》中规定的广泛的结社权不同，在消费这一特定领域的人的结社权，虽源自我国的根本大法的授权，但更主要的指的是消费者为维护自身的利益，依照法定标准和程序组织起来的、固定的社会团体组织。

消费者的结社权是随着消费者运动的兴起而在法律上的必然表现。商品经济条件下，消费者为维护自身的合法利益不受侵害，争取社会正义，曾在近代欧洲和美洲，于第二次世界大战后，随着科学技术的高速发展和产品换代的加快而兴起自发的或者有组织的消费者运动。早在19世纪末到20世纪初，资本主义发达国家因工业事故、产品质量等问题引起广大消费者的不满，消费者对自身安全和利益的保障的要求，促使消费者运动作为当时工人运动的一部分并随之一起出现于历史舞台，后来参加者成为各阶层人士，于是，消费者运动从最开始的自发保护为主，无组织的偶发性运动，而逐渐成为有组织的群众运动，并在法律的规定中，给消费者组织或者社团以一席之地。到本世纪60年代中叶，消费者团体在组织形式及活动内容方面日趋成熟。各国消费者组织间也开始了国际间合作，并有国际消费者联盟组织出现，并订立组织章程，声称消费者组织“完全地积极地代表消费者利益。”

消费者成立自己的社团，有一个常设的组织，为自己的利益摇旗呐喊，是十分必要的。这主要是因为，在与高度组织化和专门化的生产者、经营者相比，消费者的分散化、无组织化无疑对某个单个的消费者维护自身利益不利。这并非等于说单个的消费者的权益就绝对无法受到保护。而是从整个社会的角度来看，消费者的分散化和缺乏组织性使消费者这一群体与生产者、经营者相比处于劣势地位。一些有常性、有能力的消费者在试图为自己的权益进行抗争时，高昂的成本有时也会使之望而却步。因而，消费者建立自己的社团，使众多的消费者拧成一股绳，以消费者组织为后盾来维护自身权益，将是十分必要的。

在我国，目前有很多政府机构从各个侧面保护消费者的利益，比如工商行政管理机关，技术监督机关，医药、卫生、食品管理机关等。企业的业务主管部门也在其职责范围内起着保护消费者的作用。但成立消费者社会团体仍然有不可忽视的重要作用。第一，建立消费者社会团体，可以把消费者组织起来，形成对商品和服务的广泛的社会监督，这种社会监督是国家机关无法替代的。第二，建立消费者社会团体，可以使一些侵害消费者利益的行为得到及时处理。消费者保护团体自己可以充当消费纠纷的调解人，及时调查，采取处理措施。这可以避免行政或司法上的繁文缛节，使问题及时解决。第三，消费者社会团体可以充当政府和消费者之间的桥梁。消费者社会团体可以经常收集消费者的意见和建议，及时向政府有关部门反映，政府机构可以据以改进工作、制订措施。第四，消费者社会团体可以指导消费者的消费行为，指导消费者提高自我保护意识。一方面，消费者社会团体具有广泛的群众基础，它可以较全面地搜集消费信息，为消费者的消费选择提供较科学的基础。另一方面，消费者社会团体可以对广大消费者进行有关消费和消费者权益保护方面的教育，提高消费者的自我保护意识。

消费者社会团体在我国目前主要是中国消费者协会和地方各级消费者协会。但消费者社会团体并不仅仅指消费者协会，它可以指消费者为维护自己的合法权益而依法成立的各种类型的群众性社会组织，如在消费者居住或工作所在地的居委会、机关、团体等单位建立的消费者保护组织，消费者为了获得自我保护知识而专门成立的消费者教育与消费者指导性组织等。

消费者组织社团应当遵守宪法和法律、法规，不得从事损害国家、社会、集体的利益及其他公民合法的自由的权利。申请成立有关保护消费者权益的社会团体，应当依照《社会团体登记管理条例》向登记管理机关申请成立登记，经批准成立后，取得社会团体法人资格。

消费者社会团体是消费者之家，是代表消费者利益与危害消费者合法权益的行为作斗争的堡垒。消费者社会团体应当依照自己的章程积极开展活动，沟通经营者与消费者之间的联系，为促进我国社会主义市场经济的发展多做工作。

9. 消费者获得有关知识的权利

《消费者权益保护法》第十三条规定，消费者享有获得有关消费和消费者权益保护方面的知识的权利。消费者应当努力掌握所需商品或者服务的知识和使用技能，正确使用商品，提高自我保护意识。消费者获得有关知识的权利是指消费者享有获得有关消费和消费者权益保护方面的知识的权利。

根据本条的规定，消费者获得知识权包括二方面的内容：

(1) 消费者享有获得消费知识的权利。所谓消费知识是消费者在进行消费活动时所应掌握的与商品和服务有关的基本知识。主要包括以下知识：

一是关于消费态度的知识。树立正确的消费态度是消费者实现自我保护的前提，只有消费态度正确，才能使消费行为向科学、健康、合理、文明的方向发展，也才能使消费者获得有益的消费效益。

二是关于商品和服务的基本常识。商品和服务的基本常识是消费者能否买到称心如意商品或者能否得到自己满意的服务的关键。消费者在购买商品或者接受服务之前有必要掌握一些关手商品或服务的基本常识，如选购家用电器的常识、选购食品的常识、选购纺织品的常识等。消费者掌握了关于商品和服务的基本常识，则在与经营者的交易中就掌握了一定的主动权，也就不必完全听信于经营者单方的说明、解释和宣传，作为一个有头脑的消费者对自己的消费行为作一正确诀择。

三是关于市场的基本知识。市场是联结经营者和消费者进行消费活动的场所，消费者几乎每天都要与市场打交道，因此作为消费者有必要了解有关市场的基本知识，以正确指导消费行为。如，消费者所在购买商品或者接受服务之前进行市场调查，了解市场上商品或者服务的种类，掌握自己所需商品或者服务的价格，在反复比较的基础上作出合适的选择；又如，消费者在进行消费活动时，要注意经营者有无登记证明，以防止自己受损后无索赔对象；再如，消费者在进行消费活动时要注意经营者的计量器具，以防止自己的利益从量上受损失。

(2) 消费者享有获得消费者权益保护方面的知识的权利。作为一个有头脑、有知识的消费者，仅有消费知识是不够的，还要有消费者权益如何受法律保护的知识，学会用法律武器保障自己的权利和利益。消费者权益保护方面的知识主要指有关消费者权益保护的法律、法规和政策，消费者权益保护机构，以及消费者与经营者发生争议时的解决途径等方面的知识。主要包括以下几方面的知识：

一是有关保护消费者合法权益的法律规定。目前我国对消费者权益起保护作用的法律、法规很多，涉及产品质量管理、价格管理、卫生管理、计量、商标、广告管理、城乡市场管理等十个领域的内容，消费者应当掌握每个领域中基本的法律规定。

二是保护消费者权益的机构。在我国，保护消费者权益的机构有三种：行政监督机构：主要指工商、物价、质量技术监督、商检、卫生等政府职能部门；社会监督部门：主要指中央及地方的各级消费者协会；法律监督部门，主要指人民检察院和人民法院。

三是消费者与经营者发生争议的解决途径。让消费者知道，消费者在购买、使用商品或者接受服务受到损害时，可以向国家有关职能部门反映，也可以向消费者协会投诉还可以向仲裁委员会申请仲裁。另外，消费者也可以直接向人民法院起诉。

消费者获得有关知识权利的的实现，需要有消费知识的教育和灌输方能实现。具体说来，这一权利的实现需要以下几个方面的努力：

首先，在消费者保护已成为世界潮流的时代，国家应该对消费者这一权利的具体实现提供机会，创造条件。国家应该动员社会力量，通过制定有关消费知识和消费者权益保护知识的有关方针、政策和基本规划，通过国家的舆论工具，通过消费者组织、有关行政部门、教育部门进行广泛的宣传和教育，使一般民众能够对有关消费和消费者权益保护方面的知识有一个大体的了解。在消费品不断增多，消费者权益因国家法律的不断颁布也呈增长趋势的情况下，国家应当保证这一教育和宣传的经常性。对于不同年龄层次的消费者，都应该注意到。在学习法律常识的时候，加入一些有关消费者权益保护的法律法规中的相关内容也是可行的和必要的。国家倡导的消费知识和消费者权益保护知识的教育、宣传和普及，对于提高整个中华民族的素质，提高经济的档次，促进整个社会的生产经营水平的提高，无疑有着重要意义。

其次，社会和国家有关部门应当帮助消费者这一权利的实现。消费者组织无疑在这方面有得天独厚的条件。其配备的人员中有专业人员，也有来自各行业各部门的专家和学者，他们在为消费者提供信息方面是较为迅速的、及时的。如每年都有各地消费者协会组织的宣传月、消费者知识竞赛、消费者接待日活动，大搞宣传。还有的消费者组织举办各类培训班，请专家授课，在发生投诉时，切实为消费者排忧解难。国家的有关行政机关如国家工商行政管理机关、卫生部门、技术监督部门等，除履行其法定职责外，还应当在消费者提出请求后，为其提供必要的信息。

第三，生产者、经营者、提供服务者也应当帮助消费者切实实现此权利。在社会分工精细化、专门化趋势不断得到加强的情况下，“隔行如隔山”这句话被表现得淋漓尽致。社会科学和自然科学都有了越来越细的分类，整体的学科越来越多，每一学科的纵深发展也得到进一步加强。故此，在消费者而言，要想获得商品或者服务的全部情况，恐怕全其一生之功也难奏效。每一个行业都有每一个行业的规格和标准，这些只有那些专门从事这一方面研究和生产经营的人员才有可能了解。所以，拥有雄厚的经济实力和科技实力的企业（生产者、经营者、提供服务者）在其生产经营范围内所掌握的消费知识，要远远丰富于其他人员，他们承担向消费者进行知识介绍的任务当义不容辞。并且，对于产品不正确使用和操作，也只有在生产厂家进行明确公示，对于一些使用中的危险进行警示后，才可能更大程度地避免消费者权益遭受侵犯。在企业者而言，进行切实的宣传，不仅是其应尽的义务，对于其商品和服务的知名度提高也是有好处的。现在可以看到，生产者主动介绍自己的产品，介绍与产品有关的知识，促进众多消费者对自己产品的了解的做法已相当普遍，有些经营者在宣传方面也做得很不错。

最后，这一权利的实现也有赖于消费者个人的努力。消费者在购买和使用商品或者接受服务的过程中要变被动消费为主动消费，对所需的一般商品和服务应当有所了解，具备有关的知识。这不仅对于保护自身的合法权益是有帮助的，而且对于正确行使自己的权利也是有益的。随着科学技术的发展，商品中所含技术成份愈来愈高，对商品的使用者的要求也越来越高。如果不能掌握有关的技能和正确的使用方法，就不可能充分体现该商品的使用价值，也不利于保护该商品。为了切实保证消费者的权利，消费者自身加以学习、增加有关商品和服务的知识是非常必要的。

10. 消费者的维护尊严权

《消费者权益保护法》第十四条规定，消费者在购买、使用商品和接受服务时，享有其人格尊严、民族风俗习惯得到尊重的权利。

首先，消费者在购买、使用商品和接受服务时，享有人格尊严受到尊重的权利。《宪法》第38条规定："中华人民共和国公民的人格尊严不受侵犯。禁止用任何方法对公民进行侮辱、诽谤和诬告陷害"。根据宪法的这一立法宗旨和基本精神，我国《民法通则》第101条规定："公民、法人享有名誉权，公民的人格尊严受法律保护，禁止用侮辱、诽谤等方式损害公民、法人的名誉"；我国新刑法对侵犯公民人民权利和民主权利的犯罪作了专章规定；第120条规定："公民的姓名权、肖像权、名誉权、荣誉权受到侵害的，有权要求停止侵害，恢复名誉，消除影响，赔礼道歉，并可以要求赔偿损失"。可见，我国法律对公民的人身权利及人格尊严的保护是非常重视的，从基本法到部门法，再到子部门法都作了详细地规定，保护的手段由民事到刑事而加重，充分体现了公民人身权利及人格尊严的重要性。

本法关于消费者人格尊严的规定，是宪法基本原则在消费者权益保护领域的具体体现。在市场交易过程中，消费者的人格尊严受到尊重，是消费者应享有的最起码的权利。从道德讲，人格尊严是指人的自尊心、自爱心。作为一个正直的人，都有自尊心和自爱心，不允许别人污辱和诽谤。而且，宪法和本法对消费者人格尊严的权利是没有限制的，而其他的权利，如消费者成立社会团体的权利，要受到法律上一定的限制。因为消费者的人格尊严不构成对国家、社会和公民的危害或威胁，而其他的权利（如消费者团体的权利）则有可能被利用从事违法犯罪活动。

消费者的人身权利及人格尊严，是指消费者在消费活动中所享有的名誉权及尊严权不受侵犯的一种民事权利。消费者的名誉权，是指消费者所享有的，有关自己个人的道德品质、修养能力及其他品质的一般评价不受他人侵犯的一种权利；消费者的尊严权，是指消费者作为人而存在，其人格及信仰、消费风俗等不受他人非法侵犯的权利。

在消费领域中，尊重消费者的人格尊严有其特定的内容。对消费者的人格尊严加以尊重主要是：

（1）任何经营者不得以任何方式就消费者所购商品或接受的服务为借口调戏、侮辱消费者。例如消费者购买其个人使用的乳罩、内衣裤或涉及个人隐藏的某种特殊商品时，任何人不得对消费者本人有任何有损其尊严的言论、举措。

（2）不得以任何借口限制、妨碍消费者的人身自由，不得强行搜查消费者的人身，也不能公开宣扬有损消费者名誉的言论。例如有的商店公开张贴告示，限制消费者带包进入自选商场，其目的是防止消费者偷窃。此行为实质上是把消费者作为潜在的小偷，是对消费者人格的公开侮辱。有的商店强行搜查消费者的人身、扣留消费者限制人身自由等，这些行为都是法律所不允许的。

其次，消费者在购买、使用商品或接受服务时，享有民族风俗习惯得到尊重的权利。民族风俗习惯是指各民族在一定的自然环境和社会环境中相沿积久而形成的并经常重复出现的行为方式。这种行为方式表现为各民族在其生产、居住、饮食、服饰、婚姻、丧葬、节庆、娱乐、礼仪等一切物质生活和精神生活里广泛流行的喜好、崇尚和禁忌。同人格尊严一样，消费者的民族风俗习惯也应受到尊重。《宪法》第 4 条规定，各民族都有保持或者改革自己的风俗习惯的自由，《民族区域自治法》第 10 条也作了类似规定。1981 年国务院有关部门联合召开了全国民族贸易和民族用品生产工作会议，该会议向国务院提出的会议纪要中也明确指出，要尊重少数民族的风俗习惯，加强适应少数民族风俗习惯的商品的生产和供应。早在 1973 年，国务院就转发了《关于加强少数民族特需用品生产和供应工作的通知》，要求各地加强少数民族特需用品的生产和供应，以落实党的民族政策，增进民族团结。

消费者民族风俗习惯应当得到尊重的主要内容是：供应少数民族的商品要符合少数民族的风俗习惯；积极生产和供应少数民族特需的商品；尊重少数民族的丧葬习惯。

不尊重消费者的人格尊严和不尊重少数民族的风俗习惯，按照我国法律规定，要承担相应的法律责任。消费者对于侵害其人格尊严、民族风俗习惯的行为，可以依法追究致害人的民事责任、行政责任，直至刑事责任（我国新刑法第 249 条第 251 条规定了侵犯少数民族风俗习惯的刑事责任条款。）

11. 消费者的监督权

《消费者权益保护法》第十五条规定，消费者享有对商品和服务以及保护消费者权益工作进行监督的权利。消费者有权检举、控告侵害消费者权益的行为和国家机关及其工作人员在保护消费者权益工作中的违法失职行为，有权对保护消费者权益工作提出批评、建议。

消费者的监督权是消费者保护自身合法权益不受侵害的很重要的一项权利，也是消费者积极参加国家事务，行使当家作主人的权利的一种体现。根据本条规定和消费者保护实践，消费者消费监督主要涉及以下几个方面：

（1）对经营者提供的商品及服务质量的监督。一个时期以来，我国的消费品市场上充斥着假货，从假烟、假酒，到假冰箱、假彩电，假货无所不在，虽然政府一再“打假”，但却屡打不绝，这其中的责任固然主要在制造假货者身上，但不能说经营者一点责任也没有。有些经营者，没有严把进货关，使假货得以顺利进入消费品市场；还有些采购人员，“乐于见假”，索要回扣乘机渔利，伙同坑害消费者。这一切都表明：监督商品、服务质量，不能只靠政府和经营者，而要靠社会大众，靠每一位消费者，对商品及服务的质量进行监督，既是每一位消费者享有的权利，更是每一位消费者对社会和他人应尽的义务。

（2）对经营者提供的商品及服务的数量进行的监督。有些经营者，惯于投机取巧，短斤少两，市场上的“阴阳秤”日渐增多便是明证，看似很准，有时甚至还多给一点，可回家一称总是少那么一点，十块钱的花费，得到的却是九块钱的消费，心中自然气难平。这一方面是经营者的素质问题，要宣传教育，提高其素质；另一方面还得靠消费者自己，要每个人行动起来，严格监督。

（3）对经营者提供的商品及服务的价格进行的监督。我国现在实行社会主义市场经济，国家放开了绝大部分商品及服务的价格，经营者有很大的价格自主权，这是好事，但行使这一权利过头则会走向反面，产生很多消极因素。国家虽然放开了价格，但这并不等于说经营者想如何定价就如何定价，任何人管不了。按照客观经济规律，商品的价格要以价值为基础，在价值的基础上实行等价交换，背离此规律，就有可能产生许多负面影响。在实践中，一些经营者漫天要价，信口开河，甚至敲诈勒索，这些都是违反我国有关物价管理法律、法规的行为，广大消费者有权提出批评、申诉、控告，进行物价监督。

（4）对经营者经营态度、服务作风进行的监督。我国在建国后曾长期实行计划经济，商品生产和经营不活跃，物资匮乏，有许多商品物资都是统购统销或者定量配给的，布票、粮票、油票、煤票在当时很流行。在这样的体制下，商品的经营者是“皇帝的女儿不愁嫁”，谁经销的商品越多，谁手中的权力越大，这就造成了经营人员、营业员及服务员高傲自大，蛮横无礼或态度生硬，工作作风较差。这一传统习气和作风，被带入到现今的市场经济体制下，一时很难改掉。许多商场的服务员，脸难看话难听，顾客多作些要求便嫌烦，缺乏热情和涵养，从不使用礼貌用语；更有甚者，有些服务员语言粗鲁，态度暴戾，顾客动辄得咎，真有花钱买罪受的滋味。消费者对于经营者的上述行为，有批评和建议权，可以向经营者的单位领导反映情况、要求处理，对于经营者的侮辱谩骂，还有权控告或者起诉。

（5）对消费者权益保护工作的监督。首先是对于国家进行消费者权益立法的监督。这主要是指消费者对于国家立法的建议权。消费立法、消费政策的制定过程中，允许消费者予以监督，是消费者依法参与国家和社会事务管理的民主权利，受到法律的保护。国家在制定消费立法政策或者进行消费者权益保护立法等工作时，应该广泛征求广大消费者和有关消费者组织的意见和建议。只有这样，才能使消费政策和立法反映绝大多数人的意愿，才能避免立法专断，避免因少数人的考虑不周造成立法缺漏。其次是对于消费者权益保护对法律的实施进行监督。“徒法不足以自行”，好的法律、政策能够真正落到实处，才能切实保护消费者的合法权益。所以，对有关消费者权益保护的法律的实施状况，消费者有权进行监督，这主要是指国家有关部门在执行法律、法规过程中或者在日常工作中出现忽视消费者合法权益状况，或者对消费者组织或者消费者个人要求对有损消费者利益的行为进行查处时，工作不力，表现欠佳，或者置之不理，或者敷衍塞责。对于这些情况，消费者都有权予以批评，或者对之进行质询，提出建议等。再次是对生产者、经营者的侵权行为，有权通过大众传播媒介进行曝光和批评。生产者、经营者、提供服务者的侵权行为发生后，消费者有权对其处理和善后工作进行监督，并有权通过大众传播媒介予以批评和曝光。这不仅可以有效地制约生产者、经营者和提供服务者的违法行为，也可以促进他们在经营管理上下功夫，锐意改革，推陈出新，以更有效地为消费者服务、为社会进步出力。

根据《消费者权益保护法》第十五条规定，消费者行使监督权的形式有三：

（1）消费者有权检举、控告侵害消费者权益的行为。检举，是指消费者对侵害消费者合法权益的行为向有关机关进行举报和揭发。控告，是指消费者对侵害消费者合法权益的行为向有关机关投诉或提起诉讼。能够接受消费者检举和控告的机关有多种，其中主要有司法机关、工商行政管理机关、物价管理机关、卫生监督机关、进出口商品检验机关、行政主管机关等，对于上述机关，消费者可以根据自己或者其他消费者的合法权益受侵害的具体情况，作出适当的选择。

（2）消费者有权检举、控告国家机关及其工作人员在保护消费者权益工作中的违法失职行为。对消费者权益的保护，消费者的自我保护是必不可少的，但是消费者自我保护的实现要有国家的法律和行政的强制手段作为坚实的基础和坚强的后盾，而国家的法律和行政强制手段的保护，又主要通过国家机关及其工作人员的具体工作来实现。因此，国家机关及其工作人员在消费者权益保护工作中的作用是极其重要的。《消费者权益保护法》赋予消费者检举、控告国家机关及其工作人员在保护消费者权益工作中违法失职行为的权利，一方面为消费者保护自己的利益提供了强有力的法律武器；另一方面，有助于促使国家机关及其工作人员在保护消费者权益工作中认真执法，不谋私利，改进工作作风，提高工作效率，全心全意为广大消费者的利益服务。

（3）消费者有权对消费者权益工作提出批评和建议。批评、建议权是宪法赋予公民的一项基本权利。消费者享有对消费者权益工作提出批评和建议的权利，是公民基本权利的具体体现。

消费者是消费领域的主体，消费者权益工作的好坏，直接关系到消费者自身的利益，因此，每一个消费者对消费者权益的工作都极为关注和重视。他们希望消费者保护机构或组织能够真正为消费者的利益而工作。《消费者权益保护法》给予消费者对消费者权益工作的批评、建议权，有助于消费者保护机构或组织纠正工作中的错误，完善各项制度，也有助于提高消费者权益保护机构工作人员的自觉性和责任心。

二、经营者的义务

1. 经营者的法定义务

《消费者权益保护法》第十六条第1款规定，经营者向消费者提供商品或者服务，应当依照《中华人民共和国产品质量法》和其他有关法律、法规的规定履行义务。本条是关于经营者的法定义务的规定。

义务是权利的对称。经营者的义务是指经营者必须按照法律的规定或合同的约定作出一定行为和不得作出一定行为。经营者的义务是由法律规定的，其中包括本法、产品质量法以及其他相关的法律、法规，以及经营者和消费者之间的合法约定所确定的。

所谓法定义务，是指由国家立法机关或者有权机关，根据法定程序所制定和颁布实行的法律、法规中明文规定经营者所必须履行的某种“责任”，即必须为或者不为某一行为的规定。法律是指全国人民代表大会及其常务委员会制定并颁布执行的行为规范，其效力范围及于全国或者法律所规定的特定适用领域。法规包括行政法规和地方性法规。行政法规指国务院制定的约束各级行政部门的行为规范或者规范性法律文件：地方性法规是指省、自治区、直辖市人民代表大会及其常务委员会制定的在本行政区域内有效的法律规范或规范性法律文件。另外还有行政规章和地方性行政规章。行政规章是国务院各部委所制定的在其管辖范围有效的行为规范或者规范性文件，地方性行政规章是指省、自治区、直辖市人民政府或者人民政府所在地的市人民政府或者国务院批准的较大的市的人民政府所制定的在本行政区域内发生效力的行为规范及规范性法律文件。

经营者的法定义务是消费者在与经营者进行交易时无须另行约定的义务，属经营者的默示担保范畴。无论消费者是否就经营者的法定义务与之进行协商约定，都不能免除经营者的法定义务。并且，法定义务的不履行将会使经营者受到以国家强制力为后盾的法律制裁。法律制裁的形式有行政责任、民事责任和刑事责任三种，其中，以刑事责任为最重，最严厉。

（1）《产品质量法》规定的经营者的义务。这部法律所称的产品是指经过加工、制作、用于销售的产品，也就是说，该法不适用于服务、建设工程以及未经加工、制作的产品如新鲜蔬菜、鱼类、蛋类等鲜活产品。《产品质量法》分别规定了生产者和经营者的法定义务。

根据《产品质量法》的规定，生产者的产品质量义务可概括为4个方面：

一是生产者应当保证其生产的产品的内在质量符合法律要求产品质量是指产品性能在正常使用条件下，满足合理使用用途要求所必须具备的物质、技术、心理和社会特性的总和。

二是生产者应当遵守法律关于产品标识的规定。

三是生产者应当遵守法律对特殊产品包装要求的规定。

四是生产者不得违反《产品质量法》的有关禁止性规定。

根据《产品质量法》的规定，销售者的产品质量义务可以概括为4个方面：

一是销售者应当执行进货检查验收制度，验明产品合格证明和其他标识。

二是销售者应当采取措施，保持销售产品的质量。

三是销售者应当保证销售产品的标识符合法律的要求。

四是销售者不得违反法律的禁止性规定。

（2）其他法律、法规对经营者义务的规定。在我国现行的有效的法律、法规和法规性文件中，对经营者的义务做了若干规定。大体上可以分为以下几个方面：

一是在价格管理方面，经营者定价，应当遵循公平、合法和诚实信用的原则；经营者进行价格活动，应当遵守法律、法规，执行依法制定的政府指导价、政府定价和法定的价格干预措施、紧急措施；经营者销售、收购产品和提供服务，应当按照政府价格主管部门的规定明码标价，注明商品的品名、产地、规格、等级、计价单位、价格或者服务的项目、收费标准等有关情况；经营者不得有不正当价格行为；经营者因价格违法行为致使消费者或者其他经营者多付价款的，应当退还多付部分；造成损害的，应当依法承担赔偿责任。

二是在标准化管理方面，对规定需要统一的要求，应当制定标准；国家标准、行业标准分为强制性标准和推荐性标准；强制性标准必须执行；制定标准应当有利于保障安全和人民的人身健康，保护消费者的利益，保护环境；已经取得认证证书的产品不符合国家标准或者行业标准的，以及产品未经认证或者不合格的，不得使用认证标志出厂销售；企业生产执行国家标准、行业标准、地方标准或者企业标准，应当在产品或其说明书、包装物上标明所执行标准的代号、编号、名称。

三是在计量管理方面，未经国务院计量行政部门的批准，不得制造、销售和进口国务院规定废除的非法定计量单位的计量器具和国务院禁止使用的其他计量器具；进口的计量器具，必须经省级以上人民政府计量行政管理部门检查合格后，方可销售；任何单位和个人不得经营销售残次计量器具零配件，不得使用残次零件组装和修理计量器具；任何单位和个人不准在工作岗位上使用无标定合格印证或者超过标定周期及经检定不合格的计量器具。在教学示范中使用计量器具不受此限；处理因计量器具准确度所引起的纠纷，以国家计量基准器具或者社会公用计量器具标定的数据为准。

四是在商标管理方面，国家规定必须使用注册商标的商品，必须经申请注册，未经核准注册的不得在市场销售；商标使用人应当对其使用商标的商品质量负责；使用注册商标，其商品粗制滥造，以次充好，欺骗消费者的，给予处罚；冒充他人注册的商标的，给予处罚；销售明知是与他人注册商标相同或相近的商品的给予处罚。

五是在食品卫生管理方面，食品应当无毒、无害，符合应当有的营养要求，具有相应的色、香、味等感官性状；专供婴儿的主、辅食品，必须符合国务院卫生行政部门制定的营养、卫生标准；食品生产经营过程必须符合规定的卫生要求；不得生产经营禁止食品。

六是在广告管理方面，广告应当真实、合法，符合社会主义精神文明建设的要求。广告不得含有虚假的内容，不得欺骗和误导消费者；广告内容应当有利于人民的身心健康，促进商品和服务质量的提高，保护消费者的合法权益，遵守社会公德和职业道德，维护国家的尊严和利益；广告不得损害未成年人和残疾人的身心健康；广告中对商品的性能、产地、用途、质量、价格、生产者、有效期限、允诺或者对服务的内容、形式、质量、价格、允诺有表示的，应当清楚、明白。广告中表明推销商品、提供服务附带赠送礼品的，应当标明赠送的品种和数量；广告中使用数据、统计资料、调查结果、文摘、引用语，应当真实、准确。并表明出处；广告中涉及专利产品或者专利方法的，应当标明专利号和专利种类。未取得专利权的，不得在广告中谎称取得专利权。禁止使用未授予专利权的专利申请和已经终止、撤销、无效的专利做广告；广告不得贬低其他生产经营者的商品或者服务；广告应当具有可识别性，能够使消费者辨明其为广告。大众传播媒介不得以新闻报道形式发布广告，不得使消费者产生误解；药品、医疗器械广告不得有禁止内容；药品广告的内容必须以国务院卫生行政部门或者省、自治区、直辖市卫生行政部门批准的说明书为准；农药广告不得有禁止内容；禁止利用广播、电视、报纸、期刊发布烟草广告；食品、酒类、化妆品广告的内容必须符合卫生许可的事项，并不得使用医疗用语或者易与药品混淆的用语。

七是在药品管理方面，从事药品生产经营活动，必须经过卫生行政部门审查批准，获得《药品生产企业许可证》或者《药品经营企业许可证》；销售药品必须准确无误，并正确说明用法、用量和注意事项。销售中药材，必须标明产地；禁止生产、销售假药；禁止生产、销售劣药；药品包装必须适合药品质量的要求，方便储存、运输和医疗使用；药品包装必须按照规定贴有标签并附有说明书。

八是在化妆品管理方面，生产企业在化妆品投放市场前，必须按照国家《化妆品卫生标准》对产品进行卫生质量检验，对质量合格的产品应当附有合格标记；化妆品标签上应当注明产品名称、厂名，并注明生产企业卫生许可证编号；小包装或者说明书上应当注明生产日期和有效使用期限；化妆品经营单位和个人不得销售禁止化妆品；化妆品的广告宣传不得有禁止内容。

九是在烟草制品管理方面，国家制定卷烟、雪茄烟的焦油含量及标准。卷烟、雪茄烟应当在包装上标明焦油含量和“吸烟有害健康”；禁止在广播电台、电视台、报刊播放、刊登烟草制品广告；卷烟、雪茄烟和有包装的烟丝必须申请商标注册，未经批准注册的，不得生产、销售。禁止生产、销售假冒他人注册商标的烟草制品。

十是在进出口商品检验方面，凡是列入《种类表》的进出口商品和其他法律、行政法规规定须经商检机构检验的进出口商品，必须经过商检机构或者国家商检部门、商检机构指定的检验机构检验。规定的进口商品未经检验的，不得销售、使用；前述规定的出口商品未经检验合格的，不得出口。

十一是在服务管理方面，铁路运输企业应当保证旅客和货物运输的安全，做到列车正点到达；铁路运输企业应当保证旅客按车票载明的日期、车次乘车，并到达目的站；铁路运输企业应当采取有效措施做好旅客运输服务工作，做到文明礼貌，热情周到，保持车站和车厢内的清洁卫生，提供饮用开水，做好列车上的饮食供应工作；对非法阻挠旅游行程、敲诈旅游者和旅游企业的单位和个人，当地旅游管理部门应分别不同情况，直接进行处理或会同公安、工商等部门依法予以查处。

十二是在城乡集市贸易管理方面，禁止的物品不准上市出售；禁止以次充好，以假充真，掺杂使假，短尺少秤；禁止使用和出售国家明令禁止的不合格的计量器具；严禁欺行霸市、囤积居奇、哄抬物价；所有企业生产的劣质、滞销产品，均不得以任何名义、任何形式搭售给其他单位和个人；无论国有、集体、个体商业企业，对因盲目进货、接受搭售而购进的滞销产品，不得以任何名义、任何形式搭售给零售企业和消费者。

十三是在反对不正当竞争行为方面，经营者不得采用下列不正当手段从事市场交易，损害竞争对手；经营者不得采用财物或者其他手段进行贿赂以销售或者购买商品；经营者不得利用广告或者其他方法，对商品的质量、制作成份、性能、用途、生产者、有效期限、产地等作引人误解的虚假宣传；经营者销售商品，不得违背购买者的意愿搭售商品或者附加其他不合理的条件；经营者不得从事禁止的有奖销售。

2. 经营者的约定义务

《消费者权益保护法》第十六条第2款规定，经营者和消费者有约定的，应当按照约定履行义务，但双方的约定不得违背法律、法规的规定。

经营者和消费者间可以在进行某项具体交易时，就双方的义务进行约定。这属于双方合同自愿和意志自由的范畴，受法律的保护。然而，必须明确的是，法定义务是消费者的权益得到合法维护的最起码要求，是经营者应履行的义务的最低标准。并且，因为法定义务的不可抛弃性、不可更改性，在消费者与经营者就双方义务进行约定时，经营者不得借机减轻或者免除自己应尽的法定义务。

在经营者与消费者订立合同时，其约定的内容受法律的确认和保护。所以，在违反约定义务时，也要承担相应的法律责任。经营者单方违约或者毁约时，消费者可以依法向有关部门请求处理、解决。在一些垄断性行业以格式合同约定自己与消费者的义务时，消费者可以根据《消费者权益保护法》第十六条第2款的标准衡量之，予以斟酌对待。

经营者和消费者的约定就是合同。合同关系是商品经济中等价有偿交换客观规律在法律上的体现。

首先，合同的成立必须依法进行，必须依民事法律行为应具备的基本条件和法律的有关具体规定订立。民事法律行为应当具备的基本条件包括是：行为人合格，即行为人应具有相应的民事行为能力；行为内容合法，不违反法律的禁止性的规定，不违反社会公共利益；意思表示真实，即行为人在为民事法律行为时所表示的意思，与其内在的意志是一致的；行为形式合法。

其次，合同的履行必须诚实信用、全面履行。依法成立的合同对双方当事人都有约束力，当事人依合同享有的民事权利，受法律保护。因此，双方当事人都应当依合同的规定，向对方履行义务。

合同是一个广泛的概念。消费者在日常生活中几乎每天都在与经营者建立这样或那样的合同。如购买生活用品，乘坐公共汽车、出租车、火车、飞机、轮船，住旅店宾馆，到饭店吃饭，到浴池洗澡、理发，寄存物品、储蓄、保险、旅游等等。不一而足。我们强调消费者与经营者的约定不得违反法律、法规的规定，强调要全面适当地履行约定，对于经营者承担自己的义务，维护消费者的合法权益是十分重要的。

3. 经营者的接受监督的义务

《消费者权益保护法》第十七条规定，经营者应当听取消费者对其提供的商品或者服务的意见，接受消费者的监督。本条是关于经营者接受监督的义务的规定。

经营者接受监督的义务，是指经营者应当虚心听取消费者关于商品或者服务的看法、批评和建议，把消费者的意见作为改进商品质量，提高服务水平的重要依据，自觉接受消费者的监督和考查。

经营者在提供商品和服务过程中，听取消费者的意见，接受消费者的监督这一法定义务的规定，也是从维护消费者合法权益这一核心内容出发的。然而，在本法第15条刚刚规定了消费者的监督权之后紧接着将之规定为经营者的法定义务，是有其立法背景的。消费者对于经营者的监督，通过检举、控告、批评、建议等方式提出后，与分散的消费者相对立的专业厂家对之如何处理，消费者一般无论从时间上、精力上还是财力上，都难与之相抗衡。毕竟没有专职的消费者，却有高度组织化、掌握科学技术的经营者。在消费者合法权益受到侵害之后，找经营者理论的人可能已经不多，在与经营者进行数次直接交涉无效之后，能够有时间、精力和勇气向有关部门反映或者向人民法院提起诉讼的人数就更少之又少。所以，有一部分甚至是相当一部分的消费者在权益遭受侵犯后，采息事宁人态度者不在少数。既使在消费者行使其监督权的时候，因为一个消费者既不是经营者的顶头上司、行政主管部门或者业务主管部门，又人单力孤，利用大众传播媒介对侵犯自己权益的经营者进行曝光和批评，也往往因为其意见、遭遇不具有典型社会意义，人微言轻现象属于当然。所以分散的消费者个体虽然可以向有关部门、有关新闻媒介反映自己的意见和问题，能够真正引起重视的，毕竟不会是全部消费者的全部问题和意见。所以，经营者对消费者的监督抱无所谓的态度就不奇怪了，或听或不听，消费者实难永远对其监督下去。因而也使对经营者这一最为直接和经常的监督形式在真正得以实现时要受许多客观条件的限制。

对于经营者而言，把接受消费者监督作为其一项法定义务固定下来，对于经营者而言也并非绝无益处，动辄对消费者提出的意见、建议冷嘲热讽或者充耳不闻，视而不见，不是一个理智的经营者的行为。倾听最直接的用户的反映，视消费者为良师益友，对其合理化意见和建议进行分析，“有则改之，无则加勉”，努力提高自己产品的质量和服务管理，会使自身在社会上赢得更多的信赖与较好的商誉，使自己立于竞争的不败之地，并且，对于经营者而言，听取消费者意见，接受消费者监督，所花费的成本并非很高昂，设立意见箱、意见簿，派人处理消费者的投诉，对于经营者而言，并不是没有能力办到。

《消费者权益保护法》对有关监督制度十分重视，本法从总则到消费者权利的规定中都已有所提及，现又在经营者的义务中进一步加以规定。如此慎重其事，主要目的无疑是从维护消费者权益这一核心内容出发。但就经营者的角度而言，强调其义务并不只意味着消极的履行，也包含了积极的促进作用和意义。那种视提意见是找麻烦、受监督可有可无的观点是完全错误的。事实上，经营者如果自觉置身于广大消费者的监督之下，将消费者视作良师益友，认真倾听他们的意见、建议，并在此基础上，努力加强管理、改进服务，那么，他就一定能在有效提高商品、服务水平的同时，进一步完善其内部经营机制，在社会上获得更多的信誉和信赖，收取更多的利润和效益，从而在激烈的市场竞争中立于不败之地。

4. 经营者保障人身和财产安全的义务

《消费者权益保护法》第十八条规定，经营者应当保证其提供的商品或者服务符合保障人身、财产安全的要求。对可能危及人身、财产安全的商品和服务，应当向消费者作出真实的说明和明确的警示，并说明和标明正确使用商品或者接受服务的方法以及防止危害发生的方法。经营者发现其提供的商品或者服务存在严重缺陷，即使正确使用商品或者接受服务仍然可能对人身、财产安全造成危害的，应当立即向有关行政部门报告和告知消费者，并采取防止危害发生的措施。本条是关于经营者保障人身和财产安全的义务的规定。为了保障消费者在购买、使用商品和接受服务时所享有的人身、财产安全不受损害的权利得以实现，本条又进一步规定了经营者在经营活动中有保障消费者人身、财产安全的义务。

根据本条规定，保障消费者人身、财产安全的义务包括三项：

(1) 经营者应当保证其提供的商品或者服务符合保障人身、财产安全的要求。经营者所提供的可能危及消费者人体健康，人身、财产安全的商品和服务，必须符合保障人体健康，人身、财产安全的国家标准、行业标准；对于暂时没有这些标准的，应保证符合人体健康，人身、财产安全的要求，并使商品和服务在指定的用途或者通常可能预见到的用途方面安全可靠。安全权是消费者最重要的权利。对于所有的经营者来说，在进行提供商品和服务的活动时，应当首先考虑的便是商品和服务的卫生、安全因素。如果这方面存在问题，轻则使消费者产生某种疾病，或者身体某一部位受到伤害，重则造成生命危险，导致死亡。因此，商品和服务必须符合人体健康，人身和财产安全的要求，是对经营者最起码或最基本的要求。但是现实生活中，少数经营者为了追求高额利润，无视消费者的健康安全权，做出种种有损于消费者健康安全的行为。因此，规定经营者在向消费者提供商品或者服务时，必须做到保障消费者身体各器官及其机能的完整，消费者的生命和财产不受损害，是十分必要的。为了确保经营者切实履行这一义务，本条对规范经营者的行为作了更具体、更明确的规定。

（2）对可能危及人身、财产安全的商品或服务，经营者负有真实说明和明确警示的义务。“可能危及人身、财产安全的商品和服务”，是指对人身、财产安全具有潜在危险的商品和服务。对于上述商品和服务，经营者应当履行以下的告知义务：向消费者作出真实的说明和明确的警示；说明或者标明正确使用商品或者接受服务的方法及防止危害发生的方法。

（3）经营者发现其提供的商品或者服务存在严重缺陷，应立即向有关行政部门包括工商行政管理部门、行业主管部门、技术监督部门等报告和告知消费者，并采取各种及时有效的补救、防范措施。商品或服务的缺陷是指商品或服务存在危及人身、他人财产安全不合理的危险；商品或服务有保障人体健康，人身、财产安全的国家标准、行业标准的，是指不符合该标准。判定商品或服务是否存在缺陷，以是否符合保障人体健康、人身、财产安全的国家标准、行业标准作为依据之一。此外，当没有安全标准时，应当参照国际通行的惯例，以大众有权期待的安全要求作为判断依据。不符合大众期待的安全要求，则是商品或服务存在着“不合理的危险”。对于商品或服务中存在的“不合理的危险”，经营者应依照本条第 1 款的规定，向消费者作出真实的说明和明确的警示，并说明或者标明正确使用商品或者接受服务的方法以及防止危害发生的方法。但是当经营者发现自己所提供的商品或服务存在的“不合理的危险”具有严重性，并且即使消费者按照经营者所作的说明和警示，正确地使用商品或接受服务，仍然可能对人身、财产安全造成危害时，应当主动地采取下面两项行动：一是立即向有关行政部门，即工商行政管理部门、行业主管部门、技术监督部门等如实反映情况，请示他们采取措施，防止危害的发生。同时，还必须立即通过迅速有效的途径把实情告知消费者；二是立即采取防止危害发生的措施，尽可能地减轻消费者的损失。上述两项行动应当同时进行。但在条件十分紧急的情况下，应先采取防止危害发生的措施，避免因时间的延误而造成消费者不应有的损失。

总之，保障消费者的人身和财产安全不受损害是经营者的天职，经营者应当不折不扣地履行这一义务。

5. 经营者提供真实信息的义务

《消费者权益保护法》第十九条规定，经营者应当向消费者提供有关商品或者服务的真实信息，不得作引人误解的虚假宣传。经营者对消费者就其提供的商品或者服务的质量和使用方法等问题提出的询问，应当作出真实、明确的答复。商店提供商品应当明码标价。本条是关于经营者提供真实信息的义务的规定。

本条对经营者提供真实信息的义务作了三方面的规定：

（1）经营者应当向消费者提供有关商品或者服务的真实信息，不得作引人误解的虚假宣传。所谓真实信息，是指有关商品或者服务的真实情况：商品的价格、产地、生产者、用途、性能、规格、等级、主要成份、生产日期、有效期限、检验合格证明、使用方法说明书、售后服务，或者服务的内容、规格、费用等有关情况。经营者的商业秘密不在此列。上述信息，必须是真实的、明确的，不得有任何虚假的宣传成份。

（2）经营者对消费者就其提供的商品或者服务的质量和使用方法等问题提出的询问，应当作出真实明确的答复。经营者主动向消费者介绍商品和服务的真实信息固然是经营者一项应尽义务，对于消费者提出的一些经营者未予介绍的内容，经营者亦有义务对消费者的询问作出真实、明确的答复。经营者有义务随时根据消费者提出的有关商品或者服务的质量和使用方法等问题作出答复，要有问必答。由于传统体制下所养成的“官商”作风，有的经营者对于消费者的询问表现出不耐烦的态度，有的是冷眼相对，有的让消费者自己去看。碰到有的消费者不明白商品或者服务中的说明，请经营者予以解释、说明或者示范时，有的经营者对此冷嘲热讽，有的置之不理，甚至说一些有伤消费者人格尊严的话。为了消费者能够充分地了解商品和服务的质量、性能和使用方法，生产经营者应当允许消费者观看、检查、试操作商品，并对其询问积极地作出答复，对于一些结构复杂、性能复杂的电子电器产品、化工产品等，生产经营者不予以介绍，消费者的所谓知悉真情权将无从实现。近来，各服务行业纷纷作出规定，禁止服务人员说行业忌语，但是有的经营、服务人员对此采取规避态度，不说所规定的一些行业忌语，也不主动介绍商品和服务的性能及使用方法，这是应该给予纠正的。

（3）明码标价的义务。商品和服务的价格是否真实也关系到消费者的合法权益的保护。1997年颁布的《中华人民共和国价格法》规定了经营者应明码标价的义务：凡在中华人民共和国境内收购、销售商品或收取费用的企业、行政事业单位和个体工商户，都必须执行明码标价制度；商品和服务的明码标价实行标价签、价目表等标价方式；实行明码标价制度，必须做到价签价目齐全、标价准确、字迹清晰、货签对位、一货一签、标示醒目，价格变动时应及时更换；从事零售业务的，商品标价签应包括品名、产地、规格、等级、计价单位、零售价格等主要内容，标价签由专、兼职物价员或指定专人签章；凡提供有偿服务的单位和个人，均须在其经营场所或交缴费用的地点的醒目位置公布其收费项目明细价目表；收购农副产品和废旧物资的，必须在收购点公布收购价目表，标明品名、规格、等级、计价单位和收购价格；进入生产资料交易市场的商品，应标明其品名、产地、规格、等级、型（牌）号、计价单位和销售价格等内容；进入批发市场交易的农副产品和工业消费品，也应实行明码标价；进入房地产市场交易的房、地产，应标明其坐落位置、结构、规格、计价单位、面积和销售（出租）价格。价格主管部门对某些商品规定有最高限价、最低保护价或参考价的，市场管理部门应在市场醒目位置予以公布。

6. 经营者标明其真实名称和标记的义务

《消费者权益保护法》第二十条规定，经营者应当标明其真实名称和标记。租赁他人柜台或者场地的经营者，应当标明其真实名称和标记。

本条是关于经营者标明真实名称和标记的义务的规定。依照本条规定，经营者应当按照下列要求来履行义务：

（1）经营者应当标明其真实名称和标记。经营者的名称对于消费者来说是判断商品或者服务的来源的重要依据，经营者的名称和标记不真实，往往会给消费者造成以下三种损害：一是误导消费者选择商品或服务的方向使消费者产生错误认识，选择了自己不愿意选择的商品或者服务。二是消费者在遭受损害之后，因经营者的名称不真实，消费者没有办法向有关行政职能部门、消费者权益保护机构、人民法院提出具体明确的侵权行为人或者赔偿主体，而使消费者的权益保护不能得到真正的落实。为了避免以上损害的发生，我们国家在许多法律、法规中都作了经营者名称权的规定。如《民法通则》确定了法人的名称权和公民的姓名权，作为保护者名称或者姓名的指导性规定；《企业名称登记管理规定》也规定不得使用未经核准登记注册的企业名称，不得擅自改变企业名称，不得擅自转让出租自己企业的名称，不得擅自使用他人已登记注册的企业名称。《反不正当竞争法》还规定了经营者不得擅自使用他人的企业名称或者姓名，引人误认为是他人的商品。《产品质量法》进一步作了生产者、销售者不得伪造或者冒用他人的厂名、厂址的具体规定。

（2）租赁他人柜台或者场地的经营者应当标明真实名称和标记。租赁他人柜台或者场地进行经营是经营者扩大营利的手段之一。经营者租赁的柜台或场地大都是大店、名店等商业信誉好或者地理位置优越的店面，这些大店、名店的较多的商业信誉和优越的地理位置无疑会促进经营者的销售，但是，因租赁柜台或场地的经营者不使用自己的名称或标记，或者出租者不标示出租柜台或场地的承租者的身份，而使消费者误认为是出租方的营业活动，进而使消费者利益受损害的情况经常发生。因此，本条在此明确规定，经营者本身应当标明真实名称和标记的同时，特别规定租赁他人柜台或场地的经营者也应标明其真实名称和标记是十分必要的。

承租和出租是租赁活动的两个方面。法律上要求租赁他人柜台或场所的承租人有标明真实身份的义务，并不免除出租人应尽的监督职责，作为出租人应当监督承租人切实履行标明真实名称和标记的义务。依照法律规定，消费者在展销会、租赁柜台购买商品或者接受服务使合法权益受到损害的，可以向销售者或者服务者要求赔偿；展销会结束或者柜台租赁期满后，也可以向展销会举办者、柜台出租者要求赔偿。虽然法律进一步规定了展销会举办者、柜台出租者在赔偿消费者损失后有权向销售者或者服务者追偿，但是，如果作为出租方的经营者没有认真履行监督职责，不了解承租者的真实身份，则出租人的追偿权也就无从实现。

在虚假企业名称或营业标记标示情况下发生的侵害消费者合法权益的行为，行为主体不明确，赔偿主体难以确定，极不利于对消费者合法权益的保护。因此，本法要求所有的经营者在从事经营活动时，都应当标明其真实名称和标记。

特别是租赁他人柜台或者场地的经营者，应当标明真实名称和标记。这就保证了消费者依据企业名称或营业标记，正确地判断商品或服务的来源，并作出恰当的消费决策。更重要的是，在发生侵害消费者的行为时，使赔偿主体得以明确，使消费者的合法权益得到有效的保护。

对假冒或仿冒他人企业名称或营业标记而损害消费者权益的行为，一方面消费者可以依本法及有关法律、法规规定，请求行为人赔偿损失；另一方面被假冒或仿冒的经营者可以依反不正当竞争法及有关法律、法规规定，请求行为人赔偿损失，并请求有关行政执法机关或司法机关对行为人予以法律制裁。

7. 经营者出具购货凭证和服务单据的义务

《消费者权益保护法》第二十一条规定，经营者提供商品或者服务，应当按照国家有关规定或者商业惯例向消费者出具购货凭证或者服务单据；消费者索要购货凭证或者服务单据的，经营者必须出具。本条是关于经营者出具购货凭证、服务单据的义务的规定。

购货凭证和服务单据通常表现为发票、收据、保修单等形式，它具有确定税赋额、管理账目、证明合同履行等多种功能。在消费交易中，其基本的作用是保护消费者的合法权益，它不仅是经营者与消费者之间签订和履行合同的凭证，是消费者借以享受有关权利以及在其合法利益受到损害时向经营者索赔的重要依据。换言之，它是证明消费者在何处购买商品或者接受服务的直接证据，也是消费者将来办理退货、换货、修理手续时必不可少的凭证。一旦双方发生纠纷，这些凭证将成为消费者依法挽回损失的关键物证，即有关凭证单据便可作为仲裁、诉讼程序中确定当事人责任的直接证据。因此，从法律上规定经营者出具有关凭证和单据的义务，是切实保护消费者权益所必不可少的。

根据《消费者权益保护法》第二十一条的规定，经营者出具购货凭证和服务单据的义务主要包括以下内容：

（1）经营者应当依法主动向消费者出具购货凭证或服务单据。在我国有法律、法规和规章，有相关的一些条文直接或间接地规定了经营者有出具购货凭证或服务单据的义务。如《发票管理办法》明确规定，销售商品、提供服务以及从事其他经营活动的单位和个人，对外发生经营业务收取款项，收款方应当向付款方开具发票（第21条）；所有单位和从事生产、经营活动的个人在购买商品、接受服务以及从事其他经营活动支付款项，应当向收款方取得发票（第22条）。1995年国家经贸委等发布的《部分商品修理、更换、退货责任规定》也明确规定，生产者自行设置或指定修理单位的，必须随产品向消费者提供三包凭证。即此类产品的经营者应当依法向消费者出具保修单和发票等购货凭证。在我国，由于传统的影响，消费者对有关凭证和单据的重要价值普遍还没有引起足够的重视，在购买商品或者接受服务时，主动向经营者索要有关凭证和单证还不普遍。因此法律、法规和规章明令经营者依法主动向消费者提供有关商品和服务的凭证单据就显得非常必要。

（2）经营者应当依照商业惯例主动出具购货凭证和服务单据。所谓商业惯例，是指在一些商品交换领域，由于长期交易活动而成为习惯，并逐渐形成的为所有参与交易者公认并普遍得到遵行的习惯做法。在依照商业惯例应当出具购货凭证或者服务单据时，经营者也有义务出具。这里的商业惯例，在不同的区域可能有不同的作法，其随意性较大，所以对于一些在异地购物或者接受服务的消费者，因为不了解当地的商业惯例，经营者应本着诚实信用原则，为消费者开具购货凭证或者服务凭证。消费者在得悉当地的商业惯例没有开具凭证的作法时，也并不影响消费者向经营者索要购货凭证或者服务单据。在国家没有规定、商业惯例也不要求必须出具的情况下，经营者不主动向消费者出具购货凭证或服务单据，不应视作对消费者权益的侵害。

（3）经营者不得拒绝消费者对有关凭证和单据的索求。在消费者主动索要购货凭证或者服务单证的情况下，即使国家的法律、法规和规章没有作出强制性的规定，且按一般的商业惯例亦不必主动出具，但经营者仍负有出具有关凭证和单证的义务，经营者不得拒绝消费者的索求，更不能以任何理由予以刁难、讽刺或者训斥。因为，购货凭证和服务单据是经营者与消费者之间消费合同关系的书面证明，消费者是消费合同关系必不可少的一方当事人，作为合同关系的主体，消费者有权对消费合同的形式提出自己的主张，经营者拒绝消费者出具有关凭证和单据的要求，事实上意味着经营者和消费者未能在消费合同的形式上达成一致，因此消费者有权解除和取消与经营者的消费交易关系。

总之，经营者应当向消费者出具有关购货凭证和服务单据，这是经营者必须履行的义务。经营者出具凭证和单据应按照国家规定或一般商业惯用的方式制作，其格式要规范，其条目要齐备，经营者必须认真规范地填写。这是经营者履行这一义务的最基本要求。

8. 经营者保证商品或者服务质量的义务

《消费者权益保护法》第二十二条规定，经营者应当保证在正常使用商品或者接受服务的情况下其提供的商品或者服务应当具有的质量、性能、用途和有效期限；但消费者在购买该商品或者接受该服务前已经知道其存在瑕疵的除外。经营者以广告、产品说明、实物样品或者其他方式表明商品或者服务的质量状况的，应当保证其提供的商品或者服务的实际质量与表明的质量状况相符。本条是关于经营者保证商品或者服务质量的义务的规定。

所谓商品或服务的质量，是指国家有关法律、法规、质量标准、服务规范以及合同规定的对商品或者服务适用、安全和其他特性的要求，一般包括两大项：安全性和适用性。对于商品或者服务的安全性，《消费者权益保护法》第十八条已经对经营者所负有的保证义务作了详细规定；本条所涉及的主要是经营者对商品或者服务适用性的保证义务。所谓适用性，是指商品或者服务在正常使用情况下所应具有的寿命、性能、功效及品质等等。商品或者服务的适用性又可分为两个层次：一是一般适用性，是指商品或者服务必须具备作为商品销售、市场交易的基本功能。二是特殊适用性，是指商品或者服务必须适应消费者的特定用途。如充电电池不仅可与普通电池一样使用，而且可在充电之后反复使用。如果不具备这些特定的用途，不能算作合格产品。除此之外，特殊适用性还应当包括经营者以广告、产品说明、实物样品或其他方式向公众表明的其商品或者服务所具有的一切品质与功效。

《消费者权益保护法》第二十二条规定包括两种情况：

一是经营者应当保证在正常使用商品或者接受服务的情况下，其提供的商品或者服务应当具有的质量、性能、用途和有效期限；但消费者在购买商品或者接受该服务前已经知道其存在瑕疵的除外。

经营者的本项义务的前提是消费者正常使用商品和接受服务。在消费者非正常使用商品或者接受服务时，经营者不承担保证质量等义务。所谓消费者正常使用商品或者接受服务，包括两个含义：第一，经营者在产品的设计、研制、生产、销售的过程中要明确该商品使用的正常途径，即对商品的使用说明既不能夸大其辞，脱离实际，又不能含含糊糊，使消费者不知所云。第二，消费者应当按照产品说明的要求使用该商品，不能凭个人主观想象去使用。对于经营者提出的警示或者标示必须给予高度重视，否则不按说明去使用商品，都属于非正常使用，如造成商品的损害只能自行承担。

如果商品或者服务存在瑕疵，经营者必须向消费者说明。消费者明知商品或者服务有瑕疵而购买或者接受的，该商品的质量、性能、用途等能否实现应当由消费者自行解决。所谓瑕疵是指商品或者服务存在非根本性的缺点。换句话说，即使该商品有瑕疵，但该商品的使用并不导致对人身的健康或者安全造成危害，仅是在质量、性能、用途上不能百分之百地达到产品说明书的要求。因此，具有瑕疵的商品或者服务，即使消费者是在正常情况下使用或者接受的，经营者也不承担保证其质量、性能、用途等的责任。消费者在购买所谓“处理品”时，或者接受“低质量”的服务时，应当懂得自己的责任。

二是经营者以广告、产品说明、实物样品或者其他方式表明商品或者服务的质量状况的，应当保证其提供的商品或者服务的实际质量与表明的质量状况相符。

在经营者与消费者进行商品交易和提供服务时，经营者所标示出来的商品或者服务的性能，是决定消费者是否与之进行交易和接受其服务的关键。依照交易公平和诚实、信用原则，在进行此类民事活动中，经营者亦不得违背此原则。否则即为欺诈行为。消费者可据此要求经营者退货，造成消费者损失的，还应当赔偿其损失。

对于商品或者服务的宣传，应该与其实际的质量状况相符合。如果在宣传过程中，自我吹嘘、自我标榜，人为地提高自己的产品的质量状况指标，这类商品或者服务因为无法达到其人为吹嘘的指标而应当被视为有缺陷的产品，有可能导致消费者的索赔。所以在商品或者服务的宣传过程中，无论以何种方式，用广告、产品说明、实物样品或者其他方式，来表明商品或者服务的质量状况的，应当实事求是，有一说一，有二说二，添油加醋的不实宣传对商品经营者和服务提供者而言，有害无利。对于不同种类的商品和服务，我国规定了不同的标准，在进行广告时，也因商品和服务种类的不同，而有不少特别的规定，在进行宣传时，商品或者服务的经营者还应当遵守有关广告行为的规范的规定。

经营者的保证义务应当履行，否则，将承担相应的法律责任，但是，经营者的保证义务有两种例外情形：第一，如果消费者在使用商品或者接受服务时，使用方法错误，消费者将自己承担由此所造成的损失。经营者对于商品或者服务在投入社会后的效果要负责的前提，是消费者必须对商品或者服务进行正常的使用，商品误用的风险在经营者已经做出明确的、充分的警示之后，该风险所产生的后果将由消费者承担。比如有的洗涤用品上标明：不得入口。偏有的消费者因疏忽大意，家中的小孩误食洗涤用品，如洗发水、肥皂水等；第二，是指消费者在购买商品或者接受服务前，已经知道该商品或者服务存在瑕疵。在消费者已经明知商品或者服务存在瑕疵的情况下，而仍然购买该商品或者服务，意味着消费者对于由此瑕疵所造成的风险自愿承担。如有一些商店公开降价销售的处理品。应当注意的是，商品或者服务本身存在瑕疵虽然会使经营者的保证义务免除，但是，商品或者服务本身存在瑕疵应当不影响其主要功能和用途。完全不符合我国有关保障人身健康和安全标准的商品或者服务，即使经营者明确标示其缺陷，也是不允许出售和提供的。

关于生产者、经营者的产品质量的保证义务，在我国的《产品质量法》中有较为集中的规定，其主要内容包括：第一，生产者应当对其生产的产品质量负责，其产品或者包装上的标识应当符合法律规定的要求；第二，生产者不得生产国家明令淘汰的产品；第三，销售者应当执行进货检查验收制度，验明产品合格证明或者其他标识；第四，销售者应当采取措施，保持销售产品的质量；第五，销售者不得销售国家明令淘汰并停止销售的产品和失效、变质的产品；第六，生产者、销售者不得伪造产地，不得伪造或者冒用他人的厂名、厂址；第七，生产者、销售者不得伪造或者冒用认证标志、名优标志等质量标志；第八，生产者、销售者生产、销售产品，不得掺杂、掺假，不得以假充真，不得以不合格产品冒充合格的产品。

9. 经营者履行三包责任的义务

《消费者权益保护法》第二十三条规定，经营者提供商品或者服务，按照国家规定或者与消费者的约定，承担包修、包换、包退或者其他责任的，应当按照国家规定或者约定履行，不得故意拖延或者无理拒绝。本条是关于经营者的三包责任的规定。

从广义上讲，经营者所负有的保证商品、服务质量的义务内容，还应当包括承担修理、更换、退款或其他责任。这里规定的包修、包换、包退（简称“三包”）是针对商品交易而言的。对于商品销售来说，经营者的“三包”责任可以说是商品质量的延伸。因为如果商品质量出现问题，消费者可以通过修理来消除商品的瑕疵，不能消除的，所受到的损害或损失还可以通过更换或退款的方式得到补救或补偿，因此，它对消费者的消费决策，特别是高档耐用消费品的选择具有重要的影响作用。

经营者承担“三包”义务或者其他责任，首先应当依照国家法律、法规的规定执行。目前，我国在这方面的主要法律规范有：本法、《中华人民共和国产品质量法》、《部分商品修理更换退货责任规定》、《摩托车商品修理更换退货责任实施细则》、《农业机械产品修理、更换、退货责任规定》、《商品住宅实行住宅质量保证书和住宅使用证明书制作的规定》等。其中，本法和《产品质量法》只作了原则规定。《产品质量法》明定了“三包”商品的范围，明确了销售者对商品的先行负责制度。该法规定：售出的产品若不具备应当具备的使用性能而事先未作说明，不符合在产品或者其包装上注明采用的产品标准或者不符合以产品说明、实物样品等方式表明的质量状况，销售者应当负责修理、更换、退货；给购买产品的用户、消费者造成损失的应当赔偿损失。销售者负责修、退、换、赔偿损失后，属于生产者的责任或者属于向销售者提供产品的其他销售者的责任，销售者有权向生产者、供货者追偿。《产品质量法》的规定可以从根本上解决厂方店家互踢皮球、消费者投诉无门的现象。

生产者是三包责任的最终承担者。生产者应当履行以下三包义务：

（1）明确三包方式，自己确定或者约定由销售者确定修理单位。生产者应在不低于国家规定的基础上确定产品的三包范围和三包有效期限，并在向消费者提供的三包凭证上注明。生产者自行设置或者指定修理者的，应当随产品向消费者提供三包凭证、修理单位的名单、地址、联系电话等。

（2）生产者应当向负责修理的销售者、修理者提供修理技术资料、合格的修理配件，负责培训修理人员，提供修理费用。同时应保证在所生产的产品停产后 5 年内能继续提供符合技术要求的零配件。

（3）生产者应当妥善处理消费者直接或者间接的查询，并提供服务。

销售者为保证三包责任的落实应当履行下列义务：

（1）销售者不能保证实施三包规定的，不得销售《部分商品修理更换退货责任规定》所列产品。销售者只有在具备了实施符合规定的三包责任的条件时，才能够销售相应的商品。

（2）销售者应当保持所销售商品的质量。销售者应当采取有力措施保证销售符合国家规定质量标准的商品。销售者对上柜销售的商品应进行售前检查，发现存在质量问题的产品，不得作为合格品出售。销售者销售存在质量问题的库存商品或者残次品，必须事先作出声明，而且只能在法律允许的范围内进行销售。对于存在重大质量问题危及人身、财产、安全的商品不得以残次品、处理品等名义进行销售。

（3）销售者应当执行进货检查验收制度，不符合法定标识要求的商品，一律不得销售。商品的进货验收既包括对商品质量、数量等的验收，也应包括对商品法定标识的检查。有关法律、法规、规章以及强制性标准对产品标识作了明确的要求，凡不符合该法定标识要求的商品，销售者不得销售。现行法律规定，进口家电未经国家商品检验机关进行检验并贴有绿色标识的，不得进行销售。

（4）销售者出售商品时，应当开箱检验，正确调试，介绍使用维护事项、三包方式及修理单位，并提供有效发票和三包凭证。开箱检验并调试是证明销售者所售商品为合格商品的重要步骤。销售者应向消费者提供有效发票，并加盖销售者印章。销售者同时应向消费者提供三包凭证，三包凭证上一般应当载明修理者名称、地址、联系电话、商品名称、规格、型号及三包有效期（不得低于国家规定期限），修理记录及更换、退货条件等。摩托车三包凭证应当包括以下内容：摩托车型号；销售单位名称（盖章）；用户姓名、通讯地址、联系电话；车架号；发动机号；出厂日期；购车日期；发票号码；修理单位名称、地址、电话、邮政编码、联系人；维修记录。农业机械产品三包凭证的内容应当包括：产品名称、规格、型号、内燃机编号、产品编号；生产企业名称、地址、电话、邮政编码；修理者名称、地址、电话、邮政编码；整机三包有效期、主要部件三包有效期、修理记录（包括送修时间、交货时间、送修故障、修理情况记录、换退货证明等项目）。三包凭证通常由生产者制作，在商品出售时由销售者填明有关项目后随商品交付给消费者。

（5）销售者应当妥善处理消费者的查询、投诉，并提供服务。

修理者是根据与销售者或者生产者之间的合同，对销售者购买的商品承担修理业务的单位。修理者应当履行以下义务：

（1）承担相应的修理服务业务。修理者必须按照与销售者、生产者订立的合同承担相应商品的修理业务，并对购买该类商品的消费者负责，保证商品修理的质量。消费者有权要求所购商品三包凭证上指定的修理者承担相应的修理义务，若该修理者拒绝修理，消费者可向销售者、生产者提出要求。

（2）修理者应当维护销售者、生产者的信誉，不得使用与产品技术要求不符的元器件和零配件，并认真记录故障及修理后产品质量状况，保证修理后的产品能够正常使用30日以上。

（3）修理者应当保证修理费用和修理配件全部用于修理，并接受生产者、销售者的监督和检查。修理者应当勤勉工作，否则应承担因其自身修理失误造成的责任和损失。

（4）修理者应当接受消费者有关产品修理质量的查询。

10. 经营者履行约定的三包责任的义务

除了国家规定之外，实行三包责任大多是由经营者与消费者之间达成的协议。协议的内容因商品的不同而有所差异，大体上来说，有以下几种情况：

（1）商品售出后在一定的期限内（一般是10天左右），消费者对该商品不满意，或想另外购买其他类型商品，可以到原购货处凭证退货。这种情况，完全依消费者的意志决定，不论商品是否存在质量、性能等方面的问题。

（2）商品售出后在一定的期限内（一般是7至10天），消费者发现该商品存在质量问题，可以持购货凭证到原购货处退货。这种情况，主要依商品是否存在质量问题。

（3）消费者在购得商品后发现该商品有质量问题，可以在半年至一年的时间内到原购货处或经营者指定的维修地点去修理。不论商品质量的原因或是消费者使用不当的原因，经营者负责免费修理。

（4）消费者在购得商品后，如商品发生质量问题，在一定期限内均可到经营者指定的地点修理，修理部门依修理情况，酌情收取修理费。修理不成的，经营者可以负责更换。

(5) 消费者在购买商品后，在一定的期限内可以到指定的地点免费修理，但不予更换或者退货。

此外还有一些其他情况。从以上几种情况可以看出，经营者与消费者之间达成的协议有以下几个特点：双方自愿约定“三包”；“三包”均有期限；修理、更换、退货没有固定的顺序，完全依双方当事人约定。商品本身的质量问题与消费者使用不当造成的问题，没有明确的区分。

在实行售后“三包”中，应当强调的是，经营者在与消费者的约定中，不得以任何借口减轻或者免除其所应当依法承担的责任，从而损害消费者的利益。经营者与消费者如果达成了“三包”协议，经营者必须忠实履行自己的义务，不得以任何借口不履行或者不完全履行自己的义务。协议亦即合同，一经双方当事人达成是具有法律效力的。经营者不履行或不完全履行协议中约定的义务是一种违约行为，应当受到法律的追究。

有关服务方面的约定，一般由经营者承担重作、修理、退还费用、赔偿损失等项责任。这是依服务的内容而约定。经营者与消费者一经约定，经营者也应当无条件地、忠实地履行约定的义务，不得以任何借口无故拖延或者无理拒绝。

11. 经营者对消费者承担的其他责任的义务

三包不免除经营者对消费者承担的其他义务。三包是经营者的主要义务，但不是其售后服务的唯一义务，也不排除经营者对消费者承担的其他义务。经营者承担三包义务的同时，对其他义务，如对消费者的承诺、与消费者所作的其他约定等，都必须履行，否则，要承担相应的法律责任。首先，国家规定经营者除了依法承担实行“三包”的责任外，还可能承担其他责任。我国《民法通则》将民事责任规定为三大类：一是违约责任，二是侵权责任，三是不履行其他义务的责任。而对这三类民事责任又分别规定了承担民事责任的不同方式，其范围要远远大于实行“三包”。如经营者有违约行为的，消费者除了要求其实行“三包”外，还可以要求经营者予以赔偿；如经营者有侵权行为的，消费者还可以要求其消除影响、赔礼道歉、赔偿损失等；如经营者不履行法律规定的质量保障、价格合理、计量正确等等其他义务的，消费者有权要求其依法履行。其次，约定应当是主要针对“三包”问题作出的约定，但并不排除经营者与消费者就其他民事权利的义务作出约定。如经营者与消费者除了就“三包”问题作出约定外，还可以约定送货上门，即由经营者负责将商品安全、及时地送到消费者指定的地点。

《消费者权益保护法》第二十三条要求经营者按照规定或者约定承担“其他责任”，这一方面是对经营者提供商品而言的，但更主要的是针对经营者提供服务而提出的。由于经营者向消费者提供服务不存在实行“三包”问题，加之服务项目与普通商品在质量标准等方面存在许多差异，故本条规定中对经营者提供服务所应承担的责任没有具体列明。但如果提供的服务内容欠缺，质量不够标准，则经营者一样负有采取相应补救或补偿措施的责任。这些措施的形式多种多样，可以根据各种服务方法及特点来具体规定。在法律上，可以笼统地归之于其他责任。此外，即便是商品的售后服务形式，也不是全都可以用“三包”来概括，如补足商品数量、赔偿损失等责任并不属于包、换、退的范畴，而一一列举又太繁琐，故一律称为其他责任。消费者只能根据具体情况，区别不同服务行业，按照国家规定或者消费者与经营者之间约定的服务内容与服务质量，要求经营者履行义务。

《消费者权益保护法》第二十三条除了规定经营者的上述义务外，还明确强调经营者不得故意拖延或者无理拒绝履行上述义务。在这里，故意拖延是指经营者明知自己负有“三包”等义务却不及时履行该项义务的行为，无理拒绝是指经营者明知自己负有“三包”等义务，无充足理由而不予接受的行为。需要说明的是对拒绝行为是否无理要作正确的理解和具体的分析。无理应当是指没有法定的或者正当的能够免除经营者承担本条规定的责任的理由。此外，是否无理还应当考虑理由是否充分。

12. 格式合同及其效力的规定

《消费者权益保护法》第二十四条规定，经营者不得以格式合同、通知、声明、店堂告示等方式作出对消费者不公平、不合理的规定，或者减轻、免除其损害消费者合法权益应当承担的民事责任。格式合同、通知、声明、店堂告示等含有前款所列内容的，其内容无效。本条是关于格式合同及其效力的规定。

格式条款，是指由当事人一方为与不特定多数人订约而预先拟定的，并且不允许相对人对其内容作变更的合同条款。格式条款总是由一方当事人在未与对方协商的情况下事先拟定，重复地使用。包含有格式条款的合同被称为格式合同。格式合同具有如下的特征：格式合同是由一方当事人事先拟定而多次重复使用的，这一特征体现在要约方面，即表现为广泛性、持续性及细节性。广泛性，指该要约一般总是向不特定的多数人发出，而不只是向某个人发出。持续性，指该要约一般总是在一段较长的时间内发生效力，在合同拟定人改变其营业策略及战略之前，该要约都可以作为承诺的对象。细节性，指该要约一般都包含了合同的全部条款，无需也不允许对方在承诺前对要约加以任何的修改。

由于格式合同的要约具有细节性，所以格式合同的条款在合同成立之前已经确定，当事人双方或者一方在成立之前都已经知道合同的内容。同时，多份格式合同的条款是相同的，并且在较长的时间内，合同的内容都是不变的。

我国《合同法》第 39 条第 1 款规定："采用格式条款订立合同的，提供格式条款的一方应当遵循公平原则确定当事人之间的权利和义务，并采取合理的方式提请对方注意免除或者限制其责任的条款，按照对方的要求，对该条款予以说明。"按照这一规定，格式条款的提供者具有如下两项义务：

（1）遵循公平原则确定当事人之间的权利和义务。所谓公平原则，是指格式条款的提供者在拟定格式条款时，应当将双方的权利义务确定得相互对等，双方当事人享有的权利和承担的义务大体相当，而不能一方只享权利不承担义务，或者享有的权利明显大于承担的义务。如果格式条款的提供者在拟定格式条款时，凭借格式条款即合同文本由自己拟定的有利条件，在格式条款中确定自己享有大量的权利而只承担极少的义务，或者确定对方承担大量的义务只享有极少的权利，即为违反公平原则。这样的格式条款即使成为正式的合同，对方当事人也可以按照《民法通则》第 59 条关于"显失公平"的规定，请求人民法院或者仲裁机构予以变更或者撤销。

（2）提示或者说明的义务。格式条款的提供者应当采取合理的方式提请对方注意免除或者限制其责任的条款，按照对方的要求，对该条款予以说明。所谓免除或者限制责任的条款，又称免责条款，是指规定免除或者限制格式条款提供者责任的各种条件的条文。格式条款对于提供者来讲，由于是由自己事先拟定的，所以对各项内容比较熟悉，特别是有关免除或者限制自己责任的内容，更是经过反复研究，唯恐自己承担过多的责任，想方设法尽可能地免除或者限制自己的责任；而对于另一方当事人来讲，由于对格式条款的内容事先不知，一旦想订合同才开始看，而格式条款的内容一般又很多、很细，所以也主要看自己有哪些权利和义务，很少注意对方在条款中设定的免责内容，而且免责条款往往表述得似是而非，非专业人士很难一下子看清楚其中的奥妙。因此，格式条款的提供者在订立合同时，必须以合理的方式提请对方当事人注意免除或者限制其责任的条款。所谓合理的方式，就是指以能使对方当事人引起注意的方式提醒对方当事人考虑这些条款的含义。当对方当事人对免责条款存有疑虑、提出问题时，格式条款的提供者应当予以说明。如果格式条款的提供者不尽提请对方注意和说明的义务，等于是采用提供格式条款的有利条件，将有利于自己、而不利于对方的免责条款夹塞到合同中去，违背了订立合同应当遵循诚实信用的原则。

格式条款是当事人为重复使用而预先拟定，并在订立合同时未与对方协商的条款，所以体现的是格式条款提供者一方的意愿。虽然法律也要求格式条款的提供者在拟定格式条款时，应当遵循公平原则确定当事人之间的权利和义务，但是如果格式条款的提供者在拟定标准时，没有遵循公平原则合理确定当事人之间的权利和义务，甚至明显违反法律关于民事活动应当遵循平等互利、等价有偿等基本原则的规定的，应当如何处理，需要法律规定一定的标准。同时，由于格式条款在拟定时没有与对方当事人协商，更多地考虑格式条款提供者自己一方的利益也是比较普遍的现象，对于这种情况，也不能一概认定为无效，只有对那些明显免除自己责任或者明显排除对方当事人主要权利的，也就是明显失去公平即显失公平的，才能认定为无效，这也需要法律上规定一定的标准。我国《合同法》第40条规定：“格式条款具有本法第五十二条和第五十三条规定的情形，或者提供格式条款一方免除其责任、加重对方责任、排除对方主要权利的，该条款无效。”所谓排除主要权利，是指格式条款中含有排除对方当事人按照通常情形应当享有的主要权利。例如，某电器生产厂家在电器销售合同中规定，本厂生产的电器一经售出，不得退换，则应当认定其构成了排除对方当事入主要权利。因为在电器销售中，厂家必须对电器的质量承担责任，如果发生质量问题，买受人有权要求退换，如果不允许退换，等于是排除了买受人的一项主要权利。

13. 经营者尊重消费者人格权的义务

《消费者权益保护法》第二十五条规定，经营者不得对消费者进行侮辱、诽谤，不得搜查消费者的身体及其携带的物品，不得侵犯消费者的人身自由。本条是关于经营者尊重消费者人格权的义务的规定。

消费者的人格尊严、人身自由是宪法赋予的神圣权利，不容任何人侵犯。本法规定的该义务是宪法以及民法、刑法等各项基本法律对经营者提出的基本要求，是由国家强制力保证实施的。

（1）经营者不得对消费者进行侮辱。侮辱消费者的行为，是指在消费交易中，经营者公然贬低消费者的人格，破坏消费者名誉的行为。

经营者在消费交易中侮辱消费者的行为方式尽管多种多样，但归结起来主要有三种：一是以暴力方式侮辱消费者的。即对消费者施以暴力或以暴力相威胁，使消费者的人格、名誉受到侵害。如经营者殴打消费者，强令消费者“滚出”其商店等。二是用言词侮辱消费者的。即以言词对消费者进行嘲笑、辱骂、讽刺、挖苦，恶语伤人，使消费者的人格尊严受到伤害的行为。三是用文字、图形侮辱消费者的。例如经营者在商品包装、商标和广告中使用对消费者具有歧视性和侮辱性的文字、图画的行为。在现实生活中，用言词侮辱消费者的行为最为常见和普遍。

（2）经营者不得对消费者进行诽谤。诽滂消费者的行为，是指经营者在消费交易过程中，捏造并散布某种事实，损害消费者的人格和名誉的违法行为。

应该指出，侮辱消费者的行为和诽谤消费者的行为既有联系，又有区别。二者的联系主要表现在：它们都属于违法侵权行为；行为的主体都是消费交易关系中的经营者；这两种侵权行为都是针对消费者，都是损害消费者人格和名誉的侵权行为，即这两种侵权行为的对象和客体也相同。但二者毕竟是两种侵权行为，还不能把它们简单地混同起来。两者的区别主要表现在行为的方式上。在侵权行为的方式上，诽谤消费者的行为，必须通过捏造并散布虚假事实的方式进行。而侮辱消费者的行为，是运用暴力、言词和其他方法公然贬低和破坏消费者的人格和名誉的行为，它并不要求用捏造并散布某种虚假事实的方式来进行。可见，二者行为方式不同，应把二者在法律上严格区别开来。

（3）经营者不得搜查消费者的身体及其携带物品。搜查消费者的行为，是指经营者搜查消费者的身体及其携带的物品的行为。这是侵犯消费者人身自由的一种违宪违法行为。对公民的任何一种形式的非法搜查，都是对公民人身自由的非法侵犯，都是我国宪法、法律所明确禁止的。合法的搜查只能由法定的国家机关及其工作人员，依照法定的程序，在法定的条件下，对法定的对象进行。其他任何组织和个人都不得随意搜查任何公民。在消费交易中，经营者不管出于什么动机，都没有权力对消费者的身体及其携带物品进行搜查。消费者的人身自由不受侵犯的权利，是消费者受尊重权的重要内容，经营者不得以任何方式予以剥夺。例如，有些经营者作出“本商场有权搜查顾客的身体和携带的物品”等的店堂告示，试图使搜查消费者的违法行为合法化。事实上，这种店堂告示不具有法律效力，不能成为经营者搜查消费者的身体及其携带物品的依据，依据这类告示进行的搜查行为改变不了行为本身的违法性。

（4）经营者不得侵犯消费者的人身自由。我国《宪法》首先规定：“中华人民共和国公民的人身自由不受侵犯。任何公民，非经人民检察院批准或者决定或者人民法院决定，并由公安机关执行，不受逮捕。禁止非法拘禁和以其他方法非法剥夺或者限制公民的人身自由，禁止非法搜查公民的身体。”《刑事诉讼法》也规定：对刑事案件的侦查、拘留、预审，由公安机关负责，其他任何机关团体和个人都无权行使这些权力。据此，对公民人身或财产实施检查或者搜查，只能由被法律赋予这种权力的执法机关人员依照严格的法律依据和程序来执行。经营者在没有掌握确凿证据的情况下，就以商品失窃为由搜查消费者身体及其携带的物品，或者长时间盘查，不让消费者脱身，或者强迫顾客掏兜自查的行为都是侵犯和限制公民人身自由权利的违法行为。即使经营者掌握证据或者亲眼看见有人偷窃，也无权自行实施检查或搜查，正确的做法应该是告其将赃物交出或扭送公安机关。

公民的人身自由权是任何公民都依法享有的最基本、最起码也是最重要的权利。它是公民参加各种社会活动，享受其他各项权利的先决条件，公民的人身自由不受侵犯，主要表现在以下几个方面：公民的人身行动完全由自己自由支配；公民的人身自由不受任何非法的强制性限制或者剥夺；对公民的人身不得进行非法搜查。无论是任何人采用任何方法非法地限制、剥夺公民的人身自由，非法搜查公民人身，都将依法受到追究。经营者必须遵守法律规定，严禁扣留消费者，限制或者剥夺消费者的行动自由，严禁搜查消费者人身及其携带的物品，否则将依法承担刑事责任。为了保障消费者的人身自由，本条将“不得侵犯消费者的人身自由”作为经营者的一项义务设定下来，以切实保护消费者的人身自由权。公民的人身自由权受到我国宪法、法律的保护，除了有关司法机关依照法定程序有权对公民的人身自由进行限制外，其他任何单位和个人均不得限制公民的人身自由。

三、国家对消费者合法权益的保护

1. 国家保护消费者合法权益的立法措施

《消费者权益保护法》第二十六条规定，国家制定有关消费者权益的法律、法规和政策时，应当听取消费者的意见和要求。本条是关于国家保护消费者权益的立法措施的规定。

保护消费者合法权益是国家应尽的职责，而立法则是国家充分有效地保护消费者合法权益的基础和依据，因此国家应加强消费者权益保护的立法，通过制定有关法律、法规和政策，不断健全和完善保护消费者权益的法律制度。

（1）法律的制定。法律是指全国人民代表大会及其常务委员会制定的具有普遍意义的规范性文件。根据我国《立法法》（2000 年 3 月 15 日）的规定，法律的制定需经过以下五个步骤：法律草案的拟订；法律议案的提出；法律议案的审议；法律的通过；法律的公布。本条规定应适用于以上第一和第三个程序中，承担法律草案起草任务的可能是有关行政主管机关，也可能是某个专门委员会或工作小组。他们在起草有关消费者权益的法律时，要听取消费者的意见和要求，特别是直接影响消费者权益的条款更应如此。按照法定程序，法律草案作为议案提交全国人大及其常务委员会审议时，还要进一步听取消费者的意见和要求，审议本身实际上也是根据包括消费者在内的社会各方面的意见和要求对议案进行充分论证的过程。

（2）法规的制定。法规包括国务院发布的或经国务院批准、有关行政主管机关发布的行政法规，以及省、自治区、直辖市人民代表大会及其常务委员会制定、颁布和批准的地方性法规。行政法规的制定通常要经过起草、审查论证、讨论通过这几个阶段，在这个过程中，特别是在起草和审查阶段，应把听取消费者的意见和要求作为必经程序，使行政法规充分体现消费者的意志。地方性法规的制定有着与制定法律相类似的程序，地方国家权力机关在制定涉及消费者权益的地方性法规时，应听取本地方消费者的意见和要求。

（3）政策的制定。政策，是指在制定法律、法规条件不成熟，或者某种规范不需要有持久效力的情况下，由国家有关机关制定、发布的决定、命令、措施等。我国社会主义法制正处在不断健全的过程中，社会主义市场经济法律体系也正在建立，体制改革又会产生许多新的社会关系需要依法予以调整。因此，在我国目前许多社会关系，特别是新的经济关系尚没有相应的法律和法规去调整，并且在一些经常变化的经济领域里，其经济关系也不需要相对稳定的法律和法规去调整的情况下，需要国家制定政策来弥补这方面的空白，使这些无法可依的领域有章可循。涉及消费者权益的一些经济领域、经济关系也不例外。相对于法律、法规来说，国家的政策、国务院各部门的规章的制定程序要简便得多，但只要涉及消费者的权益，可以说本法就为其设置了法定的程序，即必须听取消费者的意见和要求。

当然，在立法过程中听取消费者的意见和要求，并不是说一定要直接征求每一个消费者的意见，或者必须采取一成不变、形式单一的征求方式。实际上，我国地域辽阔，人口众多，不可能去一一征询，而且听取意见的途径和方式也可以是多种多样的，既可以是口头的，也可以是书面的；既可以是直接的，也可以是间接的。有的直接请消费者代表座谈，有的通过消费者权益保护组织征求意见，还有的通过社会调查机构就某些消费者普遍关心的问题进行问卷调查。法律要求的是讲求内容，讲求实效，如果只是走过场、做样子，形式上征求消费者的意见和要求，而实际上并不采纳、接受；或者干脆不调查研究，闭门造车，则都是违背法律规定的。总之，方式可以多样，目的都是使国家制定的有关法律、法规及政策充分反映消费者的意见和要求。

2. 各级政府在保护消费者合法权益上的义务和责任

《消费者权益保护法》第二十七条规定，各级人民政府应当加强领导，组织、协调、督促有关行政部门做好保护消费者合法权益的工作各级人民政府应当加强监督，预防危害消费者人身、财产安全行为的发生，及时制止危害消费者人身、财产安全的行为。本条是关于各级人民政府在保护消费者权益上的义务和责任的规定。

(1) 各级人民政府对其所属有关行政部门保护消费者合法权益的工作的领导、组织、协调及督促。根据我国《宪法》的规定，国务院有权规定各部和委员会的任务和职责，统一领导各部和各委员会的工作；统一领导全国地方各级国家行政机关的工作，规定中央和省、自治区、直辖市的国家行政机关的职权的具体划分；领导和管理经济工作和城乡建设等行政工作。国务院保护消费者权益的职责有两个方面内容：一是规定有关的行政措施，制定有关行政法规，发布有关的决定和命令，在明确各部门职责的基础上，组织、协调、督促有关的部、委员会及直属机构制定有关规章，做好保护消费者合法权益的工作。二是领导要督促地方各级人民政府充分履行保护消费者权益的职责，健全有关的规章制度，使保护消费者合法权益的制度形成上下协调的体系。

按照地方各级人民代表大会和地方各级人民政府组织法的规定，县级以上地方各级人民政府的职权有：领导所属各工作部门和下级人民政府的工作；保护社会主义的全民所有的财产和劳动群众集体所有的财产，保护公民私人所有的合法财产，维护社会秩序，保障公民的人身权利、民主权利和其他权利，等等。地方各级人民政府保护消费者权益的职责主要体现在，要组织、协调、督促有关行政部门做好保护消费者合法权益的工作。由于涉及消费者权益的日常行政工作，大量的是由地方人民政府所属工作部门来承担的，对消费者的权益有着更经常、更直接的影响，这些部门工作的好坏，直接关系到消费者合法权益能否得到切实有效的保护。

有关消费者权益的问题涉及面广，形式多样，内容五花八门。有的还涉及到复杂的技术问题，如产品质量、计量标准、商标、广告、物价问题等等，仅依靠一个政府部门是无法妥善解决的，必须通过政府及其所属各有关部门的通力协作。在我国，涉及消费者权益的大量日常事务的处理，是通过各级政府所属的各有关行政部门来进行的。按照我国法律的规定，保护消费者合法权益的有关行政部门是行政执法部门和行业管理部门。行政执法部门又包括工商行政管理机关、技术监督机关、产品质量监督管理机关、物价管理机关、商品检验机关及医药、卫生、食品管理机关等；行业管理部门是指负有对所属行业经营者监督管理之责的行业主管部门，如各级国内贸易、电子、轻工、纺织、铁路、交通、民航等部门。在这方面，有关机关之多，涉及领域之广，恐怕是其他任何法律都无法比拟的。正因为如此，各有关机关在进行各项保护消费者权益的工作和履行自己的法律职责时，肯定会出现一些偏差、摩擦和懈怠现象，扯皮、推诿之事也都在所难免，这就需要各级人民政府做好组织、领导及协调工作，督促各有关部门各司其职、密切配合，做好保护消费者合法权益的工作。

(2) 各级人民政府对市场经营活动的监督。

一是各级人民政府应主动地采取措施或者督促所属工作部门采取措施，预防危害消费者人身、财产安全行为的发生。如对于关系消费者人身、财产安全的商品和服务，要根据不同情况，制定国家标准或行业标准，并督促经营者严格按照法定的标准从事经营活动，确保消费者获得的商品和服务安全可靠。

同时，各级人民政府要对所属工作部门制定的涉及消费者权益的规范性文件加强监督和审查。国务院对各部、委员会及直属机构发布的妨害消费者合法权益的命令、指示和规章有权改变或撤销，也有权改变或撤销地方各级国家行政机关类似的决定和命令。地方各级人民政府对所属各工作部门及下级人民政府作出的妨害消费者合法权益的决定、命令、指示，有权改变或撤销，以防止抽象行政行为可能对消费者人身、财产安全造成的危害。

二是在出现危害消费者人身、财产安全的行为时，各级人民政府有责任予以制止。对于带有普遍性的危害行为，人民政府应采取必要的行政措施，或作出专项的决定予以制止，消除对消费者的危害；如果按照职责分工，对消费者人身、财产安全的危害行为应由某一部门监督检查的，人民政府应责令该部门履行职责，对违法行为及时予以查处，避免危害的继续发生，并使受损害的消费者获得赔偿。此外，当某种危害消费者人身、财产安全的商品流入市场，难以即时确认和控制时，如有毒食品、假种子等，政府还有责任使广大消费者获悉这种危险，避免受到损害。

人身、财产安全不受危害是消费者合法权益的第一要义，广大人民群众既是消费者的主体，又是国家的主人。因此，人民政府在履行保护消费者合法权益职责过程中，首要的任务就是要积极预防和及时制止危害消费者人身、财产安全的行为。

3. 行政主管部门在保护消费者合法权益上的职责

《消费者权益保护法》第二十八条规定，各级人民政府工商行政管理部门和其他有关行政部门应当依照法律、法规的规定，在各自的职责范围内，采取措施，保护消费者的合法权益。有关行政部门应当听取消费者及其社会团体对经营者交易行为、商品和服务质量问题的意见，及时调查处理。本条是关于行政主管部门在保护消费者权益上的职责的规定。

人民政府内部因职能不同而有不同的职能管理部门，其中各级人民政府工商行政管理部门的职能主要是对消费者权益的保护。另外有关的其他行政部门，如物价监督部门、技术监督部门等部门的工作也与消费者的合法权益的保护有不可分的关系。

本条第一次明确了以工商行政管理部门为主的各有关行政执法机关承担保护消费者合法权益的职责，并规定了其他有关行政主管部门相应的职责。

（1）工商行政管理机关。工商行政管理机关作为对国家的经济进行行政性监督和管理的综合性机关，在保护消费者权益方面也由本法赋予了很大的职权，这可由本法中对于违反法律的法律责任的承担处理机关的权限等看出："法律、法规未作规定的，由工商行政主管部门责令改正，可以根据情节单处或者并处警告、没收违法所得、处以违法所得一倍以上五倍以下的罚款，没有违法所得的，处以一万元以下罚款；情节严重的，责令停业整顿、吊销营业执照"。由此规定可以看出，国家工商行政管理部门成为保护消费者权益的总括性机构。其他机关无法对违规行为作出处罚时，还有工商行政机关作为一个可以请求保护的机关。可见，本法给予工商行政管理机关以很大的权力。

工商行政管理机关的主要任务是依法确定各类工商企业和个体工商户的合法地位，监督管理或参与监督管理市场上的各种经济活动，检查处理经济违法违章行为，保护合法经营，取缔非法经营，维护正常的市场秩序，保证社会主义商品经济的健康发展。其监督管理的具体职责：

一是企业登记监督管理。企业登记监督管理包括两个方面：对各类工商企业和城乡个体工商户、个人合伙的筹建、开业、歇业、分立、合并、迁移、终止等进行登记注册，核发或收缴营业执照；对企业、城乡个体工商户、个人合伙的经营活动进行监督管理，包括，监督企业按照规定办理开业、变更、注销登记，按照登记注册事项和章程、合同从事经营活动，制止和查处企业的非法经营活动。工商行政管理机关通过上述两方面的企业登记监督管理，为杜绝伪劣商品和减少商品买卖中损害消费者利益的行为提供了重要保证。

二是市场监督管理。工商行政管理机关监督管理市场的职责，是统一管理城乡集市贸易，依法监督管理农副产品市场、农副产品批发市场、小商品市场和各种专业市场，参与生产资料市场以及资金、劳务、技术、信息、房地产等生产要素市场的监督管理。市场监督管理涉及的内容较多，既包括监督从事商品经营的企业和个人的主体资格，也包括监督商品或劳务的价格、计量、质量、卫生、经济合同、商标、广告、交易场所等。要对复杂的市场活动实施有效的监督管理，只靠工商行政管理一家的力量还是不够的。因此，我国对市场实行由工商行政管理机关统一管理，公安、物价、税收、卫生、质量技术监督等机关各负其责的管理体制。消费者的购买活动，主要是通过市场进行的，工商行政管理机关切实加强对市场活动的监督管理，保护合法经营，禁止、取缔以次顶好，以瘕充真，掺杂使假、短尺少秤、擅自涨价等违法经营活动，能够直接对消费者的权益进行保护。

三是广告监督管理。依照《中华人民共和国广告法》的规定，工商行政管理机关是广告的管理机关。工商行政管理机关对广告进行监督管理的重点是广告内容的真实性。因为内容虚假的广告，很容易使消费者上当受骗，蒙受损失。工商行政管理机关对违反广告管理法规，弄虚作假，欺骗消费者的广告刊户，可以给予警告或者罚款的处罚；对违反广告管理法规的广告经营单位，可以根据情节轻重，给予警告、取缔非法经营、没收非法所得、罚款、暂停营业或吊销营业执照等处罚；对违反广告管理法规的广告刊户的上级主管部门可以给予罚款处罚。

四是商标监督管理。工商行政管理机关对国内和外国商标的注册进行统一管理，保护注册商标人的商标专用权。对于假冒、仿冒、伪造注册商标的行为予以查处和处罚。商标专用权人在商标权使用过程中，对于有粗制滥造、欺骗消费者行为的，工商行政管理机关将分别情况，给予处罚：责令限期改正，予以通报、罚款，甚至由商标局撤销其商标注册等。

五是打击和处罚投机倒把活动。这主要是指对于国家不允许自由流通的物资的倒买倒卖的处罚，对于印刷传播淫秽物品的行为的处罚，对于进行扰乱市场，哄抬市价等行为的处罚。自然，投机倒把活动随着社会经济的发展，其合法违法界限的界定已经发生了变化，随着计划体制的作用的减弱，其范围也较以前为小。

（2）质量技术监督机关。国家质量技术监督管理部门是负责管理全国质量技术监督的职能部门。它负责贯彻执行国家技术监督的方针、政策，统一管理全国的标准化、计量和质量监督工作，对质量管理进行指导，实行技术监督，保护国家、集体、个人和企业的合法权益，以维护正常的社会经济秩序，其监督管理职责主要有以下几种：

一是产品质量的监督。产品质量的监督，主要是对于国家有关法律、法规、质量标准等对于产品适用、安全等其他特性的要求是否达到的一种监督和管理。技术监督机关对产品质量的监督有以下几方面：监督检查产品技术标准的贯彻执行；管理产品质量认证工作；负责产品质量监督检验网的规划和协调工作；参与优质产品的审定，监督检查优质产品标志的正确使用；对产品质量争议进行仲裁。

二是标准化监督。标准化监督也是维护消费者的合法利益的保证之一。我国的《标准化法》规定，对下列物品或技术要求统一的技术要求，应当判定标准；工业产品的品种、规格、质量、等级或者安全、卫生要求，工业产品的设计、生产、检验、包装、储存、运输、使用的方法或者生产、储存运输过程中的安全、卫生要求；有关环境保护的各项技术要求和检验方法；建设工程的设计、施工方法和安全要求，有关工业生产、工程建设和环境保护的技术术语、符号、代号和制图方法。

三是计量监督。计量在市场交易过程中是保证交易双方对交易对象的数量予以确认的手段，在生产领域，对于某些产品的生产而言，计量是保证商品质量的重要技术参数。在我国，对于计量的监督和管理有国务院计量行政部门对全国各地的计量工作进行统一监督管理，县级以上的地方人民政府计量行政部门对于本行政区域内的计量工作实施监督管理。

（3）食品卫生监督机关。食品卫生监督机关的主要职责包括：进行食品卫生监测、检验和技术指导，对于不符合卫生标准的食品及食品用具等进行管理；

培训食品生产经营人员，监督食品生产经营人员的健康检查；宣传食品卫生、营养知识、进行食品卫生评价，公布食品卫生情况；对食品生产经营企业的新建、扩建、改建工程的选址和设计进行卫生审查，并参加工程验收；对食物中毒和食品污染事故进行调整，并采取控制措施；进行现场检查和巡回监督，及时处理发现的问题对违反食品卫生法律、法规的行为追查责任，依法进行行政处分或处罚。

(4) 药品监督管理机关。药品的监督管理权由人民政府卫生行政部门行使。主要包括以下几方面：对药品生产、经营企业和医疗单位配制制剂进行监督和实行许可证管理等；对药品生产、研制实行监督管理；查处生产、销售假药、劣药的违法行为，情节严重构成犯罪的，将由司法机关依法处理；对特殊药品的监督管理，主要是指对麻醉药品、精神药品、毒性药品及放射性药品的监管；对药品商标和广告的管理；对进出口药品的监督管理。

(5) 物价监督管理机关。我国物价管理机关是国家和地方各级政府物价局，其监督职责主要由各级物价机关的物价检查所实施。物价监督管理的任务是保护国家和消费者的利益不受物价违法行为的侵害，维护市场秩序。物价监督内容主要包括两个方面：监督物价的制定是否符合国家规定的权限和程序；监督检查违反物价法规和政策的行为，并按照有关规定进行处理。依照我国《价格法》的规定，下列行为属于价格违法行为：不执行国家定价收购、销售商品或者收取费用；违反国家指导价的定价原则，制定、调整商品价格或者收费标准；抬级抬价，压级压价；自立名目滥收费用；采取以次充好、短尺少秤、降低质量等手段，变相提高商品价格或者收费标准；企业之间或者行业组织商定垄断价格；不执行提价申报制度；不按规定明码标价。对上述价格违法行为，物价检查部门根据情节轻重，有权给予通报批评、责令将非法所得退还购买者或用户，不能退还的非法所得由物价检查部门予以没收、罚款，提请工商行政管理机关吊销营业执照，对企事业单位的直接责任人员和主管人员处以罚款，并可以建议有关部门给予处分等处罚。

(6) 进出口商品检验机关。进出口商品检验机关的职责是依法对进出口商品实施检验，保证进出口商品的质量。根据对外贸易发展的需要，制定、调整并公布商检机构实施检验的进出口商品种类表，列入种类表的进出口商品及其他法律、法规规定须经商检机构检验的进出口商品，必须经过商检机构或其指定的检验机构检验，否则不准销售、使用或出口。商检机构实施检验的内容包括：商品的质量、规格、数量、重量、包装以及是否符合安全、卫生的要求。对于违反有关规定的要予以处罚。

(7) 其他机关。这些机关也对消费者的权益的保护起着重要作用。《消费者权益保护法》第二十九条对于各有关机关的行为作了一个概括性规定："有关国家机关应当依照法律、法规的规定，惩处经营者在提供商品和服务中侵害消费者合法权益的违法犯罪行为。"这是立法对于国家有关机关在查处侵犯消费者权益事件中的职责的一般性规定。

有关行政执法机关应忠实地履行法定职责，尤其要按照法律、法规的规定，严厉打击、惩处生产、销售危害消费者人身、财产安全的伪劣商品行为，惩处侵害消费者合法权益的服务行为，维护正常的市场经济秩序。

4. 有关国家机关对违法犯罪行为的查处的规定

《消费者权益保护法》第二十九条规定，有关国家机关应当依照法律、法规的规定，惩处经营者在提供商品和服务中侵害消费者合法权益的违法犯罪行为。本条是关于有关国家机关对违法犯罪行为的查处的规定。

(1) 经营者在提供商品和服务时侵害消费者合法权益的违法犯罪行为的认定。违法行为与犯罪行为是两个联系紧密而又相互区别的概念。违法行为是指违反国家法律、法规的具有社会危害性的行为。犯罪行为则是危害社会的，触犯刑律的，应受刑罚处罚的行为。经营者在提供商品和服务时侵害消费者合法权益的行为多属违法行为，只有当这种违法行为达到一定程度，达到了构成刑法分则所定某一罪名的构成要件之时，即为犯罪行为。对于一般违法行为，有关国家机关应追究经营者的民事责任和行政责任；对于犯罪行为，则由国家机关中的公安机关、检察机关、审判机关追究经营者的刑事责任。

(2) 关于惩处经营者在提供商品和服务中侵害消费者合法权益的违法犯罪行为的法律适用问题。一是依照《刑法》的有关条款追究经营者的刑事责任。二是依照本法及其他法律、法规追究经营者的刑事责任。本法除了在本条中规定有关国家机关要依法对经营者的违法犯罪行为进行惩处外，在第41条、第42条中都明确了经营者应当承担刑事责任。《产品质量法》中，在第37条、第

38 条、第 40 条也明确了经营者应当承担刑事责任。此外，《食品卫生法》、《药品管理法》等法律、法规也对经营者在提供商品和服务中侵害消费者合法权益的违法犯罪行为作出了承担刑事责任的规定。

（3）有关行政部门对违法行为的处罚。本条规定："有关国家机关应当依照法律、法规的规定，惩处经营者在提供商品和服务中侵害消费者合法权益的违法犯罪行为。"对行政机关来讲，除了依职权进行正常管理外，还要对违法行为依照法律规定予以行政处罚。

《食品卫生法》第 37 条也规定了对违反本法情节严重的，食品卫生监督机构可以给予的行政处罚；《标准化法》及其《实施条例》规定了违反标准化法的法律责任。

行政机关在管理和执法时必须注意以下事项：一是协调行动。保护消费者权益的工作不是一个部门所能包办的，这就需要各部门的分工与协调。《国务院关于严厉打击生产和经销假冒伪劣商品违法行为的通知》指出："国务院责成国务院经济贸易办公室牵头，组织工商行政管理、技术监督、卫生、监察、公安、税务、物价、财政、银行及生产、流通等主管部门参加。在统一领导下，以工商行政管理、技术监督部门为主，各司其职，各负其责，协同作好这项工作。"如果部门之间协调不好、互相扯皮，造成内耗，就会使不法分子钻空子。二是行政部门的管理不得超越职权。对行政违法行为的处罚应严格依据法律、法规界定的管理职权和处罚权限的范围，这是《行政处罚法》对行政机关行使行政管理职能和行政处罚职权时所提出的基本要求。如果超越职权实施行政处罚，即使该行为是行政违法行为，该处罚也是违法的、错误的，将被依法撤销。三是适用法律要正确。四是认定事实要有确凿证据。五是有关行政部门应当听取消费者及其社会团体对经营者交易行为、商品和服务质量问题的意见，及时调查处理。听取消费者意见，行政部门的工作就更有针对性，就更能切实地保护消费者的权益。行政部门应当采取措施使消费者能够反映意见，并及时作出调查、处理，不得拖延。

5. 人民法院在保护消费者合法权益上的义务和责任

《消费者权益保护法》第三十条规定，人民法院应当采取措施，方便消费者提起诉讼。对符合《中华人民共和国民事诉讼法》起诉条件的消费者权益争议，必须受理，及时审理。本条是关于人民法院在保护消费者权益方面的义务和职责的规定。

人民法院是国家审判机关，负责各类案件的审理工作，包括民事的、行政的、经济的及刑事的。它是保证消费者诉讼权利得以实现，维护其合法权益，打击侵害消费者权益的违法犯罪活动的重要工具。本法是属于民法的特别法，消费者权益争议也大多属于民事纠纷和争议。如果消费者的合法权益遭到非法侵犯或发生争执，都依法享有请求人民法院加以保护的权利。向人民法院提起诉讼，这既是消费者保护自身合法权益的一项基本途径，也是消费者权益的最后保护屏障。

（1）消费者权益争议的受理。消费者权益争议包括因经营者违反约定义务而产生的违约责任纠纷和因经营者违反法律规定义务侵犯消费者人身、财产权益的侵权责任纠纷两种消费者权益争议。在性质上，消费者权益争议属于民事纠纷，因此，消费者在自己的合法权益遭受经营者非法侵害时，他既可以按照本法第34条的规定，在与经营者协商和解、请求消费者协会调解、向有关行政部门申诉，根据与经营者达成的仲裁协议提请仲裁机构仲裁几种方式中选择一种方式或几种方式解决消费者权益争议，也可以向人民法院提起诉讼，选择司法救济方式解决消费者权益争议，对消费者请求人民法院依法解决消费者权益争议的，应当按照《民事诉讼法》规定的民事诉讼程序进行，即消费者应当按照《民事诉讼法》的规定提起诉讼和参加诉讼，人民法院对符合立案条件的应当予以立案。

（2）人民法院应当采取积极措施，方便消费者提起诉讼。服务人民、保护人民、急人民之所急是人民法院的基本职能。方便消费者提起诉讼是人民法院实现其保护消费者合法权益各项措施的基本前提。长期以来，很多老百姓怕打官司的一个重要原因就是起诉不便，有的因法庭太远，为几个钱不值得来回奔波；有的因为举证困难，担心由此而败诉；还有的顾虑诉讼进程太繁琐，时间、精力耗不起，因而当其权益受到侵犯时，就放弃自己的诉讼权利，放弃寻求法律保护的途径，能忍则忍，能让就让，因此，本法规定，人民法院有义务采取措施，方便消费者的起诉。

（3）对已受理的消费者权益争议案件，人民法院应及时审理。所谓及时审理，是指人民法院应当严格依照法定诉讼时间期限的要求，在受理案件后，应按时进行审理前准备，尽早开庭审理。按《民事诉讼法》规定，受诉人民法院应当对符合起诉条件的诉讼请求在7日内立案，并通知当事人；在立案之日起5日内将起诉状副本发送被告，被告在收到之日起15日内提出答辩状，被告提出答辩状的，人民法院应当在收到之日起5日内将答辩状副本发送原告，被告不提出答辩状的，不影响人民法院审理；随后，人民法院应即组成合议庭，并在3日内告知当事人，同时通知开庭日期、地点，届时开庭审判。这些规定都为人民法院依法及时审理民事案件提供了法律准绳和依据，也是对人民法院依法及时组织进行审判活动的法定要求。此外，人民法院审理民事案件，还可根据需要巡回审判，就地办案，这都为人民法院受理案件后及时审理提供了法律保障。

由于人民法院在解决消费者权益争议，确认民事权利义务关系中具有最终的裁判权，在国家对消费者合法权益保护工作中享有极大的权威性。因此，本条的规定对于及时解决消费者权益争议，避免争议久拖不决而给消费者造成更大的损失和伤害，加强对损害消费者权益行为和现象的司法监督，保护广大消费者合法权益，维护社会经济秩序都具有十分重要的意义。

四、消费者协会与争议解决

1. 消费者协会的法定职能

《消费者权益保护法》第三十二条规定，消费者协会履行下列职能：（一）向消费者提供消费信息和咨询服务；（二）参与有关行政部门对商品和服务的监督、检查；（三）就有关消费者合法权益的问题，向有关行政部门反映、查询，提出建议；（四）受理消费者的投诉，并对投诉事项进行调查、调解；（五）投诉事项涉及商品和服务质量问题的，可以提请鉴定部门鉴定，鉴定部门应当告知鉴定结论；（六）就损害消费者合法权益的行为，支持受损害的消费者提起诉讼；（七）对损害消费者合法权益的行为，通过大众传播媒介予以揭露、批评。各级人民政府对消费者协会履行职能应当予以支持。根据本条规定，消费者协会履行下列职能：

（1）向消费者提供消费信息和咨询服务。科技的发展使消费者无法详细了解商品的性能，消费者也不可能花很多时间去了解有关消费领域的知识，这就需要消费者协会为消费者提供消费信息。消费信息包括：消费趋势、市场行情、商品的价格、产地、生产者，商品的用途、性能、规格、等级、主要成份、生产日期、有效期限、使用方法，服务的规格、费用、内容等情况。为使消费者有针对性地了解情况，消费者协会还应开展对消费者的咨询服务，回答消费者的问题。消费者协会的咨询不只限于商品和服务的知识、信息，还包括对消费者权利的告知，以及如何维护权益。消费者协会提供咨询既可以设立专门的咨询机构，也可以利用节假日到现场办公，回答消费者的咨询，或解答消费者的疑难；既可以书信方式回答消费者的问题，也可用电话等口头方式，而且对于关系到众多消费者的有代表性的问题应采取为广大消费者所能了解的方式宣传。消费者协会应当建立必要的档案，收集应有的资料，以便作出令消费者满意的回答。

（2）参与有关行政部门对商品和服务的监督、检查。对商品和服务的监督和检查本是有关行政部门的专职工作，消费者组织在组织消费者进行评厂评店，评议商品和服务质量的同时，建立商品检验中心，开展检测活动，无疑对维护消费者的合法权益起到不可忽视的作用。但是，消费者协会毕竟只是一个社会团体，尽管其在我国的官方性质较为突出，有众多的政府部门的人员参与其中，但是其检测和监督的结果毕竟只是一种民间性的控测和检查，在为消费者纠纷的处理过程中只能提出参考数据，如果消费者协会在按自行组织的方法对商品和服务进行监督和检测的同时，能够参与有关行政部门对商品和服务的监督检查，在此过程中，特别是在个案中，既能在增加有关行政部门监督和检查的代表性、群众性的同时，又可以使消费者组织在监督、检查中充分反映消费者的利益，并使消费者组织的监督和检查因得到有关行政部门的委托或者授权而更具有权威性。

（3）就有关消费者合法权益的问题，向有关行政部门反映、查询，提出建议。消费者协会是联系国家与广大消费者的纽带，各级消费者协会广泛吸收国家有关机关的代表参加，为消费者协会争取国家对消费者保护工作的支持开辟了一条有效通道。消费者协会应当充分发挥这种桥梁与纽带作用。所谓有关消费者合法权益的问题，包括消费者权益的存在、实现及保障等各方面的问题。所谓查询，是指就与消费者保护有关的问题向国家有关部门调查、询问、了解情况。所谓反映，就是将有关消费者保护方面存在的问题向国家有关部门通报，使国家有关行政部门了解这方面的情况。日常工作中，发现生产经营者侵害消费者利益的行为，消费者协会应当及时提出，予以制止，自己不能解决的，可以向有关行政部门反映，要求有关行政部门及时予以处理。所谓提出建议，就是就消费者保护方面存在的一些问题向国家行政机关提出自己建设性的看法和要求，以供参考。消费者协会在认为某些方面的保护工作尚有待改进，有些保护措施不力时，可以向国家有关部门提出改革办法，以促进有关法律、法规及规章制度的建立、健全和完善。

有关国家行政机关主要是指工商行政管理机关、物价管理机关、技术监督机关、商检机关等具有保护消费者权益职责的职能机关，行政监察机关等执法监督机关和特定商品或服务的生产经营者的上级主管部门。这些国家行政机关对于消费者协会反映的有关问题，应当认真听取，充分论证，并在必要和可行的情况下，予以采纳。

（4）受理消费者的投诉，并对投诉事项进行调查、调解。消费者协会自组建到现在已有10多年的时间。这期间通过各种大众传播媒介，消费者协会在维护消费者权益方面起到了重要的作用。有的消费者把消费者协会称作“消费者之家”、“消费者之友”。据不完全统计，消费者协会（各级的消费者协会均包括在内）所收到的投诉，每年以超过10%的速度增长，其中90%的投诉得到了妥善的解决。各级消费者协会通过办报刊、开辟消费者投诉热线等方法，对消费者关心的问题，以及损害消费者合法权益的典型事件进行追踪报道，予以曝光和揭露；利用“3·15国际消费者权益日”，集中有关行政和监督、检测部门进行现场办公，集中解决消费者的投诉问题。

（5）投诉事项涉及商品和服务质量问题的，可以提请鉴定部门鉴定，鉴定部门应当告知鉴定结论。消费者协会在对消费者权益争议事件进行调查和调解时，遇有不能依一般手段就可查知的问题，应当请求鉴定部门予以鉴定。所谓鉴定，是指鉴定部门对于消费者协会所提交的商品和服务的质量问题，运用专门知识和技能，以科学方法和科学技术手段予以分析、检验、鉴别、判断的一种活动。鉴定部门在鉴定活动完成后，所作出的书面结论，称为鉴定结论。在我国民事诉讼中，鉴定结论可以作为证据提交法庭。鉴定结论一般由绪言、检验、论证和结论共四部分构成。鉴定结论中，鉴定机构和鉴定人都应该盖章和签名。

（6）就损害消费者合法权益的行为，支持受损害的消费者提起诉讼。消费者的合法权益受到损害时，向消费者协会投诉，无疑是解决途径之一。但如果在消费者协会的主持下，双方的争议未能调解解决，消费者转而请求司法机关帮助当为必然。并且，消费者可以直接向人民法院起诉，就自身合法权益遭受不法害请求法律的救济。消费者协会无论对于第一种情况，还是第二种情况，都应该予以支持和帮助。

（7）对损害消费者合法权益的行为，通过大众传播媒介予以揭露、批评。在当今社会，大众传播媒介的种类增多，从最原始的口耳相传，到办报纸、刊物，通过广播电台、电视台等的协助。大众传播媒介具有及时、公开、传播速度快、覆盖面广、社会影响大等特点。并且，在大众传播媒介越来越深入地影响一般百姓的生活的情况下，一个经营者、生产者或者提供服务者的经营服务质量的好坏优劣，与大众传播媒介在消费者群中引起的反映息息相关。商品生产者和经营者的产品要打开销路，提高信誉和建立良好企业形象，也都要借助大众传播媒介。巨大的舆论导向作用使他们不得不密切注意舆论工具的动向。所以，在报刊、电台、电视台对损害消费者权益的行为进行舆论谴责，予以曝光和批评，可以在保护消费者权益不受侵犯或者及时处理消费者权益争议的同时，促使经营者、生产者和提供服务者注意提高认识，尊重消费者合法权益，纠正违法行为。

2. 消费者权益争议解决的途径

《消费者权益保护法》第三十四条规定，消费者和经营者发生消费者权益争议的，可以通过下列途径解决：（一）与经营者协商和解；（二）请求消费者协会调解；（三）向有关行政部门申诉；（四）根据与经营者达成的仲裁协议提请仲裁机构仲裁；（五）向人民法院提起诉讼。本条是关于消费者权益争议的解决途径的规定。

消费者权益争议，是指在消费领域中，消费者与经营者之间因权利义务关系产生的矛盾纠纷。主要表现为，消费者在购买、使用商品或接受服务中，由于经营者不依法履行义务或不适当履行义务，使消费者的合法权益受到损害；或消费者对经营者提供的商品或服务不满意，双方引发纠纷。消费者在购买商品或接受服务时，享有人身、财产安全不受损害权、人格尊严不受损害权、知悉真实情况权、自主选择商品和服务权、公平交易权、获得赔偿权、获得消费知识权等权利。这些基本的权利是本法赋予的，受到国家的保护。经营者在经营活动中，应尊重消费者的合法权益，严格依照国家有关法律、法规的规定和与消费者之间双方的约定履行义务。如果经营者违法或不适当履行义务，损害消费者的合法权益；或消费者对经营者提供的商品或服务不满意，必然也应该要求经营者对损害予以赔偿或公平、合理地解决争议。

消费者争议具有民事纠纷的性质。经营者与消费者之间发生的实体法律关系一般只能是民事性质的法律关系。因为，双方的法律地位平等，彼此不存在隶属关系，因而不可能发生行政争议。有时，消费者在实施消费行为时，有可能受到国家行政机关的处理，因而与国家行政机关发生纠纷，但这种纠纷不属于消费者争议。国家以民事主体身份为消费者提供服务时，亦可能在国家机关与消费者之间发生争议（如不合理收费引起的争议），在这种情况下，国家机关与经营者地位相当，其与消费者之间的争议具有民事争议的性质，属于消费者争议的范围。

3. 消费者权益争议的协商和解

协商和解，是指消费者与经营者在发生争议后，就与争议有关的问题进行协商，达成和解协议，使纠纷得以解决的活动。

协商和解是解决消费者纠纷最常见的形式之一，消费者在发现自己的权利受到侵害，或就与自己利益有关的问题与经营者发生意见分歧时，可以主动与经营者联系，提出自己的要求和看法，如经营者认为消费者的要求合理，及时答应满足消费者的要求，则双方便达成和解协议，纠纷得以解决。如经营者认为消费者的要求不合理，可以提出自己的看法或解决方案，由消费者予以考虑，消费者认为适当的，可以予以接受，和解协议亦因此成立。协商过程是双方反复妥协、互谅互让的过程，是双方观点不断冲突、调整，最终趋于一致的过程。协商和解具有及时、便利、经济、有利于维持当事人之间友好关系的优点。由于消费者争议大多是涉及标的不大、案情比较简单的争议，因此，协商和解在实际生活中运用最为普遍。

协商和解从性质上说属于当事人自力救济的一种形式，因此，在协商和解中应特别注意以下几个问题：

（1）协商和解必须遵守自愿原则。在协商和解中，是否进行协商和解以及按照怎样的条件进行和解，都须由当事人自由决定，不得强迫协商，更不得采用暴力、威胁手段强行要求对方接受某种和解条件。和解协议达成后，由当事人自觉履行，当事人一方不履行的，可以重新协商，任何一方不得强制对方履行。不愿和解或和解协调达成后反悔的，应通过其他途径解决。

（2）争议当事人应当具有和解权利。可以协商和解的争议应当是当事人具有和解权利的争议，即，其涉及的权利义务必须是当事人可以处分的权利义务。对涉及犯罪行为的争议以及涉及公共利益的争议，当事人不得进行和解。例如，有关经营者在提供经营服务时致消费者重伤或死亡可能要承担刑事责任的争议，就不能由双方协商私了。

（3）协商和解不得损害第三方利益。当事人协商和解不得损害国家利益、社会公共利益或其他第三人的利益。和解协议的内容不得违法。例如，经营者对其伪劣商品给消费者造成的损害虽答应赔偿，但以消费者对其假冒商标的行为不得检举、揭发为条件。损害第三方合法利益的和解协议应为无效。当事人的行为视其情形可构成共同违法或共同侵权行为，对此，国家有关机关可以追究其公法责任，受侵害第三方可以要求其承担侵权责任。

4. 消费者权益争议的调解

调解，即由第三方（消费者协会）对争议双方当事人进行说服劝导、沟通调和，以促成争议双方达成解决纠纷的协议的活动。

消费者协会在调解过程中，应特别注意以下几个问题：

（1）严格遵守自愿原则。在调解过程中消费者协会应充分尊重当事人的意愿，是否调解、是否达成调解协议以及怎样达成调解协议，应由当事人自己决定。调解协议达成后，亦应由当事人自动履行，消费者协会可以督促当事人履行，但不得强迫。

消费者协会可在调解过程中提出解决纠纷的方案，供双方当事人参考，但不得代当事人作出决定，或以仲裁者身份作出裁决。

（2）不得拒绝调解。消费者协会在调解过程中，应当通过宣传法律、政策，明确利害，积极主动地促成当事人达成协议，并鼓励当事人自觉履行。由于法律规定消费者协会有调解消费者纠纷的职责，因此，对属于其受理范围的争议，在消费者提出请求时，不得拒绝调解。

（3）认真履行监督职责。消费者协会负有监督经营者经营行为，保护消费者合法权益的职责，在调解过程中发现经营者违法犯罪行为时，应及时报告国家有关部门，并要求国家有关部门采取措施，及时予以制止。同时，还可对某些不法行为或侵害消费者利益的其他问题，通过新闻媒介予以曝光，维护消费者利益。

（4）依法公正地进行调整。消费者协会在受理投诉、进行调解过程中，应当遵循以事实为根据、以法律为准绳的原则。在充分掌握事实证据的前提下，依法进行调解，不得“和稀泥”，更不得为追求调解成功率，利用消费者势单力薄，容易满足的心理特点，与经营者串通，损害消费者的利益。不得利用消费者对其的信任，在调解过程中，欺骗消费者，鼓动消费者接受于其不利的条件。

（5）不得妨碍当事人行使诉权。调解不是解决消费者争议的必经程序，当事人不愿意调解或调解不能达成协议，或达成协议后一方翻悔的，都可以通过仲裁或诉讼解决争议，消费者协会不得妨碍当事人申请仲裁或起诉。

消费者协会调解的过程可分为三个步骤：第一，消费者投诉。消费者在购买、使用商品或者接受服务中合法权益受到损害时，可写信或当面递交材料，向消费者协会投诉。投诉信可以给被投诉单位所在地的消费者协会，也可以给本人所在地的消费者协会。投诉信要把投诉人的姓名、地址和被投诉单位的名称、地址、受损害的事实，包括所购商品的名称。牌号、规格、数量、价格、生产单位以及交涉的经过等内容写清。同时要注意，未经消费者协会同意，不要邮寄票证、单据和实物，以防丢失。第二，消费者协会要求经营者处理、答复。消费者协会收到投诉信后，根据投诉反映的问题将投诉信转交被投诉单位，要求他们作出处理的答复。第三，组织调解。派人调查核实双方当事人的陈述和证据，弄清情况后，让有关经营者和消费者进行协商，使问题得到解决。必要的时候，可以向有关政府部门反映，请他们按国家政策、法规处理。

5. 消费者权益争议的仲裁

仲裁，是指发生纠纷的当事人，自愿将他们之间的争议提交仲裁机构进行裁决的活动。仲裁与其他处理消费纠纷的方式相比，有公正、权威，快速经济，保密性强的优点。消费纠纷的仲裁应当依《中华人民共和国仲裁法》的规定进行。

（1）仲裁的基本原则是自愿原则；以事实为根据，以法律为准绳，公平合理地解决纠纷原则；仲裁机构依法独立行使仲裁权原则；一裁终局原则。仲裁裁决一经作出，当事人就同一纠纷不能再向其他仲裁机构再申请仲裁或者向人民法院起诉，但如果仲裁裁决有法定情形被人民法院裁定撤销或不予执行的，当事人可以就该纠纷，根据对方重新达成的仲裁协议申请仲裁，也可以直接向有管辖权的人民法院起诉。

（2）仲裁协议。仲裁协议是消费纠纷中的双方当事人——消费者和经营者，表示愿意将他们之间的争议提交仲裁机构仲裁的书面协议。仲裁协议既可以是双方当事人在合同中订立的仲裁条款，也可以是争议发生后消费者和经营者愿把争议交付仲裁的书面协议。一般情况下，仲裁协议应包含仲裁地点、仲裁机构、提交仲裁的事项，以及请求仲裁的意思表示等内容。

仲裁协议是仲裁的基石，消费者与经营者之间订立的仲裁协议是他们将消费纠纷提交仲裁的前提条件，它是整个仲裁程序得以完成，申请方请求人民法院执行仲裁裁决的重要依据。

（3）仲裁程序。仲裁程序是仲裁制度的核心内容，根据《仲裁法》的规定，一个完整的仲裁程序应包括如下几个阶段：申请和受理；仲裁庭的组成；开庭和裁决。仲裁庭进行仲裁都以开庭和不公开为原则，当事人协议公开的，可以公开进行，但涉及国家秘密的除外。仲裁庭应当在仲裁规则规定的期限内将开庭日期通知双方当事人。当事人经书面通知无正当理由不到庭或者未经仲裁庭许可中途退庭的，对于申请人可以认为撤回仲裁申请，对于被申请人可以作出缺席裁决。消费者和经营者申请仲裁后，可以自行和解，达成和解协议的，可以请求仲裁庭根据和解协议作出裁决书，也可以撤回仲裁申请。若撤回仲裁申请后又反悔的，可以根据仲裁协议再次申请仲裁。

（4）仲裁裁决的撤销与执行。仲裁庭对消费纠纷作出裁决后，消费者或者经营者一方如果提出证据证明裁决有下列情形之一的，可以在收到裁决书之日起6个月内，向仲裁机构所在地的中级人民法院申请撤销裁决：没有仲裁协议的；裁决的事项不属于仲裁协议的范围或者仲裁委员会无权仲裁的；仲裁庭的组成或者仲裁的程序违反法定程序的；裁决所根据的证据是伪造的；双方当事人隐瞒了足以影响公正裁决的证据的；仲裁员在仲裁该案时有索贿受贿、徇私舞弊、枉法裁决行为的。人民法院经组成合议庭审查核实仲裁裁决有以上情形之一或认定裁决违背社会公共利益的，应当裁定撤销仲裁裁决。

由于仲裁机构属于民间机构，所以仲裁裁决的强制执行是由人民法院负责实施的。如果一方当事人不履行仲裁裁决的，另一方可以向被申请人住所地或者被执行财产所在地的中级人民法院申请执行。

6. 消费者权益争议的诉讼

消费者和经营者发生消费者权益争议的，可以向人民法院提起诉讼，通过司法审判程序解决民事争议。相对于其他几种消费纠纷的解决方式而言，诉讼是最强有力的争议解决方式，通过其他方式无法最终解决的消费争议，都可以通过这条途径加以解决。利用民事诉讼程序来解决消费纠纷是一种最有力度和最有成效的解决方式。民事诉讼程序是人民法院受理民事案件必须遵守的法定制度、步骤、方式和方法，发生消费纠纷后，消费者向法院提起民事诉讼是维护自身合法权益的重要手段。人民法院审理消费纠纷案件也实行两审终审制，主要运用的程序包括一审程序、二审程序、再审程序和执行程序，而且还运用与消费者利益密切相关的支持起诉制度和代表人诉讼制度。

（1）第一审程序。第一审程序包括普通程序和简易程序。第一审普通程序一般包括以下几个阶段：起诉和受理；审理前的准备；开庭审理。第一审简易程序是基层人民法院和它的派出法庭审理简单的民事案件所适用的程序，它适用于事实清楚，权利义务关系明确，争议不大的民事案件。

（2）第二审程序。第二审程序是指上级人民法院根据当事人的上诉对下级人民法院未发生法律效力的判决裁定进行审理和裁判的程序，又称为上诉审理程序。第二审人民法院对上诉案件，经过审理，按照下列情形，分别作出处理：原判决认定事实清楚，适用法律正确的，判决驳回上诉，维持原判决；原判决适用法律错误的，依法改判；原判决认定事实错误，或者原判决认定事实不清、证据不足，裁定撤销原判决，发回原审人民法院重审，或者查清事实后改判；原判决违反法定程序，可能影响案件正确判决的，裁定撤销原判决，发回原审人民法院重审。第二审人民法院的判决、裁定，是终审的判决、裁定。

（3）再审程序。再审程序是有监督权的机关或组织，或者当事人认为法院已经发生法律效力的判决、裁定确有错误，发动或申请再审，由人民法院对案件进行再审的程序。再审程序的发动可以有以下3种方式：基于审判监督权发动的再审；基于检察监督权抗诉的再审；当事人申请的再审。

（4）执行程序。执行程序是人民法院的执行组织依照民事诉讼法律规定的程序，对生效的法律文书确定的内容，运用国家强制力，依法采取执行措施、强制负有义务的当事人完成义务的行为。我国《民事诉讼法》规定，申请执行的期限，双方或者一方当事人是个人的，期限为1年，双方是法人或其他组织的为6个月，均从法律文书规定履行的最后一日的次日起计算。人民法院依法进行强制执行可采取以下10种执行措施：查询、冻结、划拨被申请执行人的存款；扣留、提取被申请执行人的收入、存款；查封、扣押、冻结、拍卖、变卖被申请执行人的财产；搜查被申请执行人的财产；强制被申请执行人交付法律文书指定的财物或者票据；强制被申请执行人迁出房屋或退出土地；强制办理有关财产权证照转移手续；强制执行法律文书指定的行为；强制支付迟延利息或迟延履行金；根据申请执行人的申请继续执行。

（5）支持起诉原则和代表人诉讼制度。支持起诉原则是我国民事诉讼的基本原则之一，它是指机关、团体、企事业单位对损害国家集体或者个人民事权益的行为，支持受害者起诉的诉讼原则。它对于调动全社会力量支持受害者与违法行为作斗争，维护社会主义法制具有重要的意义。本法赋予消费者协会支持受害的消费者提起诉讼的职能，正是这一原则解决消费纠纷的具体体现。代表人诉讼制度类似于国外的集团诉讼制度，特别适合于用来解决受害者人数较多或不特定的消费者权益争议，我国的代表人诉讼制度有两种形式：当事人人数确定的代表人诉讼和当事人人数不确定的代表人诉讼。

7. 对赔偿主体确定的规定

《消费者权益保护法》第三十五条规定，消费者在购买、使用商品时，其合法权益受到损害的，可以向销售者要求赔偿。销售者赔偿后，属于生产者的责任或者属于向销售者提供商品的其他销售者的责任的，销售者有权向生产者或者其他销售者追偿。消费者或者其他受害人因商品缺陷造成人身、财产损害的，可以向销售者要求赔偿，也可以向生产者要求赔偿。属于生产者责任的，销售者赔偿后，有权向生产者追偿。属于销售者责任的，生产者赔偿后，有权向销售者追偿。消费者在接受服务时，其合法权益受到损害的，可以向服务者要求赔偿。本条是关于赔偿主体的确定的规定。其中，第 1 款、第 2 款规定消费者购买、使用商品时，合法权益受损害时的赔偿主体的确定；第 3 款规定，消费者接受服务时，合法权益受损害时的赔偿主体的确定。

（1）消费者在购买、使用商品时，其合法权益受到损害，可以向销售者要求赔偿。消费者因购买、使用商品，不管损害是由销售者或生产者违法履行义务或不适当履行义务造成的，均可直接要求提供该商品的销售者赔偿损失。换句话说，销售者负有先行赔偿消费者损失的法定义务。销售者先行赔偿消费者的损失，并不意味着由其最终承担赔偿责任。法律规定，如果造成消费者损害的责任在于生产者或其他销售者，先行赔偿的销售者在赔偿了消费者的损失后，即取得追偿权，有权向有责任的生产者或其他销售者追索赔偿，以补回其所付出的赔偿。

（2）消费者或其他受害人因商品缺陷造成人身、财产损害的，可以向销售者要求赔偿，也可以向生产者要求赔偿。商品缺陷，是指商品存在危及人身、他人财产安全不合理的危险；商品不符合保障人体健康，人身、财产安全的国家标准、行业标准。所谓其他受害人，是指商品在消费过程中，因偶然原因在事故发生现场，受该商品损害的，购买、使用该商品以外的其他人。如某甲去邻居家做客，正在闲聊之际，突然该邻居家的煤气罐爆炸，将甲烧伤。某甲就属本条所称的其他受害人。所谓财产，是指消费者购买、使用的商品以外的财产。本款规定既赋予了消费者对求偿主体的选择权，同时也强化和固定了销售者、生产者的赔偿义务。销售者或生产者在承担赔偿责任之后，如果产品质量缺陷确非其责任的，可以向责任人行使追偿权。销售者负责赔偿后，如产品质量缺陷是生产者造成的，销售者可以向生产者追偿。生产者负责赔偿后，如果能够证明，生产者在生产、设计以及产品进入流通领域时，产品是合格的，作为生产者已经尽到了交易安全义务，具有消费者所期待的安全性，并且质量缺陷确是销售者或其他人的责任所造成的，那么生产者可以向销售者或其他人追偿。此外，根据《民法通则》和《产品质量法》的规定，如果产品质量不合格是由于运输人或保管人的过错造成的，销售者或生产者可以向运输人、保管人追偿。

（3）消费者接受服务，合法权益受损害时的赔偿主体的确定。消费者在接受服务时，其合法权益受到损害的，可以向服务者要求赔偿。服务消费具有直接的特点，不需中间环节，消费者在接受服务中，合法权益受到损害，通常是由提供服务的人违法或不当履行义务造成的。因此法律规定，消费者在接受服务时，合法权益受到损害，直接向服务者要求赔偿。

五、法律责任

1. 侵害消费者合法权益而应承担民事责任的情形

《消费者权益保护法》第四十条规定，经营者提供商品或者服务有下列情形之一的，除本法另有规定外，应当依照《中华人民共和国产品质量法》和其他有关法律、法规的规定，承担民事责任（一）商品存在缺陷的；（二）不具备商品应当具备的使用性能而出售时未作说明的；（三）不符合在商品或者其包装上注明采用的商品标准的；（四）不符合商品说明、实物样品等方式表明的质量状况的；（五）生产国家明令淘汰的商品或者销售失效、变质的商品的；（六）销售的商品数量不足的；（七）服务的内容和费用违反约定的；（八）对消费者提出的修理、重作、更换、退货、补足商品数量、退还货款和服务费用或者赔偿损失的要求，故意拖延或者无理拒绝的；（九）法律、法规规定的其他损害消费者权益的情形。

所谓商品存在缺陷，是指存在危及人身安全、他人财产安全的不合理的危险；产品有保障人体健康、人身安全、财产安全的国家标准、行业标准的，是指不符合该标准。因商品存在缺陷侵害消费者合法权益的，经营者应依《产品质量法》的规定承担民事责任。

不具备商品应当具备的使用性能包括完全不具备商品应当具备的使用性能和部分不具备商品应当具备的使用性能两种情况。完全不具备应当具备的使用性能的商品是不合格商品。部分不具备应当具备的使用性能的商品是次等商品。销售者在出售不合格商品或者次等商品时，应当向消费者作出说明，以便于消费者选择。如果不作说明，销售者应当赔偿损失。销售者未按规定给予修理、退货或者赔偿损失的，由管理产品质量监督工作的部门或者工商行政管理部门责令改正。

产品标准是指推荐性标准，包括国家标准、行业标准、地方标准或者企业标准。推荐性标准虽然不是强制性标准。但是企业一旦采用，在产品或者其包装上注明，就要使产品达到这一标准，产品不符合这一标准的，即存在一般产品质量问题。

商品说明中表明的质量指标、实物样品表明的质量状况，是判定产品质量的又一基本依据，是生产者或者销售者对产品的质量作出的明确保证和承诺。

商品的实际质量状况应当与商品说明相符，不符合商品说明，就是违反了经营者的质量担保义务，商品即存在一般质量问题。实物样品也是表明商品的质量状况的一种形式，商品生产者或者销售者可以在出售产品时以实物样品向消费者说明商品的质量状况。消费者是从销售者对实物样品的介绍中，接受了生产者或者销售者对该产品所作的产品质量状况的担保的，如果产品与实物样品不相符合，即存在一般产品质量问题。销售者应当承担因出售与实物样品表明的质量状况不符的商品的担保责任。

国家明令淘汰产品，这是国家采取的一种宏观控制的行政手段，对社会具有普遍约束力。国家有关行业主管部门考虑到产品的性能、效益、节能、环保、以及产品对人体健康和人身、财产的安全因素，认为某些产品负作用较大，就可以用“部令”的形式发布公告，淘汰该项产品。国家在发布淘汰产品目录的同时相应规定，任何单位不得生产、销售、使用明令淘汰的产品，违者将依法追究责任。因此，生产者不得继续生产国家明令淘汰的产品，是必须履行的产品质量义务。

失效、变质是指限期使用的产品超过了安全使用期限或者质量保证期限，失去了产品所应当具备的安全性和适用性，失去了产品应当具有的使用价值。失效、变质产品是指产品的功能、效用已部分或全部丧失的产品，或者产品的质量已经起了物理、化学的变化，失去了原有产品的基本使用性质。

销售者不得销售失效、变质的产品，因为失效、变质的产品一旦流入市场，到用户、消费者手里，必然危及人体健康、人身、财产安全，必然损害人们的合法权益。消费者有获得产品安全、卫生的权利，有获得产品的质量保障的权利，把失效、变质产品销售给消费者，就是对消费者权利的侵犯。销售者违反这一禁止性规定，不但要承担行政责任，接受行政处罚，更重要的是应当依法承担产品侵权损害赔偿责任，构成犯罪的，还要依据新《刑法》追究其刑事责任。

经营者销售商品克斤扣两、缺尺少寸等数量不足的现象时有发生，消费者对此深恶痛绝。经营者实施这种违法行为常用的手段主要有：使用不合格的计量器具；破坏计量器具的精确度；在操作计量器具时做手脚、耍花招；以包装物充作商品重量等等。经营者的这种坑害消费者的行为，既违背了商业道德，也违反了国家法律。对于这种损害消费者利益的行为，经营者应当承担以下民事责任：补足商品数量或者退还不足部分货款；造成其他损失的，还应当赔偿损失；经营者与消费者另有约定的，如缺一补十，经营者应当按照约定支付违约金或者支付实物。

对消费者提出的某些要求，故意拖延或者无理拒绝的，经营者应承担民事责任。这里所说的某些要求是指关于修理、重作、更换、退货、补足商品数量、退还货款和服务费用或者赔偿损失的要求。所谓故意拖延是指有意识地延误时机，不迅速及时地办理。所谓无理拒绝是指没有任何正当理由而不接受，不予办理。对消费者提出的上述几项要求，经营者故意拖延或者无理拒绝，致使消费者财产损失扩大，经营者应当就所造成的损失承担赔偿责任；同时仍应满足消费者的要求。让经营者承担这方面的民事责任，主要是督促经营者及时接受、正确对待消费者提出的要求并认真履行由此而引起的义务。

由于损害消费者权益的行为表现是多种多样的，《消费者权益保护法》第四十条不可能一一列举无遗，因此设立了兜底性条款，除上述列举的情形外，经营者提供商品或者服务，有法律、法规规定的其他损害消费者权益的情形，也应承担民事责任。

2. 经营者承担造成人身伤残的民事责任与刑事责任

《消费者权益保护法》第四十一条规定，经营者提供商品或者服务，造成消费者或者其他受害人人身伤害的，应当支付医疗费、治疗期间的护理费、因误工减少的收入等费用，造成残疾的，还应当支付残疾者生活自助具费、生活补助费、残疾赔偿金以及由其扶养的人所必需的生活费等费用；构成犯罪的，依法追究刑事责任。

本条是关于经营者提供商品或者服务造成消费者或者其他受害人人身伤害的法律责任的规定。根据本条规定，经营者提供商品或者服务，造成消费者或者其他受害人人身伤害的，应当承担赔偿损失的民事责任，并按照伤害程度的不同，支付不同的费用。

经营者提供商品或服务，造成消费者或其他受害人人身一般伤害的，应当支付医疗费、治疗期间的护理费、因误工减少的收入等费用。

一般伤害是指经过治疗可以恢复健康，并未造成残废的人身损伤。对于一般伤害的赔偿范围，依据本条的规定，应当包括医疗费、治疗期间的护理费、因误工减少的收入等。

经营者提供商品或服务，造成消费者或其他受害人残疾的，除根据情况赔偿上述几种费用外，还应当支付残疾者生活自助费、生活补助费、残疾赔偿金以及由其扶养的人所必须的生活费等费用。

残废，是指受害人身体遭受伤害，致使部分肌体丧失功能，不能再恢复，因而部分或全部丧失劳动能力。致人残废，一般是划分残废等级，但这种划分对于确定赔偿范围没有太大的实际意义，从损害赔偿的角度上，对于残废，划分为部分丧失劳动能力和全部丧失劳动能力是适当的。

《消费者权益保护法》第四十一条规定，经营者提供商品或者服务，造成消费者或者其他受害人人身伤害构成犯罪的，依法追究刑事责任。这里依法追究的刑事责任主要有：

（1）生产销售伪劣产品罪。生产、销售伪劣产品罪，是指生产者、销售者在产品中掺杂、掺假，以假充真，以次充好或者以不合格产品冒充合格产品，销售金额5万元以上的行为。

（2）生产、销售假药罪。生产、销售假药罪，是指生产、销售假药，足以严重危害人体健康的行为。本条所称假药，是指依照《中华人民共和国药品管理法》的规定属于假药和按假药处理的药品、非药品。”此即关于生产、销售假药罪的规定。

（3）生产、销售劣药罪。生产、销售劣药罪，是指生产、销售劣药，对人体健康造成严重危害的行为。本条所称劣药，是指依照《中华人民共和国药品管理法》的规定属于劣药的药品。”此即关于生产、销售劣药罪的规定。

（4）生产、销售不符合卫生标准的食品罪。生产、销售不符合卫生标准的食品罪，是指生产、销售不符合卫生标准的食品，足以造成严重食物中毒事故或者其他严重食源性疾患的行为。

（5）生产、销售有毒、有害食品罪。生产、销售有毒、有害食品罪，是指在生产、销售的食品中掺入有毒、有害的非食品原料的或者销售明知掺有有毒、有害的非食品原料的食品的行为。

（6）生产、销售不符合标准的医用器材罪。生产、销售不符合标准的医用器材罪，是指生产不符合保障人体健康的国家标准、行业标准的医疗器械、医用卫生材料，或者销售明知是不符合人体健康的国家标准、行业标准的医疗器械、医用卫生材料，对人体健康造成严重危害的行为。

（7）生产、销售不符合安全标准的产品罪。生产、销售不符合安全标准的产品罪，是指生产不符合保障人身、财产安全的国家标准、行业标准的电器、压力容器、易燃易爆产品或者其他不符合保障人身、财产安全的国家标准、行业标准的产品，或者销售明知是以上不符合保障人身、财产安全的国家标准、行业标准的产品，造成严重后果的行为。

（8）生产、销售伪劣农药、兽药、化肥、种子罪。生产、销售伪劣农药、兽药、化肥、种子罪，是指生产假农药、假兽药、假化肥，销售明知是假的或者失去使用效能的农药、兽药、化肥、种子，或者生产者、销售者以不合格的农药、兽药、化肥、种子冒充合格的农药、兽药、化肥、种子，使生产遭受较大损失的行为。

（9）生产、销售不符合卫生标准的化妆品罪。生产、销售不符合卫生标准的化妆品罪，是指生产不符合卫生标准的化妆品，或者销售明知是不符合卫生标准的化妆品，造成严重后果的行为。刑法第150条规定：“单位犯本节第一百四十条到第一百四十八条规定之罪的，对单位判处罚金，并对其直接负责的主管人员和其他直接责任人员，依照各该条的规定处罚。

3. 经营者承担造成受害人死亡的法律责任

《消费者权益保护法》第四十二条规定，经营者提供商品或者服务，造成消费者或者其他受害人死亡的，应当支付丧葬费、死亡赔偿金以及由死者生前扶养的人所必需的生活费等费用；构成犯罪的，依法追究刑事责任。本条是关于经营者提供商品或者服务，造成消费者或者其他受害人死亡的法律责任的规定。

造成消费者或者其他受害人死亡即侵害生命权。侵害公民生命权是指非法侵害他人身体致受害人死亡的侵权行为。生命权是公民最重要的政治和民事权利，公民的一切活动以及作为政治民事权利能力的主体，都是以享有生命为前提的。侵害公民生命，非法侵害他人身体导致受害人死亡，既是严重的犯罪行为，也是严重的侵权行为，加害人应当依法承担刑事和民事责任。

侵害生命权的赔偿：一是丧葬费，即安葬死者所支付的费用。对丧葬费的赔偿，我国《民法通则》规定应予赔偿。二是死亡赔偿金，即造成消费者或其他受害人死亡后应支付的一笔赔偿金。只要出现死亡事实的，就应支付死亡赔偿金。死亡赔偿金的数额，由死者亲属和经营者协商确定；协商不成的，由有关机关予以确定。

另外，我国《民法通则》第119条后段规定："造成死亡的，并应当支付丧葬费、死者生前扶养的人必要的生活费等费用。"这里没有包括伤害致残者致残前扶养的人必要的生活费。对此，最高人民法院《关于贯彻执行〈中华人民共和国民法通则〉若干问题的意见（试行）》第147条规定："侵害他人身体致人死亡或者丧失劳动能力的，依靠受害人实际扶养而又没有其他生活来源的人要求侵害人支付必要生活费的，应当予以支持，其数额根据实际情况确定。"这一规定补救了《民法通则》规定的不足。

4. 经营者承担侵害消费者人格尊严、人身自由的民事责任

《消费者权益保护法》第四十三条规定，经营者违反本法第二十五条规定，侵害消费者的人格尊严或者侵犯消费者人身自由的，应当停止侵害、恢复名誉、消除影响、赔礼道歉，并赔偿损失。本条是关于经营者侵害消费者的人格尊严、人身自由的民事责任的规定。

消费者的人格权和人身自由权是维护其人格尊严的重要保障，消费者依法享有在进行民事活动时，其人格尊严和人身自由不受任何人非法侵犯的权利，这对经营者也是一种法定义务，《消费者权益保护法》第二十五条对此作了明确规定。我国法律一向重视对公民人身权的保护，《民法通则》对公民人身权设有专章规定，第120条规定了公民在人格权受到侵害时的请求权。本法作为保护消费者权益的民事特别法，特设本条从侵权人责任角度，规定了经营者违反法定义务，侵害消费者人格尊严或侵犯消费者人身自由的民事责任，与《民法通则》第120条规定的受害人请求权是对应一致的。根据本条规定，经营者违反法律规定，侵犯消费者人格尊严和人身自由，应承担的民事责任方式有如下几种：

（1）停止侵害。停止侵害是指经营者的侵权行为仍在继续进行中，侵权行为人应当立即停止其侵害行为，消费者可依法请求经营者或请求法院责令经营者停止侵害行为。这种责任形式的主要作用在于能够及时制止侵害行为，防止侵害后果扩大。

（2）恢复名誉。恢复名誉是指经营者因其行为侵害消费者的名誉，应在影响所及的范围内将消费者的名誉恢复到未受侵害时的状态。如商店无确切证据指责某顾客偷窃了商店商品，侵害了该顾客的名誉，则应在商店内张贴广告或在本地报纸上公开为顾客澄清事实、恢复名誉。

（3）消除影响。消除影响是指经营者因其行为侵害了消费者的人格权，应当承担在影响所及的范围内消除不良后果的责任。消除影响一般与恢复名誉紧密联系，恢复名誉的同时必须消除影响，其范围与方式依据不同情况确定。

（4）赔礼道歉。赔礼道歉是指经营者作为侵权行为人应当向消费者公开认错、表示歉意，既可以是口头的，也可以书面方式；既可以是当面进行，也可以在报纸上公开赔礼道歉。具体以何种方式，应根据消费者的请求或法院判决而定。赔礼道歉作为一种民事责任方式，是有国家强制力保障的，体现了法律对经营者侵权行为的否定评价，这种责任方式可以缓和矛盾，促进当事人间的和解。

（5）赔偿损失。以上几种责任方式的承担，不影响与消费者要求赔偿损失的权利，这也是经营者应当承担的主要民事责任。这里的赔偿损失主要指精神损害赔偿。经营者非法侵害消费者的人格尊严或者侵犯消费者的人身自由，往往给消费者的名誉、人格带来损害，造成不良影响，消费者的心理、精神因此而遭受打击，产生生理及心理上的各种不良后果，此即精神损害。精神损害赔偿是侵犯人格权的主要民事责任形式，《民法通则》早就承认了此制度。精神损害赔偿的具体数额可视具体情况而定，但只要消费者提出这一请求，经营者就应承担赔偿责任。现实中，消费者应当积极行使精神损害赔偿请求权，以惩戒经营者的不法行为，充分维护自身权益。

当然，上述第43条所指侵犯人格尊严或人身自由的行为情节比较严重或已构成犯罪，则除民事责任外，还应追究经营者的行政责任、刑事责任。如捏造事实诋毁消费者名誉，情节严重，可构成诽谤罪。

5. 经营者承担造成消费者财产损害的民事责任

《消费者权益保护法》第四十四条规定，经营者提供商品或者服务，造成消费者财产损害的，应当按照消费者的要求，以修理、重作、更换、退货、补足商品数量、退还货款和服务费用或者赔偿损失等方式承担民事责任。消费者与经营者另有约定的，按照约定履行。本条是关于经营者提供商品或者服务造成消费者财产损害的民事责任的规定。依本条规定，经营者提供商品或者服务，造成消费者财产损害的，应当按照消费者的要求，以下列方式承担民事责任：

（1）修理。修理是指经营者按照消费者的要求，对有瑕疵或者缺陷的已经售出的商品进行的修复工作。目的是使商品恢复原状或者达到应有的质量、技术等要求。修理是经营者对应当达到而没有达到要求的商品所承担的具有补偿性质的义务。对大件商品或者销售范围广泛的商品的具体修复工作通常由生产厂家在各地设立的专门维修服务网点进行。

（2）重作。重作是经营者按照消费者的要求，对应当达到而没有达到要求的商品进行重新制作的具有补偿性质的义务。重作一般是针对消费者需要的特定物不能满足消费者需求而规定的。

（3）更换。更换是指经营者按照消费者的要求，对应当达到而没有达到要求的商品，用同一种类、相同质量的商品进行替换的具有补偿性质的义务。

（4）退货。退货有两种情况：一种是经营者提供的商品或者交付的定作物不符合质量标准，并且无法进行修理或者不能按期修复，消费者不愿更换或者重作而要求退回商品或者原定作物，拒绝消费的情况。另一种是提供的商品或者交付的定作物虽然符合质量标准，但因经营者在价格、用途等方面作欺骗性的宣传，引起消费者购货欲望锐减而要求退回原商品或者原定作物，拒绝消费的情况。无论何种情况，经营者在接受消费者退货的同时，都应当退还货款。

(5) 补足商品数量。适用于销售的商品数量不足致人损害的违法行为。

(6) 退还货款和服务费。退还货款，是针对商品而言的，主要适用这种方式：一是因退货而引起的退还货款。退还货款应理解为退还全部货款。二是经营者违反国家价格政策以致消费者实际支付的货款高于应付的数额，消费者因蒙受财产损失而要求经营者按差额将多收价款退还。三是在销售的商品数量不足的情况下，如果不采用补足商品数量的方式承担民事责任，消费者也可要求经营者将商品数量不足的那一部分货款退还。后面两种情况都是退还部分货款，都属于货币补偿措施，所不同的是，一个因价格不符而引起，一个因数量不足而引起。

退还服务费，是针对服务而言的，是指经营者违反国家物价政策以致消费者实际支付的服务费用高于应付的数额，消费者因蒙受财产损失而要求经营者按差额将多收服务费用退还的一种货币补偿措施。

(7) 赔偿损失。赔偿损失是一种普遍适用的民事责任的方式。它可分为精神损害赔偿和物质损害赔偿。本法第43条所规定的赔偿损失，主要是指精神损害赔偿。如前所述，经营者侵害消费者的人格尊严或者消费者的人身自由，造成精神损害的，除了适用非财产责任之外，还应当赔偿损失。物质损害赔偿既可以因侵害人身权利（致人伤害或者致人死亡），造成财产损失而引起；也可以因侵犯财产权利或者违反合同，造成财产损失而引起。《消费者权益保护法》第四十一条、第四十二条所规定的支付各项费用就属于因侵害人身权利（致人伤害或者致人死亡）而引起的物质损害赔偿。而第四十四条所规定的赔偿损失则主要是因侵犯财产权利而引起的物质损害赔偿。根据本条规定，经营者提供商品或者服务，造成消费者财产损害的，如果不能采取修理、重作、更换、退货、补足商品数量、退还货款或者服务费用等补救、补偿措施，往往采用赔偿损失的方式加以解决。物质损害赔偿既包括赔偿财产上的直接损失，也包括赔偿财产上的间接损失，其数额应当根据实际情况确定。

以上几种承担民事责任的方式是法律明文规定的。经营者在提供商品或者服务中，造成消费者财产损害的，消费者就其中任何一种方式提出要求，经营者都必须承担。当然，如果消费者与经营者另外约定了承担责任的方式，则按照所约定的内容履行。但是，所约定的内容不得违反法律或者社会公共利益。

6. 经营者对实行三包的商品应承担的法律责任

《消费者权益保护法》第四十五条规定，对国家规定或者经营者与消费者约定包修、包换、包退的商品，经营者应当负责修理、更换或者退货。在保修期内两次修理仍不能正常使用的，经营者应当负责更换或者退货。对包修、包换、包退的大件商品，消费者要求经营者修理、更换、退货的，经营者应当承担运输等合理费用。本条是关于经营者对实行三包的商品应承担的法律责任的规定。

所谓“三包”，就是指包修、包换、包退。对某些商品实行“三包”，其目的有二：一是促使经营者认真执行国家关于商品质量的有关规定。从此意义上讲，“三包”是商品质量的保证措施之一。二是使消费者的消费需求得到最大程度的满足和实现。从这个意义上讲，“三包”是维护消费者利益的保障制度。“三包”的基本内容是：经营者对于实行“三包”的商品，如果质量在一定期限内发生问题，便有予以免费修理、更换、退货的义务，即应当承担修理、更换、退货的民事责任；经营者如果不履行“三包”的义务，则应当承担赔偿损失的民事责任，这是目前世界各国的生产者和销售者普遍采用的一种措施和制度，我国也实行这种方式。

对商品的“三包”，有些是国家规定的，有些是经营者与消费者约定的。根据1991年1月18日商业部发布的《家用电器商品维修服务中工作管理办法》第13条规定，家用电器商品电子器具类中的黑白电视机、彩色电视机、收录机，家用电器商品电气器具类中的电冰箱、洗衣机、电风扇，为国家规定的“三包”商品。1995年10月31日国家经贸委、国家技术监督局、国家工商局、财政部发布的《部分商品修理更换退货责任规定》对此作了明确规定。

对商品实行“三包”，对于经营者来说是一种义务和责任，对于消费者来说是一种权利和要求，但是，消费者在行使这种权利，提出这种要求时，也要遵循国家规定或者双方约定行事。

“三包”融修理、更换、退货为一体，不可分割。通常的顺序是先修理，后更换或退货。商品如经修理能够正常使用，则应先行修理。在这种情况下，消费者一般不得拒绝经营者履行修理义务，而直接提出更换或者退货的要求。

但商品在保修期内两次修理仍不能正常使用的，经营者应当按照消费者的要求，免费调换同型号的商品；如果无货更换或者消费者不愿调换而要求退货的，经营者就当负责退货。在这种情况下，经营者不得故意拖延或者无理拒绝。换货的包修日期从换货之日起计算。关于更换或者退货前修理次数的规定，《家用电器商品维修服务工作管理办法》原规定为3次，但本条第1款规定为2次，应按本条执行。这体现了向消费者倾斜，充分保护消费者合法权益的立法精神。

7. 经营者以邮购方式提供商品应承担的民事责任

《消费者权益保护法》第四十六条规定，经营者以邮购方式提供商品的，应当按照约定提供。未按照约定提供的，应当按照消费者的要求履行约定或者退回货款；并应当承担消费者必须支付的合理费用。本条是关于经营者以邮购方式提供商品的法律责任的规定。

邮购是一种特殊的商品交易方式，它不是通过柜台而是通过邮局寄送传递进行商品交易，实际上是以经营者与消费者订立的邮购合同（实质上是一种买卖合同）为基础的。经营者以邮购方式提供商品时，应当按照约定提供。这里的约定主要包括商品的型号、规格、质量、数量、产地、交货期限等内容。按照约定提供商品，是经营者的法定义务，违反该项义务，就要承担相应的法律责任。这种法律责任的承担有如下三种方式：

（1）按消费者的要求履行约定。如果有履行的必要和可能，经营者作为违约方就应当继续履行邮购合同所规定的义务或者采用补救措施。比如商品品种不符，应当予以更换；商品数量不足，应当如数补足；商品质量不符合规定的标准，应当负责修理或者更换；约定期限已过商品尚未交付，应当在一定期限内从速交货；错发邮寄地址，应当重新发货。只有这样，才能充分保证邮购合同的切实履行。防止那些有条件继续履行邮购合同却故意撕毁邮购合同的违法性行为，切实保障消费者合法权益。

（2）退回货款。在具备相应条件时，经营者应依消费者要求退回货款。这些条件包括商品品种不符或者商品质量低劣，消费者要求退货的；延期发货或者错发邮寄地址，消费者不再需要的；商品数量不足，消费者要求退回不足部分货款的；商品存在瑕疵，消费者要求降价处理的；等等。

（3）赔偿消费者必须支付合理费用。经营者违反邮购约定，除应承担继续履行约定或者退回货款的民事责任外，对消费者因此而造成的经济损失应予以赔偿。这些经济损失主要是指消费者在索赔中所支付的邮寄费、电报费、电话费、运输费等合理开支。

8. 经营者以预收款方式提供商品或服务应承担的法律责任

《消费者权益保护法》第四十七条规定，经营者以预收款方式提供商品或者服务的，应当按照约定提供。未按照约定提供的，应当按照消费者的要求履行约定或者退回预付款；并应当承担预付款的利息、消费者必须支付的合理费用。本条是关于经营者以预收款方式提供商品或者服务的法律责任的规定。

以预收款方式提供商品或者服务，是指经营者先向消费者收取商品价款或者服务费用的全部或者一部，在此之后约定的一定期限内再向消费者提供商品或者服务。这种交易方式的特点是：消费者向经营者预约提供商品或者服务，先行给付商品价款或者服务费用后，不能立即实际得到商品或者接受服务，而是相隔一段时间。因此，消费者的利益很容易因经营者违约而受到损害。

本条规定了未按照约定向消费者提供商品或者服务所要承担的民事责任。即："未按照约定提供的，应当按照消费者的要求履行约定或者退回预付款；并应当承担预付款的利息、消费者必须支付的合理费用。"所谓未按照约定提供是指经营者没有按照合同中关于履行主体、地点、期限、标的、方式等的各项规定，向消费者提供商品或者服务，即没有全面、适当地履行其合同义务。按照约定提供商品或者服务，是经营者收取预收款后应履行的法定义务，违反该项义务，经营者就必须承担相应的法律责任。这种法律责任的承担方式有下述4种：

（1）按消费者的要求履行约定。生产经营者违反约定后，如果仍有履行的可能，消费者又有此要求，经营者则仍应按约定履行义务。

（2）退回预付款。生产经营者违反约定后，如果客观上已不可能履行，或者虽能履行但对消费者已无必要时，经营者应按消费者的要求退回预收款。

（3）承担预付款的利息。利息是预付款的所生孳息，由于经营者在收取消费者的预付款后违反约定的义务，造成了消费者的利息损失，因此，未按约定履行义务的经营者应向消费者承担预付款的利息。

（4）承担消费者必须支付的合理费用。一般情况下，消费者在支付预付款后，为取得商品或接受服务，都会支付有关的费用，如往返交通费、运输费、电报费、电话费、邮寄费等。在经营者违约未提供相应的商品或者服务时，这些费用应由经营者承担。

9. 经营者提供不合格商品的法律责任

《消费者权益保护法》第四十八条规定，依法经有关行政部门认定为不合格的商品，消费者要求退货的，经营者应当负责退货。本条是关于经营者提供不合格商品的法律责任的规定。

所谓不合格商品，是指不符合强制性标准或者不符合所采用的推荐标准，或不符合合同质量条款规定的商品，主要包括以下情形：商品存在危及人身、财产安全的不合理的危险，或不符合有关保障人体健康和人身、财产安全的国家标准、行业标准；商品不具备应当具有的基本使用性能，没有使用价值；商品不符合其注明采用的商品标准；商品不符合以商品说明、实物样品等方式表明的质量状况；国家明令淘汰的商品、失效变质商品；商品质量不符合合同的特别约定条款。

依据本条规定，不合格商品必须是依法经有关行政部门认定的。所谓有关行政部门，指依照法律、法规的规定，有权对商品质量合格与否进行认定的行政主管部门。根据法律规定，我国的产品质量监督管理部门负责产品的质量监督工作，由其设立或认可的认证机构具体进行产品质量认证工作。《产品质量法》第19条规定："产品质量检验机构必须具备相应的检测条件和能力，经省级以上人民政府产品质量监督部门或者其授权的部门考核合格后，方可承担产品质量检验工作。法律、行政法规对产品质量检验机构另有规定的，依照有关法律、行政法规的规定执行"。

10. 经营者欺诈行为的惩罚性赔偿责任

《消费者权益保护法》第四十九条规定，经营者提供商品或者服务有欺诈行为的，应当按照消费者的要求增加赔偿其受到的损失，增加赔偿的金额为消费者购买商品的价款或者接受服务的费用的一倍。本条是关于经营者欺诈行为的惩罚性赔偿责任的规定。

欺诈消费者行为，是指经营者在提供商品或者服务中，采用虚假或其他不正当的手段欺骗、误导消费者，使消费者的合法权益受到损害的行为。欺诈消费者的行为，是违反法律的一种特殊侵权行为，作为行为主体的经营者必须承担相应的法律责任。

(1) 民事责任。经营者提供商品或者服务有欺诈行为的，应当按照消费者的要求增加赔偿其受到的损失，增加赔偿的金额为消费者购买商品的价款或者接受服务的费用的一倍。即经营者有欺诈消费者的行为的，必须依法承担具有惩罚性的民事赔偿责任。本条规定惩罚性赔偿金制度，充分反映了社会各界强烈要求对侵犯消费者合法权益的违法行为予以严厉制裁的呼声。

(2) 行政责任。经营者欺诈消费者的行为如果尚未构成犯罪，就应当依法接受行政处罚，承担相应的行政法律责任。如果有关法律、法规对行政处罚的机关和处罚的方式有规定的，依照法律、法规的规定追究行政法律责任。如果法律、法规未作规定的，工商行政管理部门依据本法第50条的规定，责令经营者停止欺诈行为，并可以根据情节单处或者并处警告、没收违法所得、处以违法所得1倍以上5倍以下的罚款；没收违法所得的，处以1万元以下的罚款，情节严重的，责令停业整顿、吊销营业执照。

(3) 刑事责任。经营者欺诈消费者的行为，造成了严重的社会危害性，并触犯了刑律，构成了犯罪，就应当严格依法追究相应的刑事责任。在这种情况下，决不可以罚代刑，否则就会放纵了欺诈消费者的犯罪行为，欺诈消费者的违法犯罪行为就不可能从根本上得到杜绝。

中国经济出版社第一编辑部

苏耀彬编审向您推荐其编辑的图书

序号	书号	书　名	定价	作　者	出版日期
		"中经管理智慧译丛"【1－5】			
1	5764	有效的电子商务推广计划①	28.00	凯西·埃斯	2003.03
2	5765	一种全新的专家②	18.00	里恩·麦戈文	2003.03
3	5766	临时管理——高级经理们的一种全新的职业选择③	20.00	丹尼斯·拉塞尔	2003.03
4	5767	国际市场营销失败案例④	18.00	甄伟 李晓光	2003.03
5	5768	学会管理⑤	18.00	甄伟 米俊	2003.03
		中经资本市场热点案例丛书【1－3】			
6	5885	上市公司退市与复市案例①	22.00	童　增	2003.05
7	5886	买壳借壳上市案例②	22.00	童　增	2003.05
8	5887	创业企业改制案例③	22.00	童　增	2003.05
		感性、悟性与理性广告语三卷书【1－3】			
9	6525	中外感性广告语经典与点评①	26.00	白　光	2004.10
10	6526	中外悟性广告语经典与点评②	26.00	白　光	2004.10
11	6527	中外理性广告语经典与点评③	26.00	白　光	2004.10
		语言与传播丛书【1－28】			
12	5783	对面——著名播音员主持人访谈录①	28.00	翁　佳	2003.03
13	5784	处处放光彩——成功广告语访谈录②	28.00	於　春	2003.03
14	5785	语言以人为本——第三轮语言哲学对话③	28.00	赵　俐	2003.03
15	5786	幽默与节目主持人的语言艺术④	15.00	王宇红	2003.03
16	5787	留心各种语言现象⑤	25.00	于根元	2003.03
17	5788	语言是大海⑥	16.00	于根元	2003.03
18	6000	语言宣言——我们关于语言的认识⑦	25.00	赵　俐	2003.10
19	6002	你的手机来信了⑧	20.00	贾　磊	2003.10
20	6084	有创意才有时尚——成功广告语访谈录⑨	25.00	於　春	2004.01
21	6085	十字街头的语言文字⑩	20.00	陈晓宁	2004.01
22	6086	电视广告语言的类型和创作⑪	20.00	刘艳春	2004.01

序号	书号	书　名	定价	作　者	出版日期
23	6087	主持人的个性化语言⑫	25.00	蔡长虹	2004.01
24	6088	播音主持语言策略⑬	22.00	徐树华	2004.01
25	6089	路途和手段—语言学及应用语言学研究方法⑭	20.00	于根元	2004.01
26	6070	唤醒语言⑮	16.00	于根元	2004.01
27	6001	语言的轮休和充电——第四轮语言哲学对话⑯	25.00	赵　俐等	2005.01
28	6693	体态语和礼仪⑰	20.00	熊征宇	2005.01
29	6694	论整体设计语言⑱	26.00	陈晓宁	2005.01
30	6695	只要你想——成功广告语访谈录③⑲	28.00	於　春	2005.01
31	6696	电视谈话节目创作散论⑳	18.00	王　婷	2005.01
32	6697	语言交际㉑	28.00	刘艳春	2005.01
33	6698	语言学家的故事㉒	28.00	徐红燕	2005.01
34	6699	语言在交际中规范㉓	25.00	施春宏	2005.01
35	6700	语言是小河㉔	25.00	韩陈其	2005.01
36	0962	播音主持语言研究十篇㉕	18.00	于根元	2006.01
37	0963	应用语言学前沿问题㉖	28.00	于根元	2006.01
38	0964	名牌电视访谈节目研究报告㉗	25.00	翁　佳	2006.01
39	0965	论语结——有效提高语言实践能力㉘	32.00	於　春	2006.01
		中国新乡村建设丛书【1-6】			
40	6681	现代化进程中的农地制度及其利益格局重构①	25.00	王景新	2005.01
41	6682	乡村新型合作经济组织崛起②	25.00	王景新	2005.01
42	6683	村域经济转轨与发展 ——国内外田野调查③	25.00	王景新	2005.01
43	6684	非农化与农村社会分层——十个村庄的实证研究④	25.00	卢福营　刘成斌	2005.01
44	6685	农村金融体系再造——内生主导型金融生成问题研究⑤	25.00	姜新旺	2005.01
45	6686	明日中国：走向城乡一体化⑥	25.00	王景新　李长江 曹荣庆	2005.01
		大客户管理丛书【1-4】			
46	6859	大客户战略与管理①	64.50	郝雨风	2005.08
47	6860	大客户销售管理②	59.50	郝雨风	2005.08
48	6861	大客户团队与目标管理③	54.50	郝雨风	2005.08
49	6862	大客户市场与客户管理④	45.50	李朝霞	2005.08
		营销100战·最佳制胜之道丛书【01-03】			
50	7121	销售100战·最佳制胜之道	58.00	郝雨风	2006.01

序号	书号	书　　名	定价	作　者	出版日期
51	7122	渠道100战·最佳制胜之道	58.00	郝雨风　李朝霞	2006.01
52	7123	客户100战·最佳制胜之道	58.00	郝雨风	2006.01
		品牌的故事丛书【1-14】			
53	0454	品牌创意的故事①	20.00	白　光	2005.08
54	0455	品牌图形的故事②	45.00	白　光	2005.08
55	0456	品牌演变的故事③	22.00	白　光	2005.08
56	0457	品牌注册的故事④	24.00	白　光	2005.08
57	0458	品牌维权的故事⑤	28.00	白　光	2005.08
58	0459	品牌经营的故事⑥	24.00	白　光	2005.08
59	0460	品牌造词的故事⑦	20.00	白　光	2005.08
60	7309	品牌夙愿的故事（上下）⑧	68.00	白　光	2006.01
61	7310	品牌构成的故事⑨	32.00	白　光	2006.01
62	7311	品牌宣传的故事⑩	32.00	白　光	2006.01
63	7312	品牌公关的故事⑪	30.00	白　光	2006.01
64	7313	品牌应变的故事⑫	36.00	白　光	2006.01
65	7314	百年老品牌故事⑬	32.00	白　光	2006.01
66	7315	品牌失败的故事⑭	34.00	白　光	2006.01
		企业理论研究丛书【1-4】			
67	6857	交易、治理与经济效率—O.E. 威廉姆森交易成本经济学①	18.00	王国顺	2005.12
68	6858	技术、制度与企业效率——企业效率基础的理论研究②	20.00	王国顺	2005.12
69	6855	企业理论：契约理论③	25.00	王国顺	2006.01
70	6856	企业理论：能力理论④	22.00	王国顺	2006.01
		其　　他			
71	6701	新时期推广普通话方略研究	26.00	于根元	2005.01
72	6702	语言预测词典	24.00	郭丽君	2005.01
73	6703	推广普通话文件资料汇编	24.00	课题组	2005.01
74	6557	保险案例评析	26.00	郑美琴	2004.10
75	6711	企业融资理论与实务	28.00	王丽娅	2005.01
76	0714	政府转型——中国改革下一步	50.00	海南改革院	2005.01
80	6849	中国农民组织建设	58.00	中国（海南）改革发展研究院	2005.01

序号	书号	书　　名	定价	作　者	出版日期
81	0228	青年塑造未来（2004，上下册）	60.00	蔡富有 樊和平	2005.01
82	0468	中小企业发展——挑战与对策	48.00	中国（海南）改革发展研究院	2005.02
83	7055	商业银行法制、道德和管理	18.00	王玉珍	2005.07
84	6966	中国农村经济解难	22.00	黄建宏	2005.08
85	5604	中国现代应用语言学史纲	38.00	于根元	2005.08
86	7171	政府转型与建设和谐社会	50.00	中国（海南）改革发展研究院	2005.10
87	7174	创新发展的战略选择	60.00	蔡富有	2005.10
88	7134	中国小城镇现代服务业发展研究	40.00	乔　忠	2005.11
89	0990	门槛——政府转型与改革攻坚	48.00	迟福林	2005.12
90	7268	解构金阳——中国西部城市发展观察	38.00	史　芳	2005.12
91	7269	中国农业家庭经营制度	25.00	阮文彪	2005.12
92	7270	科学发展观与农业持续发展	18.00	阮文彪	2005.12
93	2100	民间组织发展与建设和谐社会	50.00	中国（海南）改革发展研究院	2006.01
94	4682	政府转型与社会再分配	50.00	中国（海南）改革发展研究院	2006.03
95	2285	中国改革为何成功	35.00	朱华友	2006.03
		品牌链接丛书【1－4】			
96	7472	中国要走农业品牌化之路	35.00	白　光　马国忠	2006.05
97	7473	农业品牌产品的质量安全	35.00	白　光　马国忠	2006.05
98	7474	农业品牌产品的营养保健	35.00	白　光　马国忠	2006.05
99	7475	农业品牌产品的食疗秘方	35.00	白　光　马国忠	2006.05
		城镇社区管理者经济法律手册【1－4】			
100	7476	市场经济秩序规则	35.00	白　光　邱如山	2006.05
101	7477	市场经济监督规则	35.00	白　光　邱如山	2006.05
102	7478	市场经济保证规则	35.00	白　光　邱如山	2006.05
103	7479	市场经济裁决规则	35.00	白　光　邱如山	2006.05
		其　他			
104	7480	2006’中国改革评估报告		迟福林　主编	2006.05

联系方法：010－6835－4197（传真）　　个人主页：http：//fbshs. top263. net
电子信箱：cephs@ economyph. com 或 suyaobin@126. com 或 bianshensyb@ yahoo. com. cn